中國古典文學基本叢書

李清照集校注

王仲聞 校注

中華書局

圖書在版編目(CIP)數據

李清照集校注/王仲聞校注. —北京:中華書局,2020.6
(2025.1重印)
(中國古典文學基本叢書)
ISBN 978-7-101-14519-9

Ⅰ.李… Ⅱ.王… Ⅲ.中國文學-古典文學-作品綜合集-南宋 Ⅳ.I214.422

中國版本圖書館CIP數據核字(2020)第061471號

責任編輯:錢　蕾
責任印製:韓馨雨

中國古典文學基本叢書
李清照集校注
王仲聞 校注
*
中 華 書 局 出 版 發 行
(北京市豐臺區太平橋西里38號　100073)
http://www.zhbc.com.cn
E-mail:zhbc@zhbc.com.cn
大廠回族自治縣彩虹印刷有限公司印刷
*
850×1168毫米 1/32 · 13½印張 · 2插頁 · 285千字
2020年6月第1版　2025年1月第3次印刷
印數:7001-9000册　定價:48.00元

ISBN 978-7-101-14519-9

出版説明

李清照集校注，王仲聞校注。王仲聞（一九〇一——一九六九），名高明，以字行。筆名王學初、王幼安。浙江海寧人，著名學者王國維先生次子。仲聞先生長於詞學，曾任中華書局臨時編輯，參與全宋詞的校訂工作。先生的李清照集校注，一九六四年已打好紙型，到一九七九年由人民文學出版社出版。該書作爲李清照集最早的校注本，蒐集詳備，校注精審，又附有翔實的資料和年譜，出版後頗得學術界的重視與好評。但一些專家學者也就書中未盡善之處提出了若干意見。人民文學出版社一九九七年重印時，將這些意見以「補記」的形式附於書後。二〇一二年，又據之修訂重排該書。

此次我們整理出版王仲聞李清照集校注，覆校底本，核對徵引文獻，施加全式標點。在編輯過程中，吸納了前此各方的意見，同時糾正了此前的一些訛誤。由於本書成稿於二十世紀六十年代，當時的行政區劃有别於今日，爲保留王氏校注的原貌，相關内容一仍其舊，未作修改。特此説明。

中华书局编辑部

二〇二〇年三月

目録

李清照集校注卷一　詞

附存疑之作

李清照集校注卷二　詩

李清照集校注卷三　文

附　録

李清照集校注卷一　詞

南歌子

天上星河〔一〕轉，人間簾歷代詩餘作「翠」。幕垂。涼生枕簟淚痕滋。起解羅衣，聊問夜何其〔二〕？　翠貼蓮蓬小，金銷藕葉稀。舊時天氣舊時衣，只有情懷、不似舊家〔三〕時！

〇樂府雅詞卷下　花草粹編卷五　歷代詩餘卷二十四　三李詞　藝蘅館詞選乙卷

【注釋】

〔一〕「星河」：天河之别名。晉王鑒七夕：「隱隱驅千乘，闐闐越星河。」唐謝偃明河賦：「氣象萬殊，緬星河而盡列。」

〔二〕「夜何其」：詩庭燎篇：「夜如何其？夜未央。」「其」音「姬」，語助辭。

〔三〕「舊家」：從前也，見張相詩詞曲語辭匯釋卷六。

轉調滿庭芳〔一〕

芳草池塘，緑陰庭院，晚晴寒透窗紗。玉鈎各本樂府雅詞原缺，據文津閣四庫全書本樂府雅詞補。惟此句「玉鈎金鏁」文義，與下句不甚連接，疑有錯誤，或館臣臆補。金鏁，管〔二〕是客來唦〔三〕。寂寞尊前席上，惟□□、文津閣四庫全書本樂府雅詞作「惟愁」，仍缺一字，疑非，故未補。海角天涯。能留否？酴醾〔四〕落盡，猶賴有□□。文津閣四庫全書本樂府雅詞作「梨花」。按季節，酴醾花開在梨花之後。江南有二十四番花信風，酴醾亦在梨花之後，此處作「梨花」不妥。未據補。當年、曾勝賞，生香薰袖，活火〔五〕分茶〔六〕。□□文津閣四庫全書本樂府雅詞作「極目猶」。趙萬里輯漱玉詞云：「與律不合，蓋出館臣臆改。」龍驕原作「嬌」，説見注釋。馬〔七〕，流水輕車〔八〕。不怕風狂雨驟，恰才稱，煮酒殘四印齋本漱玉詞注：別作「牋」。未知所據何本，文義亦不合。花。如今也，不成懷抱，得似舊時那〔九〕？○樂府雅詞卷下

【注釋】

〔一〕「轉調滿庭芳」：宋詞常有於調名上加「轉調」二字者，如轉調蝶戀花、轉調二郎神、轉調醜奴兒、轉調踏莎行、轉調賀聖朝等等，（元曲中亦有轉調貨郎兒）今人吴藕汀所編詞名索引，尚未遍收。詞譜卷十三釋轉調踏莎行云：「轉調者，攤破句法，添入襯字，轉換宮調，自成新聲耳。」此説未全確。據現在所能見之「轉調」各詞，並不全攤破句法、添入襯字，詞譜蓋未深考。（詞律對「轉調」二字無説。）今按戴埴鼠璞云：「今之樂章，至不足道，猶有正調、轉調、大曲、小曲之異。」張元幹鵲橋仙詞云：「更低唱、新翻轉調。」鼠璞以「轉調」與「正調」對立並舉，蓋非其正調者，即爲「轉調」，如蝶戀花原入商調，爲正調，如入其他宮調，則爲「轉調」。「轉調」非宮調名稱也。又各詞標有「轉調」之稱者，各書徵引其詞，有時亦無此二字，如徐伸轉調二郎神（據樂府雅詞拾遺卷上、揮麈餘話卷二、張氏拙軒集卷五），唐宋諸賢絶妙詞選卷八則僅作二郎

神；黄庭堅山谷琴趣外篇卷一有轉調醜奴兒，明刻祠堂本豫章黄先生詞則僅作醜奴兒；張孝祥于湖先生長短句中南歌子，目録上所注宫調名稱曰「轉調」（轉調實非宫調名稱）。蓋「轉調」二字，並不構成調名一部分，僅以别於非「轉調」之詞而已。張孝祥于湖居士文集卷三十一有轉調二郎神、二郎神二首並列，蓋亦此意。宋人常稱之商調蝶戀花、越調水龍吟、黄鍾喜遷鶯等，其調名上所冠之宫調名稱，亦非調名本身之構成部分也。滿庭芳調，據周邦彦片玉集卷四，乃「中吕」（殆爲「中吕宫」），李清照之轉調滿庭芳屬何宫調，無可考。

〔二〕「管」：猶準也，定也（見詩詞曲語辭匯釋卷一）。「管是」，準是也。

〔三〕「吵」：此字字書不載，宋人詞中用之（如黄庭堅醜奴兒詞云：「旁人盡道，你管又還，鬼那人吵。」），依所押之韻，應讀作「沙」音，乃語助辭。「管是客來吵」之口語應是「準是客來了」。

〔四〕「酴醾」：或作「荼蘼」，各書以爲叢生灌木，夏初開花，色白，蓋與木香相類。朱弁曲洧舊聞卷三云：「木香有二種，俗説檀心者號酴醾，不知何所據也。」張邦基墨莊漫録卷九亦云：「酴醾花或作荼蘼，一名木香，有二品：一種花大而棘，長條而紫心者爲酴醾；一品花小而繁，小枝而檀心者爲木香。」（各書分木香、酴醾爲二種。）昔人云：春時此花最後開。王逵蠡海集載江南二十四番花信風，荼蘼爲第二十三，最後乃楝花風。

〔五〕「活火」：唐趙璘因話録卷二述李約云：「約天性惟嗜茶，能自煎，謂人曰：『茶須緩火炙，活火煎。』活火謂炭火之焰者也。」

〔六〕「分茶」：宋人常用語。王之道相山居士詞有和董令升燕宴分茶西江月詞一首，陽春白雪卷三史浩臨江仙詞有「春筍慣分茶」之句。陸游臨安雨晴詩亦有「晴窗細乳戲分茶」之句。向子諲酒邊集江北舊詞有浣溪沙一首，題云：「趙總憐以扇頭來乞詞，戲有此贈。趙能著棋、寫字、分茶、彈琴。」「分茶」一辭，宋人無釋，各種茶譜亦不載。楊萬里誠齋集卷二有澹庵坐上觀顯上人分茶詩，中有云：「紛如擘絮行太空，影落寒江能萬變。銀瓶首下仍尻高，注湯作字勢嫖姚。」曾幾茶山集卷四載迪姪屢餉新茶詩第二首末云：「欲作柯山點（自注：「所謂衢點也」），當令阿造分（自注：「造姪妙於擊拂」）。」王明清揮麈録餘話卷一載蔡京撰延福宮曲宴記云：「上命近侍取茶具，親手注湯擊拂，少頃，白乳浮醆面，如疏星澹月，顧諸臣曰：此自布茶。飲畢，皆頓首謝。」蔡襄茶録點茶云：「茶少湯多則雲脚散，湯少茶多則粥面聚。鈔茶一錢七，先注湯調令極勻，又添注入，環迴擊拂，湯上盞可四分即止。視其面色鮮白，著盞無水痕爲絶佳。」據各家所詠或記載，蓋以茶匙（茶録云：茶匙要重，擊拂有力）取茶（湯）注盞中爲分茶也。

〔七〕「驕馬」：原作「嬌馬」，今改作「驕馬」。「驕」，驕縱也。「嬌」字誤。五代毛文錫接賢賓詞：「驕生百步千蹤。」成文幹柳枝詞：「馬驕如練纓如火。」白居易武丘寺路詩：「銀勒牽驕馬。」

〔八〕「龍驕馬，流水輕車」：後漢書明德馬皇后紀：「車如流水，馬如遊龍。」

〔九〕「那」：語助辭。左傳宣二年：「棄甲則那。」杜預注：「那，猶何也。」釋文：「那，乃多反。」「得似舊時那」其義即「能似舊時麽」。以問句出之，言不似舊時也。

漁家傲

唐宋諸賢絶妙詞選、林下詞選、詩詞雜俎本漱玉詞題作「記夢」。

天接雲濤連曉霧，星河欲轉歷代詩餘作「曙」。千帆舞。彷彿夢魂歸帝所〔一〕，聞天語，殷勤問我歸何處。　我報路長嗟日暮，學詩謾歷代詩餘作「復」。有驚人句〔二〕。九萬里風鵬正舉〔三〕。風休住，蓬舟吹取文津閣四庫全書本樂府雅詞作「吹往」。三山〔四〕去。○樂府雅詞卷下　唐宋諸賢絶妙詞選卷十　林下詞選卷一　歷代詩餘卷四十二　三李詞　藝蘅館詞選乙卷

【注釋】

〔一〕「帝所」：上帝所居之處也。史記扁鵲傳：「昔秦穆公嘗如此，七日而寤。寤之日，告公孫支與子輿曰：『我之帝所甚樂。』」（趙世家中趙簡子亦有「我之帝所甚樂」之語。）

〔二〕「驚人句」：此句係從上句「聞天語」而來，恨不能使天帝賞識其才耳。蓋用唐馮贄雲仙雜記卷一搔首問青天事：「李白登華山落雁峰，曰：此山最高，呼吸之氣想通天帝座矣。恨不攜謝朓驚人詩來，搔首問青天耳。」

〔三〕「九萬里風鵬正舉」：莊子逍遥遊：「窮髮之北，有冥海者，天池也。……有鳥焉，其名爲鵬，背若泰山，翼若垂天之雲，摶扶摇羊角而上者九萬里。」

〔四〕「三山」：史記封禪書：「自威、宣、燕昭使人入海，求蓬萊、方丈、瀛洲。此三神山者，其傳在渤

海中，去人不遠，患且至則船風引而去。蓋嘗有至者，諸仙人及不死之藥皆在焉。其物禽獸盡白，而黄金銀爲宫闕。未至，望之如雲。及到，三神山反居水下。臨之，風輒引去，終莫能至云。世主莫不甘心焉。」

【參考資料】

藝蘅館詞選乙卷　此絶似蘇辛派，不類漱玉集中語。

如夢令

唐宋諸賢絶妙詞選題作「酒興」。

常全芳備祖、楊金本草堂詩餘、古今詞話、歷代詩餘卷一百十二作「嘗」。記溪亭日暮，沈醉不知歸路。興盡晚全芳備祖、詞林萬選、唐詞紀、二如亭羣芳譜、古今詞話、歷代詩餘卷一百十二、廣羣芳譜作「欲」。回舟，誤入藕花楊金本草堂詩餘、花草粹編作「芙蕖」。深處。争渡、争渡，驚起一灘詩詞雜俎本漱玉詞、全芳備祖、唐宋諸賢絶妙詞選、楊金本草堂詩餘、詞林萬選、二如亭羣芳譜、林下詞選、歷代詩餘、廣羣芳譜、三李詞、唐詞紀、古今詞話作「行」。（按三李詞所收之詞，多録自歷代詩餘，以後凡三李詞與歷代詩餘文字無出入者，校記不列。）鷗全芳備祖作「鴛」。鷺。○樂府雅詞卷下　全芳備祖前集卷十一荷花門　唐宋諸賢絶妙詞選卷十　花草粹編卷一　二如亭羣芳譜卷四　林下詞選卷一　歷代詩餘卷二　廣羣芳譜卷三十一　三李詞

此首别見楊金本草堂詩餘前集卷上，誤作蘇軾詞；詞林萬選卷四，誤作無名氏詞，注：「或作李易安。」（詞林萬選所注或作某某，殆爲毛晉所加，非楊慎原文。）又見彙選歷代名賢詞府全集卷

一、唐詞紀卷五、古今詞話詞辨卷上、歷代詩餘卷一百十二引古今詞話，俱誤作呂洞賓詞。

如夢令

全芳備祖調名誤作「醉花陰」。類編草堂詩餘（楊金本無題）、文體明辨、古今名媛彙詩、名媛璣囊、詞的、古今女史、古今詞統、古今詩餘醉、歷城縣志、見山亭古今詞選、詞匯、詩餘神髓題作「春晚」，彤管遺編、繡谷春容、彤管摘奇題作「暮春」，詩餘畫譜題作「春景」，詞學筌蹄、草堂詩餘別録前集、彙選歷代名賢詞府全集、古今詞選題作「春曉」，花鏡雋聲題作「春容」。

昨夜雨疏風驟。癸巳類稿・易安居士事輯（以下間有僅書「事輯」者，即此書之簡稱）作「昨夜風疏雨驟」。注出苕溪漁隱叢話，而苕溪漁隱叢話並不作「昨夜風疏雨驟」，非刊版錯誤，即俞正燮氏臆改。草堂詩餘評林春集亦作「風疏雨驟」。**濃睡不消殘酒。試問捲簾人，却道海棠依舊。知否、知否？應是緑肥紅瘦。**○樂府雅詞卷下　苕溪漁隱叢話前集卷六十　詩話總龜後集卷四十八引苕溪漁隱　事文類聚後集卷十一　全芳備祖前集卷七海棠門　唐宋諸賢絶妙詞選卷十　草堂詩餘前集卷上（類編草堂詩餘卷一、楊金本草堂詩餘前集卷上）　詞學筌蹄卷二　草堂詩餘別録前集　詩女史卷十一　彤管遺編續集卷十七　彙選歷代名賢詞府全集卷一　文體明辨附録卷四　花草粹編卷一　堯山堂外紀卷五十四　詞的卷一　嘯餘譜卷二（詩餘譜一）　古今名媛彙詩卷十七　彤管摘奇卷下　名媛璣囊卷三　古今女史卷十二　古今詞統卷三　古今詩餘醉卷二　詩餘畫譜　二如亭羣芳譜歲譜卷一　崇禎歷城縣志卷十五　花鏡雋聲卷七　繡谷春容卷二　詞匯卷一　林下詞選卷一　見山亭古今詞選卷一　詞苑叢談卷三　詞潔卷一　歷代詩餘卷二　詩餘神髓　古今詞選卷一　古今圖書集成・歲功典卷三十五　詞林紀事卷十九　自怡軒詞選

卷一　晚香室詞録卷七　天籟軒詞選卷五　癸巳類稿卷十五　詞軌補録卷一　復堂詞録卷八　三李詞

【參考資料】

苕溪漁隱叢話前集卷六十　苕溪漁隱曰：「近時婦人能文詞如李易安，頗多佳句。小詞云：『昨夜雨疏風驟，濃睡不消殘酒。試問捲簾人，却道海棠依舊。知否、知否？應是緑肥紅瘦。』『緑肥紅瘦』此語甚新。又九日詞云：『簾捲西風，人似黄花瘦。』此語亦婦人所難到，易安再適張汝舟，未幾反目，有啓事與綦處厚云：『猥以桑榆之晚景，配兹駔儈之下材。』傳者無不笑之。」

按：詩話總龜後集卷四十八麗人門、事文類聚後集卷十一李易安詞條，俱與此同。又唐宋諸賢絶妙詞選卷十、林下詞選卷一、詞林紀事卷十九並引苕溪漁隱此條上半，原詞只引「緑肥紅瘦」四字。又草堂詩餘前集卷上亦引苕溪漁隱論其詞之語。

藏一話腴甲集卷一　李易安工造語，故如夢令「緑肥紅瘦」之句，天下稱之。余愛趙彦若翦綵花詩云：「花隨紅意發，葉就緑情新。」「緑情」「紅意」，似尤勝於李云。

按：趙彦若乃唐人，詩爲五言八句，題爲立春日侍宴别殿内出綵花應制，見宋計有功唐詩紀事卷十。

楊慎批點本草堂詩餘卷一　此詞較周詞更婉媚。

按：周詞指李清照一首前之如夢令「池上春歸何處」「花落鶯啼春暮」二首，實秦觀及謝逸所作，見淮海居士長短句卷中及溪堂詞。誤作周邦彦詞，始於類編草堂詩餘卷一。

草堂詩餘别録　韓偓詩云：「昨夜三更雨，今朝一陣寒。海棠花在否？側卧捲簾看。」此詞蓋用其語點綴，結句尤爲委曲精工，含蓄無窮之意焉，可謂女流之藻思者矣。

按：韓偓詩第二句，據香匳集應是「臨明一陣寒」。此誤引。

堯山堂外紀卷五十四　李易安又有如夢令云：「昨夜雨疏……緑肥紅瘦。」當時文士莫不擊節稱賞，未有能道之者。

詞的卷一　易安，我之知己也。今世少解人，自當遠與易安作朋。

草堂詩餘儁卷二　眉批：語新意儁，更有丰情。評語：寫出婦人聲口，可與朱淑貞並擅詞華。

沈際飛本草堂詩餘正集卷一　「知否」二字，疊得可味。「緑肥紅瘦」，創獲自婦人，大奇。

按：古今詞統卷三有評語，與此則同。

古今詞統卷三　花間集云：此調安頓二疊語最難。「知否、知否」，口氣宛然。若他「人静、人静」「無寐、無寐」，便不渾成。

按：「人静、人静」乃宋曹組詞句，「無寐、無寐」乃宋秦觀詞句，俱如夢令詞。又按：明人常引花間集，其内容與五代趙崇祚所輯花間集完全不同，蓋爲另一書。

花草蒙拾　前輩謂史梅溪之句法，吴夢窗之字面，固是確論。尤須雕組而不失天然。如「緑肥紅瘦」「寵柳嬌花」，人工天巧，可稱絶唱。若「柳腴花瘦」「蝶凄蜂慘」，即工，亦「巧匠斲山骨」矣。

按：「柳腴花瘦」乃宋湯恢（或作楊恢）八聲甘州詞，「蝶凄蜂慘」乃宋楊纘八六子詞句。

詞林紀事卷十九 查初白云：「可與唐莊宗『如夢』疊字爭勝。」

按：唐莊宗即(後唐)李存勗，其如夢令詞見尊前集，末云：「如夢、如夢，殘月落花煙重。」(别本末句作「和淚出門相送」。)

蓼園詞選 按一問極有情，答以「依舊」，答得極澹，跌出「知否」二句來，而「緑肥紅瘦」無限淒婉，却又妙在含蓄。短幅中藏無數曲折，自是聖於詞者。

雲韶集卷十 只數語中層次曲折有味。世徒稱其「緑肥紅瘦」一語，猶是皮相。

按：雲韶集乃白雨齋詞話作者陳廷焯所編(見白雨齋詞話卷七)，而署名爲陳世焜，殆初名世焜，後改廷焯也。

白雨齋詞話卷六 詞人好作精豔語，如左與言之「滴粉搓酥」、姜白石之「柳怯雲鬆」、李易安之「緑肥紅瘦」「寵柳嬌花」等類，造句雖工，然非大雅。

按：左譽(左與言)「滴粉搓酥」，今無全篇；姜夔之「柳怯雲鬆」，乃解連環詞句。

多麗 樂府雅詞題作「詠白菊」，歷代詩餘題作「詠菊」。

小樓寒，夜長簾幕低垂。恨蕭蕭、無情風雨，夜來揉四部叢刊本樂府雅詞旁注：「摻。」蓋别本作「摻」字。損瓊四部叢刊本樂府雅詞作「瑤」。肌。也不似、貴妃醉臉〔一〕，也不似、孫壽愁歷代詩餘作「低」。眉〔二〕。韓令偷香〔三〕，徐娘傅粉〔四〕，莫將比擬未新奇。細看取，屈平陶令，風韻正相宜。

微風起，清芬醞藉，不減酴醾。　漸秋闌、雪清玉瘦，向人無限依依。似愁凝、漢皋解佩〔五〕，似淚洒、紈扇題詩〔六〕。朗花草粹編、歷代詩餘作「明」。月清風〔七〕，濃煙暗雨，天教憔悴度歷代詩餘作「瘦」。芳姿。縱愛惜，不知從此，留得幾多時。人情好，何須更憶，澤畔東籬〔八〕。○樂府雅詞卷下　花草粹編卷十二　歷代詩餘卷九十九　三李詞

【注釋】

〔一〕「貴妃醉臉」：松窗雜録：「太和、開成中，有程脩己者，以善畫得進謁。脩己始以孝廉召入籍，故上不甚以畫者流視之。會春暮，内殿賞牡丹花。上頗好詩，因問脩己曰：『今京邑傳唱牡丹花詩，誰爲首出？』脩己對曰：『臣嘗聞公卿間多吟賞中書舍人李正封詩曰：天香夜染衣，國色朝酣酒。』上聞之，嗟賞移時。楊妃方恃恩寵，上笑謂賢妃曰：『妝鏡臺前，宜飲以一紫金盞酒，則正封之詩見矣。』」

〔二〕「孫壽愁眉」：後漢書梁冀傳：「妻孫壽，色美而善爲妖態，作愁眉、啼妝、墮馬髻、折腰步、齲齒笑，以爲媚惑。」章懷太子李賢注引風俗通曰：「愁眉者，細而曲折。」

〔三〕「韓令偷香」：「韓令」字疑誤，或係「韓掾」「韓壽」之誤。世説新語卷下之下惑溺第三十五：「韓壽美姿容，賈充辟以爲掾。每聚會，賈女於青瑣中看，見壽，説之，恒懷存想，發於吟詠。後婢往壽家，具述如此，并言女光麗。壽聞之心動，遂請婢潛修音問，及期往宿。壽蹻捷絶人，踰牆而入，家中莫知。自是充覺女盛自拂拭，説暢有異於常。後會諸吏，聞壽有奇香之氣，是外

國所貢，一著人則歷月不歇。充計武帝惟賜己及陳騫，餘家無此香，疑壽與女通，而垣牆重密，門閤急峻，何由得爾。乃託言有盜，令人修牆。使反曰：其餘無異，唯東北角如有人跡，而牆高非人所踰。充乃取女左右婢考問，即以狀對。充秘之，以女妻壽。」

〔四〕「徐娘傅粉」：此句疑亦有誤。傅粉乃何郎事，唐李端詩：「敷粉何郎不解愁。」世説新語卷下之上容止第十四：「何平叔（何晏）美姿儀，面至白。魏明帝疑其傅粉。正夏月，與熱湯餅，既噉，大汗出。以朱衣自拭，色轉皎然。」徐娘無傅粉事：南史梁元帝徐妃傳：「諱昭佩，東海郯人也。……帝左右暨季江有姿容，又與淫通。季江每歎曰：柏直狗雖老，猶能獵，蕭溧陽馬雖老，猶駿，徐娘雖老，猶尚多情。」

〔五〕「漢皋解佩」：太平御覽卷八百零三引列仙傳：「鄭交甫將往楚，道之漢皋臺下，有二女，佩兩珠，大如荆雞卵。交甫與之言，曰：『欲子之佩。』二女解與之。既行返顧，二女不見，佩亦失矣。」（傳本列仙傳卷上所載較詳，惟不云「漢皋」，而云「江漢之湄」，亦不云明珠之佩。兹録於下，並供參考：「江妃二女者，不知何所人也。出遊於江漢之湄，逢鄭交甫，見而悦之，不知其神人也。謂其僕曰：『我欲下請其佩。』僕曰：『此間之人皆習於辭，不得，恐罹悔焉。』交甫不聽，遂下，與之言曰：『二女勞矣。』二女曰：『客子有勞，妾何勞之有。』交甫曰：『橘是柚也，我盛之以笥，令附漢水，將流而下，我遵其傍，採其芝而茹之，以知吾爲不遜也，願請子之佩。』二女曰：『橘是柚也，我盛之以筥，令附漢水，將流而下，我遵其傍，採其芝而茹之。』遂手解佩與交甫。交甫悦受而懷之中當心，趨去數十步視佩，空懷無佩，顧二女，忽然不見。」太平廣記卷五十九所引亦微異。）

〔六〕「紈扇題詩」：文選班婕好怨歌行：「新裂齊紈素，皎潔如霜雪。裁爲合歡扇，團團似明月。出入君懷袖，動搖微風發。常恐秋節至，涼風奪炎熱。棄捐篋笥中，恩情中道絶。」

〔七〕「朗月清風」：世説新語卷上之上言語第二：「劉尹云：『清風朗月，輒思玄度。』」

〔八〕「澤畔」「東籬」：承上文屈平、陶令而來。屈原（即屈平）漁父：「屈原既放，遊於江潭，行吟澤畔，顔色憔悴。」（此詞詠菊，屈原離騷云：「朝飲木蘭之墜露兮，夕餐秋菊之落英。」）陶潛（即陶令）飲酒詩：「采菊東籬下，悠然見南山。」

菩薩蠻

風柔日薄四部叢刊本、文津閣四庫全書本樂府雅詞作「暮」。**春猶早，夾衫乍著心情好。睡起覺微寒，梅花鬢上殘。　故鄉何處是？忘了除非醉。沈水**〔一〕**卧時燒，香消酒未消。**〇樂府雅詞卷下　花草粹編卷三

【注釋】

〔一〕「沈水」：香名。太平御覽卷九百八十二引南州異物志曰：「沈水香出日南。欲取，當先斫壞樹著地。積久，外皮朽爛。其心至堅者，置水則沈，名沈香。」

菩薩蠻

歸鴻聲斷殘雲碧。背窗雪落爐煙直。燭底鳳釵〔一〕明，釵頭人勝〔二〕輕。　角聲催曉漏。曙色從花草粹編補。樂府雅詞原作空格，文津閣四庫全書本作「霽色」。回牛斗。春意看花難，西風留舊寒。○樂府雅詞卷下　花草粹編卷三

【注釋】

〔一〕「鳳釵」：鳳皇釵，釵頭作鳳皇形者。詳見下蝶戀花詞「暖雨晴風初破凍」闋「釵頭鳳」注釋。花間集牛嶠應天長詞：「鳳釵低赴節。」

〔二〕「人勝」：荆楚歲時記：「人日翦綵爲人，或鏤金箔爲人，亦戴之頭鬢。又造花勝以相遺。」「人」「勝」，皆古代人日所戴妝飾物也。唐李商隱人日詩：「鏤金作勝傳荆俗，翦綵爲人起晉風。」宋時風俗，於立春日戴幡勝，見孟元老東京夢華録卷六。

浣溪沙

莫許盃深琥珀〔一〕濃，未成沈醉意先融，疏鐘據文津閣四庫全書本樂府雅詞補。此二字不妥，疑亦臆補。已應晚來風。　瑞腦〔二〕香消魂夢斷，辟寒金〔三〕小髻鬟鬆，醒時空對燭花紅。○樂府雅

【注釋】

〔一〕「琥珀」：李白客中作詩：「蘭陵美酒鬱金香，玉椀盛來琥珀光。」「琥珀光」，言酒之色。「琥珀濃」，言酒之濃也。

〔二〕「瑞腦」：香也。段成式酉陽雜俎前集卷一：「天寶末，交趾貢龍腦，如蟬蠶形。波斯言老龍腦樹節方有。禁中呼爲瑞龍腦。上唯賜貴妃十枚，香氣徹十餘步。上夏日嘗與親王棋，令賀懷智獨彈琵琶，貴妃立於局前觀之。上數枰子將輸，貴妃放康國猧子於坐側，猧子乃上局，局子亂，上大悅。時風吹貴妃領巾於賀懷智巾上，良久，回身方落。賀懷智歸，覺滿身香氣非常，乃卸幞頭貯於錦囊中。及上皇復宮闕，追思貴妃不已。懷智乃進所貯幞頭，具奏他日事。上皇發囊，泣曰：此瑞龍腦香也。」

〔三〕「辟寒金」：王嘉拾遺記卷七：「昆明國貢嗽金鳥，形如雀而色黄，羽毛柔密，常吐金屑如粟，鑄之可以爲器。此鳥畏霜雪，乃起小屋處之，名曰辟寒臺。宮人争以鳥吐之金，用飾釵珮，謂之辟寒金。故宮人相嘲曰：『不服辟寒金，那得帝王心。』」（任昉述異記卷下亦載有此事）辟寒金亦實無其物，詞中所云「辟寒金小」實即「釵小」而已。

浣溪沙

草堂詩餘（楊金本無題）、彙選歷代名賢詞府全集、嘯餘譜、古今詩餘醉、記紅集、清綺軒詞選題作「春景」。

小院閒窗春色深，重簾未捲影沈沈，倚樓無語理瑤琴〔一〕。**遠岫出雲**〔二〕樂府雅詞、花草粹編原作「山」，據歷代詩餘及他本誤引之周邦彥詞改。**催薄暮**〔三〕，**細風吹雨弄輕陰。梨花欲謝**沈際飛本草堂詩餘注：「謝一作卸。」**恐難禁。**○樂府雅詞卷下　花草粹編卷二　歷代詩餘卷七　復堂詞録卷八　三李詞

此首別誤作歐陽修詞，見詞學筌蹄卷五、草堂詩餘別録前集、胡桂芳本、韓俞臣本類編草堂詩餘、文體明辨附録卷五、嘯餘譜卷三、記紅集卷一、選聲集。又誤作周邦彥詞，見彙選歷代名賢詞府全集卷一、錢允治本草堂詩餘卷一、沈際飛本草堂詩餘正集卷一、題評名賢詞話草堂詩餘卷一、草堂詩餘評林春集卷一、便讀草堂詩餘卷一、草堂詩餘雋卷一、古今詩餘醉卷五、汲古閣宋六十名家詞本片玉詞補遺、見山亭古今詞選卷一、詞匯卷二、歷代詩餘卷六、古今圖書集成歲功典卷十三、清綺軒詞選卷三。別又作無名氏詞，見其他各本草堂詩餘（陳鍾秀本草堂詩餘卷上、楊金本後集卷上同）。

此首又誤入宋吳文英夢窗甲稿，明鈔本夢窗詞集亦誤收之。毛晉跋夢窗甲乙稿云：「……今又得甲乙二册，但錯簡紛然。如『風裏落花誰是主』，此南唐後主亡國詞讖也。『無可奈何花落去，似曾相識燕歸來』巧對，晏元獻公與江都尉同遊池上一段佳話，久已耳熟，豈容攘美。又如秦少游

『門外緑陰千頃』，蘇子瞻『敲門試問野人家』，周美成『倚樓無語理瑶琴』，歐陽永叔『佳人初試薄羅裳』之類，各入本集，不能條舉。……」毛晉雖知此首非吴文英作，但仍誤以爲周邦彦詞。汲古閣本夢窗甲稿删除此詞未盡，仍餘「梨花欲謝恐難禁」七字一行。（按毛晉此跋尚有其他錯誤，如誤以「風裏落花誰是主」爲李後主詞，「門外緑陰千頃」爲秦少游作。）

李文裿輯漱玉集云：「案此闋類編草堂詩餘作歐陽永叔撰，查六一詞中浣溪沙凡九詞，並無此首。」趙萬里輯漱玉詞云：「案至正本草堂詩餘前集上引與歐陽修詞銜接，不著撰人。類編本因以爲歐作，失之。」按嘉靖間顧汝所刻類編草堂詩餘卷一載此詞，並無撰人姓名，實不作歐陽修。疑李、趙二氏所據之類編草堂詩餘，或爲别本。沈際飛本草堂詩餘注：「一刻歐陽。」毛本片玉詞補遺注：「或刻歐陽永叔。」殆皆本胡桂芳本或韓俞臣本類編草堂詩餘。

嘉靖本類編草堂詩餘卷一載此詞，不著撰人，而其前則爲周美成浣溪沙「水漲魚天拍柳橋」一首（此首實非周邦彦詞，據草堂詩餘前集卷上，乃無名氏作品），故毛晉誤收入片玉詞補遺。楊慎批點本、四印齋刻陳鍾秀本草堂詩餘等俱誤作周邦彦詞。歷代詩餘此首前後重出，卷六作周邦彦詞，卷七作李清照詞。

【注釋】

〔一〕「瑶琴」：琴飾以玉者名「玉琴」「瑶琴」。「瑶」，玉之美者。詩詞中所謂「瑶琴」「玉琴」，並非真飾以玉，實即琴而已。「瑶」或「玉」乃詩人誇張富貴，追求字面華麗手法。李清照作品中之

「玉鑪」「金鴨」「金猊」「玉簟」「蘭舟」「金獸」「玉枕」「玉闌干」「玉尊」「寶枕」「玉簫」「寶鴨」「寶篆」「寶奩」等等，莫不如此。祇有「金鴨」「金猊」「金獸」「寶鴨」係香爐之代名，「寶篆」乃香以外，其他俱可從下面一字得其意義。上面一字如「玉」「蘭」「寶」等字，幾可置之不管。有時所謂「金」者，乃銅製，所謂「玉」者，乃石製，言其爲黄色或白色而已。未必真爲「金」或「玉」也。

〔二〕「遠岫出雲」：陶淵明歸去來辭：「雲無心以出岫，鳥倦飛而知還。」謝朓郡内高齋閒望答吕法曹詩：「窗中列遠岫。」廣韻：「山有穴曰岫。」「遠岫出雲」，樂府雅詞、花草粹編作「遠岫出山」，不可解。

〔三〕「薄暮」：徐堅初學記卷一引梁元帝纂要：「日將落曰薄暮。」

【參考資料】

楊慎批點本草堂詩餘卷一　景語、麗語。（評「遠岫出雲」句。）

按：楊慎批點本草堂詩餘此首原誤作周邦彦詞，下同。

便讀草堂詩餘卷一　寫出閨婦心情，在此數語。

沈際飛本草堂詩餘正集卷一　雅練。「欲謝」「難禁」，淡語中致語。

草堂詩餘雋卷一　眉批：分明是閨中愁、宫中怨情景。　評語：少婦深情，却被周君淺淺勘破。

浣溪沙 浮山集題作「春閨即事」。

淡蕩〔一〕春光寒食〔二〕天，玉爐沈水裊殘煙，夢回山浮山集作「繡」。枕〔三〕隱花鈿〔四〕。　海燕〔五〕未陽春白雪作「歸」。來人鬬草〔六〕，江梅〔七〕已浮山集作「初」。過柳生綿，黄昏疏雨溼秋千。○樂府雅詞卷下　陽春白雪卷二　花草粹編卷二　歷代詩餘卷七　古今圖書集成・歲功典卷四十一　三李詞

此首别見宋仲并浮山集卷三，從永樂大典輯出。清勞格讀書雜識卷十二云：「仲并浮山集浣溪沙春閨即事，樂府雅詞作李清照詞。」曾慥與易安同時，以此首爲易安作，必有所據。疑永樂大典誤作仲并詞，或清四庫館臣誤輯。

【注釋】

〔一〕「淡蕩」：即澹蕩、駘蕩或駘盪，「春光淡蕩」即春光融和遍滿之意。

〔二〕「寒食」：荆楚歲時記：「去冬節一百五日，即有疾風甚雨，謂之寒食，禁火三日，造餳、大麥粥。」唐元稹連昌宫詞：「初過寒食一百六。」後代以清明前二日爲寒食。

〔三〕「山枕」：蓋枕作凹形，兩端突起如山也，故名。

〔四〕「花鈿」：太平廣記卷一百五十九引續幽怪録載，韋固之妻，三歲時爲人所刺，眉間有刀痕，常以花鈿覆之。（宋刻本續幽怪録「花鈿」作「花子」。據高承事物紀原卷三，花子即花鈿也。）唐書輿服志：「内外命婦服花鈿、翟衣青質。」「鈿」，金花也。蓋頭面上妝飾品，故可掩眉間刀痕。

〔五〕「海燕」：唐沈佺期獨不見詩：「海燕雙棲玳瑁梁。」張九齡詠燕詩：「海燕何微眇，乘春亦蹔來。」秋後燕南去，人以爲去海上，故名海燕。

〔六〕「鬭草」：荆楚歲時記：「五月五日，四民竝蹋百草，又有鬭百草之戲。」唐劉餗隋唐嘉話卷下云：「晉謝靈運鬚美，臨刑，施爲南海祇恒（疑應作洹）寺維摩詰鬚。寺人保惜，初不虧損。中宗朝，安樂公主五日鬭百草，欲廣其物色，令馳驛取之。又恐爲他人所得，因翦棄其餘。」是唐人尚有此戲，亦在五日（即端午）。宋人多用作春日事。晏殊破陣子詞云：「元是今朝鬭草贏。」柳永鬭百花詞：「拋擲鬭草工夫。」朱敦儒杏花天詞：「無路踏青鬭草。」與此首相同，皆詠春景。未知宋時尚有鬭草之戲否，是否已改於春日爲此戲。陳元靚歲時廣記記鬭草之戲，引荆楚歲時記，仍在五日，未言及當時風俗。而東京夢華録、夢粱録、武林舊事等書亦無記載。或宋時已無此戲。各家詞中不過作故事引用而已。

〔七〕「江梅」：宋人詞中用「江梅」者甚多。如李邴漢宮春：「瀟灑江梅。」劉燾花心動：「偏憶江梅。」范成大范村梅譜云：「江梅，遺核野生，不經栽接者，又名直脚梅，或謂之野梅。凡山間水濱，荒寒清絶之趣，皆此本也。」梅花雖有一種名爲江梅，詩詞中實多隨意使用，決不分别其品種。如此詞中描寫之氣象，不似山間水濱，荒寒之趣。其梅必非一名野梅之江梅，不必引范村梅譜以實之也。

鳳凰臺上憶吹簫

草堂詩餘（楊金本無題）、詞學筌蹄、彤管遺編、文體明辨、彤管摘奇、詞的、古今名媛彙詩、名媛璣囊、古今女史、古今詩餘醉、繡谷春容、詩餘神髓、古今詞選、清綺軒詞選題作「離别」，彙選歷代名賢詞府全集、謝天瑞本詩餘圖譜補遺、嘯餘譜、古今詞統、見山亭古今詞選、詞匯、記紅集、詩詞雜俎本漱玉詞題作「閨情」。

香冷金猊〔一〕，**被翻紅浪，起來慵自**樂府雅詞原作「人未」，改從其他各本。**梳頭。任寶匳塵滿，**樂府雅詞原作「閒掩」，改從其他各本。**日**彙選歷代名賢詞府全集作「月」。**上簾鉤**〔二〕。**生怕離懷别苦，**樂府雅詞原作「閒愁暗恨」，改從其他各本。詞的作「離情别苦」，便讀草堂詩餘卷五、草堂詩餘評林秋集卷五、詞菁作「離别苦」，自怡軒詞譜、碎金詞譜作「别愁離苦」。**多少事、欲説還**嘯餘譜作「難」。**休。新來**樂府雅詞原作「今年」，改從其他各本。**瘦，非干病酒**〔三〕，**不是悲秋**〔四〕。

休休！樂府雅詞原作「明朝」，改從其他各本。**這回去也，千萬遍陽關**〔五〕，**也則**樂府雅詞原作「即」，改從其他各本。詞菁作「只」。**難留。念武陵**〔六〕**人遠，**樂府雅詞原作「春晚」，改從其他各本。彙選歷代名賢詞府全集此句作「空凝竚武陵人遠」。**煙鎖秦樓**〔七〕。樂府雅詞原作「雲鎖重樓」，改從其他各本。**惟有**樂府雅詞原作「記取」，改從其他各本。**樓前流**樂府雅詞原作「綠」，改從其他各本。**水，應念我、終日凝眸。凝眸**沈際飛本草堂詩餘注：「一作盼望，誤。」按各本未見有作「盼望」者，不知所據何本。**處，從今又添，**樂府雅詞原作「更數」，改從其他各本。彙選歷代名賢詞府全集作「從今去又添」，無「凝眸處」三字。一樂府雅詞原作「幾」，改從其他各本。段新愁。○樂府雅詞卷下　唐宋諸賢絶妙詞選卷十　草堂詩餘後集卷下（類編草堂詩餘卷三、楊金本草堂詩餘前集卷上）　詞學筌蹄卷八　詩餘圖譜卷三（謝天瑞本卷五）　陽關三疊　彤管遺編續集卷十七　彙選歷代名賢詞府全集卷五　文體明辨附録卷十一　花草新編卷四　花草粹編卷九　古今名媛彙詩卷十七　彤管摘奇卷下　詞的卷四　嘯餘譜卷四　增正詩餘圖譜卷下　風韻情詞卷五　繡谷春容卷二　名媛璣囊卷三　古今女史卷十二　古今詞統卷十二　古今詩餘醉卷八　詞菁卷二　詩餘畫譜　林下詞選卷一　見山亭古今詞選卷三　詞綜卷二十五　詞匯卷八　記紅集卷三　選聲集　詞律卷十四　歷代詩餘卷五十九　詞潔卷三　詞譜卷二十五　詩餘神髓　古今詞選卷六　詩餘譜式後卷　古今圖書集成·閨媛典卷二十　自怡軒詞選卷二十　晚香室詞録卷七　清綺軒詞選卷九　自怡軒詞譜卷一　歷朝名媛詩詞卷十一　天籟軒詞譜卷三　天籟軒詞選卷五　碎金詞譜卷二　復堂詞録卷八　三李詞　藝蘅館詞選乙卷

【注釋】

〔一〕「金猊」：香爐，作狻猊形。宋徐伸轉調二郎神詞：「薰徹金猊燼冷。」

〔二〕「日上簾鉤」：杜甫落日詩：「落日在簾鉤，溪邊春事幽。」李清照反而用之，用於日上。

〔三〕「病酒」：因酒而病。李商隱寄羅劭興詩：「人閒微病酒。」南唐馮延巳鵲踏枝詞：「日日花前常病酒，不辭鏡裏朱顔瘦。」「病酒」二字原出史記信陵君列傳。

〔四〕「悲秋」：楚辭宋玉九辯：「悲哉，秋之爲氣也。」杜甫登高詩：「萬里悲秋常作客，百年多病獨登臺。」「悲秋」言爲秋而悲。

〔五〕「陽關」：地名。史記大宛列傳正義引魏王泰括地志，謂在沙州壽昌縣西六里。在今甘肅敦煌

縣西南。唐王維送元二使安西詩：「渭城朝雨浥輕塵，客舍青青柳色新。勸君更盡一杯酒，西出陽關無故人。」樂府詩集卷八十作渭城曲，云：「渭城一曰陽關。」唐代盛唱此曲。白居易對酒詩：「聽唱陽關第四聲。」李商隱贈歌妓詩：「斷腸聲裏唱陽關。」王維詩原爲送別詩，故後人以「陽關」爲離別之曲。

〔六〕「武陵」：地名。今湖南常德縣境。陶潛桃花源記：「晉太元中，武陵人，捕魚爲業。緣溪行，忘路之遠近。忽逢桃花林，夾岸數百步，中無雜樹，芳草鮮美，落英繽紛。」韓愈桃源圖詩：「世俗寧知僞與真，至今傳者武陵人。」

〔七〕「秦樓」：秦穆公女弄玉之樓曰秦樓，亦曰鳳樓。唐李商隱當句有對詩：「秦樓鴛瓦漢宮盤。」無題詩：「豈知一夜秦樓客。」又梁沈約修竹彈甘蕉文云：「巫岫斂雲、秦樓開照。」此秦樓乃古詩陌上桑「日出西南隅，照我秦氏樓」之樓，日出與開照相應。此處殆用「秦氏樓」之「秦樓」。

【參考資料】

楊慎批點本草堂詩餘卷四　「欲說還休」與「怕傷郎、又還休道」同意。

按：「怕傷郎、又還休道」乃孫夫人風中柳詞，見類編草堂詩餘卷二。又按：今人宋詞三百首箋注誤引此則作楊慎詞品之語，上海新編李清照集亦承其誤。

同上　端的爲著甚的？（評「新來瘦，非干病酒，不是悲秋」語。）

詞的卷四　出自然，無一字不佳。

沈際飛本草堂詩餘正集卷三　懶説出，妙。瘦爲甚的，尤妙。千萬遍，痛甚。轉轉折折，忤合萬狀。清風朗月，陡化爲楚雨巫雲；阿閣洞房，立變成離亭別墅，至文也。

草堂詩餘評林（四卷本）卷三　古今女史卷十二　宛轉見離情別意，思致巧成。

詞菁卷二　滿楮情至語，豈是口頭禪。

古今詞統卷十二　亦是林下風，亦是閨中秀。

草堂詩餘雋卷二　眉批：非病酒，不悲秋，都爲苦別瘦。　又：水無情於人，人却有情於水。　評語：寫出一種臨別心神，而新瘦新愁，真如秦女樓頭，聲聲有和鳴之奏。

風韻情詞卷五　雨洗梨花，淚痕有在；風吹柳絮，愁思成團。易安此詞頗似之。

古今詞論節録掞天詞序　張祖望曰：「詞雖小道，第一要辨雅俗。結構天成，而中有豔語、雋語、奇語、豪語、苦語、癡語、没要緊語，如巧匠運斤，毫無痕迹，方爲妙手。古詞中如……『海棠開後，望到如今』，『惟有樓前流水，應念我、終日凝眸』……癡語也。『這次第，怎一箇愁字了得』……没要緊語也。此類甚多，略拈出一二。……」

按：「海棠開後，望到如今」乃宋鄭文妻憶秦娥詞句。「這次第，怎一箇愁字了得」乃李清照聲聲慢詞，全篇見後。

倚聲前集初編卷十六　王士禛鳳凰臺上憶吹簫和漱玉詞評語：清照原闋，獨此作有元曲意。阮亭此和不但與古人合縫無痕，殆戛戛上之。清照而在，當悲暮年頽唐矣。

雲韶集卷十 此種筆墨，不減耆卿、叔原，而清俊疏朗過之。「新來瘦」三語，婉轉曲折，煞是妙絕。筆致絕佳，餘韻尤勝。

一翦梅

彤管遺編、名媛璣囊、繡谷春容調作「一枝花」。唐宋諸賢絕妙詞選、林下詞選、古今名媛彙詩、名媛璣囊、詩詞雜俎本漱玉詞題作「別愁」，草堂詩餘（楊金本無題）、詞學筌蹄、彤管遺編、彙選歷代名賢詞府全集，詞的、堯山堂外紀、嘯餘譜、古今女史、古今詞統、古今詩餘醉、繡谷春容、彤管摘奇、古今別腸詞選、詩餘神髓題作「離別」，便讀草堂詩餘卷五、草堂詩餘評林秋集卷五、草堂詩餘雋卷四題作「秋別」，清綺軒詞選、同情集詞選題作「閨思」。

紅藕香殘玉簟〔一〕**秋，輕解羅裳，**便讀草堂詩餘、草堂詩餘評林作「襦」。沈際飛本草堂詩餘注：「一作襦，誤。」續草堂詩餘作「裙」。**獨上蘭舟**〔二〕。**雲中誰寄**古今別腸詞選作「不見」。**錦書**〔三〕**來，**古今別腸詞選作「投」。**雁字**〔四〕**回**瑯嬛記、詞律作「來」。**時，月滿西**文津閣四庫全書本樂府雅詞、唐宋諸賢絕妙詞選、瑯嬛記、類編草堂詩餘（楊金本同）、詞學筌蹄、彤管遺編、堯山堂外紀、彤管摘奇、名媛璣囊、古今詞統、清河書畫舫、歷城縣志、詞律、式古堂書畫彙考、歷代詩餘、詞林紀事、癸巳類稿俱無「西」字。詞學叢書本樂府雅詞注：「一本無西字」。**樓。**古今別腸詞選作「雁字南樓，明月西樓」。

花自便讀草堂詩餘、草堂詩餘評林作「月」，古今女史作「落」。**飄零水自流，一種相思，兩處**歷城縣志、林下詞選作「地」。**閒**續草堂詩餘作「離」，天籟軒詞選作「凝」，文津閣四庫全書本樂府雅詞無此字。**愁。此情無計可**續草堂詩餘作「與」。**消除，**古今別腸詞選作「此情轉轉幾時休」。

纔弇州山人詞評作「方」。沈際飛本草堂詩餘注：「一作方。」**下眉**續草堂詩餘作「心」。**頭，却**陳鍾秀本草堂詩餘、彙選歷代名賢詞府全集、花草粹編、詞潔、古今別腸詞選、天籟軒詞選作「又」，沈際飛本草堂詩餘注：「一作又。」**上心**續草堂詩餘作「眉」。**頭。**

○樂府雅詞卷下　唐宋諸賢絶妙詩選卷十　草堂詩餘後集卷下（類編草堂詩餘卷二）　瑯嬛記卷中引外傳　詞學筌蹄卷六　詩餘圖譜卷二（謝天瑞本卷三）　彤管遺編續集卷十七　彙選歷代名賢詞府全集卷三　文體明辨附録卷八　花草粹編卷七　詞的卷三　堯山堂外紀卷五十四　嘯餘譜卷三　古今名媛彙詩　名媛璣囊　古今女史卷十二　古今詞統卷十　古今詩餘醉卷八　增正詩餘圖譜卷中　風韻情詞卷五　繡谷春容卷三　彤管摘奇卷下　清河書畫舫申集　崇禎歷城縣志卷十六　林下詞選卷一　詞綜卷二十五　詞律卷九　式古堂書畫彙考書考卷十二　選聲集　古今別腸詞選卷三　詞潔卷二　歷代詩餘卷三十七　詩餘神髓　詩餘譜式後卷　乾隆濟南府志卷五十四　歷朝名媛詩詞卷十一　詞林紀事卷十九　清綺軒詞選卷七　同情集詞選卷十　天籟軒詞選卷五　癸巳類稿卷十五　詞軌附録卷一　復堂詞録卷八　三李詞　藝蘅館詞選乙卷

清張宗橚詞林紀事卷十九云：「此一翦梅變體也。前段第五句原本無『西』字，後人所增。舊譜謂脱去一字者非。又按汲古閣宋詞，此詞載入惜香樂府，恐誤。」趙萬里輯漱玉詞云：「又案此闋別見趙長卿惜香樂府九。以校雅詞，頗有異文：『玉簟』作『碧樹』、『輕解羅裳』作『羞解羅襦』、『獨』作『偷』、『滿』下有『西』字、『此情無計可消除』作『酒醒夢斷數殘更』、『才下眉頭』作『舊恨前歡』、『却』作『總』，疑出長卿手訂。編者不察，遂誤入趙集耳。」按惜香樂府誤收之詞頗多，編者劉澤未細考，恐見有手蹟即録，而不知其非長卿自作之故。

又萬曆庚子喬山書堂刊本續草堂詩餘卷下，此首作無名氏詞。

【注釋】

〔一〕「玉簟」：「簟」，竹席也。「玉簟」指光澤如玉之竹席。唐盧仝自君之出矣：「玉簟寒悽悽。」李廓長安少年行：「犬嬌眠玉簟。」

〔二〕「蘭舟」：即木蘭舟。任昉述異記卷下：「木蘭川在潯陽江中，多木蘭樹，昔吴王闔閭植木蘭於此，用構宮殿也。七里洲中有魯班刻木蘭爲舟，舟至今在洲中。詩家云『木蘭舟』，出於此。」唐馬戴楚江懷古詩：「猿啼洞庭樹，人在木蘭舟。」陸龜蒙木蘭堂詩：「幾度木蘭舟上望。」宋晏幾道鷓鴣天詞：「約開萍葉上蘭舟。」賀鑄新念别詞：「湖上蘭舟暮發。」李時珍本草曰：「木蘭枝葉俱疏，其花内白外紫，亦有四季開者，深山生者尤大，可以爲舟。……木肌細而心黄，梓人所貴。」蓋木蘭之舟，堅而且香，詩人遂以爲舟之美稱，所云「蘭舟」或「木蘭舟」不必定爲木蘭所作也。

〔三〕「錦書」：世傳蘇若蘭織錦迴文詩，或云「錦字書」，或云「錦字」，或云「錦書」。後世即用以稱書信。唐杜甫江月詩：「誰家挑錦字，滅燭翠眉顰。」宋柳永兩同心詞：「錦書斷、暮雲凝碧。」典皆從此出。

〔四〕「雁字」：雁飛成行，似字形，曰「雁字」。宋歐陽珣踏莎行詞：「雁字成行，角聲悲送。」古代相傳鴻雁能傳書。漢書蘇武傳：「教使者謂單于，言天子射上林中，得雁，足有繫帛書，言武等在某澤中。」故此詞上言寄書，下言「雁字」。

【參考資料】

瑯嬛記卷中引外傳　趙明誠幼時，其父將爲擇婦。明誠晝寢，夢誦一書，覺來惟憶三句云：「言與司合，安上已脱，芝芙草拔。」以告其父。其父爲解曰：「汝待得能文詞婦也。『言與司合』是『詞』字，『安上已脱』是『女』字，『芝芙草拔』是『之夫』二字，非謂汝爲詞女之夫乎？」後李翁以女女之，即易安也，果有文章。易安結縭未久，明誠即負笈遠遊。易安殊不忍别，覓錦帕書一翦梅詞以送之。詞曰：「紅藕香殘……却上心頭。」

按：詩詞雜俎本漱玉詞、本事詞上、詞林紀事卷十九俱引有此則。又按：清照適趙明誠時，兩家俱在東京，明誠正爲太學生，無負笈遠遊事。此則所云，顯非事實。而李清照之父（李格非）稱爲李翁，一似不知其名者，尤見蕪陋。瑯嬛記乃僞書，不足據。

草堂詩餘後集卷下李易安一剪梅詞注　苕溪漁隱云：近時婦人能文詞者，如趙明誠之妻李易安，長於詞，有漱玉集三卷行於世。此詞頗盡離别之情，當爲拈出。

按：上海新編李清照集亦引有此文，而云出自苕溪漁隱叢話，實爲原書所無。

楊慎批點本草堂詩餘卷三　離情欲淚。讀此始知高則誠、關漢卿諸人，又是效顰。

弇州山人詞評　孫夫人：「閒把繡絲撏，認得金針又倒拈。」可謂看朱成碧矣。李易安：「此情無計可消除，方下眉頭，又上心頭。」可謂憔悴支離矣。秦少游：「安排腸斷到黄昏。」甫能炙得燈兒了，雨打梨花深閉門。」則十二時無間矣。此非深於閨恨者不能也。易安又有「寵柳嬌花寒食近，種種惱人天氣」。「寵柳嬌花」，新麗之甚。

按：孫夫人詞乃南鄉子，秦少游詞乃鷓鴣天。此鷓鴣天實非秦作，草堂詩餘不著撰人姓氏，汲古閣未刻本漱玉詞亦收之。王世貞承類編草堂詩餘之誤，以爲秦作。詳見本卷末鷓鴣天詞附注。

詞的卷三　香弱脆溜，自是正宗。

清河書畫舫申集　易安詞稿一紙，乃清秘閣故物也。筆勢清真可愛。此詞漱玉集中亦載，所謂離別曲者耶。卷尾略無題識，僅有點定兩字耳。録具於左：……右調一翦梅。

按：易安詞稿乃清秘閣故物。此清秘閣殆即元末倪雲林（倪瓚）之清閟閣也（「秘」與「閟」通）。名人收藏，流傳有緒，當非僞蹟。張丑尚見有漱玉集，是明末於世善堂藏本以外，或尚有別本流傳也。

沈際飛本草堂詩餘正集卷二　時本落「西」字，作七字句，非調。是元人樂府妙句。關、白、馬、鄭諸君，固效顰耳。

草堂詩餘評林（四卷本）卷二　古今女史卷十二　此詞頗盡離別之情。語意飄逸，令人省目。

草堂詩餘雋卷四　眉批：多情不隨雁字去，空教一種上眉頭。　評語：惟錦書、雁字，不得將情傳去，所以一種相思，眉頭心頭，在在難消。

花草蒙拾　俞仲茅小詞云：「輪到相思没處辭，眉間露一絲。」視易安「纔下眉頭，却上心頭」，可謂此子善盜。然易安亦從范希文「都來此事，眉間心上，無計相迴避」脱胎，李特工耳。

按：詞苑叢談卷四引王阮亭、詞林紀事卷十九引王阮亭，皆即此則。俞詞乃長相思詞。

兩般秋雨庵隨筆卷三　易安一翦梅詞起句「紅藕香殘玉簟秋」七字，便有呑梅嚼雪，不食人間煙火氣象，其實尋常不經意語也。

雲韶集卷十　起七字秀絶，真不食人間煙火者。梁紹壬謂：只起七字已是他人不能到，結更淒絶。

白雨齋詞話卷二　易安佳句，如一翦梅起七字云「紅藕香殘玉簟秋」，精秀特絶，真不食人間煙火者。

古今詞話·詞辨卷下　周永年曰：一翦梅惟易安作爲善。劉後村換頭亦用平字，於調未叶。若「雲中誰寄錦書來」與「此情無計可消除」，「來」字、「除」字，不必用韻，似俱出韻。但「雁字回時月滿樓」，「樓」上失一「西」字。劉青田「雁短人遥可奈何」，「樓」上似不必增「西」字。今南曲只以前段作引子，詞家復就單調，别名「翦半」。將法曲之被管絃者，漸不可究詰矣。

蝶戀花　晚止昌樂館寄姊妹

淚溼翰墨大全、詩女史、留青日札、彤管遺編、花草粹編、名媛璣囊、林下詞選、歷代詩餘作「揾」。**羅**翰墨大全、詩女史、留青日札、彤管遺編、花草粹編、古今名媛彙詩、名媛璣囊、林下詞選、歷代詩餘作「征」。古今女史同。**衣脂粉滿**，翰墨大全、詩女史、留青日札、彤管遺編、花草粹編、古今名媛彙詩、名媛璣囊、林下詞選、歷代詩餘作「暖」。四印齋本漱玉詞注：「别作淚揾征衣脂粉暖。」**四**文津閣四庫全書本樂府雅詞作「三」。**疊陽關，唱**歷代詩餘作「聽」。**到**翰墨大全、詩女史、留青日札、彤管遺編、花草粹編、古今名媛彙詩、名媛璣囊、古今女史、林下詞選、歷代詩餘作「了」。

千千遍。人道歷代詩餘作「到」。山長山歷代詩餘作「水」。又斷，蕭蕭微留青日札作「風」。雨聞孤館。惜別傷離方寸亂〔一〕，忘了臨行，酒盞深和淺。好把翰墨大全、詩女史、留青日札、彤管遺編、花草粹編、古今名媛彙詩、名媛璣囊、古今女史、林下詞選、歷代詩餘作「若有」。四印齋本漱玉詞「把」字下注：「別作有。」音書憑過雁，東萊〔二〕不似蓬萊〔三〕遠。○樂府雅詞卷下　花草粹編卷七　歷代詩餘卷四十　三李詞

此首別見元劉應李事文類聚翰墨大全後丙集卷四，無撰人姓氏，題作晚止昌樂館寄姊妹。此首前爲無撰人寄妹踏莎行詞、寄季順妹鵲橋仙詞、寄季玉妹更漏子詞，更前一首爲延安夫人立春寄季順妹臨江仙詞。（通行本翰墨大全無鵲橋仙、更漏子二詞。）田藝蘅詩女史卷十一、田藝蘅留青日札卷三十九、陽關三疊、周銘林下詞選卷三並以爲延安夫人作，題作暫止樂昌館寄姊妹。酈琥彤管遺編後集卷十二、古今名媛彙詩卷十七、名媛璣囊卷三、趙世杰古今女史卷十二亦作延安夫人詞，題作寄姊妹。葉申薌閩詞鈔卷四、林葆恒閩詞徵卷六亦以爲延安夫人作，題作暫止東昌館寄姊妹，注：「此闋或誤題李易安」（文字與詩女史等同，不另校）。此首既見於宋曾慥樂府雅詞，題李易安作，而曾慥又與易安同時，必無錯誤。詩女史等以爲延安夫人作，皆非。

翰墨大全作無名氏，疑誤奪李易安姓名。此首殆爲宣和三年辛丑八月間清照由青州至萊州途中宿昌樂寄姊妹所作。按地理圖，由青至萊，須經昌樂。建炎以來繫年要録卷十九載建炎三年，趙晟由青赴萊，劉洪道令權知昌樂縣張成伏兵中途邀擊，可以證明。翰墨大全所題暫止昌樂館寄姊

妹，恐爲原題。詩女史等誤以「昌樂館」爲「樂昌館」，閩詞鈔至誤作「東昌館」，魯魚亥豕，不可究詰矣。詞中有「蕭蕭微雨聞孤館」句，必清照在旅途中作也。近人多以爲此詞乃清照自諸城或青州寄至萊州趙明誠者，非是。

【注釋】

〔一〕「方寸亂」：三國志蜀志諸葛亮傳：「亮與徐庶並從，爲曹公所追破，獲庶母。庶辭先主而指其心曰：『本欲與將軍共圖王霸之業者，以此方寸之地也。今已失老母，方寸亂矣，請從此別。』遂詣曹公。」「方寸亂」言心緒亂也。

〔二〕「東萊」：即萊州，今山東掖縣。時趙明誠守萊州。

〔三〕「蓬萊」：神話中海上三神山之一，見前漁家傲詞「天接雲濤連曉霧」闋「三山」注，出史記封禪書。

蝶戀花

唐宋諸賢絶妙詞選、草堂詩餘別集、古今詞統、古今詩餘醉、詞匯、林下詞選、詩詞雜俎本漱玉詞題作「離情」。草堂詩餘別集注：「一作春懷。」

暖雨四部叢刊本樂府雅詞作「日」，旁注：「雨。」**晴**四部叢刊本樂府雅詞旁注：「和。」唐宋諸賢絶妙詞選、草堂詩餘別集、古今詞統、古今詩餘醉、林下詞選、歷代詩餘、詩詞雜俎本漱玉詞作「和」。花草粹編、文津閣四庫全書本樂府雅詞作「清」。草堂詩餘別集注：「一作清，誤。」**風初破凍，柳眼**〔一〕草堂詩餘別集注：「一作潤。」**梅腮，**唐宋諸賢絶妙詞選、林下詞選、詩詞雜俎本漱玉詞作「柳潤梅輕」。**已覺春心**四部叢刊本樂府雅詞旁注：「風。」**動。酒意詩情誰與共？淚融殘粉花鈿重。乍試夾衫**唐宋諸賢絶妙詞選、草堂詩餘别集、古今詞統、古今詩餘醉、林下詞選、歷代詩餘、詩詞雜俎本漱玉詞作「衣」。**金縷縫，山**草堂詩餘别集注：「一作鴛。」**枕斜攲，**歷代詩餘、文津閣四庫全書本樂府雅詞作「攲斜」。**枕損釵頭鳳**〔二〕。**獨抱濃愁無好夢，夜闌猶剪燈花弄。**

○樂府雅詞卷下　唐宋諸賢絶妙詞選卷十　花草粹編卷七　草堂詩餘别集卷二　古今詞統卷九　古今詩餘醉卷八　林下詞選卷一　詞匯卷七　歷代詩餘卷四十　三李詞

【注釋】

〔一〕「柳眼」：李商隱二月二日詩：「花鬚柳眼各無賴。」柳眼，柳葉初生似眼者。

〔二〕「釵頭鳳」：宋無名氏擷芳詞：「可憐孤似釵頭鳳。」唐段成式嘲飛卿詩云：「醉袂幾侵魚子纈，飄纓長罥鳳皇釵。」釵作鳳皇形者曰「鳳皇釵」或「鳳釵」，其釵上之鳳即曰「釵頭鳳」。

【參考資料】

古今詞統卷九　此媛手不愁無香韻。　近言遠，小言至。

皺水軒詞筌　寫景之工者，如尹鶚：「盡日醉尋春，歸來月滿身。」李重光：「酒惡時拈花蕊嗅。」李易安：「獨抱濃愁無好夢，夜闌猶剪燈花弄。」劉潛夫：「貪與蕭郎眉語，不知舞錯伊州。」皆入神之句。

按：古今詞論引賀黄公、詞苑叢談卷一引詞筌、詞苑萃編卷二引詞筌，皆與此則同。尹鶚句乃醉公子詞，李煜（李重光）句乃浣溪沙詞，劉克莊（劉潛夫）句乃清平樂詞。

鷓鴣天

寒歷代詩餘作「盡」。日蕭蕭上鎖文津閣四庫全書本樂府雅詞、歷代詩餘作「瑣」。窗，梧桐應恨夜來霜。酒闌更喜團茶〔一〕苦，夢斷偏宜瑞腦香。秋已盡，日猶長。仲宣〔二〕懷遠更淒涼。不如隨分尊前醉，莫負東籬菊蕊黄。○樂府雅詞卷下　花草粹編卷五　歷代詩餘卷二十八　三李詞

【注釋】

〔一〕「團茶」：宣和北苑貢茶録：「太平興國初，特製龍鳳模，遣使臣即北苑造團茶，以別庶飲。」當時有龍團、鳳團二種，後又有小鳳團，皆團茶，即今之茶餅。

〔二〕「仲宣」：文選王粲登樓賦：「雖信美而非吾土兮，曾何足以少留。」五臣良注：「因懷歸而有此作。」王粲字仲宣，三國時山陽高平人，有文名，爲建安七子之一。

小重山

春到長門〔一〕春草青，江梅些子破，未開勻。碧雲籠花草粹編、文津閣四庫全書本樂府雅詞作「龍」。碾〔二〕玉成塵，留曉花草粹編、歷代詩餘、文津閣四庫全書本樂府雅詞作「晚」。夢，驚破一甌春。歷代詩餘作「雲」。又「甌春」四部叢刊本樂府雅詞旁注：「溪雲。」花影壓重門，疏簾鋪淡月，好黄昏。二年

三度負東君〔三〕，歸來也，著意過今春。○樂府雅詞卷下　花草粹編卷六　歷代詩餘卷三十五　三李詞

【注釋】

〔一〕「長門」：文選司馬相如長門賦序：「孝武皇帝陳皇后，時得幸，頗妬。别在長門宫，愁悶悲思。聞蜀郡成都司馬相如天下工爲文。奉黄金百斤爲相如、文君取酒。因於解悲愁之辭，而相如爲文，以悟主上，陳皇后復得親幸。」三輔黄圖卷三云：「長門宫，離宫，在長安城，孝武陳皇后得幸，頗妬，居長門宫。」按花間集載薛昭藴小重山詞二首，一首起句爲「春到長門春草青」，一首起句爲「秋到長門秋草黄」，易安此首起句蓋傚之。

〔二〕「碧雲籠碾」：碾茶也。秦觀秋日詩：「月團新碾瀹花甆。」無名氏浣溪沙詞：「鬭碾鳳團銷短夢。」宋人於茶皆先碾後煮。宋龐元英文昌雜録卷四記韓魏公「不甚喜茶，無精粗，共置一籠，每盡，即取碾」。「碧雲」指茶之色，碾細故曰「玉成塵」。

〔三〕「東君」：謂春日、春天之神。尊前集南唐成文幹柳枝詞云：「東君愛惜與先春。」宋李邴漢宫春詞：「東君也不愛惜，雪壓風欺。」楚辭九歌有「東君」，洪興祖補注：「博雅：『朱明耀靈。』東君，日也。漢書郊祀志有『東君』。」史記封禪書、漢書郊祀志並云：「晉巫祀五帝：東君、雲中……」司馬貞索隱、顔師古注並云：「東君，日也。」蓋「東君」原爲日神，後演變而爲春神也。

怨王孫 花草粹編、歷代詩餘題作「賞荷」。

湖上風來波浩渺，花草粹編注：「首句，復雅歌詞作『雲鎖重樓簾幕曉』。」秋已暮、紅稀香少。樂府雅詞少二「香」字，兹從其他各本補。水光山色與人親，説不盡、無窮好。　蓮子已成荷葉老，清詞學叢書本樂府雅詞作「青」。露洗、蘋花汀草。眠沙鷗鷺不回頭，似歷代詩餘、天籟軒詞選作「應」。也花草粹編作「應也」，詞譜作「應」。恨、人歸早。○樂府雅詞卷下　花草粹編卷五　歷代詩餘卷二十九　天籟軒詞選卷五　三李詞

此首別見詞譜卷二引復雅歌詞，作無名氏詞。復雅歌詞久無傳本，詞譜殆從花草粹編轉引。碎金詞譜卷二亦作無名氏詞。

臨江仙

歐陽公作蝶戀花〔一〕，有「深深深幾許」之語，予酷愛之。用其語作「庭院深深」數闋。其聲即舊臨江仙也。見草堂詩餘前集卷上歐陽永叔蝶戀花詞注。（清沈雄古今詞話・詞辨卷上引樂府紀聞一則與此同。詞苑叢談卷一又另有一則，蓋亦出自草堂詩餘。）

庭院深深深幾許？雲窗霧閣〔二〕常扃。柳梢梅萼漸分明。春歸秣陵〔三〕樹，人客趙萬里輯

漱玉詞作「老」。建安〔四〕四部叢刊本樂府雅詞作「遠安」，四印齋所刻詞本漱玉詞、趙萬里輯漱玉詞作「建康」。城。感月吟風〔五〕多少事，如今老去無成。誰憐憔悴更凋零。試燈〔六〕無意思，踏雪没心情。末二句，花草粹編、歷代詩餘作「燈花空結蕊，離別共傷情」。○樂府雅詞卷下　花草粹編卷七　歷代詩餘卷三十八　三李詞

此首因各本文字之不同，可能作於「建安」「遠安」「建康」，三者必居其一。遠安在今湖北省，清照平生蹤跡未至其地，可置勿論。至於建康，則清照曾至其地，其時趙明誠守郡。如原文確爲「春歸秣陵樹，人老建康城」，則此詞自應爲清照在建康所作。惟四印齋本漱玉詞、趙輯本漱玉詞刊刻、排印有無錯誤，其文字根據何本，趙輯是否根據趙輯寧星鳳閣鈔本樂府雅詞（此本被劫往國外，尚未收回，亦無顯微膠卷），尚待證實。而詞中云「人老建康城」，又云「而今老去無成」，明爲感舊傷今之語，與在建康時情境不甚相合，不似從明誠居建康時作。疑從詞學叢書本樂府雅詞作「建安」爲是。清照似曾至閩，其時趙明誠已死，與張汝舟已離異，流離飄泊。在建康時每大雪輒循城遠覽，意興甚豪，而此云「踏雪没心情」，情境完全不合。參閲後附李清照事迹編年一一三五年事迹。

【注釋】

〔一〕「歐陽公作蝶戀花」：歐陽修蝶戀花詞云：「庭院深深深幾許？楊柳堆煙，簾幕無重數。玉勒雕鞍遊冶處，樓高不見章臺路。　雨横風狂三月暮。門掩黄昏，無計留春住。淚眼問花花不

語。亂紅飛過秋千去。」此首實馮延巳作，非歐陽修作。據歐陽修近體樂府羅泌校語，此詞亦見陽春録，而崔公度跋陽春録，則謂皆延巳親筆。（見近體樂府羅泌跋。）馮延巳親筆所書之詞，必非歐作。後人或據清照此序以爲此首必歐陽修作，蓋未見崔公度跋也。

〔二〕「雲窗霧閣」：韓愈華山女詩：「雲窗霧閣事慌惚，重重翠幔深金屏。」

〔三〕「秣陵」：漢書地理志：秣陵屬丹陽郡。即今南京市。

〔四〕「建安」：宋屬建州，今福建建甌。

〔五〕「感月吟風」：即後人所謂「吟風弄月」，一般指作詩、詞。

〔六〕「試燈」：未到元宵節而張燈預賞謂之試燈。宋張鎡賞心樂事記有十二月季冬家宴試燈事。試燈與正月孟春之天街觀燈、諸館賞燈有別。

醉花陰

詩詞雜俎本漱玉詞、唐宋諸賢絶妙詞選、彤管遺編、文體明辨、花草粹編、堯山堂外紀、古今名媛彙詩、名媛璣囊、古今女史、繡谷春容、彤管摘奇、林下詞選、詞綜、記紅集、詞林紀事題作「九日」，草堂詩餘、詞學筌蹄、詞的、嘯餘譜、古今詞統、古今詩餘醉、歷城縣志、詞匯、詩餘神髓、古今詞選、詩餘譜式、清綺軒詞選題作「重陽」，彙選歷代名賢詞府全集題作「重九」。

薄霧濃雲全芳備祖作「陰」（全芳備祖只有鈔本，或作「雲」，或作「陰」），詞品卷一云：「李易安九日詞，今俗本改『雰』作『雲』。」古今詞統、歷城縣志、林下詞選、見山亭古今詞選、詞苑叢談、詞律、詞匯、歷代詩餘、古今詞選、古今圖書集成、同情集詞選、天籟軒詞譜、天籟軒詞選作「雰」。林下詞選云：「一作雲。」沈際飛本草堂詩餘注：「一作雰，誤。」**愁永晝，瑞腦銷**全芳備祖、草堂詩餘、詞學筌蹄、詩餘圖譜、詩女史、彤管遺編、彙選歷代名賢詞府全集、花草粹編、詞的、堯山堂外紀、嘯餘譜、增正詩餘圖譜、彤管摘奇、古今名媛彙詩、名媛璣囊、古今女史、古今詞統、二如亭羣芳譜、歷城縣志、見山亭古今詞選、詞苑叢談、詞律、詞匯、記紅集、選聲集、古今詞選、詞鵠、詩餘譜式、同情集詞選、歷朝名媛詩詞作「噴」。沈際飛本草堂詩餘作「銷」，注：「一作噴，誤。」**金**全芳備祖、二如亭羣芳譜作「香」。**獸**〔一〕。**佳**詩詞雜俎本漱玉詞、全芳備祖、唐宋諸賢絶妙詞選、花草粹編、沈際飛本草堂詩餘、二如亭羣芳譜、古今詩餘醉、林下詞選、詞潔、古今圖書集成、自怡軒詞選作「時」。沈際飛本草堂詩餘注：「一作佳，誤。」**節又重陽，玉**草堂詩餘、詞學筌蹄、詩餘圖譜、詩女史、彤管遺編、彙選歷代名賢詞府全集、花草粹編、詞的、堯山堂外紀、增正詩餘圖譜、彤管摘奇、嘯餘譜、古今名媛彙詩、名媛璣囊、古今女史、古今詞統、古今詩餘醉、歷城縣志、見山亭古今詞選、詞苑叢談、詞律、詞匯、記紅集、選聲集、古今詞選、詞鵠、詩餘譜式、古今圖書集成、同情集詞選、天籟軒詞譜、天籟軒詞選作「寶」。沈際飛本草堂詩餘注：「一作玉。」自怡軒詞選作「鴛」。**枕紗厨**〔二〕，彤管遺編、古今女史作「窗」。**半夜**嘯餘譜、古今詩餘醉作「夏」，誤。**涼**全芳備祖、草堂詩餘、詞學筌蹄、詩餘圖譜、詩女史、彤管遺編、彙選歷代名賢詞府全集、花草粹編、詞的、堯山堂外紀、嘯餘譜、古今女史、古今詞統、二如亭羣芳譜、增正詩餘圖譜、彤管摘奇、古今名媛彙詩、名媛璣囊、詞匯、見山亭古今詞選、詞苑叢談、詞律、記紅集、選聲集、古今詞選、詞鵠、詩餘譜式、同情集詞選、天籟軒詞譜作「秋」。**初**「涼初」，詩餘圖譜作「秋先」，歷城縣志作「新涼」。沈際飛本草堂詩餘在句末注：「一作秋光透，又作秋先透，俱誤。」**透**。**東籬把酒**詞學筌蹄、彙選歷代名賢詞府全集作「菊」。**黄昏**詞鵠云：「『酒』字疑是短韻，蓋後段换頭，各體原多有不同，且第二句又二『有』字領起，作者須味其意，於『酒』字讀斷，『後』字再斷，作折腰體，亦無不可。審音者幸留意焉。」後，有暗香全芳備祖誤作「風」（鈔本或作「香」，或誤作「風」）。盈袖。莫道不銷魂，簾捲西風，人似全芳備祖（鈔本或作「似」，或作「比」）、彤管遺編、彤管摘奇、古今名媛彙詩、名媛璣囊、古今女史、詞綜、詞律、詞匯、天籟軒詞譜、歷朝名媛詩詞、天籟軒詞選作「比」。四印齋本漱玉詞亦作「比」，注：「別作似」。黄花〔三〕瘦。○樂府雅詞卷下　全芳備祖前集卷十二菊花門　唐宋諸賢絶妙詞選卷十　草堂詩餘後集卷上（類編草堂詩餘卷一、楊金本草堂詩餘後集卷下）　詞學筌蹄卷二　詩餘圖譜卷一（謝天瑞本卷二）　詩女史卷十一　彤管遺編續集卷十七　彙選歷代名賢詞府全集卷三　文體明辨附録卷七　花草粹編卷五　詞的卷二　堯山堂外紀卷五十四　嘯餘譜卷三　增正詩餘圖譜卷上　彤管摘奇卷下　古今名媛彙詩卷十七　名媛璣囊卷三　繡谷春容卷二　古今女史卷十二　古今詞統卷七　古今詩餘醉卷一　二如亭羣芳譜花譜卷三　崇禎歷城縣志卷十五　林下詞選卷一　見山亭古今詞選卷二　詞綜卷二十五　詞匯卷四　詞苑叢談卷三　詞律卷七　記紅集卷一　選聲集　詞潔卷一　歷代詩餘卷二十三　古今詞選卷二　詞鵠卷三　詩餘神髓　詩餘譜式後卷　古今圖書集成・歲功典卷七十八　清綺軒詞選卷六　自怡軒詞選卷二　同情集詞選卷七　歷朝名媛詩詞卷十一　天籟軒詞譜卷二　天籟軒詞選卷五　詞林紀事卷十九　詞軌附録卷一　復堂詞録卷八　三李詞　藝蘅館詞選乙卷

【注釋】

〔一〕「金獸」：香爐也。唐羅隱寄前宣州竇常侍詩：「噴香瑞獸金三尺，舞雪佳人玉一圍。」

〔二〕「紗厨」：唐王建贈王處士詩：「青山掩障碧紗厨。」宋周邦彦浣溪沙詞：「薄薄紗厨望似空。」明無名氏居家必備俗呼小録云：「卧牀之帳子謂蚊幮。」幮即厨也。紗厨即紗帳。

〔三〕「黄花」：禮記月令：「鞠有黄花。」「鞠」本作「菊」。「黄花」世以之稱菊花。

【參考資料】

瑯嬛記卷中引外傳　易安以重陽醉花陰詞函致明誠。明誠歎賞，自愧弗逮，務欲勝之。一切謝客，忘食忘寢者三日夜，得五十闋，雜易安作，以示友人陸德夫。德夫玩之再三，曰：「只三句絶佳。」明誠詰之。曰：「莫道不消魂，簾捲西風，人似黄花瘦。」政易安作也。

按：崇禎歷城縣志卷十六、古今詞統卷七、歷代詩餘卷一百十六（引瑯嬛記）、詞林紀事卷十九（引瑯嬛記）、詞苑萃編卷四（引瑯嬛記）、本事詞上俱引此則，與瑯嬛記原書有出入，蓋多經改易。又沈雄古今詞話詞品卷下，又詞辨卷下亦引此事，蓋亦出自瑯嬛記。又徐釚詞苑叢談卷三有一則，先載此詞本事，繼及春晚如夢令，又及祭趙明誠文，與投綦密禮啓（文内云作札寄人），蓋從瑯嬛記、苕溪漁隱叢話、四六談麈等鈔出。按趙明誠喜金石刻，平生專力於此，不以詞章名。瑯嬛記所引外傳，不知何書，殆出自捏造。所云「明誠欲勝之」，必非事實。

楊慎批點本草堂詩餘卷一　淒語，怨而不怒。（評末兩句）

詞的卷二　但知傳誦結語，不知妙處全在「莫道不消魂」。

詩辨坻卷四　柴虎臣云：指取温柔，詞歸蘊藉。暱而閨帷，勿浸而巷曲，浸而巷曲，勿墮而村鄙。又云：語境則「咸陽古道」「汴水長流」，語事則「赤壁周郎」「江州司馬」，語景則「岸草平沙」「曉風殘月」，語情則「紅雨飛愁」「黄花比瘦」，可謂雅暢。

按：詞苑叢談卷一、詞苑萃編卷二引毛稚黄、西圃詞説俱引此則。「黄花比瘦」即清照詞：「簾捲西風，人比黄花瘦。」又：「咸陽古道」乃李白憶秦娥詞：「樂遊原上清秋節，咸陽古道音塵絶。」「汴水長流」乃白居易長相思詞：「汴水流，泗水流。」「赤壁周郎」乃蘇軾念奴嬌詞：「故壘西邊，人道是，三國周郎赤壁。」「江州司馬」乃吴激人月圓詞：「江州司馬，青衫淚溼，同是天涯。」「岸草平沙」乃僧仲殊柳梢青詞：「岸草平沙，吴王故苑，柳裊煙斜。」「曉風殘月」乃柳永雨霖鈴詞：「今宵酒醒何處，楊柳岸、曉風殘月。」「紅雨飛愁」乃僧如晦卜算子詞：「風急桃花也似愁，點點飛紅雨。」

詞綜偶評　結句亦從「人與緑楊俱瘦」脱出，但語意較工妙耳。

按：「人與緑楊俱瘦」乃宋無名氏如夢令詞，其全首云：「鶯嘴啄花紅溜，燕尾點波緑皺。指冷玉笙寒，吹徹小梅春透。依舊，依舊，人與緑楊俱瘦。」此首或誤以爲秦觀所作。

詞品卷一　中山王文木賦：「奔雷屯雲，薄霧濃雰。」皆形容木之文理也。杜詩「屯雲對古城」，實用其語。李易安九日詞「薄霧濃雰愁永晝」，今俗本改「雰」作「雲」。

按：古今詞統卷七有一則，甚簡，蓋出自詞品。

沈際飛本草堂詩餘正集卷一　中山王文木賦「薄霧濃雰」，形容木之文理也。用修云：「易安本此。」不必。

花草蒙拾　「薄霧濃雲」，新都引中山王文木賦「薄霧濃雰」以折「雲」字之非。楊博奥，每失穿鑿。

如王右丞詩「玉角靶」與「朱鬣馬」之類，殊墮狐穴。此「雰」字辨證獨妙。

按：作詞極少引用古書上罕見之字，楊慎之説殊爲穿鑿。王士禛賞之，非也。

弇州山人詞評　詞内「人瘦也，比梅花，瘦幾分」，又「天還知道，和天也瘦」，又「莫道不消魂，簾捲西風，人比黄花瘦」，三「瘦」字俱妙。

按：詞苑萃編卷二引王弇州此則，「人比黄花瘦」下，作：「又『應是緑肥紅瘦』、又『人共博山煙瘦』，『瘦』字俱妙。」又按：「人瘦也、比梅花、瘦幾分」乃宋程垓攤破江城子詞（或誤作康與之江城梅花引），「天還知道，和天也瘦」乃秦觀水龍吟詞。「人共博山煙瘦」乃毛滂感皇恩詞。

歷代詩餘卷一百十七　詞苑萃編卷五　康伯可「人瘦也、比梅花、瘦幾分」與李清照「簾捲西風，人比黄花瘦」同妙。

按：歷代詩餘、詞苑萃編俱引王性之。王性之乃王銍，與康伯可、李清照同時，並無此語。疑所云王性之乃王世貞之誤。

沈際飛本草堂詩餘正集卷一　康詞「比梅花、瘦幾分」，一婉一直，並時争衡。

按：古今詞統卷七有一則，與此相同，惟末句作「兩得其宜」。

論詞隨筆　寫景貴淡遠有神，勿墮而奇險；言情貴藴藉，勿浸而淫褻。「曉風殘月」「衰草微雲」，寫景之善者也；「紅雨飛愁」「黄花比瘦」，言情之善者也。

按：「曉風殘月」乃柳永雨霖鈴詞，已見前引；「衰草微雲」乃秦觀滿庭芳詞「山抹微雲，天連衰草」、「紅雨飛愁」乃僧如晦卜算子詞，亦已見前引。

論詞隨筆　詞之用字，務在精擇：腐者、啞者、笨者、弱者、粗俗者、生硬者、詞中所未經見者，皆不可用，而叶韻字尤宜留意。古人名句，末字必清雋響亮，如「人比黄花瘦」之「瘦」字，「紅杏枝頭春意鬧」之「鬧」字皆是，然有同此字而用之善不善，則存乎其人之意與筆。

按：「紅杏枝頭春意鬧」乃宋祁玉樓春詞。

自怡軒詞選卷二　幽細淒清，聲情雙絶。

晚香室詞録卷七　愚按：醉花陰「簾捲西風」，爲易安傳作，其實尋常語耳。其「尋尋覓覓」一首，鶴林玉露及貴耳集皆盛稱之，惟海鹽許蒿廬謂其頗帶傖氣，可謂知言。

雲韶集卷十　無一字不秀雅。深情苦調，元人詞曲往往宗之。

本事詞自序　（上略）更若蘿屋静姝，蘭閨秀媛，既工協律，亦擅摛詞。瘦比黄花，寓幽情於愛菊；慧同紫竹，抒雅藻於踏莎。向金屋而翦繒，宫花簪鬢；望錦川而揮淚，山色添眉。復有逐妾辭閨，故姬去國，團扇動棄捐之感，羅裙懷淪落之嗟。念錦瑟之空麗，難吟荳蔻；恨金甌之已缺，誰弄琵琶。燕子樓頭，夢斷彭城落月；鵑聲馬上，愁生蜀道殘春。斯皆悲離恨之有天，欲埋愁而無地。但留怨什，宜播吟壇。（下略）

按：「慧同紫竹」二句，指紫竹踏莎行詞；「金屋翦繒」二句，指劉鼎臣妻鷓鴣天詞；「錦川揮淚」二句，指盧氏女鳳棲梧詞；「金甌已缺」二句，指王昭儀滿江紅詞；「燕子樓頭」二句，指蘇軾永遇樂詞：「鶻聲馬上」二句，指花蕊夫人採桑子詞。

湘綺樓詞選前編　此語若非出女子自寫照，則無意致。「比」字各本皆作「似」，類書引反不誤。

好事近

風定落花深，簾外擁紅堆雪。長記海棠開後，正原本作「正是」。四印齋本漱玉詞云：「此詞上段末句『是』字疑衍。」趙萬里輯漱玉詞云：「按此句無作六言者，『正』『是』二字，必有一衍。」茲從其説，删去「是」字。傷春時節。　酒闌歌罷玉尊空，青缸〔一〕文津閣四庫全書本樂府雅詞、花草粹編作「紅」。暗明滅。魂夢不堪幽怨，更一聲啼鴂〔二〕。○樂府雅詞卷下　花草粹編卷三

【注釋】

〔一〕「青缸」：即青燈。缸，用同「釭」。李白夜坐吟：「青缸凝明照悲啼。」

〔二〕「啼鴂」：文選張衡思玄賦李善注引楚辭：「恐鷤鴂之先鳴，使夫百草爲之不芳。」（按傳本楚辭與文選所載離騷，「鷤」作「鵜」，與李善所引異。）或云：鷤鴂即杜鵑。按辛棄疾賀新郎詞云：「緑樹聽鷤鴂，更那堪、杜鵑聲住，鷓鴣聲切。」辛詞自注云：「鵜鴂、杜鵑實兩種，見離騷補注。」（按洪興祖補注云：「子規、鷤鴂，二物也。」宋錢杲之離騷集傳以爲「鵜」即「鷤」。）

訴衷情

詞學叢書本樂府雅詞云：「案訴衷情有單調、有雙調。此詞名訴衷情令，又名漁父家風。張元幹、嚴仁皆同。」花草粹編題作「枕畔聞殘梅噴香」。

夜來沈醉卸妝遲，梅蕚花草粹編作「蕊」。**插殘枝。酒醒熏破春睡，夢遠不成歸。**此二句樂府雅詞原作「酒醒熏破，惜春夢遠，又不成歸」，與律不合，茲從花草粹編改。四印齋本漱玉詞注：「運案：『酒醒』三句，毛鈔本、花草粹編並作『酒醒熏破春睡，夢斷不成歸』。」詞學叢書本樂府雅詞云：「案訴衷情有單調、有雙調，皆與此詞不同。惟訴衷情令相合，但前段第三句六字、第四句五字。此詞前段五句，下三句皆作四字一句，較譜多一字。或傳寫誤增，或當時本有此體，然宋人皆無如此填者，附注俟考。」

人悄悄，月依依，翠簾垂。更挼〔一〕**殘蕊，更**花草粹編作「再」。**撚餘香，更得些時。**○樂府雅詞卷下　花草粹編卷三

【注釋】

〔一〕「挼」：唐無名氏菩薩蠻詞：「碎挼花打人。」顧敻荷葉杯詞：「手挼裙帶獨徘徊。」馮延巳謁金門詞：「手挼紅杏蕊。」按說文解字卷十二上手部：「捼，推也，从手委聲。一曰兩手相切摩也。」臣鉉（徐鉉）等曰：「今俗作挼，非是。奴禾切。」宋孫奕履齋示兒編卷二十一引作：「捼，奴禾切，兩手摩也。俗作挼。」唐宋人詩詞蓋皆用「捼」之俗字。今吴語、桂粵語中俱用「挼」字，音nuó，音義與說文一說、孫奕、唐宋人詩詞所用同。

行香子歷代詩餘題作「七夕」。

草際鳴蛩、驚落梧桐、正人間天上愁濃。雲階月地〔一〕，四部叢刊本樂府雅詞、花草粹編、詞譜作「色」。關鎖千重，花草粹編作「里」，誤。此處應叶韻。縱浮槎〔二〕來，浮槎去，不相逢。星橋〔三〕鵲四部叢刊本樂府雅詞、花草粹編作「鶴」。駕，經年纔見，想離情別恨難窮。牽牛織女〔四〕，莫是離中。甚霎兒晴，霎兒雨，霎兒風。花草粹編、詞譜作：「甚一霎兒晴、一霎兒雨、一霎兒風。」每句多一「一」字，詞譜以爲又一體。按翰墨大全丁集卷一，有鈐崗（傅大詢）行香子・壽鄧宰母一首，上下半闋末三句俱作四字句，詞譜漏列其體，清照詞則上半闋仍爲三字句耳。○樂府雅詞卷下　花草粹編卷七　歷代詩餘卷四十四　詞譜卷十四　三李詞

【注釋】

〔一〕「雲階月地」：杜牧七夕詩：「雲階月地一相過，未抵經年別恨多。最恨明朝洗車雨，不教迴脚渡天河。」沈亞之夢中詩：「香風引到大羅天，月地雲階拜洞仙。」雲階月地，以雲爲階，以月爲地，言天上也。

〔二〕「浮槎」：張華博物志：「舊説云：天河與海通。近世有人居海渚者，年年八月有浮槎，去來不失期。人有奇志，立飛閣於槎上，多齎糧乘槎而去。十餘日中，猶觀星月日辰。自後芒芒忽忽，亦不覺晝夜。去十餘日，奄至一處。有城郭狀，屋舍甚嚴。遥望宮中，多織婦。見一丈夫，

牽牛渚次飲之。牽牛人乃驚問曰：『何由至此？』此人具説來意，并問此是何處。答曰：『君還至蜀郡，訪嚴君平，則知之。』竟不上岸。因還如期，後至蜀，問君平，曰：『某年月日，有客星犯牽牛宿。』計年月，正此人到天河時也。」

〔三〕「星橋」：舊傳七月七日烏鵲造橋，牽牛、織女相會。橋名烏鵲橋，亦名星橋。唐趙彦若奉和七夕兩儀殿會宴應制：「星橋度玉珮。」李商隱七夕詩：「星橋横過鵲飛迴。」

〔四〕「牽牛織女」：續齊諧記：「桂陽成武丁有仙道，常在人間，忽謂其弟曰：『七月七日，織女當渡河，諸仙悉還宫，吾向已被召，不得停，與爾别矣。』弟問曰：『織女何事渡河？去當何還？』答曰：『織女暫詣牽牛。吾後三年當還。』明日，失武丁。至今云：織女嫁牽牛。」荆楚歲時記云：「七月七日爲牽牛、織女聚會之夜。」

孤雁兒 四印齋本漱玉詞、三李詞調作「御街行」。

世人作梅詞，下筆便俗。予試作一篇，乃知前言不妄耳。花草粹編、歷代詩餘、天籟軒詞選無此小序。

藤牀〔一〕紙帳〔二〕朝眠起，説不盡無佳思。沈香斷續花草粹編、歷代詩餘、天籟軒詞選作「煙斷」。玉爐〔三〕寒，伴我情懷如水。笛聲三弄〔四〕，梅心驚破，多少春情意。小風疏雨蕭蕭花草粹編、歷代詩餘、天籟軒詞選作「瀟瀟」。地，又催下千行淚。吹簫人去〔五〕玉樓空〔六〕，腸斷與誰同

倚。一枝折得，人間天上，没個人堪寄。○梅苑卷一　花草粹編卷八　歷代詩餘卷四十九　天籟軒詞選卷五　三李詞

【注釋】

〔一〕「藤牀」：藤製之牀也。宋無名氏春光好詞：「小藤牀，隨意横。」朱敦儒念奴嬌詞：「照我藤牀涼似水。」明高濂遵生八牋卷八有敧牀：「高尺二寸，長六尺五寸，用藤竹編之，勿用板，輕則童子易抬。上置倚圈靠背如鏡架，後有撑放活動，以通高低。如醉卧偃仰觀書並花下卧賞，俱妙。」此敧牀以藤（或竹）編之，疑或即藤牀也。（元陶宗儀説郛卷十九、清陳元龍格致鏡原卷五十三引沈括忘懷録所載敧牀，與遵生八牋所載不盡同，係木製藤綳或竹爲之。兹不贅引。）

〔二〕「紙帳」：宋林洪山家清事梅花紙帳條：「法用獨牀，傍植四黑漆柱，各掛以半錫瓶，插梅數枝，後設黑漆板，約二尺，自地及頂，欲靠以清坐。左右設横木一，可掛衣。角安斑竹書貯一，藏書三四，掛白塵一。上作大方目頂，用細白楮衾作帳罩之。前安小踏牀，於左植緑漆小荷葉一，寘香鼎，燃紫藤香。中只用布單、楮衾、菊枕、蒲褥。」明高濂遵生八牋卷八有紙帳：「用藤皮繭紙纏於木上，以索緊勒，作皺紋；不用糊，以線拆縫縫之。頂不用紙，以稀布爲頂，取其透氣。或畫以梅花、或畫以蝴蝶，自是分外清致。」清照此詞乃詠梅花者，未知爲梅花紙帳抑尋常之紙帳也。（遵生八牋卷八亦有梅花紙帳，與山家清事同。清陳元龍格致鏡原卷五十三引起居服用箋亦有紙帳，與遵生八牋同。）

〔三〕「玉爐」：花間集毛熙震清平樂詞：「玉爐煙斷香微。」

〔四〕「笛聲三弄」：世説新語卷下之上任誕門：「王子猷出都，尚在渚下。舊聞桓子野善吹笛，而不相識。遇桓於岸上過。王在船中。客有識之者，云是桓子野。王便令人與相聞云：『聞君善吹笛，試爲我一奏。』桓時已貴顯，素聞王名，即便回，下車，踞胡牀，爲作三調。弄畢，便上車去。客主不交一言。」

〔五〕「吹簫人去」：列仙傳：「蕭史者，秦穆公時人也，善吹簫，能致孔雀、白鶴於庭。穆公有女字弄玉，好之。公遂以女妻焉。日教弄玉作鳳鳴。居數年，吹似鳳聲，鳳凰來止其屋。公爲作鳳臺，夫婦止其上，不下數年，一旦皆隨鳳凰飛去。故秦人爲作鳳女祠於雍，宮中時有簫聲而已。」

〔六〕「玉樓空」：李商隱代應詩：「離鸞別鳳今何在，十二玉樓空更空。」「吹簫人去玉樓空」言其夫趙明誠已去世。

滿庭芳

花草粹編、歷代詩餘、復堂詞録題作「殘梅」。

小閣藏春，閒窗鎖晝，畫堂無限深幽。篆香〔一〕燒盡，日影下簾鉤。手種江梅更花草粹編、歷代詩餘作「漸」。好，又何必、臨水登樓。無人到，寂寥渾花草粹編、歷代詩餘作「恰」。似，何遜〔二〕在揚州。從來，知韻勝〔三〕，難堪歷代詩餘作「禁」。雨藉，不耐風揉。樂府雅詞原作「柔」，花草粹編、歷代詩餘作「揉」。風柔無不耐之理，兹從花草粹編。更誰家横笛，吹動濃愁。莫恨香消雪歷代詩餘作「玉」。**減，須信道、掃跡**〔四〕四印齋本漱玉詞注：「一作跡掃。」**情留。難言處、良宵淡月，疏影尚風流。**○梅苑卷三　花草粹編卷九　歷代詩餘卷六十一　復堂詞録卷八　三李詞

【注釋】

〔一〕「篆香」：香譜卷下云：「香篆，鏤木爲之，以範香塵爲篆文，然（燃）於飲席或佛像前，往往有二三尺徑者。」明高濂遵生八牋卷八有印香，云俱作篆文，疑即一物。後世廟宇中之盤香，燃於佛前，其徑亦有二三尺，或即香篆也。

〔二〕「何遜」：梁詩人。杜甫和裴迪登蜀州東亭送客逢早梅相憶見寄詩云：「東閣官梅動詩興，還如何遜在揚州。」

〔三〕「韻勝」：言梅花之風韻、風度超過他花也。唐崔道融梅花五律：「香中别有韻，清極不知寒。」范成大梅譜後序云：「梅以韻勝，以格高，故以横斜疏瘦與老枝怪奇者爲貴。」陳善捫蝨新話下集卷一：「予每論詩，以陶淵明、韓、杜諸公皆爲韻勝。一日，見林倅於徑山，夜話及此。林倅曰：『詩有格有韻，故自不同。如淵明詩是其格高，謝靈運「池塘春草」之句，乃其韻勝也。格高似梅花，韻勝似海棠花。』」一以韻勝屬梅花、一以韻勝屬海棠花，二説不同。清照此詞乃詠梅花者，其説當與范成大梅譜同也。范之時代後於清照，當是宋人傳統看法以梅花爲韻勝。

〔四〕「掃跡」：文選孔稚珪北山移文：「乍低枝而掃跡。」杜甫贈李白詩：「山林跡如掃。」掃跡言蹤

跡掃盡，已無所留。

玉樓春花草粹編、歷代詩餘題作「紅梅」。

紅酥肯放瓊苞花草粹編、歷代詩餘作「瑶」。碎，探著南枝〔一〕開遍未。不知醖藉〔二〕幾多香，歷代詩餘作「時」。但見包藏無限意。　道人〔三〕憔悴春窗底，悶損花草粹編作「閑損」，歷代詩餘作「閒拍」。闌干愁不倚。要來小酌花草粹編作「著」，歷代詩餘作「看」。便來休，未必明朝風不起〔四〕。

○梅苑卷八　花草粹編卷六　歷代詩餘卷三十二　三李詞

【注釋】

〔一〕「南枝」：宋朱翌猗覺寮雜記卷上：「梅用南枝事，共知青瑣紅梅詩云：『南枝向暖北枝寒。』李嶠云：『大庾天寒少，南枝獨早芳。』張方注云：『大庾嶺上梅，南枝落，北枝開。』南唐馮延巳詞云：『北枝梅蕊犯寒開。』則南北枝事，其來遠矣。」

按：張方注「大庾嶺上梅，南枝落，北枝開」數語，白孔六帖卷九十九亦引之，而不著所出。據猗覺寮雜記，乃知張方注也。張方曾注李嶠單題詩，見晁公武郡齋志卷四上。敦煌卷子有唐張庭芳注李嶠雜詠，現在法國巴黎圖書館，疑即一書也。

〔二〕「醖藉」：漢書薛廣德傳：「廣德爲人温雅，有醖藉。」注引服虔曰：「寬博有餘也。」師古曰：

「醞，言如醞釀也。藉，有所薦藉也。」「醞藉」在此詞中作「含蓄」解。

〔三〕「道人」：得道之人，或云僧也。（劉義慶世説新語稱僧多曰道人。）後世稱道士爲道人。此詞中「道人」，乃清照自稱，言學道之人。

〔四〕「未必」句：唐白居易花前歡：「欲散重拈花細看，争知明日無風雨。」北宋孫明復八十月四夜：「清尊素瑟宜先賞，明日陰晴未可知。」

【參考資料】

静志居詩話卷十八 詠物詩最難工，而梅尤不易。林君復「雪後園林纔半樹，水邊籬落忽横枝」，此爲絶唱矣。他如「疏影横斜水清淺，暗香浮動月黄昏」，僅易江爲二字，以「竹」「桂」爲「疏」「暗」，是妙於點染者。餘如蘇子瞻「竹外一枝斜更好」、高季迪「薄暝山家松樹下」，亦見映帶之工。高續古絶句云：「舍南舍北雪猶存，山外斜陽不到門。一夜冷香清入夢，野梅千樹月明村。」可謂傳神好手。朱希真詞：「横枝清瘦只如無，但空裏、疏花幾點。」李易安詞：「要來小酌便來休，未必明朝風不起。」皆得此花之神。若朱雍之梅詞、黄晞顔之梅苑、朱龔之梅花衲、釋明本之梅花百詠，詩愈多而神愈遠矣。

按：朱希真詞乃鵲橋仙。梅苑撰人乃黄大輿，字載萬，此云黄晞顔，疑竹垞記憶偶誤。

漁家傲

雪裏已知春信至。寒梅點綴瓊枝〔一〕膩。香臉半開嬌旖旎。當庭際。玉人浴出新妝洗。造化可能偏有意。故教明月玲瓏地。共賞金尊沈綠蟻〔二〕。莫辭醉。此花不與羣花比。○梅苑卷九　歷代詩餘卷四十二　三李詞

【注釋】

〔一〕「瓊枝」：形容梅樹樹枝著雪而白也。周邦彦拜星月詞：「似覺瓊枝玉樹相倚。」此本楚辭離騷：「折瓊枝以繼佩。」又「折瓊枝以爲羞兮」，而活用作别解。

〔二〕「綠蟻」：酒也。謝朓在郡卧病呈沈尚書詩：「嘉魴聊可薦，綠蟻方獨持。」温庭筠送陳嘏之侯官兼簡李尚書詩：「縱得步兵無綠蟻。」

清平樂

年年雪裏，常插梅花醉。挼盡梅花無好意，赢得滿衣清淚。今年海角天涯，蕭蕭兩鬢生華。看取晚來風勢，故應難看梅花。○梅苑卷九　花草粹編卷三　歷代詩餘卷十四　三李詞

鷓鴣天

暗淡輕黃體性柔，情疏跡遠只香留。何須淺碧輕紅色，自是花中第一流。梅定妒，菊應羞，畫欄開處二如亭羣芳譜、廣羣芳譜作「詩書開處」，按李賀金銅仙人辭漢歌云「畫欄桂樹懸秋香，三十六宮土花碧」，此詞正用其事，故曰「畫欄開處」。羣芳譜不足據。冠中秋。騷人可煞無情思，何事當年不見收〔一〕。○全芳備祖前集卷十三桂花門　二如亭羣芳譜樂譜卷一　廣羣芳譜卷四十叢桂

【注釋】

〔一〕「騷人」二句：此言屈原離騷多載草木名稱，而未及桂花。宋陳與義詠桂清平樂詞云：「楚人未識孤妍，離騷遺恨千年。」亦即此意。騷人，指屈原也。

添字醜奴兒 歷代詩餘調作「添字采桑子」（「采桑子」即「醜奴兒」同調異名），花草粹編、詞譜作「采桑子」。詞鵠云：「一名醜奴兒第二體。」

窗前誰種四印齋本漱玉詞作「種得」。芭蕉樹，陰滿中庭，陰滿中庭，葉葉心心、舒展有餘清。各本俱作「情」。傷心枕上三更雨，點滴霖霪，點滴霖霪〔一〕，歷代詩餘、詞譜、詞鵠、四印齋本漱玉詞兩句並作「淒清」。愁損北歷代詩餘、詞譜、四印齋本漱玉詞作「離」。人，不慣起來聽。○全芳備祖後集卷十

三芭蕉門　花草粹編卷二　歷代詩餘卷十九　詞譜卷五　詞鵠卷二　三李詞

此首又見廣羣芳譜卷八十九（卉譜二）芭蕉，調爲采桑子，詞句亦與采桑子同而非添字醜奴兒。其詞云：「窗前誰種芭蕉樹，陰滿中庭，葉葉心心，舒展餘光分外清。　傷心枕上三更雨，點點霖霪，似喚愁人，獨擁寒衾不忍聽。」按全芳備祖國內無刊本（董康書舶庸談云：日本有元刊本），但各鈔本均作添字醜奴兒。花草粹編云「添字」，是陳耀文所見本當亦相同。廣羣芳譜作采桑子，殆爲編者汪灝等所妄改，不足據。

【注釋】

〔一〕「霖霪」：凡雨自三日以往爲霖，久雨爲霪。（見左傳等書。）此詞祇言「枕上三更雨」，不必定爲久雨，殆形容雨聲淅瀝不已耳。

憶秦娥四印齋本漱玉詞補遺題作「詠桐」。按全芳備祖各詞，收入何門，即詠何物。惟陳景沂常多牽强傅會。此詞因内有「梧桐落」句，故收入桐門，實非詠桐詞。

臨高閣。亂山平野煙光薄。煙光薄。棲鴉歸後，暮天聞楊金本草堂詩餘作「殘」，花草粹編作「吹」。角。　斷香殘酒情花草粹編作「襟」。懷惡。西風全芳備祖原缺此二字，據花草粹編補。催襯梧桐落。梧桐落。又還秋色，花草粹編作「愁也」。楊金本草堂詩餘全句作「天還秋也」。又還寂寞。○

全芳備祖後集卷十八桐門

此詞又見楊金本草堂詩餘前集卷上、花草粹編卷三，無撰人姓名。

念奴嬌

詩詞雜俎本漱玉詞、詞林紀事調作「壺中天慢」。唐宋諸賢絶妙詞選、草堂詩餘（楊金本無題）、詞學筌蹄、彙選歷代名賢詞府全集、花草新編、花草粹編、古今詞統、古今詩餘醉、詞菁、林下詞選、詞匯、古今別腸詞選、詩詞雜俎本漱玉詞、見山亭古今詞選、詩餘神髓、古今圖書集成、清綺軒詞選題作「春情」，彤管遺編、古今名媛彙詩、名媛璣囊、古今女史題作「春日閨情」，詞的題作「春恨」，歷城縣志題作「春思」。

蕭條庭院，又草堂詩餘、花草粹編、詞的、古今詞統、歷城縣志作「有」。沈際飛本草堂詩餘卷四作「又」，注：「一作有，誤。」斜風細雨、重門須詞的、歷城縣志、歷代詩餘作「深」。閉。寵柳沈際飛本草堂詩餘注：「一作弱，誤。」嬌花陽春白雪作「鶯」。寒食近，種種惱人天氣。險韻〔一〕詩成，扶頭〔二〕酒醒，別是閑滋味。征陽春白雪作「飛」。鴻〔三〕過盡、萬千心事難陽春白雪作「誰」。寄。樓上幾日春寒，陽春白雪作「寒濃」。簾垂四陽春白雪作「三」。面，玉闌干慵倚。陽春白雪作「慵拍闌干倚」。古今別腸詞選作「懶向欄杆倚」。被冷香消新陽春白雪作「清」，歷城縣志作「春」，古今別腸詞選作「孤」。夢覺，陽春白雪作「斷」，又「夢覺」彤管遺編誤倒作「覺夢」。不許愁人不起。清露晨流，新陽春白雪作「疏」。桐初引〔四〕，詞菁作「影」。多少游春意。日陽春白雪作「雲」。高煙斂，更看今陽春白雪作「明」。日晴未。○唐宋諸賢絶妙詞選卷十　陽春白雪卷八（詞學叢書本無撰人姓氏，小字注：李清照）　類編草堂詩餘卷三（楊金本草堂詩餘後集卷下）　詞學筌蹄　詩女史卷十一　彤管遺編續集卷十七　彙選歷代名賢詞府全集　花草新編　花草粹編卷十　詞的卷四　古今名媛彙詩卷十七　名媛璣囊卷三　古今女史卷十二　古今詞統卷十三　古今詩餘醉卷四　崇禎歷城縣志卷十五　詞菁卷二　林下詞選卷一　詞綜卷二十五　詞匯卷九　歷代詩餘卷六十九　古今別腸詞選卷四　古今詞選卷七　見山亭古今詞選卷三　詩餘神髓　古今圖書集成·歲功典卷十三　清綺軒詞選卷十一　晚香室詞録卷七　歷朝名媛詩詞卷十一　天籟軒詞選卷五　詞林紀事卷十九　詞軌補録卷一　復堂詞録卷八　三李詞　藝蘅館詞選乙卷

【注釋】

〔一〕「險韻」：作詩用不常見而難押之字押韻曰用險韻，言其難於押妥也。

〔二〕「扶頭」：杜牧醉題五絶：「醉頭扶不起，三丈日還高。」姚合答友人招遊：「賭棋招敵手，沽酒自扶頭。」賀鑄南鄉子詞：「易醉扶頭酒，難逢敵手棋。」周邦彦華胥引詞：「醉頭扶起寒怯。」韓元吉南鄉子詞：「爛醉拚扶頭。」范成大食罷書字詩：「捫腹蠻茶快，扶頭老酒中。」趙長卿鷓鴣天詞：「睡覺扶頭聽曉鐘。」「扶頭」乃指醉後狀況，謂頭亦須扶。「扶頭酒」蓋酒性頗烈，易使人醉之酒，非有酒名「扶頭」也。楊萬里誠齋集卷八春寒詩：「雨裏杏花如半醉，擡頭不起索人扶。」蓋以人醉後扶頭之態喻杏花也。

〔三〕「征鴻」：詩「鴻雁于飛」，毛傳「大曰鴻，小曰雁」，征鴻即征雁，猶言飛鴻也。

〔四〕「清露晨流，新桐初引」：二句出世説新語卷四賞譽第八下。「初引」之「引」，應據爾雅釋詁作「長」（生長之長，上聲）字解。

【參考資料】

楊慎批點本草堂詩餘卷四　情景兼至，名媛中自是第一。　二語絶似六朝。（評「被冷香銷」等句。）

沈際飛本草堂詩餘正集卷四　真聲也。不效顰於漢魏，不學步於盛唐，應情而發，能通於人。　有首尾。

按：古今詞統卷十三有同樣一則，只「能通於人」句作「自標位置」，稍有不同。

詞菁卷二　苦境，亦實境。（「不許愁人不起」句）

古今女史卷十二　媚中帶老。

古今詞統卷十三　「寵柳嬌花」，新麗之甚。

按：詞林紀事卷十九引詞評，與此則同，蓋俱出弇州山人詞評。參閲前一翦梅詞參考資料。

草堂詩餘雋卷一　眉批：心事有萬千，豈征鴻可寄？　新夢，不知夢何事？　評語：心事託之新夢，言有寄而情無方，玩之自有意味。

詞綜偶評　此詞造語，固爲奇俊，然未免有句無章。舊人不加評駁，殆以其婦人而恕之耶。

唐宋諸賢絶妙詞選卷十　前輩嘗稱易安「緑肥紅瘦」爲佳句。余謂此篇「寵柳嬌花」之句，亦甚奇俊，前此未有能道之者。

按：草堂詩餘前集卷上、林下詞選卷一、古今詞話詞品卷下、歷代詩餘卷一百十六、詞林紀事卷十九、詞苑萃編卷四，或引花庵詞客、或引黄昇、或引黄玉林、或引黄花庵，皆即此則。文字不盡相同。

沈際飛本草堂詩餘正集卷四　「寵柳嬌花」，又是易安奇句。後人竊其影，似猶驚目。

金粟詞話　李易安「被冷香消新夢覺，不許愁人不起」「守著窗兒，獨自怎生得黑」，皆用淺俗之語，發清新之思，詞意並工，閨情絶調。

按：詞林紀事卷十九引彭羨門，與此相同，蓋即出自金粟詞話。

古今詞話·詞品卷下　沈雄曰：李易安「被冷香消清夢覺，不許愁人不起」，又「於今憔悴，風鬟霜鬢，怕見夜間出去」，楊用修以其尋常言語度入音律，殊爲自然。但「守著窗兒，獨自怎生得黑」，又「梧桐又兼細雨，到黄昏點點滴滴」正詞家所謂以易爲險，以故爲新者，易安先得之矣。

按：「以尋常語度入音律」，實張端義貴耳集語。沈雄所引，常有錯誤，多不可信。

詞品卷一　歐陽公詞「草薰風暖摇征轡」，乃用江淹别賦「閨中風暖，陌上草薰」之語也。蘇公詞「照野瀰瀰淺浪，横空曖曖微霄」，乃用陶淵明「山滌餘靄，宇曖微霄」之語也。填詞雖於文爲末，而非自選詩、樂府來，亦不能入妙。李易安詞「清露晨流，新桐初引」，乃全用世説語。女流有此，在男子亦秦、周之流也。

按：歐陽修詞乃踏莎行，蘇軾詞乃西江月。又按：遠志齋詞衷、西圃詞説引鄒程村、古今詞話詞品卷一、歷代詩餘卷一百十六引詞品、詞林紀事卷十九引詞品、詞苑萃編卷二引詞品，或只引一二句，或引一二句而下即旁及他人，蓋俱本詞品此則。

詩辨坻卷四　李易安春情「清露晨流，新桐初引」，用世説全句渾妙。嘗論：詞貴開拓，不欲沾滯。忽悲忽喜，乍近乍遠，所爲妙耳。如遊樂詞須微著愁思，方不癡肥。李春情詞本閨怨，結云「多少遊春意」「更看今日晴未」，忽爾開拓，不但不爲題束，並不爲本意所苦。直如行雲舒卷自如，人不覺耳。

按：詞苑叢談卷一引毛稚黄、詞苑萃編卷二引毛稚黄，即此則。

論詞隨筆　用成語，貴渾成脱化，如出諸己。賀方回「舊遊夢挂碧雲邊，人歸落雁後，思發在花前」用薛道衡句，歐陽永叔「平山欄檻倚晴空，山色有無中」用王摩詰句，均妙。李易安「清露晨流，新桐初引」用世説新語，更覺自然。稼軒能合經史子而用之，自有才力絶人處。他人不宜輕效。

按：賀方回詞乃臨江仙（賀易名雁後歸），歐陽修詞乃朝中措。

詞鵠·凡例　詞要清空，忌質實。朱竹垞太史云：字面要生新，須化去陳腐，鍊俗爲雅，如蔣竹山霜天曉角折花詞、李易安「被冷香銷」之類是也。

蓼園詞選　只寫心緒落寞，遇寒食更難遣耳。陡然而起，便爾深邃。至前段云「重門深閉」，後段云「不許不起」，一開一合，情各戛戛生新。起處雨，結句晴，局法渾成。

雲韶集卷十　世稱易安「緑肥紅瘦」爲佳句。黄叔暘謂：「寵柳嬌花」，語亦甚奇俊，前此未有能道之者。結亦合拍。

詞徵卷五　陸永仲夜游宫詞用詩疏（豹隱紀談以爲阮郎中作），蘇東坡戚氏詞用山海經，劉潛夫沁園春詞用史、漢，劉後村清平樂詞用楞嚴，李易安百字令詞用世説，亭然以奇，別出機杼。若辛稼軒用四書語，氣韻之勝，離貌得神，又非徒以青兕自雄者。

永遇樂元宵題據貴耳集卷上補。

落日鎔金，暮雲合璧，人在何處。染柳煙濃，貴耳集、癸巳類稿卷十五引斷句作「輕」。吹梅笛怨〔一〕，春意知幾許。元宵佳節，融和天氣，次第〔二〕豈無風雨。來相召，香車寶馬，謝他酒朋詩侶。　中州〔三〕盛日，閨門多暇，記得偏重三五〔四〕。鋪翠〔五〕冠兒〔六〕、撚金〔七〕雪柳〔八〕、簇帶〔九〕爭濟楚〔一〇〕。如今憔悴，風鬟霜四印齋所刻詞本漱玉詞作「霧」。鬢〔一一〕，怕見夜間出去。癸巳類稿作「怕向花間重去」。四印齋本漱玉詞注：「見別作向，又作怕向花間重去。」不如向，簾兒底下，聽人笑語。○陽春白雪卷二

俞正燮易安居士事輯，排比李清照事迹，以此詞爲趙明誠守江寧時作，非也。趙明誠於建炎元年八月起復，知江寧府，清照於二年春至江寧。三年二月趙明誠罷守江寧。此首爲元宵詞。如在江寧作，應作於建炎三年正月。其時趙構尚未渡江而南，南宋偏安之局未成，張端義云南渡後常懷京洛舊事，並云晚年作，必非建炎時作也。

【注釋】

〔一〕「吹梅笛怨」：樂府詩集卷二十四漢横吹曲有梅花落。李白與史郎中飲聽黃鶴樓上吹笛：「黄

鶴樓中吹玉笛，江城五月落梅花。」

〔二〕「次第」：詩詞曲語辭匯釋卷四云：「進展之辭，猶云接著也、轉眼也。」「次第豈無風雨」，言轉眼恐有風雨也。

〔三〕「中州」：今河南省。「中州盛日」，指汴京盛時。

〔四〕「三五」：一般指陰曆月之十五日，此處指正月十五元宵節。柳永傾盃樂詞「元宵三五」，李邴女冠子詞「帝城三五」，皆指元宵，與此同。

〔五〕「鋪翠」：類説卷五十三引談苑：「魏國長主嘗衣貼繡鋪翠襦，太祖曰：『自今勿復爲飾。』主笑曰：『所用翠羽幾何。』……」宋李攸宋朝事實卷十三載太上皇帝（宋高宗趙構）紹興二十七年手詔：「……近外國所貢翠羽六百餘隻，可令焚之通衢，以示百姓。行法當自近始。自今後，宮中首飾衣服，並不許鋪翠、銷金。」鋪翠，蓋以翡翠羽毛爲妝飾（據李燾續資治通鑑長編卷十三，談苑所載魏國長公主事，乃永慶公主事）。

〔六〕「冠兒」：宋吴自牧夢粱録卷一：元宵，「戴花朵肩、珠翠冠兒」。蓋「鋪翠冠兒」（以翡翠羽毛裝飾之帽），乃元宵節婦女應時妝飾品。（樂府雅詞拾遺卷上無名氏南歌子詞云：「戴頂燒香鋪翠小冠兒。」是宋人平時亦戴之。）

〔七〕「撚金」：宋史卷一百五十三輿服志五：大中祥符八年詔：「内庭自中宮以下，並不得銷金、貼金、間金、戭金、圈金、解金、剔金、陷金、明金、泥金、楞金、背影金、盤金、織金、金線撚絲裝著衣服，並不得以金爲飾。」「撚金」蓋即金線撚絲。（按燕翼詒謀録卷二、續資治通鑑長編卷一百三十六所載大中祥符八年詔，與此有出入，未知孰是。）

〔八〕「雪柳」：宋孟元老東京夢華録卷五：正月十六日，「市人賣玉梅、夜蛾、蜂兒、雪柳、菩提葉……」。周密武林舊事卷二：「元夕節物，婦人皆戴珠翠、鬧蛾、玉梅、雪柳、菩提葉、燈毬……。」陳元靚歲時廣記卷十一：「歲時雜記：『都城仕女有神戴燈毬，燈籠大如棗栗，加珠茸之類。又賣玉梅、雪梅、雪柳、菩提葉、及蛾蜂兒，皆繒、楮爲之。』古詞云：『金鋪翠、鵝毛巧。是工夫不少。鬧蛾兒揀了蜂兒賣，賣雪柳、宮梅巧。』又云：『燈毬兒小，鬧蛾兒顫。又何須頭面。』」「雪柳」乃絹或紙花，「撚金雪柳」乃於絹或紙之外，另加金線撚絲所製之雪柳，較尋常之純以繒（绢）或楮（紙）製造之雪柳爲貴重。亦元宵節婦女應時妝飾物。

〔九〕「簇帶」：宋時方言，插戴滿頭之意。周密武林舊事卷三都人避暑條云：「茉莉花爲最盛，初出之時，其價甚穹，婦人簇戴，多至七插。」「戴」「帶」字通用。吴文英聲聲慢詞：「簾半捲、帶黄花、人在小樓。」「帶黄花」即「戴黄花」也。

〔一〇〕「濟楚」：齊整也，美麗也。亦宋時方言。宣和遺事卷上載曹組脱銀袍詞云：「濟楚風光，昇平時世。」周邦彦紅窗迥詞：「有個人人，生得濟楚。」

〔一一〕「風鬟霜鬢」：太平廣記引柳毅傳「風鬟雨鬢」，言鬟鬢亂而不整。此「風鬟霜鬢」，言髮既不整而鬢已白。

【參考資料】

貴耳集卷上 易安居士李氏，趙明誠之妻。金石録亦筆削其間。南渡以來，常懷京洛舊事。晚年賦元宵永遇樂詞云「落日鎔金，暮雲合璧」，已自工緻。至于「染柳煙輕，吹梅笛怨，春意知幾許」，氣象更好。後疊云：「於今憔悴，風鬟霜鬢，怕見夜間出去。」皆以尋常語度入音律。鍊句精巧則易，平淡入調者難。且秋詞聲聲慢：「尋尋覓覓，冷冷清清，淒淒慘慘戚戚。」此乃公孫大娘舞劍手。本朝非無能詞之士，未曾有一下十四疊字者，用文選諸賦格。後疊又云：「梧桐更兼細雨，到黄昏、點點滴滴。」又使疊字，俱無斧鑿痕。更有一奇字云：「守定窗兒，獨自怎生得黑。」「黑」字不許第二人押。婦人中有此文筆，殆間氣也。有易安文集。

按：歷代詩餘卷一百十六引張正夫、詞苑萃編卷四引張正夫，即此則。古今詞話詞辨卷下有一則，亦引貴耳集之語，而末又雜以楊慎詞品之文，併以爲貴耳集語，殊誤。草堂詩餘别集卷三易安聲聲慢詞評語，即引貴耳集數語，又另録詞品數句。俱在此説明，不另録。

須溪詞卷二 永遇樂：「余自乙亥上元誦李易安永遇樂，爲之涕下。今三年矣，每聞此詞，輒不自堪，遂依其聲，又託之易安自喻，雖辭情不及，而悲苦過之。」「璧月初晴，黛雲遠澹，春事誰主。禁苑嬌寒，湖堤倦暖，前度遽如許。香塵暗陌，華燈明晝，長是懶攜手去。誰知道，斷煙禁夜，滿城似愁風雨。

宣和舊日，臨安南渡，芳景猶自如故。緗帙流離，風鬟三五，能賦詞最苦。江南無路，鄜州今夜，此苦又誰知否？空相對，殘釭無寐，滿村社鼓。」

同上　永遇樂：「余方痛海上元夕之習，鄧中甫適和易安詞至，遂以其事弔之。」「燈舫華星，崖山矸口，官軍圍處。璧月輝圓，銀花燄短，春事遽如許！麟洲清淺，鰲山流播，愁似汨羅夜雨。還知道，良辰美景，當時鄴下仙侶。　而今無奈，元正元夕，把似月朝十五。小廟看燈，團街轉鼓，總似添惻楚。傳柑袖冷，吹藜漏盡，又見歲來歲去。空猶記，弓彎一句，似虞兮語。」

詞源卷下·節序　昔人詠節序，不惟不多；付之歌喉者，類是率俗，不過爲應時納祜之聲耳。所謂清明「拆桐花爛漫」、端午「梅霖初歇」、七夕「炎光謝」，若律以詞家調度，則皆未然。豈如美成解語花賦元夕云：「風銷焰蠟，露浥烘爐，花市光相射。桂華流瓦。纖雲散，耿耿素娥欲下。衣裳淡雅。看楚女、纖腰一把。簫鼓喧，人影參差，滿路飄香麝。　因念帝城放夜。望千門如晝，嬉笑游冶。鈿車羅帕。相逢處、自有暗塵隨馬。年光是也。惟只見、舊情衰謝。清漏移，飛蓋歸來，從舞休歌罷。」史邦卿東風第一枝賦立春云：「草腳愁蘇，花心夢醒，鞭香拂散牛土。舊歌空憶珠簾，綵筆倦題繡户。黏雞貼燕，想占斷、東風來處。暗惹起、一掬相思，亂若翠盤紅縷。　今夜覓、夢池秀句。明日動、探花芳緒。寄聲酤酒人家，預約俊遊伴侶。憐他梅柳，怎忍潤、天街酥雨。待過了、一月燈期，日日醉扶歸去。」黄鍾喜遷鶯賦元夕云：「月波疑滴。望玉壺天近，了無塵隔。翠幰圈花，冰絲織練，黄道寶光相直。自憐詩酒瘦，難應接、許多春色。最無賴、是隨香趁燭，曾伴狂客。　蹤跡。謾記憶。老了杜郎，忍聽東風笛。柳院燈疏，梅廳雪在，誰與細傾春碧。舊情拘（拘字原無，據梅溪詞補）未定，猶自學、當年游歷。怕萬一，誤玉人、夜寒簾隙。」如此等妙詞頗多。不獨措詞精粹，又且見時序風物之盛，人家宴樂之同，則絶無歌者。至如李易安永遇樂云：「不如向、簾兒底下，聽人笑語。」此詞亦自不惡。而以俚詞歌於坐花醉月之際，似乎擊缶韶外，良可歎也。

按：詞苑萃編卷二亦引詞源此條。「拆桐花爛漫」乃柳永木蘭花慢詞，「梅霖初歇」乃黄裳喜遷鶯詞，「炎光謝」乃柳永二郎神詞。黄裳喜遷鶯見演山先生文集卷三十一，世多誤作吴禮之詞。此篇文字原據詞學叢書本，有若干字據榆園叢刻本改，未一一注明。

詞品卷二 辛稼軒詞「泛菊杯深，吹梅角暖」，蓋用易安「染柳煙輕，吹梅笛怨」也。然稼軒改數字更工，不妨襲用，不然，豈盜狐白裘手邪？

少室山房筆叢卷二十一・藝林學山三 辛、李皆南渡前後人，相去不遠，又二人皆詞手，安得謂辛剽李語乎！

按：沈雄古今詞話詞品卷下引胡應麟一則，與此同義，惟文字有出入，蓋即引自少室山房筆叢而稍有竄改，沈雄所引多如此。又按：傳世辛棄疾詞無此二句，祇劉過龍洲詞中有送盧梅坡柳梢青一首云：「泛菊杯深，吹梅角遠，同在京城。聚散匆匆，雲邊孤雁，水上浮萍。 教人怎不傷情。覺幾度，魂飛夢驚。後夜相思，塵隨馬去，月逐舟行。」楊慎所引，應爲劉龍洲詞，非稼軒作。

賭棋山莊集・詞話卷三・張鑑擬姜白石傳 論曰：……若夫學士微雲，郎中三影。尚書紅杏之篇，處士春草之什。柳屯田曉風殘月，文潔而體清；李易安落日暮雲，慮周而藻密。綜述性靈，敷寫氣象，蓋駸駸乎大雅之林矣。……

按：學士微雲，指秦觀滿庭芳「山抹微雲」一首；郎中三影，指張先天仙子「雲破月來花弄影」等（宋人已有三説，詳見苕溪漁隱叢話前集卷三十七）；尚書紅杏，指宋祁玉樓春「紅杏枝頭春意鬧」一首；處士春草，指林逋點絳脣詠草「金谷年年」一首；柳屯田曉風殘月，指雨霖鈴：「楊柳岸曉風殘月。」

長壽樂 南昌生日

微寒應候，望日邊、六葉堦蓂〔一〕初秀。愛景〔二〕欲挂扶桑〔三〕，漏殘銀箭〔四〕，杓回摇斗〔五〕。慶高閎此際，掌上一顆明珠剖。有令容淑質，歸逢佳偶。到如今，晝錦〔六〕滿堂貴胄。　榮耀，文步紫禁〔七〕，一一金章緑綬〔八〕。更值棠棣〔九〕連陰，虎符〔一〇〕熊軾〔一一〕，夾河分守〔一二〕。況青雲咫尺〔一三〕，朝暮重入承明〔一四〕後。看綵衣〔一五〕争獻，蘭羞〔一六〕玉酎。祝千齡，借指松椿比壽〔一七〕。○新編通用啓劄截江網卷六

此首原題撰人爲易安夫人，宋人未見有以此呼清照者，未知有誤否？翰墨大全有延安夫人、易少夫人，俱僅一字之異。

【注釋】

〔一〕「堦蓂」：文選張衡東京賦：「蓋蓂莢爲難蒔也。」薛綜注：「蓂莢，瑞應之草，王者賢聖太平和

氣之所生，生於階下。始一日生一莢，至月半生十五莢。十六日落一莢，至晦日而盡。小月則一莢厭不落。王者以證知月之大小。堯時莢階生之。」「六葉堦蓂初秀」，指其人生於月之初六。

〔二〕「愛景」：徐堅初學記卷一日第二，引梁元帝纂要云：「日光曰景。」又曰：「日有愛日畏日。」注：「愛，冬日也。」愛景，言冬日之光也。梁康孟詠日應趙王教詩：「相歡承愛景，共惜寸陰移。」

〔三〕「扶桑」：淮南子天文訓：「日出於暘谷，浴於咸池，拂於扶桑，是謂晨明。」「愛景欲掛扶桑」，指日將升。

〔四〕「銀箭」：李白烏夜啼：「銀箭金壺漏水多。」古計時之器，名漏刻，有壺盛水，有箭指時。

〔五〕「杓回摇斗」：淮南子天文訓：「斗杓爲小歲」注：「斗第一星至第四爲魁，第五至第七爲杓。」史記天官書索隱引春秋運斗樞云：「斗，第一天樞，第二旋，第三璣，第四權，第五衡，第六開陽，第七摇光。第一至第四爲魁，第五至第七爲標（杓），合而爲斗。」「杓回摇斗」言斗柄東回，春臨人間。

〔六〕「晝錦」：漢書項籍傳：「羽見秦皆已燒殘，又懷思東歸，曰：『富貴不歸故鄉，如衣錦夜行。』」（史記項羽本紀作「衣繡夜行」。）唐王維送秘書晁監還日本國詩序云：「欲其晝錦還鄉，莊舄既顯而思歸。」宋韓琦有晝錦堂，言「富貴而歸故鄉」，歐陽修爲作記，見居士集卷四十。

〔七〕「紫禁」：文選謝莊宋孝武宣貴妃誄：「掩綵瑶光、收華紫禁。」李善注：「王者之宫，以象紫微，故謂宫中爲紫禁。」杜甫洗兵馬詩：「紫禁正耐煙花繞。」

〔八〕「金章緑綬」：漢書百官公卿表：「相國、丞相，皆秦官，金印紫綬。高帝即位，置一丞相，十一年，更名相國，緑綬。」顔師古注（注銀印青綬）引漢舊儀：「其文曰章，謂刻曰某官之章也。」「一一金章緑綬」，言俱爲高官，不定爲丞相。

〔九〕「棠棣」：毛詩棠棣序：「棠棣，燕兄弟也。」後世以「棠棣」代指弟兄。

〔一〇〕「虎符」：漢書文帝紀：「三年九月，初與郡守爲銅虎符、竹使符。」應劭曰：「銅虎符第一至第五，國家當發兵，遣使者至郡置符。符合，乃聽受之。」師古曰：「與郡守爲符者，言各分其半，右留京師，左以與之。」

〔一一〕「熊軾」：後漢書輿服志：「公列侯安車，朱班輪、倚鹿較、伏熊軾、皂繒蓋、黑轓、右騑。」唐人多以熊軾爲刺史事。李商隱爲濮陽公陳情表：「熊軾鄖城，忽然通貴。」

〔一二〕「夾河分守」：漢書杜周傳：「始周爲庭史，有一馬。及久任事，列三公，而兩子夾河爲郡守，家訾累巨萬矣。」此段言此婦人有二子俱爲郡守。

〔一三〕「青雲咫尺」：史記范睢傳：「須賈頓首言死罪，曰：賈不意君能自致於青雲之上。」「青雲咫尺」言不久飛黄騰達。

〔一四〕「承明」：漢書莊助傳：助「拜爲會稽太守，數年不聞問，賜書曰：制詔會稽太守，君厭承明之廬」。注：「張晏曰：承明廬在石渠閣外。」三輔黄圖卷三云：「未央宫有承明殿，著述之所也。班固西都賦序云：内有承明著作之庭，即指此也。」（按班固西都賦云「内有承明金馬，著作之庭」，非序也。三輔黄圖誤。）著述之所，宋代爲秘書省。此殆言其二子不久將入爲侍從。特别指宋代掌内外制之翰林學士、中書舍人一職。

〔一五〕「綵衣」：太平御覽卷四百十三引師覺授孝子傳曰：「老萊子者楚人，行年七十，父母俱存。至孝蒸蒸，常著斑爛之衣。爲親取飲，上堂脚跌，恐傷父母之心，僵仆爲嬰兒啼。」此言其子爲母祝壽。

〔一六〕「蘭羞」：梁簡文帝蕭綱詩：「蘭羞薦俎。」「争獻蘭羞玉酎」，言諸子「争獻酒食」也。

〔一七〕「松椿比壽」：詩天保：「如月之恒，如日之升，如南山之壽，不騫不崩。如松柏之茂，無不爾或承。」莊子逍遥遊：「楚之南有冥靈者，以五百歲爲春，五百歲爲秋。上古有大椿者，以八千歲爲春，八千歲爲秋。而彭祖乃今以久特聞，衆人匹之，不亦悲乎！」

蝶戀花上巳召親族歷代詩餘無題。

永夜厭厭〔一〕翰墨大全、花草粹編作「懨懨」，茲從歷代詩餘。歡意少。空夢長安〔二〕，認取長安道。爲報今年春色好。花光月影宜相照。隨意杯盤雖草草〔三〕。酒美梅酸，恰稱人懷抱。醉莫插花花莫笑。可憐春似人將老。○事文類聚翰墨大全後丙集卷四　花草粹編卷七　歷代詩

餘卷四十　三李詞

通行本翰墨大全後丙集無詩詞，趙萬里校輯宋金元人詞所用翰墨大全爲拜經樓舊藏元刻初印本。其書所收之詞，較通行本多五百餘首。惜有缺葉，佚去詞十餘首，有若干首尚可據通行本補。

【注釋】

〔一〕「厭厭」：安也、久也。毛詩湛露：「厭厭夜飲，不醉無歸。」李商隱楚宮詞：「秋河不動夜厭厭。」

〔二〕「長安」：即今西安市，爲漢、唐都城。後人多用作首都之代名。此詞中之長安，亦泛指京城而言。

〔三〕「杯盤草草」：宋魏泰臨漢隱居詩話載王安石妹長安縣君詩云：「草草杯盤供笑語，昏昏燈火話平生。」（按此二句實王安石詩，題作示長安君，見臨川先生文集卷十九，魏泰誤引。）草草杯盤，言酒食簡率，不豐盛。

武陵春

詩詞雜俎本漱玉詞、類編草堂詩餘、彙選歷代名賢詞府全集、文體明辨、古今名媛彙詩、詞的、嘯餘譜、古今女史、古今詞統、古今詩餘醉、歷城縣志、花鏡雋聲、見山亭古今詞選、詩餘神髓、古今圖書集成、同情集詞選題作「春晚」，彤管遺編、彤管摘奇、名媛璣囊題作「暮春」，詞學筌蹄題作「春暮」，詞匯題作「春曉」。詞鵠調作「武陵春第二體」。

風住塵香花詞律、詞譜作「春」。已盡，日晚花草粹編作「落」，詞律、詞匯、詞譜作「曉」。倦梳頭。物是人非事事休，欲語崇禎歷城縣志誤奪此字。淚先彤管遺編、彤管摘奇作「珠」，沈際飛本草堂詩餘注：「一作珠，誤。」**流。**

聞説天籟軒詞選作「道」。**雙溪春尚**嘯餘譜作「向」。**好，也擬泛輕**彙選歷代名賢詞府全集、歷朝名媛詩詞作「扁」。**舟。只恐雙溪**〔一〕**舴艋**〔二〕**舟，載不動、**沈際飛本草堂詩餘注：「一作得，誤。」文津閣四庫全書本漱玉詞作「得」。**許多愁。**沈際飛本草堂詩餘注：「後疊末句多一字。」古今詞統、林下詞選云：「載字襯。」〇水東日記卷二十一　類編草堂詩餘卷一　詞學筌蹄　草堂詩餘別録前集　彤管遺編續集卷十七　彙選歷代名賢詞府全集卷二　文體明辨附録卷六　花草粹編卷四　彤管摘奇　詞的卷二　嘯餘譜卷三　古今名媛彙詩卷十七　名媛璣囊卷三　古今女史卷十二　古今詞統卷六　古今詩餘醉卷二　詞菁卷一　崇禎歷城縣志卷十五　花鏡雋聲卷七　林下詞選卷一　詞綜卷二十五　詞律卷五　詞匯卷四　歷代詩餘卷十九　詞潔卷一　詞譜卷七　詞鵠卷二　見山亭古今詞選卷一　詩餘神髓　古今圖書集成·歲功典卷三十五　自怡軒詞選卷二　同情集詞選卷七　歷朝名媛詩詞卷十一　癸巳類稿卷十五　天籟軒詞選卷五　三李詞　藝蘅館詞選乙卷

趙萬里輯漱玉詞云：「至正本草堂詩餘前集上如夢令後接引此闋，不注撰人。玩意境頗似李作，姑存之。」（按明洪武本、成化本、荆聚本、陳鍾秀本、楊金本草堂詩餘前集卷上，此首俱無撰人，與至正本同。）古今別腸詞選卷二又誤以此首爲馬洪所作。

按：此首乃紹興五年李清照在金華所作。

【注釋】

〔一〕「雙溪」：浙江通志卷十七山川九引名勝志：「雙溪：在城南（金華城南），一曰東港，一曰南港。東港源出東陽縣大盆山，經義烏西行入縣境，又匯慈谿、白溪、玉泉溪、坦溪、赤松溪，經石

碕巖下，與南港會。南港源出縉雲黄碧山，經永康、義烏入縣境。又合松溪、梅溪水，繞屏山西北行，與東港會於城下，故名。」

〔二〕「舴艋」：小舟也，見玉篇及廣韻。

【參考資料】

水東日記卷二十一　李易安武陵春詞：「風住塵香……許多愁。」玩其詞意，其作於序金石録之後歟？抑再適張汝舟之後歟？文叔不幸有此女，德夫不幸有此婦。其語言文字，誠所謂不祥之具，遺譏千古者矣。

楊慎批點本草堂詩餘卷一　秦處度謁金門詞云：「載取暮愁歸去。」「愁來無著處」從此翻出。

按：此首乃張元幹作，見蘆川詞卷下。載草堂詩餘前集卷下，無撰人姓名，類編草堂詩餘卷一誤作秦湛處度詞，其後各家選本多從之，非也。其全篇云：「鴛鴦浦，春漲一江花雨，別岸數聲初過櫓，晚風生碧樹。　艇子相呼相語，載取暮愁歸去。寒食煙村芳草路，愁來無著處。」

草堂詩餘别録　易安名清照，尚書李格非之女，適宰相趙挺之子明誠，嘗集金石録千卷，比諸六一所集，更倍之矣。所著有漱玉集，朱晦庵亦亟稱之。後改適人，頗不得意。此詞「物是人非事事休」，正詠其事。水東葉文莊謂：「李公不幸而有此女，趙公不幸而有此婦。」詞固不足録也。結句稍可誦。朱淑真「可憐禁載許多愁」祖之，豈女輩相傳心法耶。

按：李格非未爲尚書，疑是「尚書郎」之誤。

便讀草堂詩餘卷三　物是人非，覩物寧不傷感。

按：古今女史卷十二有評語，與此完全相同。

草堂詩餘雋卷二　眉批：未語先淚，此怨莫能載矣。　評語：景物尚如舊，人情不似初，言之於邑，不覺淚下。

詞菁卷一　愁如海。

蓮子居詞話卷二　易安武陵春其作於祭湖州以後歟？悲深婉篤，猶令人感伉儷之重。葉文莊乃謂語言文字誠所謂不祥之具，遺譏千古者矣，不察之論也。南康謝蘇潭方伯啓昆詠史詩云：「風鬟尚怯胥江冷，雨泣應含杞婦悲。回首靜治堂舊事，翻茶校帖最相思。」措語得詩人忠厚之致。

雲韶集卷十　又淒婉，又勁直。　婉曲辭之。觀此詞，益信易安無再適趙汝舟之事。即風人「豈不爾思，畏人之多言」之意。

白雨齋詞話卷二　易安武陵春後半闋云：「聞説雙溪春尚好，也擬泛輕舟。只恐雙溪舴艋舟，載不動、許多愁。」又淒婉，又勁直。觀此，益信易安無再適張汝舟事。即風人「豈不爾思，畏人之多言」意也。投綦公一啓，後人僞撰，以誣易安耳。

沈際飛本草堂詩餘正集卷一　與「載取暮愁歸去」相反，與「遮不斷愁來路」「流不到楚江東」相似，分幟詞壇，孰辨雄雌。

按：古今詞統卷六亦有同樣評語，無「流不到楚江東」六字及末二句。

花草蒙拾　「載不動、許多愁」與「載取暮愁歸去」「只載一船離恨向西州」正可互觀。「八槳別離船，駕起一天煩惱」，不免逕露矣。

按：「載取暮愁歸去」乃宋張元幹謁金門詞句，已詳前。「遮不斷愁來路」乃徐俯卜算子詞句。「流不到楚江東」乃蘇軾江城子詞句。「只載一船離恨向西州」乃蘇軾虞美人詞句。「八槳別離船」乃明人詞。

藝蘅館詞選乙卷　按此蓋感憤時事之作。

聲聲慢

三百詞譜調名作「梧桐雨」。詞的、古今名媛彙詩、草堂詩餘別集、古今詩餘醉、古今別腸詞選、詩餘神髓、古今圖書集成、清綺軒詞選、文津閣四庫全書本漱玉詞題作「秋情」，古今女史題作「秋晴」，古今詞統、歷城縣志、見山亭古今詞選、詞匯、三百詞譜題作「秋閨」，碎金詞譜題作「秋詞」。

尋尋覓覓，冷冷清清，悽悽慘慘戚戚。乍暖還寒時候，最詞林萬選、花草新編、花草粹編、古今名媛彙詩、詞的、古今女史、詞譜、歷朝名媛詩詞、碎金詞譜作「正」，草堂詩餘別集注：「一作正。」難將息〔一〕。三杯兩盞花草粹編作「盃」，草堂詩餘別集注：「一作盃。」淡酒，怎敵他、晚古今名媛彙詩、詞的、草堂詩餘別集、古今女史、古今詩餘醉、詞菁、詞綜、古今別腸詞選、詩餘神髓、清綺軒詞選、詩詞雜俎本漱玉詞作「曉」，草堂詩餘別集注：「一作晚。」來風急。雁過也，正花草新編、花草粹編作「縱」，草堂詩餘別集注：「一作縱。」傷心，却是舊時相識。滿地黃花堆積，憔悴損，如今有誰忺詞林萬選、古今名媛彙詩、詞的、草堂詩餘別集、古今女史、古今詞統、古今詩餘醉、古今情史類纂、崇禎歷城縣志、詞菁、林下詞選、見山亭古今詞選、詞綜、記紅集、三百詞譜、歷代詩餘、詞潔、古今別腸詞選、詩餘神髓、古今詞選、古今圖書集成、清綺軒詞選、自怡軒詞選、天籟軒詞譜、天籟軒詞選、復堂詞録、三李詞作「堪」。**摘。守著**貴耳集卷上、癸巳類稿卷十五引斷句作「定」。**窗兒，獨自怎生得黑。梧桐更兼細雨，到黄昏、點點滴滴。這次第**〔二〕**，怎一個、愁字了得！**○詞品卷二　詞林萬選卷四　花草新編卷四　花草粹編卷九　詞的卷四　堯山堂外紀卷五十四　古今名媛彙詩卷十七　草堂詩餘別集卷三　古今女史卷十二　古今詞統卷十二　古今詩餘醉卷七　古今情史類纂卷十二　崇禎歷城縣志卷十五　詞菁卷二　林下詞選卷一　詞綜卷二十五　詞匯卷八　記紅集卷三　三百詞譜卷四　歷代詩餘卷六十三　詞潔卷四　詞譜卷二十七　古今別腸詞選卷四　古今詞選卷六　見山亭古今詞選卷三　詩餘神髓　古今圖書集成·歲功典卷六十　清綺軒詞選卷十　自怡軒詞選卷二　歷朝名媛詩詞卷十一　詞林紀事卷十九　天籟軒詞選卷五　天籟軒詞譜卷三　碎金詞譜卷二　復堂詞録卷八　三李詞　藝蘅館詞選乙卷

草堂詩餘別集注：「誤刻伯可。」按：傳世各種選本未見有作伯可（康與之）者，未知沈際飛何據。又俞正燮以爲此首乃清照早年作品，殊無根據。據此詞情境，必晚年作也。

【注釋】

〔一〕「將息」：宋釋文瑩玉壺清話卷八云：「党進者，朔州人，本出溪戎，不識一字。一歲，朝廷遣進防秋於高陽。朝辭日，須欲致詞敍別天陛。閤門使吏謂進曰：『太尉邊臣，不須如此。』進性强很，堅欲之。知班不免寫其詞於笏，侑進於庭，教令熟誦。進抱笏前跪，移時不能道一字。忽仰面瞻聖容，厲聲曰：『臣聞上古，其風朴略，願官家好將息。』仗衛掩口，幾至失容。後左右問

之曰：『太尉何故忽念此二句？』進曰：『我常見措大們愛掉書袋，我亦掉一兩句，也要官家知道我讀書來。』」將息，唐人詩中已有之（王建留別張廣文詩：「千萬求方好將息，杏花寒食約同行」）。大約爲唐、宋時民間方言，故兑進一字不識亦道之。「將息」，休息，休養、養息之意。

〔二〕「這次第」：詩詞曲語辭匯釋卷四：「猶言這情形或這光景也。」

【參考資料】

詞品卷二　宋人中填詞，李易安亦稱冠絶。使在衣冠，當與秦七、黄九争雄，不獨雄於閨閣也。其詞名漱玉集，尋之未得。聲聲慢一詞，最爲婉妙。其詞云：「尋尋覓覓，……愁字了得。」……引貴耳集……山谷所謂以故爲新、以俗爲雅者，易安先得之矣。

按：各書引貴耳集聲聲慢詞評語者，尚有草堂詩餘别集卷三、古今詞統卷十二、古今詞話詞辨卷下。參閲永遇樂詞參考資料。又詞品「最爲婉妙」兩句，堯山堂外紀卷五十四亦引之，而未注明出自何書（堯山堂外紀全部未注明出處，明人多如此）。

詞的卷四　連用十四疊字，後又四疊字，情景婉絶，真是絶唱。後人效顰，便覺不妥。

花草新編卷四　易安此詞首起十四疊字，超然筆墨蹊徑之外。豈特閨幃，士林中不多見也。

詞菁卷二　連下疊字無跡，能手。「黑」字妙絶。

古今詞統卷十二　才一斛，愁千斛。雖六斛明珠，何以易之。

詞苑叢談卷三　李清照聲聲慢秋閨詞云：「尋尋覓覓，冷冷清清，悽悽慘慘戚戚。」首句連下十四個疊字，真如大珠小珠落玉盤也。

按：詞苑萃編卷二引詞苑，即此則。

詞律卷十・聲聲慢　用仄韻。從來此體皆收易安所作，蓋此遒逸之氣，如生龍活虎，非描塑可擬。其用字奇横而不妨音律，故卓絶千古。人若不及其才而故學其筆，則未免類狗矣。觀其用上聲、入聲，如「慘」字、「戚」字、「盞」字、「點」字、「滴」字等，原可作平，故能諧協，非可泛用仄字而以去聲填入也。其前結「正傷心，却是舊時相識」，於「心」字豆句，然於上五下四者，原不拗，所謂此九字一氣貫下也。後段第二三句「憔悴損，如今有誰忺摘」，句法亦然。如高詞應以「最得意」爲豆，然作者於「輸他」住句，亦不妨也。今恐人曰易安詞高難學，故録竹屋此篇。

杜文瀾云：按李易安此調起三句云：「尋尋覓覓，冷冷清清，悽悽慘慘戚戚。」連疊七字，故萬氏謂：用字奇横，非描塑可擬。

歷朝名媛詩詞卷十一　……其聲聲慢一闋，張正夫稱爲公孫大娘舞劍器手，以其連下十四疊字也。此却不是難處，因調名聲聲慢，而刻意播弄之耳。其佳處，後又下「點點滴滴」疊四字，與前照映有法，不是草草落句。玩其筆力，本自矯拔，詞家少有，庶幾蘇、辛之亞。

按：十四疊字與調名無關。此調别又名勝勝慢，梅苑、歲時廣記所載多有之，不定爲聲聲慢。

白雨齋詞話卷一　李易安聲聲慢一闋，連下十四疊字，張正夫歎爲公孫大娘舞劍手。且謂本朝非無能詞之士，未曾有一下十四疊字者。然此不過奇筆耳，並非高調。張氏賞之，所見亦淺。又「寵柳嬌花」之句，黄叔暘歎爲前此未有能道之者，此語殊病纖巧，黄氏賞之亦謬。宋人論詞且多左道，何怪後世紛紛哉！

詞徵　李易安聲聲慢詞起云「尋尋覓覓，冷冷清清，悽悽慘慘戚戚」，句法奇創。喬夢符天淨沙曾效其體。又葛常之「裊裊水芝紅」詞，句皆疊字，如唐人之宛轉曲。世謂其源出「青青河畔草」一詩。然屈原九章悲回風，及無量壽經「行行相值」六語，又爲葛詞之祖。

按：葛常之即葛立方，所引「裊裊水芝紅」乃卜算子詞。「青青河畔草」乃古詩十九首之一。

鶴林玉露卷十二　詩有一句疊三字者，如吴融秋樹詩云「一聲南雁已先紅，槭槭淒淒葉葉同」是也。有一句連三字者，如劉駕云「樹樹樹梢啼曉鶯」「夜夜夜深聞子規」是也。有兩句連三字者，如白樂天云「新詩三十軸，軸軸金石聲」是也。有三聯疊字者，如古詩云「青青河畔草，鬱鬱園中柳。盈盈樓上女，皎皎當窗牖，娥娥紅粉妝，纖纖出素手」是也。有七聯疊字者，昌黎南山詩云「延延離又屬，夬夬叛還遘。喁喁魚闖萍，落落月經宿。誾誾樹牆垣，巘巘架庫廐。參參削劍戟，焕焕銜瑩琇。敷敷花披萼，闟闟屋摧霤。悠悠舒而安，兀兀狂以狃。超超出猶奔，蠢蠢駭不懋」是也。近時李易安詞云：「尋尋覓覓，冷冷清清，淒淒慘慘戚戚。」起頭連疊十四字，以一婦人，乃能創意出奇如此。

按：詞林紀事卷十九亦引鶴林玉露末數句，「連疊十四字」，改作「連疊七字」。

兩般秋雨庵隨筆卷二　詩有一句疊三字者，吴融秋樹詩「一聲南雁已先紅，槭槭淒淒葉葉同」是也。有一句連三字者，劉駕詩「樹樹樹梢啼曉鶯」「夜夜夜深聞子規」是也。有兩句連三字者，白樂天詩

「新詩三十軸，軸軸金石聲」是也。有一句四疊字者，古詩「行行重行行」、木蘭詩「唧唧復唧唧」是也。有兩句互疊字者，「年年歲歲花常發，歲歲年年人不同」是也。有三聯疊字者，古詩「青青河畔草」六句是也。有七聯疊字者，昌黎南山詩「延延離又屬」十四句是也。至李易安詞「尋尋覓覓，冷冷清清，淒淒慘慘戚戚」，連下十四疊字，則出奇勝格，真匪夷所思矣。

古今詞論引毛稚黃 晚唐詩人好用疊字，義山尤甚，殊不見佳。如：「迴腸九疊後，猶有剩迴腸。」「地寬樓已迥，人更迥於樓。」「行到巴西覓譙秀，巴西唯是有寒蕪。」至於三疊者：「望喜樓中憶閬州。若到閬州還赴海，閬州應更有高樓」之類。又如菊詩「暗暗淡淡紫，融融冶冶黄」，亦不佳。李清照聲聲慢秋情詞起法似本乎此。乃有出藍之奇。蓋此等語自宜於填詞家耳。

七頌堂詞繹 柳七最尖穎，時有俳狎，故子瞻以是呵少游。若山谷亦不免，如「我不合太撋就」類，下此則蒜酪體也。惟易安居士「最難將息」「怎一個、愁字了得」深妙穩雅，不落蒜酪，亦不落絶句，真此道本色當行第一人也。

古今詞話·詞品卷下 黑：易安詞：「守著窗兒，獨自怎生得黑。」幼安詞：「馬上琵琶關塞黑。」張端義曰：此「黑」字不許第二人押。

古今詞論引毛稚黃 秦樓月，仄韻調也，孫夫人以平聲作之；聲聲慢，平韻調也，李易安以仄韻作之。豈二調原皆可平可仄，抑二婦故欲見別逞奇，實非法邪？然此二詞乃更俱稱絶唱者，又何也！

按：秦樓月（原名憶秦娥）平韻，聲聲慢仄韻，北宋人詞早已有之，不始於鄭文妻（説郛本古杭雜記云是鄭文妻，後人以爲孫夫人，不知所據）及李清照。毛稚黄未深考。

詞綜偶評　詞林紀事卷十九　此詞頗帶傖氣，而昔人極口稱之，殊不可解。

宋四家詞選序論　雙聲疊韻字要著意布置。有宜雙不宜疊，宜疊不宜雙處。重字則既雙且疊，尤宜斟酌。如李易安之「淒淒慘慘戚戚」，三疊韻，六雙聲，是鍛鍊出來，非偶然拈得也。

詞苑叢談卷八　按夢符（喬夢符）又有天淨沙詞云：「鶯鶯燕燕春春，花花柳柳真真，事事風風韻韻，嬌嬌嫩嫩，停停當當人人。」此等句亦從李易安「尋尋覓覓」得來。

問花樓詞話・疊字　疊字之法最古，義山尤喜用之。然如菊詩「暗暗淡淡紫，融融冶冶黄」，轉成笑柄。宋人中易安居士善用此法。其聲聲慢一詞，頓挫淒絶。詞曰：「尋尋覓覓，冷冷清清，淒淒慘慘戚戚。乍暖還寒時候，最難將息。」又云：「梧桐更兼細雨，到黄昏、點點滴滴。」二闋共十餘箇疊字，而氣機流動，前無古人，後無來者，可爲詞家疊字之法。

冷廬雜識卷五　李易安聲聲慢詞：「尋尋覓覓，冷冷清清，悽悽慘慘戚戚。」昔人稱其造句新警。其源蓋出於爾雅釋訓篇，篇中自「明明」至「秩秩」，疊字凡一百四十四，「殷殷惸惸」一段連疊十字，此千古創格，亦絶世奇文。

同上卷六　李易安詞：「尋尋覓覓，冷冷清清，悽悽慘慘戚戚。」喬夢符效之，作天淨沙詞：……疊字又增其半，然不若李之自然妥帖。大抵前人傑出之作，後人學之，鮮有能並美者。

雲韶集卷十　疊字體，後人效之者甚多，且有增至二十餘疊者，才氣雖佳，終著痕跡，視易安風格遠矣。「黑」字警，後幅一片神行，愈唱愈妙。

白雨齋詞話卷七　「尋尋覓覓，冷冷清清，悽悽慘慘戚戚。」易安雋句也（並非高調）。「鶯鶯燕燕春春，花花柳柳真真，事事風風韻韻，嬌嬌嫩嫩（四字尤不堪），停停當當人人。」喬夢符效之，醜態百出矣。然如雙卿鳳凰臺上憶吹簫一闋，疊至四五十字，而運以變化，不見痕跡。長袖善舞，誰謂今人不逮古人。

按：雙卿詞見清史梧岡西青散記。

同上　易安聲聲慢詞，張正夫曰：「此乃公孫大娘舞劍手。本朝非無能詞之士，未曾有一下十四疊字者。後疊又云：『到黃昏、點點滴滴。』又使疊字，俱無斧鑿痕。『怎生得黑』，『黑』字不許第二人押。婦人有此詞筆，殆間氣也。」此論甚陋。十四疊字，不過造語奇雋耳。詞境深淺，殊不在此。執是以論詞，不免魔障。

詞鵠·凡例　須戒重疊字面前後相犯，雖絶妙好詞，畢竟不妥；如易安聲聲慢疊用三「怎」字，雖曰讀者全然不覺，究竟敲打出來，終成白璧微瑕，況未能盡如易安之善運用。慎之是也。

湘綺樓詞選前編　亦是女郎語。諸家賞其七疊，亦以初見故新，效之則可嘔。　黑韻却新。再添何字？

藝蘅館詞選乙卷　家大人云：此詞最得咽字訣，清真不及也。

點絳脣 詩詞雜俎本漱玉詞、花草粹編、續草堂詩餘、詞的、古今詩餘醉、林下詞選、詞匯題作「閨思」，古今名媛彙詩、古今女史題作「閨怨」。

寂寞深閨，柔續選草堂詩餘作「愁」。**腸一寸愁千縷。惜春春去，幾點催花雨。倚遍闌干，祇是無情緒。人何處，連天芳草，**花草粹編原作「衰草」，古今名媛彙詩同。詩詞雜俎本漱玉詞、續選草堂詩餘、古今詩餘醉、林下詞選、見山亭古今詞選作「芳草」，草堂詩餘續集注：「一作衰，誤。」詞綜、歷代詩餘、歷朝名媛詩詞作「芳樹」（四印齋本漱玉詞同）。按此闋上半首云「惜春春去，幾點催花雨」，乃暮春景物，下云「連天衰草」，則又爲殘秋氣象，「衰」字必誤。「芳草」字較合，惟「草」字不叶韻。宋人作點絳脣詞，此句末字無有不叶韻者。詞綜作「芳樹」，未知所本。歷代詩餘、同情集詞選、歷朝名媛詩詞亦作「芳樹」，殆即出自詞綜。**望斷歸來路。**○花草粹編卷一　續草堂詩餘卷上　古今名媛彙詩卷十七　詞的卷一　古今女史卷十二　古今詩餘醉卷十　林下詞選卷一　詞綜卷二十五　詞匯卷一　歷代詩餘卷五　見山亭古今詞選卷一　古今圖書集成·閨媛典卷二十　同情集詞選卷四　歷朝名媛詩詞卷十一　三李詞

【參考資料】

續選草堂詩餘卷上　草滿長途，情人不歸，空攬寸腸耳。

草堂詩餘續集卷上　簡當。

詞菁卷一　淚盡箇中。

雲韶集卷十　情詞並勝，神韻悠然。

減字木蘭花

賣花擔上，買得一枝春欲放。淚染四印齋本漱玉詞作「點」，注：「一作染。」輕勻，猶帶彤霞曉露痕。　怕郎猜道、奴面不如花面好。雲鬢斜簪，徒要教郎比並看。○花草粹編卷二

趙萬里輯漱玉詞云：「案汲古閣未刻本漱玉詞收之，『染』作『點』，詞意淺顯，亦不似他作。」

按以詞意判斷真僞，恐不甚妥，兹仍作清照詞，不列入存疑詞内。

攤破浣溪沙

揉破黄金萬點輕，四印齋本漱玉詞作「明」，注：「一作輕。」按上半闋末句已押「明」字，此句不應重押，「輕」字是。剪成碧玉葉層層。風度精神如彦輔〔一〕，大四印齋本漱玉詞作「太」，注：「一作大。」鮮明。　梅蕊重重何俗甚，丁香千結〔二〕苦麁生。熏透愁人千里夢，却無情。○花草粹編卷四

【注釋】

〔一〕「彦輔」：晉樂廣字彦輔。世説新語品藻：「劉令言始入洛，見諸名士而嘆曰：『王夷甫太鮮明，樂彦輔我所敬。』」謂彦輔鮮明，乃易安誤憶。此首詠桂花，以樂廣相比，言其清高而名重。

〔二〕「丁香千結」：李商隱代贈詩：「芭蕉不展丁香結，同向春風各自愁。」毛文錫更漏子詞：「偏怨别、是芳節，庭下丁香千結。」

攤破浣溪沙

天籟軒詞選調作「山花子」，歷代詩餘調作「南唐浣溪沙」。

病起蕭蕭兩鬢華，卧看殘月上窗紗。豆蔻〔一〕連梢煎熟歷代詩餘、天籟軒詞選作「熱」（趙輯漱玉詞、全宋詞同），誤。水〔二〕，莫分茶。　枕上詩書歷代詩餘作「篇」。閒處好，門前風景雨來佳。終日向人多醖藉，木犀花〔三〕。○花草粹編卷四　歷代詩餘卷十八　天籟軒詞選卷五　三李詞

【注釋】

〔一〕「豆蔻」：藥物名。梁簡文帝和蕭侍中子顯春别詩：「江南豆蔻生連枝。」唐杜牧贈别詩：「豆蔻梢頭二月初。」故此云「豆蔻連梢」。宋張良臣西江月詞：「蠻江荳蔻影連梢。」

〔二〕「熟水」：宋人常用飲料之一。事林廣記别集卷七載有諸品熟水，並有造熟水法云：「夏月，凡造熟水，先傾百煎衮（滚）湯在瓶器内，然後將所用之物投入。密封瓶口，則香倍矣。若以湯泡之，則不香矣。」又有豆蔻熟水云：「白豆蔻殼揀淨，投入沸湯瓶中，密封片時用之，極妙。每次用七箇足矣，不可多用，多則香濁。」（元無名氏居家必用事類全集巳集所載全同。明高濂遵生八牋卷十一所載，有熟水十一種，其中亦有豆蔻熟水，其製法與事林廣記、居家必用事類全集不同，或已非宋人舊法，並録於此，以供參考：「用荳蔻一錢、甘草三錢、石菖蒲五分，爲細片，

入淨瓦壺，澆以滚水食之。如味濃，再加熱水可用。」照此法，似已爲宋人所謂「湯」、而非「熟水」矣。）清照詞中所煮，即豆蔻熟水也。熟水，宋人載籍中常見，後人多未知，故歷代詩餘等改作「熱水」。

〔三〕「木犀花」：桂花。

瑞鷓鴣 雙銀杏〔一〕

風韻雍容未甚都〔二〕，尊前甘橘可爲奴〔三〕。誰憐流落江湖上，玉骨冰肌〔四〕未肯枯。誰教並蒂連枝摘，醉後明皇倚太真〔五〕。居士〔六〕擘開真有意〔七〕，要吟風味兩家新。○花草粹編卷六

趙萬里輯漱玉詞云：「按虞、真二部，詩餘絕少通叶。極似七言絕句，與瑞鷓鴣詞體不合。」按花草粹編收此篇作瑞鷓鴣，必非無據，尚未能斷爲詩，兹仍編入詞内。

按：上海新編李清照集以爲此首乃歷來懷疑不是李清照之作品，未知何據。趙萬里僅疑其非詞而已。

【注釋】

〔一〕「銀杏」：即白果，一名鴨脚。

〔二〕「雍容未甚都」：史記司馬相如傳：「相如從車騎，雍容閒雅甚都。」裴駰集解引郭璞曰：「都，

猶姣也。詩：洵美且都。」「雍容」，和雅也。

〔三〕「甘橘可爲奴」：三國志吴志孫休傳注引襄陽記：「衡（李衡）每欲治家，妻輒不聽。後密遣客十人，於武陵龍陽汎洲上作宅，種甘橘千株。臨死，敕兒曰：汝母惡吾治家，故窮如是。然吾州里有千頭木奴，不責汝衣食。歲上一匹絹，亦可足用耳。衡亡後二十餘日，兒以白母。母曰：此當是種甘橘也。」唐李商隱陸發荆南始至商洛詩：「青辭木奴橘，紫見地仙芝。」宋蘇軾贈王子直秀才詩：「山中奴婢橘千頭。」

〔四〕「玉骨冰肌」：謂表裏俱極清冷也。蘇軾洞仙歌序引孟昶詞：「冰肌玉骨，自清涼無汗。」

〔五〕「醉後明皇倚太真」：開元天寶遺事卷下：「明皇與貴妃幸華清宫。因宿酒初醒，凭妃子肩同看木芍藥。上親折一枝，與妃子遞嗅其艷。」貴妃即楊貴妃。

〔六〕「居士」：信奉佛教而未出家者曰「居士」。詞中居士乃清照自謂。清照自號「易安居士」。

〔七〕「擘開真有意」：容齋三筆卷十六：「世傳東坡一絶句：蓮子擘開須見薏，楸枰著盡更無棋。……」「薏」，蓮子之心也。爾稚釋草：「荷，其實蓮（即蓮蓬），其中的（即蓮子），的中薏。」古人常借其音作「憐」（蓮）、「意」或「憶」（薏）用。歐陽修蝶戀花詞：「蓮子心中，自有深深意。」清照此詞乃詠銀杏者，與蓮子無涉，蓋借用也。

慶清朝慢

禁幄〔一〕低張，彤歷代詩餘作「雕」。欄〔二〕巧護，就中獨占殘春。容華〔三〕淡竚〔四〕，歷代詩餘、詞譜作「泞」。「淡竚」，四印齋本漱玉詞作「澹沱」。綽約〔五〕俱見天真〔六〕。待得羣花過後，一番風露曉妝新。妖嬈豔歷代詩餘、詞譜奪此字。態，妬風笑月，長殢〔七〕東君。東城邊、南陌上，正日烘池館，競花草粹編原作「竞」，兹從歷代詩餘、詞譜作「競」。舊本書「競」誤作「竞」者常有之。走香輪。綺筵散日，歷代詩餘作「目」。誰人可繼芳塵〔八〕。更好明光宮殿〔九〕。歷代詩餘作「裏」。幾枝先近歷代詩餘作「向」。日邊勻。金尊倒，拚了盡歷代詩餘作「畫」，趙萬里輯漱玉詞云：「了盡當作盡了。」燭，不管詞譜作「愛」。黄昏。○花草粹編卷十　歷代詩餘卷六十四　詞譜卷二十　三李詞

【注釋】

〔一〕「禁幄」：幄，帷幕也。禁幄，密張之幄。

〔二〕「彤欄」：彤，朱色、赤色也。彤欄，朱欄、紅欄也。

〔三〕「容華」：容貌也。文苑英華卷二百零四崔湜倢伃怨詩：「容華尚春日，嬌色已秋風。」

〔四〕「淡竚」：疑應作「淡泞」，素淡也。

〔五〕「綽約」：一作「淖約」。莊子逍遥遊：「藐姑射之山，有神人居焉。肌膚若冰雪，淖約若處

子。」注：「淖約，柔弱貌。」漢書司馬相如傳：「便嬛綽約」，注引郭璞曰：「綽約，婉約也。」

〔六〕「天真」：天然、自然，不假妝飾也。唐曹鄴梅妃傳載唐玄宗詩：「鉛華不御得天真。」南唐馮延巳憶江南詞：「玉人貪睡墜釵雲，粉消妝薄見天真。」

〔七〕「殢」：詩詞曲語辭匯釋卷五：「殢字爲糾纏不清之義。」

〔八〕「芳塵」：文選謝莊月賦：「緑苔生閣，芳塵凝榭。」

〔九〕「明光宮殿」：漢朝有宮有殿，俱名明光。三輔黄圖卷二云：「關輔記云：桂宮在未央北，中有明光殿。」韓愈和水部張員外宣政衙賜百官櫻桃詩：「漢家舊種明光殿，炎帝新傳本草經。」又三輔黄圖卷三云：「明光宮，武帝太初四年秋起，在長樂宮後，南與長樂宮相連屬。漢書元后傳曰：『成都侯商嘗疾，欲避暑，從上借明光宮。』蓋即此。」（此北宮之明光宮。甘泉宮另有一明光宮。）唐王維燕支行：「來時謁帝明光宮。」宋蘇軾虢國夫人夜游圖詩：「金鞭争道寶釵落，何人先入明光宮。」

失調名

條脱〔一〕**閒揎繫五絲**〔二〕。○歲時廣記卷二十一

【注釋】

〔一〕「條脱」：真誥：萼緑華遺羊權金玉條脱各一枚。（詳見卷二曉夢詩注釋。）「條脱」或作「跳

脱」，臂釧也。

〔二〕「五絲」：太平御覽卷三十一引風俗通云：「五月五日，以五綵絲繫臂者，辟兵及鬼，令人不病温。」又曰：「亦因屈原，一名長命縷，一名續命縷，一名辟兵繒，一名五色絲，一名朱索。又有條達等織組雜物，以相贈遺。」注：「孝經援神契云：『仲夏始出婦人染練，或有作務。』玉燭寶典云：『此節備擬甚多，其尚矣。』又曰：『日月星辰鳥獸之狀，文繡金縷帖畫，貢獻所尊。』古詩云『繞臂雙條達』是也。」條達，即條脱也。

【參考資料】

歲時廣記卷二十一　風俗通：五月五日，以雜色綫織條脱，一名條達，纏于臂上。沂公作夫人閤端午帖云：「繞臂雙條達，紅紗畫夢鷩。」易安居士詞云：「條脱閒揎繫五絲。」

失調名元旦詞

瑞腦煙殘，沈香火冷。〇歲時廣記卷四十

【參考資料】

歲時廣記卷四十　紀聞：「唐貞觀初，天下乂安，百姓富贍。時屬除夜，太宗盛飾宫掖，明設燈燭。殿内諸房，莫不綺麗。盛奏歌樂，乃延蕭后觀之。樂闋，帝謂蕭后曰：朕施設孰愈隋主。蕭后笑而答曰：彼乃亡國之君，陛下開基之主，奢儉之事，固不同年。帝曰：隋主何如。蕭后曰：隋主享國

十有餘年，妾常侍從，見其淫侈。每一除夜，殿前諸院設火山數十，盡沈香木根也。每夜，山皆焚沈香數車，火光暗則以甲煎沃之，焰起數丈。沈香甲煎之香，傍聞數十里。一夜之中，用沈香二百餘乘，甲煎過二百石。」歐陽公詩云：「隋宫守夜沈香火，楚俗驅神爆竹聲。」李易安元旦詞云：「瑞腦煙殘，沈香火冷。」

按：王建宫詞：「金吾除夜進儺名。畫袴朱衣四隊行。院院燒燈如白晝，沈香火底坐吹笙。」清照蓋用此事也。又歲時廣記所引紀聞原出太平廣記卷二百三十六，文字稍有出入。

附存疑之作

怨王孫

草堂詩餘、彙選歷代名賢詞府全集、花草粹編、詞的、詩餘圖譜補遺、名媛璣囊、古今詞統、古今詩餘醉、歷城縣志、林下詞選、記紅集、同情集詞選、詩詞雜俎本漱玉詞題作「春暮」，嘯餘譜、詩餘譜式題作「春景」，古今名媛彙詩、古今女史題作「暮春」。楊金本草堂詩餘、歷代詩餘、詞潔無題。

夢斷、漏悄，愁濃、酒惱。寶枕生寒，翠屏向曉。門外誰掃殘紅？夜來歷城縣志作「落花」。風。

玉簫聲斷人何處？春又去，忍把歸陳鍾秀本草堂詩餘、詩餘圖譜補遺、古今女史、古今詞統作「佳」。期負。歷城縣志作「空把流年負」。此情此恨此際，擬托行雲，問東君。○類編草堂詩餘卷一

詞學筌蹄卷三　彙選歷代名賢詞府全集卷二　文體明辨附録卷十　花草粹編卷五　詞的卷二　嘯餘譜卷四　詩餘圖

譜補遺卷七　古今名媛彙詩卷十七　名媛璣囊卷三　古今女史卷十二　古今詞統卷七　古今詩餘醉卷二　崇禎歷城縣志卷十五　林下詞選卷一　詞匯卷四　填詞圖譜卷二　記紅集卷一　歷代詩餘卷二十五　詞潔卷二　詩餘神髓　詩餘譜式後卷　古今圖書集成・歲功典卷三十五　同情集詞選卷九　蓼園詞選　三李詞

【參考資料】

便讀草堂詩餘卷三　此詞形容春暮，語意俱到。

詞的卷二　此詞稍平，然終無傖氣。

草堂詩餘評林（四卷本）卷一　形容春暮，情詞俱到。以風掃殘紅，妙在此句。

草堂詩餘雋卷二　眉批：風掃殘紅，何等空寂。一結無限情恨，猶有意味。評語：寫情寫意，俱形容春暮時光。詞意俱到。

沈際飛本草堂詩餘正集卷一　通篇四換韻，有兔起鶻落之致。　春又去，接遞妙。

古今詩餘醉卷二　換韻之妙，無逾此調。

怨王孫

草堂詩餘、彙選歷代名賢詞府全集、詞的、名媛璣囊、詞綜、復堂詞録、詩詞雜俎本漱玉詞題作「春暮」，嘯餘譜題作「春景」，古今名媛彙詩、古今女史題作「暮春」，餘無題。

帝里〔一〕春晚，重門深院。草緑階前，暮天雁斷。樓上遠信誰古今詩餘醉作「難」。傳？恨綿綿。多情自是多沾惹，難拚草堂詩餘評林春集卷三、便讀草堂詩餘卷三作「棄」。捨〔二〕，又是寒食也。秋千巷陌人静，皎月初斜，浸梨花。○類編草堂詩餘卷一　彙選歷代名賢詞府全集卷二　文體明辨附録卷十　花草粹編卷五　詞的卷二　嘯餘譜卷四　古今名媛彙詩卷十七　名媛璣囊卷三　古今女史卷十二　古今詞統卷七　古今詩餘醉卷二　二如亭羣芳譜歲譜卷一　林下詞選卷一　詞綜卷二十五　歷代詩餘卷二十五　詞潔卷二　詞鵠初編卷三　廣羣芳譜卷三　詞譜卷十一　歷朝名媛詩詞卷十一　復堂詞録卷八　三李詞

趙萬里輯漱玉詞云："案上二闋（指「夢斷、漏悄」一闋及此闋）詩詞雜俎本漱玉詞收之，殆與類編草堂詩餘同出一源。前一闋，至正本草堂詩餘引與如夢令、武陵春二詞銜接，類編本以爲李作，失之。後一闋，至正本不收，見類編本，未詳所出。"

按：前一首楊金本草堂詩餘前集卷下作無名氏詞，後一首楊金本草堂詩餘同卷作秦少游詞，並無題。類編草堂詩餘並以爲李清照作，不可據。

【注釋】

〔一〕「帝里」：即帝京、京城。晉書王導傳："「建康古之金陵，舊爲帝里。」"杜甫寄彭州高三十五使君適虢州岑二十長史參三十韻詩："「無錢居帝里，盡室在邊疆。」"

〔二〕「拚捨」：拋棄也。

【參考資料】

楊慎批點本草堂詩餘卷二　至情。（評「多情自是多沾惹」句。）

草堂詩餘雋卷二　眉批：以「多情」接「恨綿綿」，何組織之工！　評語：此詞可以王孫不歸兮、春草

萋萋兮參看。

沈際飛本草堂詩餘正集卷一 賀詞「多情多感」，猶少此「難拚捨」三字。

按：所云賀詞，非賀鑄詞也，乃宋蔡伸作，説見後附録柳梢青詞。

同上 元人樂府率以「也」字叶成妙句，殆祖此。

按：古今詞統卷七、古今詩餘醉卷二載評語與此同。

花草蒙拾 「皎月」「梨花」本是平平，得一「浸」字，妙絶千古。與「月明如水浸宫殿」同工。

按：「月明如水浸宫殿」乃五代王衍詩句。

歷朝名媛詩詞卷十一 易安以詞擅長，揮灑俊逸，亦能琢鍊。最愛其「草緑堦前，暮天雁斷」，極似唐人。……

生查子 彙選歷代名賢詞府全集、古今名媛彙詩、名媛璣囊、繡谷春容、古今女史題作「閨情」。

年年玉鏡臺，梅蕊宫妝困。今歲未還家，林下詞選、歷代詩餘作「不歸來」。怕見江南信。酒樵歌拾遺作「歡」。從別後疏，淚向愁中盡。遥想楚雲深，人遠天涯近。○楊金本草堂詩餘前集卷下 彙選歷代名賢詞府全集卷一 古今名媛彙詩卷十七 名媛璣囊卷三 繡谷春容卷三 古今女史卷十二 林下詞選卷一 歷代詩餘卷四 三李詞

按：此首別又作朱淑真詞，見元楊朝英樂府新編陽春白雪卷一、詞綜卷二十五、金繩武本花

草粹編卷二、復堂詞録卷八；別又作朱希真詞，見詞林萬選卷四、花草粹編卷一及四印齋所刻詞本樵歌拾遺。

【參考資料】

古今女史卷十二　曲盡無聊之況。是至情、是至語。（「淚向」「遥想」二句旁批。）

醜奴兒

彙選歷代名賢詞府全集調作「醜奴兒令」。楊金本草堂詩餘、彙選歷代名賢詞府全集、花草粹編題作「夏意」，詞的題作「新涼」。

晚古今詞選作「曉」。**來一陣**花草粹編作「霎」。**風兼雨，洗盡炎光。理罷笙簧，却對菱花**〔一〕**淡淡妝。絳綃縷薄冰肌瑩，雪膩酥香。笑語檀郎**〔二〕**，今夜紗厨枕簟涼。**○詞林萬選卷四　林下詞選卷一　歷代詩餘卷十　古今圖書集成·閨媛典卷二十　天籟軒詞選卷五　三李詞

四印齋本漱玉詞注：「此闋詞意膚淺，不類易安手筆。」趙萬里輯漱玉詞云：「案上闋詞意儇薄，不似他作。未知升庵何據？」

按：此首別見彙選歷代名賢詞府全集卷一、花草粹編卷二，題康伯可作。（趙萬里輯順庵樂府，此闋失收。）又見楊金本草堂詩餘後集卷下、詞的卷二、古今詞選卷一，俱無撰人姓氏。古今別腸詞選卷一又誤以此首爲魏大中詞。此首疑實爲康與之詞。

【注釋】

〔一〕「菱花」：鏡也。趙飛燕外傳：「七出菱花鏡一奩。」

〔二〕「檀郎」：唐人常用，或云潘岳小名檀奴，故稱檀郎。所指不一，視詩詞中整篇地位而定。如李賀牡丹種曲：「檀郎謝女眠何處。」此爲泛稱。韋莊江城子詞：「出蘭房，別檀郎。」則指所歡。無名氏菩薩蠻詞：「含笑問檀郎。」則指其夫壻。李商隱王十二兄與畏之員外相訪見招小飲時予以悼亡日近不去因寄詩：「謝傅門庭舊末行，今朝歌管屬檀郎。」則指女壻。此詞中之檀郎，殆爲夫壻。

點絳脣 續草堂詩餘、詞的、古今詞統、古今詩餘醉、花鏡雋聲、詞匯題作「秋千」，楊金本草堂詩餘題作「佳人」。

蹴罷秋千，起來慵整楊金本草堂詩餘、續草堂詩餘、古今詞統、古今詩餘醉作「整頓」。纖纖手。露濃花瘦，薄汗輕衣透。見客入來，歷代詩餘、古今圖書集成、天籟軒詞選、金繩武活字本花草粹編作「見有人來」。襪剗〔一〕金釵溜〔二〕。和羞走，倚門回首，却把青梅嗅。○詞林萬選卷四　林下詞選卷一　歷代詩餘卷五　古今圖書集成·閨媛典卷二十　天籟軒詞選卷五　金繩武活字本花草粹編卷二　三李詞

此首別作蘇軾詞，見楊金本草堂詩餘前集卷下。又作無名氏詞，見花草粹編卷一、續草堂詩餘卷上、古今詞統卷四、古今詩餘醉卷十二、花鏡雋聲卷七、詞匯卷七、同情集詞選卷四。別又誤作周

邦彦詞，見詞的卷二。趙萬里輯漱玉集云：「案詞意淺薄，不似他作。未知升庵何據？」按一九五九年出版之北京大學學生編寫之中國文學史第五編第四章，斷定此首爲李清照作，評價頗高，恐未詳考。詞林萬選中不可靠之詞甚多，誤題作者姓名之詞，約有二三十首，非審慎不可也。

【注釋】

〔一〕「襪剗」：未穿鞋，著襪而行走曰「剗襪」。宋陳模懷古録卷中引唐無名氏詞：「剗襪下芳階。」李煜菩薩蠻詞：「剗襪下香階，手提金縷鞋。」秦觀河傳詞：「鬢雲鬆，羅襪剗。」

〔二〕「金釵溜」：「溜」，滑去之義，宋人常用。李久善蝶戀花：「鶯擲垂楊，一點黄金溜。」王重蝶戀花：「星眸一轉晴波溜。」

【參考資料】

詞的卷二　崔徽傳奇中「儘人調戲」，句意本此。

按：「儘人調戲」乃王實甫西廂記中語。崔徽事出張君房麗情集（此書已佚，見宋人所引），與西廂記崔鶯鶯無涉。西廂記不得云崔徽傳奇。

續選草堂詩餘卷上　曲盡情悰。

草堂詩餘續集卷上　片時意態，淫夷萬變。美人則然，紙上何遽能爾。

古今詞統卷四　入若士紫釵記。

古今詩餘醉卷十二　「和羞走」下，如畫。

鐵水軒詞筌　「無憑諳鵲語，猶得暫心寬」，韓偓語也。馮延巳去偓不多時，用其語曰：「終日望君君不至，舉頭聞鵲喜。」雖竊其意，而語加蘊藉。又賀方回用義山「無端嫁得金龜壻，孤負香衾事早朝」爲「不待宿酲消，馬嘶催早朝」，亦稍有翻換。至無名氏「見客入來，襪剗金釵溜。和羞走，倚門回首，却把青梅嗅」，直用「見客入來和笑走，手搓梅子暎中門」二語演之耳。語雖工，終智在人後。

按：所引馮延巳詞乃謁金門，賀方回（賀鑄）詞乃生查子。末所引「見客入來和笑走，手搓梅子暎中門」二句，亦韓偓詩，見香奩集。

附注：金繩武活字本花草粹編，傳本甚稀，衹南京圖書館有之，蓋孤本也。金氏印花草粹編，分十二卷爲二十四卷，有失原書真面，已不甚妥；而妄改原署撰人姓氏，不加注説明，尤不可爲訓。原書署名錯誤者，雖間有所改正（如滕魯卿改爲葛勝仲、無名氏改爲姚寬、柳永），而誤改者殊不少（如李重元改爲李甲、蔣興祖女改爲李令女，延安夫人改爲延安李氏、宋豐之改爲向滈、無名氏改爲李之儀、曾慥、石孝友、梁寅等等），使人誤會，以爲陳耀文原書如此。實則陳氏所署各首撰人姓氏，多依所出之書，不加改變，使人易於知其來源，最爲善法。點絳脣「蹴罷秋千」一首，明刊本花草粹編原不著撰人姓名，金氏改爲李清照作，亦其一例。唐圭璋君編全宋詞，采用金氏書中署名者，非不妥（如李乘）、即錯誤（如楊彦齡、向鎬、梅坡。梅城誤爲梅坡，全宋詞即以爲蕭育），頗受其累。特書於此，以告讀金本花草粹編者。

浪淘沙 續草堂詩餘、古今詞統、古今詩餘醉、記紅集、古今詞選題作「閨情」。

簾外五更風，吹夢無踪。畫樓重上與誰同？記得玉草堂詩餘續集注：「一作金，誤。」**釵斜撥火，寶篆成空。　回首紫金峰**〔一〕**，雨潤煙**歷代詩餘、晚香室詞録作「雲」。**濃。一江春浪**詞潔、自怡軒詞選作「一腔春恨」。**醉醒中。留得羅襟前日淚，彈與征鴻。**○詞林萬選卷四　林下詞選卷一　詞綜卷二十五　歷代詩餘卷二十六　詞潔卷二　古今圖書集成・閨媛典卷二十　自怡軒詞選卷一　晚香室詞録卷七　歷朝名媛詩詞卷十一　復堂詞録卷八　三李詞　藝術館詞選乙卷

林下詞選云：「一本誤刻六一居士。」趙萬里輯漱玉詞云：「案花草粹編卷五引此闋，不注撰人。詞林萬選注：『一作六一居士。』檢醉翁琴趣無之，未知升庵何據？」按楊金本草堂詩餘前集卷下，此首作無名氏詞，續草堂詩餘卷上、古今詞統卷七、古今詩餘醉卷十、見山亭古今詞選卷中、詞匯卷二、記紅集卷一、古今詞選卷二、自怡軒詞選卷一並以爲歐陽修詞。此首似非李清照作，亦決非歐陽修詞（近體樂府、醉翁琴趣外篇俱不載）。又按花草粹編卷五，此首題「二」字，蓋以爲與前一首同一撰人所作（前一首乃幼卿撰），趙先生所考未諦。疑從楊金本草堂詩餘作無名氏詞爲是。

楊慎詞林萬選誤題撰人姓名之詞極多，殊不可據，清四庫全書總目詞林萬選提要疑其書爲後人所僞托。此書所注：「一作某某。」不似楊慎原注，殆爲毛晉刻詞苑英華時所加。

【注釋】

〔一〕「紫金峰」：未詳。檢宋代地志，無此峰名。以「紫金」名山者有今鎮江之紫金、浮玉等數處，亦不能指以實之。現在南京之紫金山，周應合景定建康志等尚無此名。疑「紫金峰」即紫金色之山峰，非有一峰名紫金也。

【參考資料】

續選草堂詩餘卷上　此詞極與後主相似。

草堂詩餘續集卷上　「吹夢」奇。　幻想異妄。

古今詞統卷七　雁傳書事化得新奇。

白雨齋詞話卷二　易安賣花聲云：「簾外五更風，……彈與征鴻。」淒豔不忍卒讀，其爲德夫作乎？

按：陳廷焯白雨齋詞話持論多宗張惠言詞選，不免有穿鑿附會之説。此詞是否易安作，尚不可知，而陳廷焯遽云：「其爲德夫作乎？」不可信。

雲韶集卷十　淒豔不忍卒讀。　情詞淒絶，多少血淚。

臨江仙 梅　題從花草粹編，他本俱無題。

庭院深深深幾許？雲窗霧閣春遲。爲誰憔悴損歷代詩餘、天籟軒詞選作「瘦」。芳姿。夜來清夢好，應是發南枝。　玉瘦檀輕無限恨，南樓羌管〔一〕休吹。濃香吹歷代詩餘、天籟軒詞選作「開」。盡又誰知。暖風遲日〔二〕也，别到杏花肥。歷代詩餘、天籟軒詞選作「時」。○花草粹編卷七　歷代詩餘卷三十八　天籟軒詞選卷五　三李詞

四印齋本漱玉詞注：「此首疑亦有僞，似借前臨江仙詞檃擬爲之者。」趙萬里輯漱玉詞云：「案梅苑九引作曾子宣妻詞，樂府雅詞下魏夫人詞不收。以草堂所載前闋自序證之，自是李作無疑。王鵬運云借前調檃擬爲之者，蓋未之深考也。」按此首泛詠梅花，情調與另一首完全不同，未必同時所作。樂府雅詞李詞亦未收此首。梅苑以此首爲曾子宣妻詞，花草粹編以爲李易安詞，俱不詳所本，存疑爲是。

【注釋】

〔一〕「羌管」：笛也。唐温庭筠題柳詩：「羌管一聲何處笛。」

〔二〕「遲日」：舒緩之日也。詩豳風七月篇：「春日遲遲。」日行舒緩，言春日長也。杜甫絶句二首：「遲日江山麗。」

殢人嬌 後庭梅花開有感題從花草粹編，他本俱無題。

玉瘦香濃，檀深雪散。今年恨、探梅又梅苑作「較」。晚。江樓楚館〔一〕，雲閒水遠。清晝永，凭闌翠簾低捲。坐上客來，尊前梅苑、歷代詩餘作「中」。酒滿〔二〕。歌聲共、水流雲斷。南枝可插，更梅苑作「便」。須頻剪。莫直待西樓、數聲羌管。○花草粹編卷七　歷代詩餘卷四

趙萬里輯漱玉詞云：「案梅苑九引上闋，不注撰人。花草粹編題作李詞者，其所據梅苑，殆較今本爲善故也。茲並校之。」按舊本梅苑，今不可見。傳本梅苑既不注撰人姓名，或花草粹編誤題清照姓名，亦不可知。祇能存疑。

【注釋】

〔一〕「楚館」：泛指楚地之館。宋趙抃和戴天使重陽前一夕宿長沙驛第二首：「楚館夜衾涼，離人念故鄉。」與後代之「秦樓楚館」爲妓院不同。

〔二〕「坐上客來、尊前酒滿」：後漢書孔融傳：「坐上客恒滿，尊中酒不空。」此用其語。

青玉案 翰墨大全、花草粹編題作「送別」。

征鞍不見邯鄲路〔一〕，莫便匆匆歸翰墨大全無「歸」字。去。秋風歷代詩餘作「正」。蕭條何以度？明窗小酌，暗燈清話，最好留連處。　相逢各自傷遲暮〔二〕，猶歷代詩餘作「獨」。把新詞歷代詩餘、詞譜作「詩」。誦奇句。鹽絮〔三〕家風人所許。如今憔悴，但餘雙翰墨大全作「衰」。淚，一似黃梅雨。○翰墨大全後丙集卷四　花草粹編卷七　歷代詩餘卷四十四　詞譜卷十五　三李詞

趙萬里輯漱玉詞云：「案翰墨大全後丙集卷四引接蝶戀花上巳召親族一首，不注撰人。花草粹編、歷代詩餘以爲李作，失之。」

按：通行元、明刻本翰墨大全後丙集未載詩詞。此首祇海寧吴氏拜經樓舊藏元刻初印本有之。

【注釋】

〔一〕「邯鄲路」：邯鄲，地名，即今河北邯鄲市。世傳吕洞賓黄粱一夢之處，即在邯鄲。宋胡仔苕溪漁隱叢話後集卷三十八云：「復齋漫録云：異聞集載沈既濟作枕中記云：開元中道者吕翁，經邯鄲道上邸舍中，以囊中枕借盧生睡事。此之吕翁，非洞賓也。蓋洞賓嘗自序，以爲吕渭之孫，仕德宗朝。今云開元，則吕翁非洞賓，無可疑者。苕溪漁隱曰：回仙嘗有詞云：『黄粱猶未熟，夢驚殘。』尚用枕中記故事，可見其非吕翁也。」（吕翁事詳見太平廣記卷八十二，文長，此不贅引。）

〔二〕「遲暮」：楚辭離騷：「惟草木之零落兮，恐美人之遲暮。」

〔三〕「鹽絮」：世説新語卷上之上言語門：「謝太傅寒雪日内集，與兒女講論文義。俄而雪驟，公欣然曰：『白雪紛紛何所似？』兄子胡兒曰：『撒鹽空中差可擬。』兄女曰：『未若柳絮因風起。』公大笑樂。即公大兄無奕女，左將軍王凝之妻也。」

浣溪沙

花草粹编、續草堂詩餘、古今詞統、古今詩餘醉、歷城縣志、林下詞選題作「閨情」。

髻子傷春〔一〕慵花草粹编、古今詩餘醉、詞綜、歷代詩餘作「懶」，歷朝名媛詩詞誤作「惱」。更梳，晚風庭院落梅初，淡雲來往月疏疏。玉鴨〔二〕熏爐閒瑞歷城縣志作「瑪」。腦，朱櫻斗帳〔三〕掩流蘇〔四〕，遺詞綜、歷代詩餘、歷朝名媛詩詞作「通」。犀還解辟歷城縣志作「避」。寒〔五〕無。○續草堂詩餘卷上　古今詞統卷四　古今詩餘醉卷十　崇禎歷城縣志卷十五　林下詞選卷一　復堂詞録卷八　詞綜卷二十五　歷代詩餘卷七　歷朝名媛詩詞卷十一　三李詞

按：此首別見花草粹編卷二，無撰人姓氏，其前爲李清照「淡蕩春光寒食天」浣溪沙一闋。續草堂詩餘等以爲李清照作，未知何據。

【注釋】

〔一〕「傷春」：楚辭招魂：「目極千里兮傷春心。」

〔二〕「玉鴨」：唐李商隱促漏詩：「睡鴨香爐換夕照。」宋晏幾道浣溪沙詞：「鴨爐香細瑣窗閒。」皆香爐作鴨形者。「玉鴨熏爐」「寶鴨」亦同。

〔三〕「朱櫻斗帳」：集韻：「斗帳，小帳也，形如覆斗。」唐温庭筠偶遊詩：「紅珠斗帳櫻桃熟，金尾屏風孔雀閒。」

〔四〕「流蘇」：宋龐元英文昌雜録卷五云：「流蘇，五采毛雜而垂之。摯虞決疑要注曰：『凡下垂爲蘇。』張衡東京賦：『飛流蘇之騷殺。』其注曰：『騷殺，垂貌。』蓋流蘇、騷殺，皆下垂也。」草堂詩餘前集卷上載温飛卿木蘭花詞，注引倦遊録云：「流蘇者，乃盤線繪組之毬，五色錯爲之同心而下垂者也。」（按此與類説卷十六所引倦遊雜録微有不同。）錢大昕恒言録卷五云：「凡下

垂者爲蘇，吴人讀蘇爲胥。結縷下垂者謂之胥頭，即古之流蘇。」今古裝戲劇道具中尚有之。

〔五〕「遺犀辟寒」：開元天寶遺事卷上：「開元二年冬至，交趾國進犀一株，色黄似金。使者請以金盤置於殿中，温温然有暖氣襲人。上問其故。使者對曰：『此辟寒犀也。頃自隋文帝時，本國曾進一株，直至今日。』」「遺犀」或作「通犀」，漢書西域傳：「通犀翠羽之珍。」注引如淳曰：「通犀謂中央色白通兩頭。」此所謂犀，指犀牛之角。

【參考資料】

草堂詩餘續集卷上　話頭好。　淵然。

介存齋論詞雜著　閨秀詞惟清照最優，究苦無骨，存一篇尤清出者。

雲韶集卷十　清麗之句。（指「淡雲來往月疏疏」句）　宛約。（指末句）

復堂詞話　易安居士獨此篇有唐調，選家鑪冶，遂標此奇。

浣溪沙

續草堂詩餘、二如亭羣芳譜、花鏡雋聲調名誤作「山花子」。續草堂詩餘、古今名媛彙詩、詞的、古今女史、古今詞統、古今詩餘醉、花鏡雋聲、林下詞選題作「閨情」。

繡面歷代詩餘、古今圖書集成作「幕」。**芙蓉一笑開，斜飛**歷代詩餘、古今圖書集成作「偎」，詞壇豔逸品作「雲」。**寶鴨襯香腮，眼波**〔一〕**纔**古今詩餘醉作「方」。**動被人猜。一面風情深有韻，半牋**古今圖書集成作「殘」。**嬌恨寄幽懷，月移花影約重來。**〇古今名媛彙詩卷十七　續草堂詩餘卷上　詞的卷一

古今女史卷十二　古今詞統卷四　二如亭羣芳譜天譜卷二　古今詩餘醉卷十　詞壇豔逸品亨卷　林下詞選卷一　歷代詩餘卷七　古今圖書集成・閨媛典卷二十　三李詞

四印齋本漱玉詞注：「此尤不類，明明是淑真『月上柳梢頭，人約黄昏後』詞意。蓋既汙淑真，又汙易安也。」趙萬里輯漱玉詞云：「案金瓶梅第十三回引上闋，不著撰人。詩詞雜俎本漱玉詞收之，『面』作『幕』，詞意儇薄，不類易安他作。王鵬運已疑之，未詳所出。」

【注釋】

〔一〕「眼波」：眼光也。杜牧宣州留贈詩：「爲報眼波須穩當，五陵遊宕莫知聞。」宋黄庭堅浣溪沙詞：「新婦磯邊眉黛愁，女兒浦口眼波秋。」

【參考資料】

古今女史卷十二　摹寫嬌態、曲盡如畫。

按：朱淑真詞乃清平樂，見斷腸詞。

古今詞統卷四　朱淑真云「嬌癡不怕人猜」，便太縱矣。

填詞雜説　「喚起兩眸清炯炯」「閒裏覷人毒」「眼波纔動被人猜」「更無言語空相覷」，傳神阿堵，已無剩美。……

按：「喚起兩眸清炯炯」乃周邦彦蝶戀花詞句，「閒裏覷人毒」乃張孝祥醉落魄詞句，「更無言語空相覷」乃毛滂惜分飛詞句。

詞苑叢談卷一引皺水軒詞筌　詞雖以險麗爲工，實不及本色語之妙。如李易安「眼波纔動被人猜」，蕭淑蘭「去也不教知，怕人留戀伊」，魏夫人「爲報歸期須及早，休誤妾、一春閒」，孫光憲「留不得、留得也應無益」，嚴次山「一春不忍上高樓，爲怕見、分攜處」，觀此種句，覺「紅杏枝頭春意鬧」尚書，安排一箇字，費許大氣力。

按：古今詞話詞品下引賀裳、詞苑萃編卷二引詞苑，皆與此則同。古今詞話所引有簡略，並誤以嚴次山爲吴淑姬。（按上海新編李清照集誤以詞苑叢談所引皺水軒詞筌爲徐釚之言。）蕭淑蘭句乃菩薩蠻詞，出雜劇及小説，實際或無其人。魏夫人句乃江城子詞，孫光憲句乃謁金門詞，嚴次山（嚴仁）句乃一落索詞。「紅杏枝頭春意鬧」尚書乃宋祁，所引爲玉樓春詞句。

西圃詞説　詞中本色語，如李易安「眼波纔動被人猜」，蕭淑蘭「去也不教知，怕人留戀伊」，孫光憲「留不得、留得也應無益」，嚴次山「一春不忍上高樓，爲怕見、分攜處」，觀此種句，即可悟詞中之真色生香。且「怕人留戀伊」「爲怕見、分攜處」，兩「怕」字用來妙不可言。若用一「恐」字，亦未嘗説不去，然毫釐差則千里謬矣。蓋詞中雅俗字原可互相勝負。非文理不背，即可通用。此僅可爲解人道也。

蓮子居詞話卷二　易安「眼波纔動被人猜」，矜持得妙。淑真「嬌癡不怕人猜」，放誕得妙。均善於言情。

按：朱淑真詞乃清平樂。

浪淘沙 詩詞雜俎本漱玉詞、二如亭羣芳譜、花鏡雋聲調名誤作「雨中花」。續草堂詩餘、古今詩餘醉、花鏡雋聲、林下詞選、詩詞雜俎本漱玉詞題作「閨情」。

素約〔一〕花草粹編作「約素」。小腰身，不奈續草堂詩餘、林下詞選、歷代詩餘作「耐」。傷春。疏梅影下晚妝新。褭褭娉娉〔二〕各本多作「娉婷」，只續草堂詩餘、花草粹編作「娉娉」，歷代詩餘作「婷婷」。何樣似？一縷輕雲。歌巧動朱脣，字字嬌嗔。續草堂詩餘、花草粹編、花鏡雋聲作「真」，改從其他各本。桃花深徑花草粹編作「處」。一通津。悵望瑤臺〔三〕清夜月，還送歷代詩餘、古今圖書集成作「照」。歸輪。

○續草堂詩餘卷上　古今詩餘醉卷十　二如亭羣芳譜果譜卷一　花鏡雋聲卷七　詞壇豔逸品亭卷　林下詞選卷一　歷代詩餘卷二十六　古今圖書集成・閨媛典卷二十　三李詞

趙萬里輯漱玉詞云：「案詩詞雜俎本漱玉詞收之，題作『閨情』，花草粹編五引作趙子發詞。草堂續集以爲李作，失之。」

【注釋】

〔一〕「素約」：花草粹編作「約素」。文選宋玉登徒子好色賦：「腰如束素，齒如含貝。」曹植洛神賦：「肩若削成，腰如約素。」李善注：「束素、約素，謂圓也。」

〔二〕「褭褭娉娉」：唐杜牧贈別詩：「娉娉褭褭十三餘，荳蔻梢頭二月初。」「褭褭」「娉娉」皆形容美好貌，有輕盈義。

〔三〕「瑶臺」：李白清平調詞：「若非羣玉山頭見，會向瑶臺月下逢。」瑶臺，神仙所居（本出離騷云「望瑶臺之偃蹇兮，見有娀之佚女」，意義有別）。

【參考資料】

花草粹編卷五引古今詞話　「約」字清妙，遠勝「束」字。

草堂詩餘續集卷上　「不奈」「嬌嗔」，的確。描就一箇嬌娃。

古今詩餘醉卷十　「不奈傷春」「字字嬌嗔」，描出一箇嬌娃。

鷓鴣天 草堂詩餘（楊金本無題）、詞的、古今詞統題作「春閨」。

枝沈際飛本草堂詩餘注：「一作枕，誤。」古今詞統作「枕」，注：「枕誤作枝。」按此處以作「枝」爲是，古今詞統所云不足據。上流鶯和淚聞，新啼痕間舊啼痕。一春魚鳥草堂詩餘前集卷上、草堂詩餘評林春集卷二、詩餘畫譜作「雁」。無消息，千里關山勞夢魂。　無一語，對芳樽，安排腸斷到黄昏。甫能炙得燈兒沈際飛本草堂詩餘注：「一作光，誤。」了，雨打梨花深閉門。○汲古閣未刻詞本漱玉詞四印齋本漱玉詞補遺云：「案毛鈔本尚有鷓鴣天『枝上流鶯』一闋，青玉案『一年春事』一闋，注云：『草堂作少游、永叔，而秦、歐集無。』今案此二闋，別本無作李詞者，當是秦、歐之作。且膾炙人口，故未附録。」各家輯漱玉詞，俱未收此二闋。唐圭璋輯全宋詞，李清照詞在卷二百九十，亦未載此二闋，蓋俱本況周儀之説（惟李清照之附録詞，卷末之宋詞互見表俱未收入，則疑爲遺漏）。

按草堂詩餘前後集上下四卷本載此二詞，俱無撰人姓名。「枝上流鶯」闋前爲秦少游畫堂春「東風吹柳日初長」一首，「一年春事」闋前爲歐陽永叔浪淘沙「把酒祝東風」一首。類編草堂詩餘、四印齋刻陳鍾秀本草堂詩餘及以後各選本遂俱以爲秦、歐之作。（各本誤以鷓鴣天詞爲秦觀作者，有詞學筌蹄卷五、詩餘圖譜卷一、增正詩餘圖譜卷上、彙選歷代名賢詞府全集卷二、文體明辨附録卷五、花草粹編卷六、嘯餘譜卷二、詞的卷二、古今詞統卷七、詞菁卷二、古今詩餘醉卷五、詩餘畫譜、詞匯卷二、填詞圖譜卷二、選聲集、詞律卷八、古今別腸詞選卷二、歷代詩餘卷二十七、詩餘神髓、詩餘譜式前卷、同情集詞選卷九、自怡軒詞譜卷二、詞軌卷五、蓼園詞選，實不足據。明謝天瑞本詩餘圖譜卷二不著撰人姓名，注：「詩餘。」）楊金本草堂詩餘前集卷上載鷓鴣天詞，後集卷上載青玉案詞，並無撰人姓名。汲古閣未刻詞本漱玉詞收此二詞，雖未知所本，但此二首既非秦、歐之作，實應存疑，不宜遽從漱玉詞中删去。

汲古閣未刻詞本漱玉詞原書未見。此詞從類編草堂詩餘卷一録出。其文字與汲古閣未刻詞本漱玉詞是否相同，不得而知。

【參考資料】

草堂詩餘前集卷上　古今詞話：「此詞形容愁怨之意最工。如後疊『甫能炙得燈兒了，雨打梨花深閉門』，頗有言外之意。」

楊慎批點本草堂詩餘卷二　無限含愁，說不得。

按：此則起各書俱以此首爲秦觀作，不一一注明於下。

草堂詩餘别録　……今録。後段三句似佳，結語尤曲折婉約有味，若嫌曲細。詞與詩體不同，正欲其精工。故謂秦淮海以詞爲詩。嘗有「簾幕千家錦繡垂」之句。孫莘老見之云：又落小石調矣。

按：此事出苕溪漁隱叢話前集卷五十一引王直方詩話，孫莘老（覺）應是王仲至（欽臣），張綖草堂詩餘别録誤。

詞的卷二　「梨花」句與憶王孫同，才如少游，豈亦自襲耶，抑愛而不覺其重耶。

按：憶王孫詞即「萋萋芳草憶王孫，柳外樓高空斷魂。杜宇聲聲不忍聞，欲黄昏，雨打梨花深閉門」一闋，乃李重元詞，鷓鴣天詞亦非少游所作。此承類編草堂詩餘之誤。宋吴聿觀林詩話云：「半山酷愛唐樂府『雨打梨花深閉門』之句。」憶王孫與鷓鴣天詞俱襲用唐人成句。

草堂詩餘雋卷一　眉批：新痕間舊痕，一字一血。　結兩句有言外無限深意。　評語：形容閨中愁怨，如少婦自吐肝膽語。

沈際飛本草堂詩餘卷一　「安排腸斷」二句，十二時中無間矣。深于閨怨者。　末用李詞，古人愛句，不嫌相襲。

論詞隨筆　詞雖濃麗而乏趣味者，以其但知作情景兩分語，不知作景中有情、情中有景語耳。「雨打梨花深閉門」「落紅萬點愁如海」，皆情景雙繪，故稱好句而趣味無窮。

按：「落紅萬點愁如海」乃秦觀千秋歲詞句。

孤臣思婦，同難爲情。「雨打梨花」句含蓄得妙，超詣也。

青玉案

類編草堂詩餘、古今詞統題作「春日懷舊」。楊金本草堂詩餘題作「春情」。

一年春事都來〔一〕**幾？早過了三之二。緑暗**〔二〕**紅嫣**〔三〕**渾可事。**沈際飛本草堂詩餘注：「一作是，誤。」此首末句押「是」字，此句作「是」字必誤。又全句胡桂芳本類編草堂詩餘卷上作「緑暗紅稀渾何事」。**緑**楊金本草堂詩餘作「垂」。**楊庭院，暖風簾幕，有箇人憔悴。　買花載酒長安市，又**沈際飛本草堂詩餘注：「後段第二句多一字。」古今詞統注：「又字襯。」**争似家山見桃李。不枉**古今詞統、詞潔卷二作「住」。**東風吹客淚。相思難表，夢魂無據，惟有歸來是。**○汲古閣未刻詞本漱玉詞

此首或爲無名氏詞，類編草堂詩餘誤以爲歐陽修作，參閲上鷓鴣天詞考證。沈際飛本草堂詩餘正集注：「一刻易安。」各本草堂詩餘而外，誤以此首爲歐陽修作者，尚有詞學筌蹄卷五、彙選歷代名賢詞府全集卷三、花草新編卷三、花草粹編卷七、詞綜卷四、古今圖書集成人事典卷一百零五、詞軌卷四、蓼園詞選等書。近人周泳先唐宋金元詞鉤沈、唐圭璋全宋詞（初版本），咸承其誤。

【注釋】

〔一〕「都來」：唐秦韜玉寄李處士詩：「人事都來不在忙。」羅隱送顧雲下第詩：「百歲都來多幾日。」僧齊己七十作：「七十去百歲，都來三十春。」廣韻：「都猶總也。」「都來」即「總來」，猶「算來」，唐宋人詩詞中常用語。

〔二〕「緑暗」：唐韓琮暮春滻水送别詩：「緑暗紅稀出鳳城。」

〔三〕「紅嫣」：李商隱河陽詩：「側近嫣紅伴柔緑。」廣韻：嫣，美也。

【參考資料】

楊慎批點本草堂詩餘卷三　離思黯然。道學人亦作此情語。

按：楊慎批點本草堂詩餘以此首爲歐陽修作，故有道學人之語，實則歐陽修亦非道學中人也。

草堂詩餘雋卷二　眉批：暮春易過，思情轉□盡情懷。　評語：春深景物繁華，最能動人情思，歐陽公□足之乎？

沈際飛本草堂詩餘正集卷二　「問向前尚有幾多春，三之一。」「有箇人憔悴」下文却在此句生出。煞落。

按：沈際飛本草堂詩餘正集亦以此首爲歐陽修作。又古今詞統卷十所評與此同。「問向前尚有幾多春，三之一」，本蘇軾滿江紅詞句。

蓼園詞選　按此詞不過有不得已心事而託之思婦耳。「一年」二句，言年光已去也；「緑暗」四句言時，芳菲不可玩，而自己心緒憔悴也。所以憔悴，以不見家山桃李，苦欲思歸耳。大意如此。但永叔未必迫於思歸者，亦有所不得已者在耶。當於言外領之。

失調名

教我甚情懷。〇花草粹編卷二朱秋娘集句採桑子

朱秋娘集句採桑子，亦載彤管遺編後集卷十二，未注每句出處。花草粹編所載則每句俱注有撰人，當別有所據。按：彤管遺編云朱秋娘名希真，與宋詞人朱敦儒之字希真相同。彤管遺編、古今女史等所載朱希真（秋娘）詞，又多見於朱敦儒樵歌。一部分詞則又見於朱淑真斷腸詞。朱秋娘有無其人，頗成疑問。所集詞句，未見可據。

李清照集校注卷二　詩

浯溪中興頌〔一〕詩和張文潛〔二〕

五十年功如電掃〔三〕，華清宮〔四〕柳咸陽草〔五〕。五坊供奉〔六〕鬬雞兒〔七〕，酒肉堆中不知老。胡兵忽自天上來〔八〕，逆胡〔九〕亦是癸巳類稿作「自」。姦雄才〔一〇〕。勤政樓〔一一〕前走胡馬，珠翠踏盡香塵埃。何爲癸巳類稿作「六師」。出戰輒披靡〔一二〕，傳置癸巳類稿作「前致」。荔枝多馬癸巳類稿作「馬多」。死〔一三〕。堯功舜德本癸巳類稿作「誠」。如天，安用區區紀文字。著碑香祖筆記、繡水詩鈔作「功」。銘德癸巳類稿作「刻銘」。真陋哉，迺令神鬼磨山崖。子儀光弼〔一四〕不自宋詩紀事作「用」。猜，天心悔禍〔一五〕人心開。夏商有鑒〔一六〕此依宋本清波雜志。知不足齋叢書本清波雜志、寒夜録等俱作「夏爲殷鑒」。當深戒，簡策汗青〔一七〕今具在。君不見當時張説最多機，雖生已被姚崇賣〔一八〕。〇清波雜志卷八　寒夜録卷下　香祖筆記卷五　浯溪考卷下　宋詩紀事卷八十七　癸巳類稿卷十五　繡水詩鈔卷一

【注釋】

〔一〕「浯溪中興頌」：王象之輿地紀勝卷五十六云：「大唐中興頌，在祁陽浯溪石崖上，元結文，颜

真卿書，大曆六年刻，俗謂之磨崖碑。」元結文云：「天寶十四載，安禄山陷洛陽，明年，陷長安。天子幸蜀，太子即位於靈武。明年，皇帝移軍鳳翔。其年，復兩京，上皇還京師。於戲！前代帝王有盛德大業者，必見於歌頌。若今歌頌大業，刻之金石，非老於文學，其誰宜爲！頌曰：噫嘻前朝，孽臣姦驕，爲昏爲妖。邊將騁兵，毒亂國經，羣生失寧。大駕南巡，百寮竄身，奉賊稱臣。天將昌唐，繄曉我皇，匹馬北方。獨立一呼，千麾萬旗，我卒前驅。我師其東，儲皇撫戎，蕩攘羣兇。復服指期，曾不踰時，有國無之。事有至難，宗廟再安，二聖重歡。地闢天開，蠲除祅災，瑞慶大來。兇徒逆儔，涵濡天休，死生堪羞。功勞位尊，忠烈名存，澤流子孫。盛德之興，山高日昇，萬福是膺。能令大君，聲容沄沄，不在斯文。湘江東西，中直浯溪，石崖天齊。可磨可鐫，刊此頌焉，何千萬年！」

〔二〕「和張文潛」：張文潛，名耒，宋淮陰人，詩文有名，爲蘇軾門下四學士之一（張實出蘇轍門下），宋史文苑有傳。張文潛原詩云：「玉環妖血無人掃，漁陽馬厭長安草，潼關戰骨高於山，萬里君王蜀中老。金戈鐵馬從西來，郭公凜凜英雄才，舉旗爲風偃爲雨，灑掃九廟無塵埃。元功高名誰與紀，風雅不繼騷人死。水部胸中星斗文，太師筆下蛟龍字。天遣二子傳將來，高山十丈磨蒼崖。誰持此碑入我室，使我一見昏眸開。百年廢興增歎慨，當時數子今安在。君不見荒涼浯水棄不收，時有遊人打碑賣。」原題作讀中興頌碑。按宋人或以此詩爲秦觀作。王象之輿地紀勝云是秦作。曾敏行獨醒雜志卷五亦云是秦作，而題作張耒文潛。胡仔苕溪漁隱叢話後集卷三十一云當從石刻作文潛詩。

〔三〕「五十」句：按此詠唐玄宗（李隆基）。七一二至七五六年玄宗在位，計先天二年、開元二十九年、天寶十五年，共祇四十餘年。此云五十年，約計之辭。類説卷二十七引逸史云：「明皇潛龍時，見僧萬迴曰：『五十年天子，願自愛。』五十年以後，果有禄山之禍。」唐高力士亦云：「五十年太平天子。」（參閲下首「好在」注释。）

〔四〕「華清宫」：唐會要卷三十：「開元十一年十月五日，置温泉宫於驪山。至天寶六載十月三日，改温泉宫爲華清宫。」唐玄宗常至其宫。

〔五〕「咸陽草」：咸陽，地名，秦始皇所都，在今陝西省。唐劉滄咸陽懷古詩：「渭水故都秦二世，咸陽秋草漢諸陵。」

〔六〕「五坊供奉」：資治通鑑卷二百三十六順宗永貞元年正月甲子：「貞元之末，政事爲人患者，如宫市五坊小兒之類，悉罷之。」（詳見唐韓愈撰順宗實録。）新唐書百官志殿中監：「閑厩使押五坊以供時狩。一曰雕坊，二曰鶻坊，三曰鷂坊，四曰鷹坊，五曰狗坊。」據順宗實録，五坊小兒爲害，乃在貞元之末，非唐玄宗時事，惟玄宗時已有五坊耳。

〔七〕「鬭雞兒」：歲時廣記卷十七引東城老父傳：「明皇樂民間清明節鬭雞戲。及即位，治雞坊，索長安雄雞，金尾、鐵距、高冠、昂尾千數，養於雞坊，選六軍小兒五百，使教飼之。……」又云：「明皇以乙酉生而喜鬭雞。」（原出太平廣記卷四百八十五東城老父傳，文長不録。）

〔八〕「胡兵」句：指安禄山漁陽叛變，連破東、西二京。

〔九〕「逆胡」：安禄山本營州柳城胡人，故曰「逆胡」。

〔一〇〕「姦雄才」：三國志魏志武帝紀裴松之注引世語：「太祖嘗問許子將：『我何如人？』子將不答。固問之，子將曰：『子治世之能臣，亂世之奸雄。』太祖大笑。」

〔一一〕「勤政樓」：唐會要卷三十：「開元二年七月二十九日，以興慶里舊邸爲興慶宫。後於西南置樓。西面題曰花萼相輝之樓，南面題曰勤政務本之樓。」勤政樓即「勤政務本之樓」之簡稱。

〔一二〕「披靡」：史記項羽本紀：「於是羽大呼馳下，漢軍皆披靡。」後漢書銚期傳：「期騎馬奮戟，瞋目大呼左右曰蹕，衆皆披靡。」「披靡」即退却、退讓道路。

〔一三〕「傳置」句：後漢書孝和皇帝紀元興元年注引謝承後漢書：「唐羌字伯游，辟公府，補臨武長。縣接交州，舊獻龍眼、荔支及生鮮，獻之，驛馬晝夜傳送之，至有遭虎狼毒害，頓仆死道不絶。」新唐書楊貴妃傳：「妃嗜荔支，必欲生致之，乃置騎傳送數千里，味未變，已至京師。」杜牧過華清宫絶句：「一騎紅塵妃子笑，無人知是荔枝來。」清照詩蓋兼用其事。

〔一四〕「子儀」「光弼」：即郭子儀、李光弼，俱唐代名將，以平安史之亂著稱。

〔一五〕「天心悔禍」：謂上天不欲重復其錯誤也。左傳隱十一年：「天其以禮悔禍於許。」

〔一六〕「夏商有鑒」：詩蕩：「殷鑒不遠，在夏后之世。」殷即商也。

〔一七〕「簡策汗青」：簡、策言竹簡，古代無紙，在竹上作字。汗青亦竹簡也。太平御覽卷六百零六引風俗通云：「劉向别録云：『殺青者，直治竹作簡書之耳。』新竹有汁，善朽蠹，作簡者皆於火上炙乾之。陳、楚間謂之汗。汗者去其汁也。吴越曰殺，亦治也。劉向爲孝成皇帝典校書籍二十餘年，皆先書竹，改易刊定，可繕寫者，以上素也。由是言之，殺青者竹，斯爲明矣。」

〔一八〕「張説」「姚崇」：鄭處誨明皇雜録卷上云：「姚元崇與張説同爲宰輔，頗疑阻，屢以其相侵，張銜之頗切。姚既病，誡諸子曰：『張丞相與我不叶，釁隙甚深。然其人少懷奢侈，尤好服玩。吾身殁之後，以吾嘗同寮，當來弔。汝其盛陳吾平生服玩寶帶重器，羅列於帳前。若不顧，汝速計家事，舉族無類矣。目此，吾屬無所虞，便當録其玩用，致於張公，仍以神道碑爲請。既獲其文，登時便寫進，仍先礱石以待之，便令鐫刻。張丞相見事遲於我，數日之後當悔。若却徵碑文，以刊削爲辭，當引使視其鐫刻，仍告以聞上訖。』姚既殁，張果至，目其玩服三四，姚氏諸孤悉如教誡。不數日，文成，敍述核詳，時爲極筆。其略曰：『八柱承天，高明之位列；四時成歲，亭毒之功存。』後數日，張果使人取文本，以爲詞未周密，欲重爲删改。姚氏諸子仍引使者視其碑，乃告以奏御。使者復命，悔恨拊膺曰：『死姚崇猶能算生張説，吾今知才之不及也遠矣。』」姚崇、張説俱玄宗時宰相，唐書並有傳。

又

君不見香祖筆記、繡水詩鈔無此三字。驚人廢興香祖筆記、浯溪考作「興廢」。傳癸巳類稿作「唐」。天寶〔一〕，中興碑上今生草。不知負國有姦雄，但説成功尊國老〔二〕。誰令妃子天上來，虢、秦、韓國〔三〕皆天癸巳類稿作「仙」。才。花寒夜録、宋詩紀事作「苑」。桑香祖筆記、浯溪考、癸巳類稿、繡水詩鈔作「苑天」。羯鼓玉方響〔四〕，春風不敢生塵埃〔五〕。姓名誰復知安、史〔六〕，健兒猛將安眠死。去天尺五〔七〕抱甕峯，峯頭鑿出開元字〔八〕。時移勢去真可哀，姦人心醜寒夜録、癸巳類稿作「魄」。深如崖。西蜀萬里〔九〕尚能反，南内〔一〇〕一閉何時開。可憐孝德如天大，反使將軍〔一一〕稱好在〔一二〕。嗚呼，奴輩乃寒夜録無此字。香祖筆記、癸巳類稿、繡水詩鈔作「胡」。不能道輔國用事〔一三〕張后尊〔一四〕，癸巳類稿作「專」。乃能念香祖筆記、癸巳類稿、繡水詩鈔作「祇能道」。春薺長安作斤寒夜録作「作斤長安」。賣〔一五〕。○清波雜志卷八　寒夜録卷下　香祖筆記卷五　浯溪考卷下　宋詩紀事卷八十七　癸巳類稿卷十五　繡水詩鈔卷一

【注釋】

〔一〕「天寶」：唐玄宗年號，共十五載（七四二—七五七年）。

〔二〕「國老」：左傳哀十一年：「季孫欲以田賦，使冉有訪諸仲尼，仲尼曰：『丘不識也。』三發，卒曰：『子爲國老，待子而行，若之何子之不言也？』」國老，一國之老，國之老成人。

〔三〕「虢、秦、韓國」：唐書楊貴妃傳：「有姊三人，皆有才貌。玄宗並封國夫人之號。大姨封韓國，三姨封虢國，八姨封秦國，並承恩澤。出入宮掖，勢傾天下。」

〔四〕「花桑」句：「花桑」不詳。唐南卓羯鼓録云：「以山桑木爲之。」疑「花桑」即「山桑」也。羯鼓、方響，皆樂器。楊太真外傳卷上云：「上嘗夢十仙子，乃製紫雲迴。并夢龍女，又製凌波曲。二曲既成，……就按於清元小殿。寧王吹玉笛、上羯鼓、妃琵琶、馬仙期方響、李龜年觱篥、張野狐箜篌、賀懷智拍，自旦至午，歡洽異常。」唐玄宗善擊羯鼓，見南卓羯鼓録。（楊太真外傳乃小説，所載不盡爲史實，不能全信。）

〔五〕「春風」句：羯鼓録云：唐玄宗「又製秋風高，每至秋空迥徹，纖翳不起，即奏之。必遠風徐來，庭葉隨下」。此詩用此事，而以秋風爲春風。

〔六〕「姓名」句：安，安禄山；史，史思明。史稱安史之亂，即此二人事。

〔七〕「去天尺五」：俚語云：「城南韋杜，去天尺五。」（見杜甫贈韋七贊善詩「時論同歸尺五天」自注。）原意爲韋杜貴家，與帝室相近；此則極言其高也。

〔八〕「抱甕峯」「開元字」：「抱甕峯」不詳，疑即「甕肚峯」。唐鄭棨開天傳信記云：「華嶽雲臺觀中方之上，有山堀起如半甕之狀，名曰甕肚峯。上嘗賞望，嘉其高迥，欲於峯頭大鑿開元二字，填以白石，令百餘里望見，諫官上言，乃止。」

〔九〕「西蜀萬里」：松窗雜録：「玄宗幸東都，偶因秋霽，與一行師共登天宫寺閣，臨眺久之。上遐顧悽然，發歎數四。謂一行曰：『吾甲子得終無恙乎？』一行進曰：『陛下行幸萬里，聖祚無疆。』及西行，初至成都，前望大橋。上舉鞭問左右曰：『是橋何名？』節度使崔圓躍馬前進曰：『萬里橋。』上因追歎曰：『一行之言，今果符之，吾無憂矣。』」（大唐傳載亦載有此事，甚簡。）

〔一〇〕「南内」：唐都長安，有大内、西内、南内。南内即興慶宮，本唐玄宗舊邸，開元二年以爲興慶宫。十六年移仗於興慶宫聽政。地在大内以南，故曰南内。「南内一閉何時開」言玄宗被李輔國所逼，遷往西内。南内一閉，玄宗不能復返。

〔一一〕「將軍」：指高力士。高力士於開元初爲右監門衛將軍，天寶七載加至驃騎大將軍（見唐書本傳）。唐張説撰唐高内侍（力士之義父）碑，稱力士爲將軍。新唐書高力士傳云：「帝或不名而呼將軍。」

〔一二〕「好在」：唐柳珵常侍言旨（見明鈔本説郛卷五）云：「玄宗爲太上皇時，在興善宫（應是興慶宫），屬久雨初晴，幸勤政樓。樓下市人及往來者愈喜，曰：今日得再見我太平天子。傳呼萬歲，聲動天地。時肅宗不豫，李輔國誣奏云：此皆九仙媛、高力士、陳元禮之異謀也。下矯詔遷太上皇於西内。給（「給」原作「給絶」，從太平廣記卷一百八十八戎幕閑談删去「絶」字）其扈從部伍，不過老弱二三十人。及中道，攢刃輝日，輔國統之。太上皇驚，欲墜馬數四，左右扶持得免。高力士躍馬前進，厲聲曰：『五十年太平天子，李輔國舊爲家臣，不宜無禮。』李輔國下馬失轡。又宣太上皇誥曰：『將士各得好在否？』於是輔國令兵士咸韜刃鞘中，高聲曰：『太上皇萬福。』一時拜舞。力士又曰：『李輔國攏馬。』輔國遂攏馬著靴行，與將士等護侍太上皇平安到西内。輔國領衆既退，太上皇泣，持力士手曰：『微將軍，阿瞞已爲兵死鬼矣。』九仙媛、力士、玄禮皆嗚咽流涕。翌日，竟爲輔國所搆。九仙媛於嶺南安置，力士、玄禮長流遠惡處。此事本在朱崖太尉所續柳史第十六，蓋以避時忌，所以不書也。」（此事亦載資治通鑑。太平廣記卷一百八十八引戎幕閒談李輔國一條，與常侍言旨同，惟「好在」字誤，只明鈔本太平廣記未誤，故此不引。）高力士所傳「將士各得好在否」，乃慰問之辭。「好在否」即「好否」也。

〔一三〕「輔國用事」：參閲上條。李輔國乃宦官，掌政權，唐肅宗信任之。史載輔國擅權，肅宗後亦惡輔國，欲誅之，畏其握兵，竟猶豫不能決。

〔一四〕「張后尊」：唐書肅宗張皇后傳：「皇后寵遇專房，與中官李輔國持權禁中，干預政事，請謁過當。帝頗不悦，無如之何。」肅宗甚畏張后，至不敢至西内見太上皇。張后後因争權爲李輔國所殺。

〔一五〕「春薺」句：唐無名氏撰高力士外傳：「園中見薺菜，土人不解喫，便賦詩曰：『兩京秤斤賣，五溪無人採。夷夏雖有殊，氣味應不改。』使拾之爲羹，甚美。」（按唐人引此詩者甚多，「秤斤賣」多作「作斤賣」。）

【參考資料】

清波雜志卷八　浯溪中興頌碑，自唐至今，題詠實繁。零陵近雖刊行，止薈粹已入石者，曾未暇廣搜而博訪也。趙明誠待制妻易安李夫人嘗和張文潛長篇二。以婦人而厠衆作，非深有思致者能之乎？……頃見易安族人言：明誠在建康日，易安每值天大雪，即頂笠披蓑，循城遠覽以尋詩，得句必邀其夫賡和，明誠每苦之也。……易安父文叔，元祐館職。

寒夜録卷下　李易安詩餘，膾炙千秋，當在金荃、蘭畹之上。古文如金石録後序，自是大家舉止，絶不作閨閣妮妮語。打馬圖序，亦復磊落不凡。獨其詩歌無傳。僅見和張文潛浯溪中興碑二篇，亟録出之，……二詩奇氣横溢，嘗鼎一臠，已知爲駝峯、麟脯矣。古文、詩歌、小詞並擅勝場。雖秦黄輩猶難之，稱古今才婦第一，不虚也。

香祖筆記卷五　宋閨秀李清照，號易安居士，吾郡人，詞家大宗。其集名漱玉，而詩不槩見。兄西樵昔撰然脂集，采摭最博，止得其詩二句云：「少陵也是可憐人，更待明年試春草。」此外了不可得。陳士業寒夜録乃載其和張文潛浯溪碑歌詩二篇，未言出於何書。予撰浯溪考，因録入之。……二詩未爲佳作，然出婦人手亦不易，矧易安之逸篇乎，故著之。

分甘餘話卷二　余作浯溪考成，又得唐蔡京、鄭谷、宋釋惠洪數詩，録爲補遺。適見清波雜志一條，姑録於此云：「浯溪中興頌碑，自唐至今，題詠實繁。零陵近雖刊行，止薈萃已入石者，未暇廣搜博訪也。趙明誠待制妻易安李氏嘗和張文潛二長句，以婦人而廁衆作，非深有思致者能之乎？」李易安詩二篇，曩從陳士業宏緒寒夜録鈔出，已入集中，忘其出處本周煇也。

按：據今人黄盛璋趙明誠李清照年譜，清照和張文潛詩，當在元符三年左右。

上樞密韓肖胄詩

雲麓漫鈔云：「上樞密韓公詩。」宋詩紀事題作「上樞密韓公、工部尚書胡公」，並自「胡公清德人所難」句起，另爲一首（癸巳類稿等同）。按易安詩序明云「作古、律詩各一章」，即指此詩及下七律一首而言。如依宋詩紀事等則共爲古、律詩三首，與序不合。且此古詩分爲兩首，則第一首詞意未完，有頭無尾。第二首開首即云「謀同德協」，突如其來，俱不能單獨自成一首。此二首（此首及下律一首）實以韓肖胄爲主，胡松年僅附及而已。兹從雲麓漫鈔訂爲一首。

紹興癸丑五月，樞密韓公、工部尚書胡公使虜〔一〕，通兩宮〔二〕也。有易安室〔三〕者，父祖皆出韓公門下〔四〕，今家世淪替，子姓寒微，不敢望公之車塵。又貧病，但神明未衰落。見此大號令，不能忘言，作古、律詩各一章，以寄區區之意，以待採詩者云。宋詩紀事序文作：「紹興癸丑五月，兩公使金，通兩宮也。易安父祖出韓公門下，見此大號令，不能忘言。作詩各一章以寄意，以待採詩者云。」殆爲厲鶚所删節。序内原文「作古、律詩各一章」改爲「作詩各一章」，而將古詩一首分作兩首。

三年夏六月〔五〕，天子視朝久。凝旒〔六〕望南雲〔七〕，垂衣〔八〕思北狩〔九〕。如聞帝若曰，繡水詩鈔作「曰咨」。岳牧與羣后〔一〇〕。賢寧無癸巳類稿作「違」。半千〔一一〕，運已遇癸巳類稿、繡水詩鈔作「過」。陽九〔一二〕。勿勒燕然銘〔一三〕，勿種金城柳〔一四〕。豈無純孝臣〔一五〕，識此霜露癸巳類稿作「雪」。悲〔一六〕。何必羹捨癸巳類稿作「舍羹」。肉〔一七〕，便可車載癸巳類稿作「載車」。脂〔一八〕。土地非所惜，玉帛如癸巳類稿作「亦」。塵泥。誰當可癸巳類稿作「可當」。將命〔一九〕，幣厚辭益卑。四岳〔二〇〕僉曰俞，臣下帝所知。中朝第一人〔二一〕，春官有昌黎〔二二〕。身爲百夫特〔二三〕，行足癸巳類稿作「爲」。萬人師。嘉祐與建中〔二四〕，爲政有臯夔〔二五〕。匈奴畏宋詩紀事作「漢家畏」，癸巳類稿作「漢家貴」。王商〔二六〕，吐蕃宋詩紀事、癸巳類稿作「唐室」，繡水詩鈔作「唐時」。尊癸巳類稿作「重」。子儀〔二七〕。夷狄宋詩紀事、繡水詩鈔作「是時」。已癸巳類稿作「見時應」。破膽，將命公所宜。公拜手稽首，受命白玉墀。曰臣敢辭難，此亦何等時。家人安足謀，妻子不必癸巳類稿作「復」。辭〔二八〕。願奉天地癸巳類稿作「宗廟」。靈，願奉宗廟癸巳類稿作「天地」。威。徑持紫泥詔〔二九〕，直入黄龍城〔三〇〕。單于宋詩紀事、繡水詩鈔作「北人」。定稽顙，癸巳類稿作「北人懷舊德」。侍子〔三一〕當來迎。仁君方恃宋詩紀事、繡水詩鈔作「博」。信，癸巳類稿作「聖孝定能達」。狂生休癸巳類稿作「勿复言」。請纓〔三二〕。或取犬癸巳類稿作「俏持白」。馬血，與結天日盟〔三三〕。胡公清德人所難，謀同德協必志癸巳類稿作「置器」。安〔三四〕。脱衣已被癸巳類稿作「解衣已道」。漢恩暖〔三五〕，離歌不道易水寒。癸巳類稿作「離詩不怯關山寒」。皇天久陰后土溼，雨勢未回風勢急。車聲轔轔馬蕭蕭〔三六〕，壯士懦夫俱感泣。閭閻嫠婦亦何知，瀝血投書癸巳類稿作「詩」。干記室〔三七〕。夷虜從來繡水詩鈔作「天生性氣」。性虎狼，不虞預備〔三八〕庸何傷。衷甲〔三九〕昔時聞楚幕，乘城前日記平涼〔四〇〕。以上四句宋詩紀事、癸巳類稿俱無，殆爲其所删。葵丘〔四一〕踐土〔四二〕癸巳類稿作「莒文」。非荒城，勿輕談士棄儒生。露布〔四三〕詞成馬猶倚〔四四〕，崤函關出雞未鳴〔四五〕。以上兩句癸巳類稿作「憤王墓下馬猶倚，寒號城邊雞未鳴」。巧匠何癸巳類稿作「亦」。曾棄癸巳類稿作「顧」。樗櫟〔四六〕，芻蕘〔四七〕之言癸巳類稿作「詢」。或有益。不乞隋珠〔四八〕與和璧〔四九〕，只癸巳類稿作「但」。乞鄉關新信息。靈光〔五〇〕雖在應蕭蕭，癸巳類稿作「蕭條」。草中翁仲〔五一〕今何若。遺氓豈尚癸巳類稿作「遺民定尚」。種桑麻，殘虜宋詩紀事、癸巳類稿、繡水詩鈔作「敗將」。如聞保城郭。嫠家父祖癸巳類稿作「祖父」。生齊魯，位下名高人比數。當時癸巳類稿作「年」。稷下〔五二〕縱談時，猶記人揮汗成癸巳類稿作「如」。雨〔五三〕。子孫南渡今幾年，飄流宋詩紀事、癸巳類稿作「零」。遂與流人伍。欲癸巳類稿作「願」。將血淚寄山河，癸巳類稿作「河山」。去灑東山〔五四〕癸巳類稿作「青州」，繡水詩鈔作「山東」。一抔土。○雲麓漫鈔卷十四　宋詩紀事卷八十七　癸巳類稿卷十五　繡水詩鈔卷一

【注釋】

〔一〕「樞密韓公、工部尚書胡公使虜」：建炎以來繫年要録卷六十五：「紹興三年五月丁卯，尚書吏部侍郎韓肖胄爲端明殿學士、同簽書樞密院事，充大金軍前奉表通問使；給事中胡松年試工部尚書，充副使。」

〔二〕「通兩宮」：兩宮指徽宗（趙佶）、欽宗（趙桓），時被俘在金。

〔三〕「易安室」：李清照自稱。詳見後附李清照事迹編年。

〔四〕「父祖皆出韓公門下」：按韓肖胄曾祖韓琦相仁、英、神宗三朝，祖韓忠彦，徽宗建中靖國爲相。清照父李格非、祖不知名，殆皆曾得其薦引，故云出其門下。黄盛璋先生最近修改之趙明誠李清照夫婦年譜（附録於一九六二年九月上海出版之李清照集），以爲李清照之大父及父格非俱出韓琦門下。按韓琦卒於熙寧八年（見李燾續資治通鑑長編卷二百六十五、徐自明宋宰輔編年録卷七等書），而李格非則爲熙寧九年進士（見彭百川太平治迹統類卷二十八）。李格非登第時，韓琦已卒。李格非殆不出於韓琦門下也。

〔五〕「三年」句：序云「癸丑五月」，而詩云「六月」，必有一誤。據建炎以來繫年要録、宋會要輯稿，韓肖胄奉命使金事在五月，詩誤。

〔六〕「凝旒」：冕前後有旒，古代帝王所服者有十二旒。禮記玉藻：「天子玉藻，十有二旒，前後邃延。」「凝旒」宋人文字中常以稱皇帝，此詩狀「注視」，與常用者不同。

〔七〕「南雲」：謂南面或南來之雲。宋書魯爽傳：「近係南雲，傾屬東日。」「南雲」事宋陳巖肖庚溪詩話、明楊慎詞品並有考。

〔八〕「垂衣」：周易繫辭下：「黄帝、堯、舜，垂衣裳而天下治，蓋取諸乾坤。」「垂衣」言天下太平而無爲，猶「垂拱」也。

〔九〕「北狩」：爾雅釋天：「冬獵爲狩。」春秋：「天王狩於河陽。」注：「晉實召王，爲其辭逆而意順，故經以王狩爲辭。」原爲狩獵之義。尚書舜典：「五載一巡守（狩）。」孟子告子下：「天子適諸侯曰巡狩。」此爲出巡之義。宋徽宗、欽宗被擄北去，不敢明言，託詞出巡，故曰北狩。

〔一〇〕「岳牧」句：岳即四岳，見下。牧，一州之長。后，官長。此句意指羣臣。

〔一一〕「賢寧」句：孟子公孫丑下：「五百年必有王者興，其間必有名世者。」新唐書員半千傳：「半千始名餘慶，生而孤，爲從父鞠愛。羈丱通書史。客晉州，州舉童子，房玄齡異之。對詔高第，已能講易、老子。長與何彥光同事王義方，以邁秀見賞。義方常曰：『五百歲一賢者生，子宜當之。』因改今名。」（按此出劉肅大唐新語卷四持法門。）

〔一二〕「陽九」：漢書律曆志上：「易九戹曰：初入元百六陽九。」注引孟康曰：「所謂陽九之戹，百六之會者也。」漢書匈奴傳下：「今天下遭陽九之戹，比年飢饉，西北邊尤甚。」晉劉琨勸進表：「方今鍾百王之季，當陽九之運。」皆言阨運也。

〔一三〕「燕然銘」：後漢書竇憲傳：「竇憲、耿秉與北單于戰於稽落山，大破之。虜衆奔潰，單于遁走。……憲、秉遂登燕然山，出塞三千餘里，刻石勒功，紀漢威德，令班固作銘。」銘文見後漢書及文選。

〔一四〕「金城柳」：世説新語卷上之上言語門：「桓公北征，經金城，見前爲琅琊時種柳，皆已十圍。慨然曰：『木猶如此，人何以堪！』攀枝執條，泫然流淚。」

〔一五〕「純孝臣」：左傳隱元年：「君子謂潁考叔，純孝也。」

〔一六〕「霜露悲」：禮記祭義：「霜露既降，君子履之，必有悽愴之心，非其寒之謂也。」

〔一七〕「羹捨肉」：左傳隱元年：「潁考叔爲潁谷封人……公賜之食，食捨肉。公問之，對曰：『小人有母，皆嘗小人之食矣，未嘗君之羹，請以遺之。』」

〔一八〕「車載脂」：左傳襄三十一年：「巾車載脂。」詩衛風泉水：「載脂載舝。」載脂，脂其車（以油脂塗其車軸以利行車）。

〔一九〕「將命」：論語憲問：「闕黨童子將命。」注：「將命者，傳賓主之語出入之也。」

〔二〇〕「四岳」：尚書堯典：「帝曰咨，四岳。」注：「四岳即上羲和之四子，分掌四岳之諸侯，故稱焉。」

〔二一〕「中朝」句：劉賓客嘉話録：「盧新州爲相，令李揆入蕃。對德宗曰：『臣不憚遠使，恐死道路，不達君命。』上側然免之。謂盧相曰：『李揆莫老無？』杞曰：『和戎之使，須諳練朝廷事，非揆不可。且使揆去，向後差使小於揆年者不敢辭遠使矣』。揆既至蕃，蕃長問：『唐家第一人李揆，公是否？』揆曰：『非也。他那箇李揆争肯到此。』恐其拘留，以此誣之也。揆門户第一、文學第一、官職第一。」（新唐書李揆傳載此事甚簡，亦見唐語林卷四企羡門。）宋蘇軾送子由使契丹詩：「單于若問君家世，莫道中朝第一人。」

〔二二〕「春官」句：周禮卷五春官宗伯第三：「惟王建國，辨方正位，體國經野，設官分職，以爲民極。乃立春官宗伯，使帥其屬，而掌邦禮，以佐王和邦國。」按春官乃後世之禮部。韓肖胄原爲尚書吏部侍郎，非春官宗伯。清照殆以此爲泛稱。昌黎指韓姓。

〔二三〕「百夫特」：詩經黄鳥：「維此奄息，百夫之特。」鄭康成箋：「百夫之中最雄俊也。」

〔二四〕「嘉祐」句：嘉祐，趙禎（宋仁宗）年號（一〇五六—一〇六三年）。建中，即建中靖國，趙佶（徽宗）年號（一一〇一年）。韓琦曾在嘉祐時爲相，韓忠彦在建中時爲相。

〔二五〕「皋夔」：指賢臣。韓愈八月十五夜對月和張功曹詩：「昨者州前搥大鼓，嗣皇續聖登夔皋。」皋乃皋陶之簡稱。據尚書舜典，皋陶爲士（理官，掌刑法），夔爲典樂。

〔二六〕「匈奴」句：漢書王商傳：「爲人多質，有威重，長八尺餘，身體鴻大，容貌甚過絶人。河平四年，單于來朝，引見白虎殿。丞相商坐未央庭中。單于前拜謁商，商起離席與言。單于仰視商貌，大畏之，遷延却退。天子聞而歎曰：此真漢相矣。」

〔二七〕「吐蕃」句：此句有誤，「吐蕃」疑應作「回紇」。新唐書郭子儀傳：僕固懷恩説回紇、吐蕃等入寇。子儀「自率鎧騎二千出入陣中。回紇怪問是謂誰，報曰：『郭令公。』驚曰：『令公存乎？懷恩言天可汗棄天下，令公即世，中國無主，故我從以來。公今存，天可汗存乎？』報曰：『天子萬壽。』回紇悟曰：『彼欺我乎！』子儀使諭虜曰：『昔回紇涉萬里，戡大憝，助復二京，我與若等休戚同之。今乃棄舊好，助叛臣，一何愚！彼背主棄親，於回紇何有？』回紇曰：『本謂公云亡，不然何以至此。今誠存，我得見乎？』子儀將出，左右諫：『戎狄野心，不可信。』子儀曰：『虜衆數十倍，今力不敵，吾將示以至誠。』左右請以騎五百從，又不聽。即傳呼曰：『令公來。』虜皆持滿待。子儀以數十騎出，免胄見其大酋曰：『諸君同艱難久矣，何忽亡忠誼而至是耶！』回紇捨兵下馬拜曰：『果吾父也。』」（按此事最早見於太平廣記卷一百七十六引譚賓録，大致相同，文字事實稍有出入。）朱熹三朝名臣言行録卷一敍韓琦引行狀云：「戎狄尤畏公名。凡使契丹及來使者，必問：『韓侍中安否，今何在？』其子忠彦使幕北，虜主問左右：『孰屢使南朝，識韓侍中，觀忠彦貌類父否？』或對曰『頗類』，乃即宴坐，命畫工圖之而去。」故清照引王商、郭子儀爲比。（此事並見畢仲游西臺集所載丞相儀國韓公行狀，蓋即朱熹所本。亦見王闢之澠水燕談録卷二、張淏雲谷雜記卷三。）

〔二八〕「家人」兩句：建炎以來繫年要録卷六十六：「肖胄母文安郡太夫人文氏聞肖胄當行，爲言：『韓氏世爲社稷臣，汝當受命即行，勿以老母爲念。』上（高宗）聞之，詔特封榮國太夫人，以寵其節。」（宋史韓肖胄傳同）清照詩蓋指其事，惟未明言而已。

〔二九〕「紫泥詔」：古璽書上用紫色封泥。西京雜記卷四：「武都紫泥爲璽室，加緑綈其上。」唐李商隱詩：「鸞鵲天書溼紫泥。」韓偓詩：「紫泥封後獨憑欄。」「紫泥詔」言用紫色泥封之詔書。

〔三〇〕「黄龍城」：黄龍府之城，遼、金城名，在今東北。岳飛所云直搗黄龍府，即是地也。

〔三一〕「侍子」：漢時匈奴及西域諸國遣子入侍，名曰「侍子」，遣弟入侍者曰「侍弟」（實即人質），屢見前後漢書匈奴傳、西域傳等。

〔三二〕「請纓」：漢書終軍傳：「南越與漢和親，乃遣軍使南越，説其王，欲令入朝，比内諸侯。軍自請願受長纓，必羈南越王而致之闕下。軍遂往説越王，越王聽許，請舉國内屬。」

〔三三〕「或取」二句：舊唐書吐蕃傳下張鎰事：「初約漢以牛，蕃以馬，鎰耻與之盟，將殺其禮，乃謂結贊曰：『漢非牛不田，蕃非馬不行，今請以羊、豕、犬三物代之。』結贊許諾。塞外無豕，結贊請出羝羊，鎰出犬及羊，乃於壇北刑之，雜血二器而歃盟。」

〔三四〕「胡公」二句：三國志魏書胡質傳裴松之注：「晉武帝賜見（胡威，胡質之子），論邊事，語及平生。帝歎其父清，謂威曰：『卿清孰與父清？』威對曰：『臣不如也。』帝曰：『以何爲不如？』對曰：『臣父清恐人知，臣清恐人不知，是臣不如者遠也。』」

〔三五〕「脱衣」「漢恩」：史記淮陰侯傳：項王使武涉往説韓王信，「韓信謝曰：『臣侍項王，官不過郎中，位不過執戟，言不聽、畫不用，故倍楚而歸漢。漢王授我上將軍印，予我數萬衆，解衣衣我，推食食我，言聽計用，故吾得以至於此。夫人深親信我，倍之不祥，雖死不易，幸爲信謝項王。』」

〔三六〕「車聲」句：楚辭九歌大司命：「乘龍兮轔轔。」注：「轔轔，車聲，詩云『有車轔轔』也。」洪興祖補注云：「今詩作鄰。」又詩車攻：「蕭蕭馬鳴。」杜甫兵車行：「車轔轔，馬蕭蕭。」

〔三七〕「記室」：劉昭後漢書百官志：太尉：「令史及御屬二十三人……記室令史主上章奏報書記。」記室即後代之掌書記，近代之秘書。宋高承事物紀原卷五云：「記室，魏置。太祖以陳琳、阮瑀爲記室掾，其官始見於魏武之世矣。宋用晉制，自明帝後，皇子弟雖非都督，亦置記室參軍。則記室而爲參軍，晉官也。宋朝亦置於諸王府，曰某王府記室也。」按記室之名，已見劉昭百官志，當漢已有之，高承所考非。

〔三八〕「不虞預備」：左傳文六年：「備預不虞。」防範不測之事。

〔三九〕「衷甲」：左傳襄二十七年：「楚人衷甲。」注：「甲在衣中。」楚人欲於盟會中襲晉，以甲穿在衣中，使晉人不備。

〔四〇〕「平涼」：唐書馬燧傳：貞元三年閏五月十五日，侍中渾瑊與蕃相尚結贊盟于平涼，爲蕃軍所劫，狼狽僅免。陷將吏六十餘員（瑊充平涼會盟使，事詳瑊傳及資治通鑑）。「乘城平涼」未詳。

〔四一〕「葵丘」：孟子告子下：「五霸，桓公爲盛，葵丘之會諸侯，束牲載書，而不歃血。」葵丘之會事在春秋僖九年。葵丘在今河南省。

〔四二〕「踐土」：春秋僖二十八年：「五月癸丑，公會晉侯、齊侯、宋公、蔡侯、鄭伯、衛子、莒子，盟於踐土。」踐土亦在今河南省。葵丘之會，齊桓公爲盟主，踐土之盟，晉文公爲盟主。

〔四三〕「露布」：唐封演封氏聞見記卷四：「露布，捷書之別名也。諸軍破賊，則以帛書建諸竿上，兵部謂之露布。蓋自漢以來有其名。所以名露布者，謂不封檢而宣布，欲四方速知。」

〔四四〕「馬猶倚」：世説新語卷上之下文學門：「桓宣武北征，袁虎時從，被責免官。會須露布文，喚袁倚馬前令作，手不輟筆，俄得七紙，殊可觀。東亭在側，極歎其才。袁虎曰：『當令齒舌間得利。』」

〔四五〕「崤函」句：史記孟嘗君傳：「孟嘗君得出，即馳去，更封傳，變名姓以出關。夜半至函谷關。

秦昭王後悔出孟嘗君，即使人馳傳逐之。孟嘗君至關，關法：雞鳴而出客。孟嘗君恐追至。客之居下坐者，有能爲鷄鳴，而鷄盡鳴，遂發傳出。出如食頃，秦追果至關。已後孟嘗君出，乃還。」崤函（或作殽函），函谷關（在今河南省靈寶縣）。賈誼過秦論：「秦孝公據殽函之固。」顔師古漢書項羽傳注：「殽謂殽山，今陝縣東二崤是也。函謂函谷，今桃林縣南洪溜澗是也。」

〔四六〕「巧匠」「櫟」：莊子人間世：「匠石之齊，至於曲轅，見櫟社樹，其大蔽數千牛，絜之百圍，其高臨山十仞，而後有枝，其可以爲舟者旁十數。觀者如市，匠伯不顧，遂行不輟。弟子厭觀之，走及匠石曰：『自吾執斧斤以隨夫子，未嘗見材如此其美也。先生不肯視，行不輟，何耶？』曰：『已矣，勿言之矣！散木也。以爲舟則沈，以爲棺槨則速腐，以爲器則速毁，以爲門户則液樠，以爲柱則蠹，是不材之木也。』」

〔四七〕「芻蕘」：詩板：「先民有言，詢於芻蕘。」鄭箋：「言有疑事當與薪採者謀之。」

〔四八〕「隋珠」：淮南子覽冥訓：「譬如隋侯之珠，和氏之璧，得之者富，失之者貧。」注：「隋侯，漢東之國王姓諸侯也。隋侯見大蛇傷斷，以藥傅之。後蛇於江中銜大珠以報之。因曰『隋侯之珠』，蓋明月珠也。」

〔四九〕「和璧」：韓非子和氏：「楚人和氏得玉璞楚山中，奉而獻之厲王。厲王使玉人相之，玉人曰：『石也。』王以和爲誑而刖其左足。及厲王薨，武王即位，和又奉其璞而獻之武王。武王使玉人相之，又曰：『石也。』王又以和爲誑而刖其右足。及武王薨，文王即位。和乃抱其璞而哭於楚山之下三日三夜，淚盡而繼之以血。王聞之，使人問其故，曰：『天下之刖者多矣，子奚哭之悲也？』和曰：『吾非悲刖也，悲夫寶玉而題之以石，貞士而名之以誑，此吾所以悲也。』王乃使玉人理其璞而得寶焉，遂命曰和氏之璧。」

〔五〇〕「靈光」：文選王延壽魯靈光殿賦：「魯靈光殿者，蓋景帝程姬之子恭王餘之所立也。……遭漢中微，盜賊奔突，自西京未央、建章之殿，皆見隳壞，而靈光巋然獨存。」

〔五一〕「翁仲」：三國志魏志明帝紀注引魏略：「大發銅，鑄作銅人二，號曰翁仲，列坐於司馬門外。」沈約宋書五行志云：「魏明帝景初元年，發銅鑄爲巨人二，號曰翁仲，置之司馬門外。」酈道元水經注河水：「又東過陜縣北。」注：「西北帶河水湧起，方數十丈，有物居水中。父老言：銅翁仲所没處。又云：石虎載經於此沈没，二物並存，水所以湧，所未詳也。或云：翁仲頭髻常出，水之漲減，恒與水齊。晉軍當至，髻不復出，今惟見水異耳。嗟嗟有聲，聲聞數里。按秦始皇二十六年，長狄十二見於臨洮，長五丈餘。以爲善祥，鑄金人十二以象之，各重二十四萬斤，坐之宫門之前，謂之金狄。皆銘其胸云：『皇帝二十六年，初兼天下，以爲郡縣，正法律，同度量。大人來見臨洮，身長五丈，足六尺。』李斯書也。故衛恒敍篆曰：『秦之李斯，號爲工篆。諸山碑及銅人銘，皆斯書也。』漢自阿房徙之未央宫前，俗謂之翁仲矣。」

〔五二〕「稷下」：史記孟子荀卿列傳：「自騶衍與齊之稷下先生如淳于髡、慎到、環淵、接子、田駢、騶奭之徒，各著書言治亂之事，以干世主，豈可勝道哉。」索隱：「按稷，齊之城門也。或云：『稷，山名。』謂齊之學士，集於稷門之下也。」

〔五三〕「揮汗成雨」：戰國策齊策：「臨菑之途，車轂擊，人肩摩，連衽成幃，舉袂成幕，揮汗成雨，家敦而富，志高而揚。」（史記蘇秦列傳大致同）

〔五四〕「東山」：孟子盡心上：「孔子登東山而小魯，登太山而小天下。」據孫奭疏，東山乃魯國最大之山。詩中自「只乞鄉關新信息」以下，所引「靈光」「稷下」「東山」，皆在山東，清照故鄉也。故土淪亡，清照無時不在懷念中，故以望山東信息作全詩之結束。

又

想見皇華〔一〕過二京〔二〕，壺漿〔三〕夾道萬人迎。連昌宮〔四〕裏桃應在，華萼樓〔五〕前鵲定驚。但説帝心憐赤子〔六〕，須知天意念蒼生〔七〕。聖君大信明如日，長亂〔八〕何須在屢盟。

○雲麓漫鈔卷十四

【注釋】

〔一〕「皇華」：詩小雅皇華序：「皇皇者華，君遣使臣也。送之以禮樂，言遠而有光華也。」

〔二〕「二京」：南宋時宋使至金，必過北宋時之東京（今開封市）及南京（今河南省商丘縣南）、北京（今大名），見范成大攬轡録、樓鑰北行日記等書。此云二京，蓋泛言之。

〔三〕「壺漿」：孟子梁惠王下：「以萬乘之國，伐萬乘之國，簞食壺漿，以迎王師。」又滕文公下：「其小人簞食壺漿，以迎其小人。」

〔四〕「連昌宫」：唐宫名，在洛陽。元稹連昌宫詞：「連昌宫中滿宫竹，歲久無人森似束。又有牆頭千葉桃，風動落花紅簌簌。」

〔五〕「華萼樓」：即花萼相輝之樓，在長安唐之南内興慶宫（參閲前勤政樓注釋）。此云「華萼樓前鵲定驚」，未知所出。按唐趙璘因話録卷一宫部：「德宗初登勤政樓，外無知者。望見一人衣緑，乘驢戴帽，至樓下，仰視久之，俛而東去。上立遣宣示京尹，令以物色求之。尹召萬年捕賊官李鎔，使促求訪。李尉佇立思之，曰：『必得。』及出，召幹事所由春明門外數里内，應有諸司舊職事伎藝人，悉搜羅之，而緑衣果在其中。詰之，對曰：『某天寶教坊樂工也。上皇時數登此，每來，鵲必集樓上，號隨駕老鵶。某自罷居城外，更不復見。今羣鵶盛集，又覺景象宛如昔時，心知聖人在上，悲喜且欲泣下。』以此奏聞，敕盡收此輩，却繫教坊。李尉亦爲京尹所擢用，後至郡守。」疑即用此事也。韓肖胄使金，途中並不經過洛陽與長安，此處俱借喻東京之北宋宫殿。

〔六〕「赤子」：漢書龔遂傳：「其民困於饑寒，而吏不恤，故使陛下赤子盗弄陛下之兵於潢池中耳。」赤子指人民百姓。

〔七〕「蒼生」：書益稷：「光天之下，至於海隅蒼生。」蒼生亦百姓。

〔八〕「長亂」：詩小雅巧言：「君子屢盟，亂是用長。」

【參考資料】

雲麓漫鈔卷十四　李氏自號易安居士，趙明誠德夫之室，李文叔女，有才思。文章落紙，人争傳之。

小詞多膾炙人口，已版行於世。他文少有見者。上韓公樞密詩，……又有投内翰綦公崈禮啓……。

題八詠樓〔一〕

千古風流八詠樓，江山留與後人愁。水通南國三千里，氣壓江城十四州〔二〕。○方輿勝覽卷七　事文類聚翰墨大全後乙集　聖朝混一方輿勝覽卷下　彤管遺編續集卷十七　名媛詩歸卷十八　古今名媛彙詩卷十一　名媛璣囊卷三　古今女史詩集卷六　繡谷春容卷一　繡水詩鈔卷一

此首當作於紹興五年，清照時在金華。

【注釋】

〔一〕「八詠樓」：在宋婺州（今浙江金華）。宋祝穆方輿勝覽卷七云：「八詠樓在子城西，即沈隱侯元暢樓，至道間守馮伉更今名。」又引韓元吉極目亭詩集序（今見南澗甲乙稿卷十四）：「……婺城臨觀之許凡三：中爲雙溪樓，西爲八詠樓，東則此亭，皆盡見羣山之秀。兩川貫其下，平林曠野，景物萬態……」

〔二〕「十四州」：宋史地理志：兩浙路：「府二：平江、鎮江；州十二：杭、越、湖、婺、明、常、温、台、處、衢、嚴、秀。」二府十二州共十四州。八詠樓在金華，即婺州，屬兩浙路，故清照言此樓可以氣壓兩浙路之十四州。彤管遺編、古今名媛彙詩、名媛璣囊、繡谷春容作「十四洲」，誤。

【參考資料】

古今女史詩集卷六　氣象宏敞。

皇帝閤端午帖子〔一〕

日月堯天〔二〕詩女史、彤管遺編、名媛詩歸作「仁」。大，璿璣舜歷〔三〕長。側詩女史、彤管遺編、古今女史、歷朝名媛詩詞、繡水詩鈔作「或」。聞〔四〕行殿帳，多集同上作「是」。上書囊〔五〕。○浩然齋雅談卷上　詩女史卷十一　彤管遺編續集卷十七　名媛詩歸卷十八　古今女史詩集卷七　歷朝名媛詩詞卷七　癸巳類稿卷十五　繡水詩鈔卷一　宋詩紀事補遺卷九十四

【注釋】

〔一〕「端午帖子」：歲時廣記卷二十二：「皇朝歲時雜記：學士院端午前一月，撰皇帝、皇后、夫人閤門帖子，送後苑作院，用羅帛製造，及期進入。」

〔二〕「堯天」：論語泰伯篇：「子曰：大哉，堯之爲君也。巍巍乎，惟天爲大，惟堯則之。」樂府詩集卷七十九：大和第五徹：「自古幾多明聖主，不如今帝勝堯天。」

〔三〕「璿璣舜歷」：史記五帝本紀：「舜乃在璿璣玉衡，以齊七政。」集解：「鄭玄曰：『璿璣玉衡，渾天儀也。七政，日月五星也。』」（亦見古文尚書孔安國傳）

〔四〕「側聞」：列子天瑞：「夫子嘗語伯昏瞀人，吾側聞之。」「側聞」，從旁聞之。

〔五〕「行殿帳」「上書囊」：太平御覽卷六百九十九引益部耆舊傳：「翟酺上事云：漢文帝連上事書囊以爲帳，惡聞紈素之聲。」此事原見漢書東方朔傳：「孝文皇帝之世，……集上書囊以爲殿帷。」帷即帳也。古者上封事以皂囊封之。漢文帝（劉恒）節儉，故以上書之囊爲帳。（後漢書翟酺傳所載文字與太平御覽異。）

皇后閤端午帖子

意帖〔一〕初宜夏，金駒〔二〕已過蠶。至尊〔三〕千萬壽，行見百斯男〔四〕。〇浩然齋雅談卷上　癸巳類稿卷十五　繡水詩鈔卷一　宋詩紀事補遺卷九十四

【注釋】

〔一〕「意帖」：周密浩然齋雅談云：「意帖用上官昭容事。」上官昭容，名婉兒，唐人，唐中宗昭儀。意帖事未詳。

〔二〕「金駒」：即「白駒」，日也。言時光已過蠶時。

〔三〕「至尊」：皇帝也。杜甫丹青引：「至尊含笑催賜金。」唐張祜集靈臺詩：「却嫌脂粉污颜色，淡掃蛾眉朝至尊。」出賈誼過秦論：「履至尊而制六合。」

〔四〕「百斯男」：詩思齊：「太姒嗣徽音，則百斯男。」言多子也。

夫人閤端午帖子

三宮〔一〕催解粽〔二〕，妝罷未天明。癸巳類稿、繡水詩鈔作「團箭綵絲縈」。便面〔三〕天題字〔四〕，歌頭〔五〕御賜名。○浩然齋雅談卷上　癸巳類稿卷十五　繡水詩鈔卷一　宋詩紀事補遺卷九十四

【注釋】

〔一〕「三宮」：皇帝、太后、皇后爲三宮。此詩作於紹興十三年端午。時韋太后於十二年自金南還。十三年閏四月，吴貴妃立爲皇后。詩中「三宮」非指宋高宗等三人，乃後宮之總稱。

〔二〕「解粽」：歲時廣記卷二十一：「歲時雜記：京師人以端午日爲解粽節。又解粽爲獻，以葉長者勝，葉短者輸，或賭博，或賭酒。李之問端午詞云：『願得年年，長共我兒解粽。』」韓淲澗泉集卷十重午乏酒戲成詩云：「解粽未忘良夜飲。」

〔三〕「便面」：漢書張敞傳：「敞無威儀，時罷朝會過，走馬章臺街，使御吏驅，自以便面拊馬。」顔師古注：「便面所以障面，蓋扇之類也。不欲見人，以此自障面，則得其便，故曰便面，亦曰屏面。今之沙門所持竹扇，上袤平而下圜，即古之便面也。」按宋時無古之便面，清照詩中所云便面，即扇也。

〔四〕「天題字」：杜甫端午日賜衣詩：「自天題處溼，當暑著來清。」「便面天題字」言皇帝在扇上題字。

〔五〕「歌頭」：歌頭乃曲中遍名。詞源卷下云：「法曲有散序、歌頭，音聲近古，大曲有所不及。」大曲中亦有歌頭。後唐李存勗有「歌頭」詞。宋人詞有：「水調歌頭」「換遍歌頭」「六州歌頭」。「歌頭御賜名」言新翻曲子由皇帝爲之命名。

【參考資料】

浩然齋雅談卷上 李易安紹興癸亥在行都，有親聯爲内命婦者，因端午進帖子：皇帝閤曰：「日月堯天大，璿璣舜歷長。側聞行殿帳，多集上書囊。」皇后閤曰：「意帖初宜夏，金駒已過蠶。至尊千萬壽，行見百斯男。」夫人閤曰：「三宫催解糉，妝罷未天明。便面天題字，歌頭御賜名。」時秦楚材在翰林，惡之，止賜金帛而罷。意帖用上官昭容事。

偶成

十五年前花月底，相從曾賦賞花詩。今看花月渾相似，安得情懷似昔時。○永樂大典卷八百八十九詩字韻

此首乃黄盛璋先生首先發現者，見李清照事迹考。

皇帝閤春帖子

莫進古今女史、歷朝名媛詩詞作「是」，繡水詩鈔作「其」。黄金篔〔一〕，新除玉局牀〔二〕。春風送庭燎〔三〕，

不復用沈香。○詩女史卷十一　彤管遺編續集卷十七　古今女史詩集卷七　名媛詩歸卷十八　歷朝名媛詩詞卷七　繡水詩鈔卷一

各本載此首俱與前皇帝閤端午帖子「日月堯天大」一首合作一首，題作「皇帝閤」。傳世宋人帖子詞，或爲七言四句，或爲五言四句（新編李清照集云：「端午帖子均係五絶。」未知何據），未見有五律或七律者。浩然齋雅談載「日月堯天大」等三首，亦俱爲五言四句，並不似誤奪半首。浩然齋雅談所載乃端午帖子，而此四句内有「春風」「庭燎」，俱非端午事，此必春帖子也（立春所進帖子詞，名「春帖子」）。詩女史等殆以其同韻而誤爲一首，今分爲兩首。此首並依其内容改題作「皇帝閤春帖子」。下貴妃閤一首，亦有「春」字，當亦爲春帖子。亦同樣改題，不另作説明。

此首必作於紹興十三年或以後。建炎以來繫年要録載：建炎以來，進帖子事久廢，紹興十三年立春，學士院始進帖子詞。李清照進帖子詞殆不止一次也。

清趙翼陔餘叢考卷二十四云：「宋時八節内宴，翰苑皆撰帖子詞。」非也。宋時只有立春及端午帖子詞，他節無之，亦非用於内宴。趙氏殆以致語與帖子詞混爲一談而誤。又據歲時廣記卷八引司馬文正公日録，帖子詞乃剪貼於禁中門帳者。今人或以爲懸於牆壁者，不知何據也。

【注釋】

〔一〕「黄金簟」：南史齊武帝紀：永明九年，「夏五月丙申，林邑國獻金簟。」劉餗隋唐嘉話卷上：「又（侯）君集之破高昌，得金簟二，甚精，御府所無。」

〔二〕「玉局牀」：雲笈七籤卷一百零九引神仙傳張道陵傳：「陵坐局脚玉牀斗帳中。」「局」，曲也。（通行本神仙傳作「局脚牀」，無「玉」字。）

〔三〕「庭燎」：詩小雅庭燎毛傳：「庭燎，大燭也。」鄭箋：「庭設大燭。」唐李商隱隋宮守歲詩：「沈香甲煎爲庭燎。」

貴妃閤春帖子

金環〔一〕半后禮〔二〕，鉤弋〔三〕比昭陽〔四〕。春生百各本俱作「柏」，此從歷朝閨雅改。**子帳〔五〕，喜入萬年觴〔六〕。**○詩女史卷十一　彤管遺編續集卷十七　名媛詩歸卷十八　歷朝閨雅卷六　繡水詩鈔卷一　歷朝名媛詩詞卷七

此首殆作於紹興十三年立春之前。據宋史后妃傳：高宗吴皇后於紹興十三年閏四月自貴妃立爲皇后後，宮中無貴妃。祇有潘賢妃（卒於紹興十八年）、劉賢妃（紹興二十四年自婉容進位賢妃），俱非貴妃。貴妃既虚位，似不得有貴妃閤帖子。此詩其吴皇后爲貴妃時作乎？

【注釋】

〔一〕「金環」：詩國風靜女傳：「后妃羣妾以禮御於君所。女史書其日月，授之以環以進退之。生子月辰，則以金環退之。當御者以銀環進之。」太平御覽卷一百三十五引五經要義曰：「古者后夫人必有女史彤管之法。后妃羣妻以禮御於君所。女史書其日，授其環，以示進退之法。

生子月娠，則以金環退之。當御者以銀環進之，著於左手。既御著於右手。左者陽也，以當就男，故著左手。右手陰也，既御而復故。此女史之職也。」（孔穎達正義文字較繁，故引此則。）

〔二〕「半后禮」：楊太真外傳：「册太真宫女道士楊氏爲貴妃，半后服。」謂其待遇僅次於皇后也。

〔三〕「鉤弋」：漢時宫名。漢書趙倢伃傳：「孝武鉤弋趙倢伃，昭帝母也。家在河間。武帝巡狩過河間，望氣者言此有奇女，天子亟使使召之。既至，女兩手皆拳。上自披之，手即時伸，由是得幸，號拳夫人。……拳夫人進爲倢伃，居鉤弋宫，大有寵。」

〔四〕「昭陽」：亦漢時宫殿名。漢書外戚孝成趙皇后傳：「皇后既立，後寵少衰，而弟絶幸，居昭陽舍。其中庭彤朱，而殿上髹漆，切皆銅沓、黄金塗，白玉階，壁帶往往爲黄金釭，函藍田璧，明珠、翠羽飾之。自後宫未嘗有焉。」（三輔黄圖卷三同）班固西都賦曰：「昭陽特盛，隆乎孝成。屋不呈材，牆不露形。裛以藻繡，絡以綸連，隋侯明珠，錯落其間。金釭銜璧，是爲列錢，翡翠火齊，流耀含英，懸黎垂棘，夜光在焉。於是玄墀釦切，玉階彤庭，碝碱采緻，琳珉青熒。珊瑚碧樹，周阿而生。」

〔五〕「百子帳」：程大昌演繁露卷十三云：「唐人昏禮，多用百子帳，特貴其名與昏宜，而其制度則非有子孫衆多之義。蓋其制本出戎虜，特穹廬、拂廬之具體而微者耳。」楓窗小牘卷下云：「若今禁中大婚百子帳，則以錦繡織成百小兒嬉戲狀。」清照帖子詞與昏禮無關，特取其子孫衆多之義而已。或作「柏子帳」，不詳其物。

〔六〕「萬年觴」：向皇帝獻壽或皇帝自壽之觴。古文苑卷十二載漢黄香天子冠頌：「獻萬年之玉觴。」後漢書班超傳：「陛下舉萬年之觴。」

烏江〔一〕彤管遺編、名媛詩歸、章邱縣志、繡水詩鈔題作「夏日絶句」。

生當作彤管遺編、名媛詩歸、歷朝名媛詩詞作「爲」。**人傑**〔二〕**，死亦爲**同上作「作」。**鬼雄**〔三〕**。至今思項羽，不肯過江東**〔四〕。〇詩女史卷十一　彤管遺編續集卷十七　名媛詩歸卷十八　歷朝名媛詩詞卷七　乾隆章邱縣志卷十二　繡水詩鈔卷一

【注釋】

〔一〕「烏江」：在今安徽省和縣。史記正義引括地志：「烏江亭即和州烏江縣是也。」項羽死於是地。

〔二〕「人傑」：史記高祖本紀：「高祖曰：『君知其一，未知其二。夫運籌帷帳之中，決勝於千里之外，吾不如子房；鎮國家，撫百姓，給餽饟，不絶糧道，吾不如蕭何；連百萬之衆，戰必勝，攻必取，吾不如韓信。此三者，皆人傑也。』」「人傑」，人中之傑出者也。

〔三〕「鬼雄」：楚辭九歌國殤：「魂魄毅兮爲鬼雄。」「鬼雄」，鬼之雄傑也。

〔四〕「項羽」「江東」：史記項羽本紀：「於是項王乃欲東渡烏江。烏江亭長檥船待，謂項王曰：『江東雖小，地方千里，衆數十萬人，亦足王也。願大王急渡。今獨臣有船，漢軍至，無以渡。』

項王笑曰：『天之亡我，我何渡爲。且籍與江東子弟渡江而西，今無一人還。縱江東父老憐而王我，我何面目見之。縱彼不言，籍獨不愧於心乎！』」

分得知字彤管遺編、名媛詩歸、繡水詩鈔題作「分得知字韻」。

學語彤管遺編、名媛詩歸作「詩」。三十年，緘口〔一〕不求知。誰遣好奇士，相逢説項斯〔二〕。○詩女史卷十一　彤管遺編續集卷十七　名媛詩歸卷十八　繡水詩鈔卷一

【注釋】

〔一〕「緘口」：孔子家語卷三觀周第十一：「孔子觀周，遂入太祖后稷之廟，廟堂右階之前，有金人焉，三緘其口而銘其背曰：古之慎言人也。」「緘」即「封」。

〔二〕「項斯」：唐李綽尚書故實：「楊祭酒愛才公心，嘗知江表之士項斯，贈詩曰：『處處見詩詩總好，及觀標格過於詩。平生不解藏人善，到處相逢説項斯。』由此名振，遂登高科也。」

曉夢

曉夢隨疏鐘，飄然躡癸巳類稿、繡水詩鈔作「躋」。雲霞。因緣安期生〔一〕，邂逅〔二〕萼緑華〔三〕。秋風正無賴〔四〕，吹盡玉井花。共看藕如船〔五〕，同食棗如瓜〔六〕。翩翩坐上客，癸巳類稿作「垂髮女」。意妙癸巳類稿作「貌妍」。語亦佳。嘲辭鬭詭辨，活火分癸巳類稿作「烹」。新茶。雖非

助帝功，其樂莫可宋詩紀事作「何莫」。涯。以上二句癸巳類稿、繡水詩鈔作「雖乏上元術，遊樂亦莫涯」。人生能如此，何必歸故宋詩紀事作「故歸」。家。起來斂衣坐，掩耳厭喧嘩。心知不可見，念念猶咨嗟。○詩女史卷十一　彤管遺編續集卷十七　名媛詩歸卷十八　古今名媛彙詩卷三　古今女史詩集卷二　宋詩紀事卷八十七　歷朝名媛詩詞卷七　癸巳類稿卷十五　繡水詩鈔卷一

【注釋】

〔一〕「安期生」：列仙傳：「安期先生者，瑯琊阜鄉人也。賣藥於東海邊，時人皆言千歲翁。秦始皇東遊，請見，與語三日三夜，賜金璧，度數千萬。出於阜鄉亭，皆置去，留書，以赤玉舄一雙爲報，曰：後數年，求我於蓬萊山。始皇即遣徐市、盧生等數百人入海。未至蓬萊山，輒逢風浪而還。立祠阜鄉亭海邊十數處云。」按安期先生即安期生，參看下「棗如瓜」注釋。

〔二〕「邂逅」：詩野有蔓草：「邂逅相遇，適我願兮。」鄭箋：「不期而會，適其時願。」

〔三〕「萼緑華」：真誥卷一：「萼緑華者，自云是南山人，不知何山也。女子，年可二十上下，青衣，顔色絶整。以升平三年十一月十日夜降羊權。自此往來，一月之中，輒六過來耳。云本姓楊。贈權詩一篇，并致火浣布手巾一枚，金玉條脱各一枚。條脱乃太而異精好神。女語權，君慎勿泄我，泄我則彼此獲罪。訪問此人，云是九嶷山中得道女羅郁也。宿命時曾爲師母，毒殺乳婦玄州。以先罪未滅，故令謫降於臭濁，以償其過。與權尸解藥。今在湘東山，此女已九百歲矣。」（此據正統道藏本真誥，太平廣記卷五十七所引真誥較詳。）

〔四〕「無賴」：杜甫奉陪鄭駙馬韋曲詩：「韋曲花無賴，家家惱殺人。」

〔五〕「玉井花」「藕如船」：韓愈古意詩：「太華峰頭玉井蓮，開花十丈藕如船。」

〔六〕「棗如瓜」：史記封禪書：李少君曰：「臣嘗遊海上，見安期生。安期生食巨棗，大如瓜。安期生仙者，通蓬萊中，合則見人，不合則隱。」

【參考資料】

古今女史詩集卷二　筆意亦欲仙。

春殘

春殘何事苦思鄉，病裏梳頭恨最癸巳類稿作「髮」。**長。梁燕語多**〔一〕**終日在，**歷朝名媛詩詞作「伴」。**薔薇風細一簾香**〔二〕。○詩女史卷十一　彤管遺編續集卷十七　名媛詩歸卷十八　古今名媛彙詩卷十一　名媛璣囊卷三　古今女史詩集卷六　二如亭羣芳譜歲譜卷一　花鏡雋聲卷五　彤管摘奇卷下　歷朝閨雅卷九　宋詩紀事卷八十七　歷朝名媛詩詞卷七　癸巳類稿卷十五　繡水詩鈔卷一

【注釋】

〔一〕「梁燕語多」：歐陽修蝶戀花詞：「梁燕語多驚曉睡，銀屏一半堆香被。」

〔二〕「薔薇」句：唐高駢山亭夏日詩：「水精簾動微風起，滿架薔薇一院香。」

【參考資料】

歷朝名媛詩詞卷七　清照詩不甚佳，而善於詞，雋雅可誦。即如春殘絕句「薔薇風細一簾香」，甚工緻，却是詞語也。

感懷 古今女史題作「感懷詩」，無序。

宣和〔一〕辛丑八月十日到萊，獨坐一室，平生所見，皆不在目前。几上有禮韻〔二〕，因信手開之，約以所開爲韻作詩。偶得「子」字，因以爲韻，作感懷詩云。各本無序，從詩女史、彤管遺編補。

寒窗敗几無書史，公路可憐合彤管遺編作「竟」，歷朝名媛詩詞作「今」。又「可憐合」癸巳類稿作「生平竟」。至此〔三〕。青州從事〔四〕孔方君〔五〕，癸巳類稿作「兄」。終日紛紛喜生事〔六〕。作詩謝絕聊閉門，燕寢凝香〔七〕癸巳類稿、繡水詩鈔作「虛室香生」。有佳思。靜中我癸巳類稿作「吾」。乃得宋詩紀事作「見」。至彤管遺編作「知」。交，癸巳類稿作「見真吾」。烏有先生子虛子〔八〕。○詩女史卷十一　彤管遺編續集卷十七　名媛詩歸卷十八　古今名媛彙詩卷五　古今女史詩集卷三　宋詩紀事卷八十七　歷代名媛詩詞卷七　癸巳類稿卷十五　繡水詩鈔卷一

【注釋】

〔一〕「宣和」：宋趙佶（徽宗）年號。宣和辛丑即宣和三年（一一二一年）。

〔二〕「禮韻」：禮部韻略，宋代官頒韻書，考試必須以此爲據，不依廣韻及集韻。書凡五卷，條式一卷。

〔三〕「公路」句：公路，袁術字。袁術，漢末人。三國志袁術傳裴松之注引吴書曰：「術既爲雷薄等所拒，留住三日，士衆絶糧，乃還，至江亭，去壽春八十里，問厨下，尚有麥屑三十斛。時盛暑，欲得蜜漿，又無蜜。坐櫺牀上，歎息良久，乃大咤曰：『袁術至於此乎！』因頓伏牀下，嘔血斗餘，遂死。」清照並未如袁術之絶糧，以平生所見皆不在目前，室中空無所有，故用其故事自喻。

〔四〕「青州從事」：酒也。世説新語下之上術解：「桓公有主簿，善别酒，有酒輒令先嘗。好者謂青州從事，惡者謂平原督郵。青州有齊郡，平原有鬲縣。從事言到臍，督郵言在鬲上住。」

〔五〕「孔方君」：即孔方兄，謂錢也。自漢直至清末，錢皆外廓圓而内孔方。晉書魯褒傳：「元康之後，綱紀大壞。褒傷時之貪鄙，乃隱姓名而著錢神論曰：『錢之爲體，有乾坤之象。内則其方，外則其圓。……故能長久爲世神寶，親之如兄，字曰孔方。』」

〔六〕「生事」：公羊桓八年：「遂者何？生事也。」何休注：「生，猶造也。」此兩句言酒與財易生事端，下兩句言謝絶二物。

〔七〕「燕寢」：本爲古代帝王寢息之所，唐韋應物郡齋雨中與諸文士燕集詩云：「兵衛森畫戟，燕寢凝清香。」似後世高級官員亦以稱其公廨。清照作此詩時趙明誠正知萊州，故亦用此典。

〔八〕「烏有」句：史記司馬相如列傳：「上讀子虚賦而善之，曰：『朕獨不得與此人同時哉？』得意（楊得意）曰：『臣邑人司馬相如自言爲此賦。』上驚，乃召問相如。相如曰：『有是，然此乃諸侯之事，未足觀也，請爲天子游獵賦，賦成奏之。』上許，令尚書給筆札。相如以子虚，虚言也，爲楚稱。烏有先生者，烏有此事也，爲齊難。無是公者，無是人也，明天子此義。故空藉此三人爲辭，以推天子諸侯之苑囿。其卒章歸之於節儉，因以諷諫。奏之天子，天子大悦。」清照詩序云：「平生所見，皆不在目前。」故此云「烏有先生子虚子」，言一無所有，空洞一室而已。

【參考資料】

古今女史詩集卷三　喜生事，説盡俗緣纏，眼高一世。

釣臺〔一〕

巨艦只緣因利往，扁舟亦是爲名來。往來有愧先生德〔二〕，特地通宵過釣臺。○釣臺集卷下　宋詩紀事卷八十七

〔一〕原無題，宋詩紀事題作「夜發嚴灘」。據此詩文義，似祇夜過釣臺，無「夜發」之意，茲改題作「釣臺」。

明郎瑛七修類稿卷三十詩文類趙墓嚴臺詩條云：「漢嚴子陵釣臺，在富陽江之涯。有過臺而詠者曰：『君爲利名隱，我爲利名來。羞見先生面，黄昏過釣臺。』」清陸心源宋詩紀事補遺卷八十引同安縣志以爲宋末陳必敬所作（首二句作「公爲名利隱，我爲名利來」）。清梁紹壬兩般秋雨庵隨筆卷三以爲范仲淹詩（前二句作「子爲功名隱，我爲功名來」）。殆因范有釣臺七絶一首云

「漢包六合網英豪，一箇冥鴻惜羽毛。世祖功臣三十六，雲臺争似釣臺高」致誤。此詩見范文正公别集卷四，以及湘山野録、釣臺集等）。郎瑛、陸心源等所引一首，雖爲五言四句，而與釣臺集所載李詩七言四句詞意極相似。

釣臺集有數本，宋人所編久佚（見陳振孫直齋書録解題所著録，及元吴師道吴禮部詩話所引），有無此詩，不得而知。明吴希孟所編釣臺集八卷，無此首。劉伯潮輯本卷下始載之。疑此詩爲宋本所未收。此首是否易安所作，或有可疑。如果爲其所作，則當作於紹興四年冬，或五年中清照由臨安赴金華或其後回臨安時。

【注釋】

〔一〕「釣臺」：宋祝穆方輿勝覽卷七云：「釣臺在桐廬東南二十九里，東西二臺，各高數百尺。」相傳此爲漢嚴子陵垂釣之地。釣臺至今尚存。

〔二〕「先生德」：宋范仲淹撰嚴先生祠堂記，末云：「先生之風，山高水長。」「先生之風」句，原作「先生之德」，李覯改爲「先生之風」。

失題

詩情如夜鵲，三繞〔一〕未能安。○風月堂詩話卷上　宋詩紀事卷八十七　癸巳類稿卷十五　繡水詩鈔卷一

【注釋】

〔一〕「夜鵲」「三繞」：曹操短歌行：「月明星稀，烏鵲南飛。遶樹三匝，無枝可依。」

【參考資料】

黄嬭餘話卷八　李易安有句云：「詩情如夜鵲，三繞未能安。」晁補之稱之，見朱弁風月堂詩話。按二句新色照人，却能抉出詩人神髓，而得之女子，尤奇。

失題

少陵〔一〕**也自**癸巳類稿作「是」。**可憐人，更待來**風月堂詩話以外各本俱作「明」。**年試春草**〔二〕。○風月堂詩話卷上　宋詩紀事卷八十七　癸巳類稿卷十五　繡水詩鈔卷一

此二斷句當作於北宋時期，參閲後附李清照事迹編年公元一一四〇年事迹。

【注釋】

〔一〕「少陵」句：錢牧齋注杜詩引程大昌雍録：「少陵原在長安縣南四十里，在杜陵縣。杜甫家焉，故自稱『杜陵老』，亦曰『少陵』也。」（唐圭璋宋詞三百首箋注以少陵原爲樂遊原，疑誤。）杜甫雨過蘇端詩：「也復可憐人。」

〔二〕「試春草」：杜甫瘦馬行：「誰家且養願終惠，更試明年春草長。」言馬雖瘦，還可一試。

【參考資料】

風月堂詩話卷上　趙明誠妻，李格非女也。善屬文，於詩尤工。晁無咎多對士大夫稱之。如「詩情如夜鵲，三繞未能安」「少陵也自可憐人，更待來年試春草」之句，頗膾炙人口。格非，山東人，元祐間作館職。

上趙挺之〔一〕

何況人間父子情。○洛陽名園記張琰序　癸巳類稿卷十五　繡水詩鈔卷一　山東通志卷一百四十一

洛陽名園記張琰序云：「文叔在元祐，官太學。丁建中靖國再用邪朋，竄爲黨人。女適趙相挺之子，亦能詩，上趙相救其父云：『何況人間父子情。』識者哀之。」按定黨籍事在崇寧元年（一一〇二年），此詩殆作於是時，其時趙挺之雖爲執政（尚書左丞），尚未爲相。張琰稱爲趙相，乃追敍之語。

又按黃庭堅詩中亦有此句（憶邢惇夫詩：「眼看白璧埋黃壤，何況人間父子情。」），見豫章黃先生文集卷九。山谷於清照爲前輩，疑清照或用其成句，否則即闇合也。

【注釋】

〔一〕「趙挺之」：趙明誠之父，參閱後李清照事迹編年。

【參考資料】

茶香室三鈔卷七　國朝錢謙益絳雲樓書目地誌類，有李文叔洛陽名園記。陳景雲注云：張琰序，紹興八年也。序中并及文叔女易安上書宰相救父事，蓋文叔亦嘗坐元祐邪黨遠謫也。宰相即易安之舅趙挺之。按今人於易安，但言其改嫁事，不知有此事，亦可謂不成人之美者也。

按：茶香室三鈔撰人俞樾，號稱博洽，而未見洛陽名園記，僅就絳雲樓書目陳景雲注得知此事，殊可異。由此可見昔人得書之不易。

上趙挺之

炙手可熱〔一〕**心可寒**〔二〕。○昭德先生郡齋讀書志卷四下　詩女史卷十一　癸巳類稿卷十五　繡水詩鈔卷一　山東通志卷二百四十一

晁公武郡齋讀書志云：「其舅正夫相徽宗朝，李氏嘗獻詩云：『炙手可熱心可寒。』」按宋宰輔編年録，趙挺之於崇寧四年（一一〇五年）三月拜尚書右僕射，六月罷。崇寧五年（一一〇六年）二月又拜，大觀元年（一一〇七年）三月罷，尋卒。（宋史徽宗紀同）清照作此詩，必在崇寧四年或五年。

【注釋】

〔一〕「炙手可熱」：唐崔顥霍將軍篇：「莫言炙手手可熱，須臾火盡灰亦滅。」杜甫麗人行：「炙手

可熱勢絶倫，慎莫近前丞相嗔。」「炙手可熱」，言其勢焰之盛。殆唐人常用語。

〔二〕「心可寒」：左傳哀十五年：「寡君是以寒心。」史記刺客列傳荆軻傳：「足爲寒心。」索隱：「凡人寒甚則心戰，恐懼亦戰。今以懼譬寒，言可爲心戰。」「寒心」即恐懼。（荆軻事原出戰國策）

失題

南渡〔一〕**衣冠**〔二〕**少**雞肋編作「欠」，從其他各本。**王導**〔三〕，一百卷本詩話總龜作「安石」。明月窗道人本奪此二字，亦無空格。「安石」，謝安之字。**北來消息欠**雞肋編作「少」，從其他各本。**劉琨**〔四〕。〇雞肋編卷中　苕溪漁隱叢話後集卷四十引詩説雋永　詩話總龜後集卷四十八引詩説雋永　詩人玉屑卷二十引詩説雋作　宋詩紀事卷八十七　癸巳類稿卷十五　繡水詩鈔卷一

【注釋】

〔一〕「南渡」：西晉原都洛陽，「五胡亂華」時，懷愍二帝被虜，元帝立於建康，是爲東晉。晉室自北渡江而南，故曰南渡。

〔二〕「衣冠」：封建時代指士大夫。杜甫追酬故高蜀州人日見寄詩云：「衣冠南渡多崩奔。」

〔三〕「王導」：晉人。元帝過江即位後，導爲相。晉書有傳。世説新語卷上之上言語門：「過江諸人，每至美日，輒相邀新亭，藉卉飲宴。周侯中坐而歎曰：『風景不殊，正自有山河之異！』皆

相視流淚。惟王丞相愀然變色曰：『當共戮力王室，克復神州，何至作楚囚相對？』」又云：「温嶠初爲劉琨使，來過江。於時江左營建始爾，綱紀未舉。温新至，深有諸慮。既詣王丞相，陳主上幽越，社稷焚滅，山陵夷毀之酷，有黍離之痛。温忠慨深烈，言與泗俱。丞相亦與之對泣。敍情既畢，便自陳結。丞相亦厚相酬納。既出，懽然言曰：『江左自有管夷吾，此復何憂？』」晉書王導傳：「軍諮祭酒桓彝初過江，見朝廷微弱，謂周顗曰：『我以中州多故，來此欲求全活，而寡弱如此，將何以濟！』憂懼不樂。往見導，極談世事，還謂顗曰：『向見管夷吾，無復憂矣。』」

〔四〕「北來」句：劉琨，字越石，與王導同時。元帝未立，琨上表勸進，時爲并州刺史，在北方。世説新語卷上之上言語門云：「劉琨雖隔閡寇戎，志在本朝。謂温嶠曰：『班彪識劉氏之復興，馬援知光武之可輔。今晉祚雖衰，天命未改。吾欲立功於河北，使卿延譽於江南，子其行乎？』温曰：『嶠雖不敏，才非昔人。明公以桓、文之姿，建匡立之功，豈敢辭命！』」

失題

南來〔一〕雞肋編作「遊」，從其他各本。尚癸巳類稿作「猶」。怯雞肋編作「覺」，從其他各本。吴江冷〔二〕，北狩應悲癸巳類稿作「知」。易水寒〔三〕。○雞肋編卷中　苕溪漁隱叢話後集卷四十引詩説雋永　詩話總龜後集卷四十八引詩説雋永　詩人玉屑卷二十引詩説雋作　宋詩紀事卷八十七　癸巳類稿卷十五　繡水詩鈔卷一

【注釋】

〔一〕「南來」：是時中原淪陷，李清照等渡江而南，故曰南來。

〔二〕「吴江冷」：吴江原爲吴淞江之别名（在今江蘇省東南部，上海習呼爲蘇州河），特别指入太湖一帶。唐崔信明詩：「楓落吴江冷。」清照此詩所用「吴江」二字，並不專指吴淞江，蓋指江南、南方。

〔三〕「易水寒」：戰國策燕策敍荆軻赴秦云：荆軻「遂發。太子賓客知其事者，皆白衣冠以送之。至易水上，既祖，取道。高漸離擊筑，荆軻和而歌，爲變徵之聲，士皆垂淚涕泣。又前而爲歌曰：『風蕭蕭兮易水寒，壯士一去兮不復還。』復爲羽聲，忼慨，士皆瞋目，髮盡上衝冠。於是荆軻遂就車而去，終已不顧」。

【參考資料】

雞肋編卷中　靖康初，罷舒王王安石配享宣聖，復置春秋博士，又禁銷金。時皇弟肅王使虜，爲其拘留未歸。种師道欲擊虜，而議和既定，縱其去，遂不講防禦之備。太學輕薄子爲之語曰：「不救肅王廢舒王，不禦大金禁銷金，不議防秋事春秋。」其後，胡人連年以深秋弓勁馬肥入寇，薄暑乃歸。遠至湖、湘、二浙，兵戈擾攘，所在未嘗有樂土也。自是越人至秋亦隱山間，逾春乃出。人又以千字文爲戲曰：「彼則寒來暑往，我乃秋收冬藏。」時趙明誠妻李氏清照亦作詩以詆士大夫云：「南渡衣冠欠王導，北來消息少劉琨。」又云：「南遊尚覺吴江冷，北狩應悲易水寒。」後世皆當爲口實矣。

苕溪漁隱叢話後集卷四十　詩説雋永云：「今代婦人能詩者，前有曾夫人魏，後有易安李。李在趙氏時，建炎初，從秘閣守建康，作詩云：『南來尚怯吴江冷，北狩應悲易水寒。』又云：『南渡衣冠少王導，北來消息欠劉琨。』」

據詩説雋永，此二詩殆作於建炎二、三年間，正李綱罷免，宗澤已死，黄潛善、汪伯彦爲相時也。黄盛璋最近修正之李清照事迹考辨云：「詩説雋永成書年代雖不可知，但一定比胡仔苕溪漁隱叢話爲早，亦即在清照生前。」按苕溪漁隱叢話，其前集未載有詩説雋永之語，後集始引之。後集胡仔序於乾道三年，其時清照當已卒。詩説雋永只比苕溪漁隱叢話後集爲早，而未必早於前集。其書是否成於清照生前，亦殊難以斷定。中國叢書綜録以詩説雋永爲元人作，殊誤。

詠史

原無題，從詩女史、朱子語類。

兩漢本繼紹，新室〔一〕如贅疣〔二〕。歷城縣志、章邱縣志、繡水詩鈔作「旒」。據朱子語類，上兩句與下兩句並不連接，蓋從一首中先摘二句，繼又另摘二句。各本多以此四句連接爲一首，非是。所以嵇中散，至死薄殷周〔三〕。

○朱子語類卷一百四十　朱文公游藝至論卷下　事文類聚後集卷十一　蟫精雋卷十四　詩女史卷十一　彤管遺編續集卷十七　彤管摘奇卷下　崇禎歷城縣志卷十四藝文志三　宋詩紀事卷八十七　乾隆章邱縣志卷九又卷十二藝文癸巳類稿卷十五　繡水詩鈔卷一

【注釋】

〔一〕「新室」：王莽即帝位，定國號曰新。稱新爲「新室」，與稱漢爲「漢室」同。「新室」字漢書中常見。如王莽傳：「故新室之興焉。」「以新室之威。」

〔二〕「贅疣」：此喻多餘累贅，無用而可去之物。原出莊子内篇大宗師：「彼以生爲附贅縣疣。」

〔三〕「所以」兩句：嵇康字叔夜，三國時人，曾爲中散大夫，人稱嵇中散。江淹恨賦：「若夫中散下獄，神氣激揚。」康有與山巨源絶交書，書中有云：「每非湯武而薄周孔。」三國志王粲傳裴松之注引魏氏春秋：「及山濤爲選曹郎，舉康自代。康答書拒絶，因自説不堪流俗，而非薄湯武，大將軍聞而怒焉。」湯乃商（後改號殷）王之第一世，武（即周武王姬發）乃周王之第一世。

【參考資料】

朱子語類卷一百四十　本朝婦人能文，只有李易安與魏夫人。李有詩，大略云「兩漢本繼紹，新室如贅疣」云云，「所以嵇中散，至死薄殷周。」中散非湯武得國，引之以比王莽。如此等語，豈女子所能。

按：祝穆事文類聚後集卷十一易安有識一條，與此全同。朱文公游藝至論所載原出朱子語類，故亦完全相同。

藝苑卮言卷四　「所以嵇中散，至死薄殷周」，易安此語雖涉議論，是佳境，出宋人表。用脩故峻其掊擊，不無矯枉之過。

柳亭詩話卷二十九　朱紫陽云：「今時婦人能文，只有李易安與魏夫人。李有詩曰：『兩漢本繼紹，新室如贅疣。所以嵇中散，至死薄殷周。』中散非湯武得國，引之以比王莽。如此等語，豈婦人所能！」愚按易安在宋，自是閨房勝流。然以殷周比莽，殊覺不倫。況桑榆一札，未免被人點檢耶！若魏夫人咏虞美人草，方見英雄氣概。

章邱縣志卷九·人物·李格非傳　女清照，才情更麗。尤工於詞。嘗有詠史詩曰：「兩漢本繼紹，新室如贅疣。所以嵇中散，至死薄殷周。」意見聲調，絶響一代。班妤、左嬪、蔡文姬之流也。嫁趙丞相挺之男明誠，自號易安居士。

失題

露花倒影柳三變〔一〕，桂子飄香張九成〔二〕。○老學庵筆記卷二　詞苑叢談卷三　癸巳類稿卷十五　繡水詩鈔卷一

【注釋】

〔一〕「露花」句：柳三變即柳永，詳見後詞評一文中。「露花倒影」乃柳永破陣樂詞首句。其全篇云：「露花倒影，煙蕪蘸碧，靈沼波暖。金柳摇風樹樹，繫彩舫、龍舟遥岸。千步虹橋，參差雁齒，直趨水殿。繞金隄、曼衍魚龍戲。簇嬌春羅綺，喧天絲管。霽色融光，望中似覩，蓬萊清淺。　時見。鳳輦宸遊，鸞觴禊飲，臨翠水，開鎬宴。兩兩輕舠飛畫檝，競奪錦標霞爛。罄歡娱、歌魚藻，徘徊宛轉。別有盈盈遊女，各委明珠，争收翠羽，相將歸遠。漸覺雲海沈沈，洞天日晚。」

〔二〕「桂子」句：張九成，字子韶，其先開封人，徙居錢塘。宋史有傳。宋紹興二年三月甲寅，趙構

策試諸路類試奏名進士於講殿，以張九成爲第一。九成對策中有云：「陛下之心，臣得而知之。方當春陽晝敷，行宮別殿，花氣紛紛。想陛下念兩宮之在北邊，塵沙漠漠，不得共此融和也，其何安乎？盛夏之季，風窗水院，涼氣淒清，竊想陛下念兩宮之在北邊，蠻氈擁蔽，不得共此疏暢也，亦何安乎？澄江瀉練，夜桂飄香，陛下享此樂時，必曰：『西風淒勁，兩宮得無憂乎？』狐裘溫暖，獸炭春紅，陛下享此樂時，必曰：『朔雪袤丈，兩宮得無寒乎？』至於陳水陸，飽珍奇，必投箸而起曰：『雁粉腥羊，兩宮所不便也，食其能下咽乎？』居廣厦，處深宮，必撫几而歎曰：『穹廬區脱，兩宮必難處也，居其能安席乎？』」（見橫浦先生文集卷十二。亦見建炎以來繫年要録卷五十二，稍有訛字。）

【參考資料】

老學庵筆記卷二　張子韶對策，有「桂子飄香」之語。趙明誠妻嘲之曰：「露花倒影柳三變，桂子飄香張九成。」

按：張九成對策作「夜桂飄香」，而清照云「桂子飄香」，或陸游誤記。此二句頗與蘇軾所云「山抹微雲秦學士，露花倒影柳屯田」相類似（見宋葉夢得避暑録話卷三），既不是詩，亦不是詞。俞正燮易安居士事輯以爲詩，謂應舉進士，未知何據，殆非也。

昔人以此聯爲對仗工整，蓋以「三變」對「九成」之「成」字與「變」字。周禮大司樂：「樂有六變、八變、九變。」禮記樂記有「再成、三成、四成、五成、六成」。禮記鄭注：「每奏武曲，一終爲一成。」變亦成也，見周禮賈公彥疏。張九成對策，詞藻華麗而意極沈痛，李清照以之與柳三變吟風弄月作品相提並論，實爲失當。葉夢得巖下放言卷上載有人以柳三變對張九成，蓋亦指此事，稱之曰輕薄子，亦不滿其作此遊戲文字也。

巖下放言卷上　蘇子瞻好謔。一日與客集，有論林和靖詩偶儷精切。如用古人，不獨取以相對，雖其姓名之字，亦欲相對，如「伶倫近日無侯白，奴僕當年有衛青」之類。子瞻曰：「吾近得一對，但未有用處。」或問之。曰：「韓玉汝正可對李金吾。」問者皆大笑。唐人記有問東方虬何以名虬者，曰：「且要數百年後對西門豹。」正類爾。今日有客來云：「顯官張九成，輕薄子或對以柳三變。」亦的對也。

失題

猶將歌扇向人遮。

又

水晶山枕象牙牀。

又

彩雲易散月長虧。

又

幾多深恨李龏梅花衲作「意」。斷人腸。

又

羅衣消盡恁時香。

又

閒愁也似月明多。

又

直送淒涼到畫屏。

以上斷句俱見宋人胡偉集句宮詞，祇「幾多深意斷人腸」一句，亦見李龏梅花衲中。胡氏所集有詩句，亦有詞句，但俱未注明。此七句不見於傳世清照作品中，亦從未見人稱引，蓋隱晦已久。此七句究爲詩句或詞句，其用韻相同者是否屬於同一作品，無法考定。又胡偉所集，有時割裂原句，如李後主「自是人生長恨水長東」一句，胡偉集作「人生長恨水長東」。此七句是否俱爲完整之句，亦不得而知。以各句風調觀之，似是詞句。傳世清照詩，與之不甚相近。胡偉字元邁，乃南宋人，苕溪漁隱叢話作者胡仔之從兄弟。其宮詞收入十家宮詞中。有汲古閣精鈔影宋臨安府陳道人書籍鋪本，有康熙間據宋本重刻本，又有乾隆刻本，乃宋人舊籍。所引清照斷句，決非僞作。此次輯李清照集，由於徵引未廣，新發現者僅此斷句七句而已。

失題

行人舞袖拂梨花。〇古今小説第三十三卷張古老種瓜娶文女

古今小説張古老種瓜娶文女，殆出自寶文堂書目所著録之種瓜張老（也是園書目亦有之），與花草粹編所引之「張老小説」。古今小説此篇所引之詞如黄庭堅踏莎行、晁沖之臨江仙俱有問題（黄詞不見本集，晁詞亦爲各選本所未載）。而周紫芝虞美人一首則又不著撰人姓氏。（花草粹編亦載此詞，注：「張老小説。」）此句未必爲易安所作，爲詩爲詞，亦不可知。

李清照集校注卷三　文

打馬〔一〕賦

詩女史題作「打馬圖賦」，前有序云「予性專博，晝夜每忘食事。南渡金華，僑居陳氏。講博奕之事，遂作依經打馬賦曰」云云，蓋摘自打馬圖經序。（此以説郛本爲校勘底本）

歲令云癸巳類稿、馬戲圖譜原賦（觀自得齋本馬戲圖譜此賦重出，文字不盡相同。以下一簡稱「圖譜原賦」，一簡稱「圖譜賦」，相同者稱「圖譜」）作「聿」。徂〔二〕，盧或可呼〔三〕。千金一擲〔四〕，百萬十都〔五〕。樽俎〔六〕具同上書作「列」。陳，已行揖讓之禮〔七〕；主賓既醉〔八〕，同上書作「言洽」，欣賞編、清江都秦氏石研齋鈔本打馬圖（以下簡稱秦鈔）作「既辭」，誤。不有博奕者乎〔九〕！打馬爰興，摴蒱遂廢。癸巳類稿、圖譜原賦作「者退」。實博奕夷門廣牘本馬戲圖譜（以下簡稱夷本）、粵雅堂叢書本打馬圖經（以下簡稱粵本）、古今女史、歷代賦彙、癸巳類稿、圖譜作「小道」。之上流，乃癸巳類稿、圖譜原賦作「競」。閨房夷本、粵本、古今女史、歷代賦彙、癸巳類稿、圖譜作「深閨」。之雅戲。齊驅驥騄，疑穆王萬里之行〔一〇〕；間列癸巳類稿、圖譜原賦作「別起」。玄黄，類楊氏五家之隊〔一一〕。珊珊珮響〔一二〕，方驚玉蹬〔一三〕同上書作「鐙」，明會稽鈕氏世學樓鈔本説郛（以下簡稱鈕鈔）、欣賞編、夷本、秦鈔、麗廔叢書、詩女史、古今女史、粵本、圖譜賦作「鐙」。之敲；落落星羅〔一四〕，忽見癸巳類稿、圖譜原賦作「訝」。連錢〔一五〕之碎。若乃吴江楓冷〔一六〕，各本俱作

「落」。胡粵本、歷代賦彙、癸巳類稿、圖譜原賦作「燕」。（此必編歷代賦彙諸臣所改，其後各本從之，非原文。）山葉飛〔一七〕；玉門關閉〔一八〕，沙苑草肥〔一九〕。臨波不渡，似惜障圖譜原賦作「幛」。泥〔二〇〕。或出入用奇，癸巳類稿、圖譜原賦作「騰驤」。有類同上書作「猛比」。昆陽之戰〔二一〕；或優游仗義，同上書作「從容磬控」。正如涿鹿之師〔二二〕。或聞望〔二三〕久高，脱復庚郎之失〔二四〕；或聲名素昧，便同同上書作「倏驚」。癡叔〔二五〕之奇。亦有緩緩而歸〔二六〕，昂昂而出〔二七〕。同上書作「駐」，欣賞編、夷本、秦鈔、麗慶叢書、詩女史、古今女史、歷代賦彙作「立」，鈕鈔、粵本、圖譜賦作「去」。夷本注：「一本作出。」鳥道〔二八〕驚馳，蟻封〔二九〕安步。崎欣賞編、夷本、秦鈔、麗慶叢書、古今女史、歷代賦彙、圖譜賦作「敧」。嶇峻坂，未遇癸巳類稿、圖譜原賦作「慨想」。王良〔三〇〕；跼促鹽車〔三一〕，難同上書作「忽」。逢造父〔三二〕。且夫丘陵云遠，白雲在天〔三三〕，心存同上書作「無」。戀豆〔三四〕，志在著鞭〔三五〕。止同上書作「蹴」。蹄黄葉，何説郛本原誤作「同」，兹改從各本。異癸巳類稿、圖譜原賦作「畫道」。金錢〔三六〕。用五十六采〔三七〕之間，行九十一路〔三八〕之内。明以賞罰，覈其殿最。運指麾於方寸之中，決勝負於幾微之外。同上書作「決勝負以幾微之介」。且好勝者同上書無「者」字。人之常情，小夷本、粵本、古今女史、歷代賦彙、圖譜賦作「游」。藝者士癸巳類稿、圖譜原賦作「争籌者道」。之末技。説梅止渴〔三九〕，稍蘇奔競之心；畫餅充饑〔四〇〕，少謝騰驤同上書作「亦寓踔騰」。之志。將圖實同上書作「求遠」。效，故臨難而不迴；欲同上書作「留」。報厚恩，故知同上書作「或相」。機而先退〔四一〕。或銜枚〔四二〕緩古今女史作「遠」。進，已踰關塞之艱〔四三〕；或賈勇〔四四〕爭先，癸巳類稿、圖譜原賦作「豈致奮足爭先」。莫悟穽塹〔四五〕之墜。皆由不知止足〔四六〕，同上書作「至於不習軍行」。自貽同上書作「必占」。尤悔〔四七〕。況爲之不已，說郛本原誤作「異」，從各本改。「況爲之不已」癸巳類稿、圖譜原賦作「況乃爲之賢已」，此句上另有「當知範我之馳驅，勿忘君子之箴佩」十四字兩句，爲他本所無，未知所據。事說郛本原作「是」，改從各本。實見於正經；用之以誠，夷本、古今女史、歷代賦彙、圖譜賦作「經」。又「用之以誠」癸巳類稿、圖譜原賦作「行以無疆」。義必合於天德。故遶牀大叫，癸巳類稿、圖譜原賦作「故宜遶牀大叫」。此句上另有「牝乃叶地類之貞，反亦記魯姬之式。鑒髻墮於梁家，溯滸循於岐國」四句二十六字，俱爲他本所無，未知所本。五木皆盧〔四八〕；瀝酒一呼，六子盡赤〔四九〕。平生不負，遂成劍閣之師〔五〇〕；同上書作「勳」。別墅未輸，說郛本原誤作「踰」，改從各本。已癸巳類稿、圖譜原賦作「決」。破淮淝之賊〔五一〕。今日豈無元子〔五二〕，明時不乏安石〔五三〕。又何必陶長沙博局之投〔五四〕，正當師袁彥道布帽說郛本誤奪「布帽」二字，從各本補。之擲也〔五五〕。辭詩女史、古今女史、癸巳類稿、圖譜原賦作「亂」。曰：「辭曰」二字起，歷代賦彙未載，蓋以下有「佛貍定見卯年死」句，觸犯當時（清康熙年間）忌諱，故被删。佛貍〔五六〕定見卯欣賞編、夷本、秦鈔、麗廔叢書、詩女史、古今女史作「酉」。按「佛貍死卯年」出宋書臧質傳。清照作此賦時爲紹興四年甲寅，下一年爲乙卯，「酉」字必誤。癸巳類稿、圖譜原賦注：「是歲甲寅」。年死，貴賤紛紛尚流徙。滿眼驊騮雜騄駬〔五七〕。時危安得真致此〔五八〕。老矣誰能癸巳類稿、圖譜原賦作「不復」。志說郛本、古今女史作「致」，鈕鈔作「至」，今從他本。千里〔五九〕，「老矣誰能志千里」，癸巳類稿、圖譜原賦上有「木蘭橫戈好女子」一句，爲他本所無，未知何據。**但願相將過淮水。**○打馬圖經　詩女史卷十一　古今女史前集卷一　歷代賦彙卷一百零三　癸巳類稿卷十五　馬戲圖譜

【注釋】

〔一〕「打馬」：博戲之一種。陳振孫直齋書録解題云：「今世打馬，大約與古之摴蒲相類。」翟灝通俗編卷三十一云：「今馬吊當屬易安所謂打馬。」按打馬久已失傳，惟在明季、清初尚有之。胡應麟少室山房筆叢卷二十五云：「打馬圖今尚傳，吴中好事者習之，邇年頗有能者。」清周亮工因樹屋書影卷五云：「徐君義謂打馬之戲今不傳。予友虎林陸驤武近刻易安之譜於閩，以犀象蜜蠟爲馬，盛行其中。近淮上人頗好此戲，但未傳之北地耳。」咸豐年間，伍崇曜刻粤雅堂叢書，跋打馬圖經，已云：「打馬戲今不傳。」是此戲之失傳，實在清代。

〔二〕「歲令云徂」：詩經：「歲聿云暮。」漢書韋孟諫詩：「歲月其徂。」杜甫今夕行：「今夕何夕歲云徂。」徂，往也。

〔三〕「盧或可呼」：「呼盧」見下「五木皆盧」注釋。後人云「呼盧喝雉」，即指賭博。

〔四〕「千金一擲」：張説灉湖山寺詩：「千金賭一擲。」吴象之少年行：「一擲千金渾是膽，家無四壁不知貧。」

〔五〕「百萬十都」：不詳。

〔六〕「樽俎」：樽，古代酒器。俎，盛牲之器。樽俎即後世所謂杯盤。

〔七〕「揖讓之禮」：左傳昭二十五年：「子太叔見趙簡子，簡子問揖讓周旋之禮焉。」

〔八〕「主賓既醉」：詩經賓之初筵：「賓既醉止。」

〔九〕「不有」句：論語陽貨：「子曰：『飽食終日，無所用心，難矣哉！不有博奕者乎，爲之猶賢乎已。』」

〔一〇〕「齊驅」兩句：穆王，周穆王也。史記秦本紀：「造父以善御幸於周繆（穆）王，得驥、温驪、驊騮、騄耳之駟，西巡狩，樂而忘歸。」逸周書周穆王篇：「穆王乘八駿，賓於西王母，觴於瑶池之上，一日行萬里。」

〔一一〕「楊氏」句：唐書楊貴妃傳：「玄宗每年十月幸華清宫，國忠姊妹五家扈從，每家爲一隊，著一色衣。五家合隊，照映如百花之焕發。而遺鈿墜舄，瑟瑟珠翠，璨瓓芳馥於途。」

〔一二〕「珊珊珮響」：杜甫鄭駙馬宅宴洞中詩：「時聞雜珮聲珊珊。」

〔一三〕「蹬」：應作「鐙」，馬上足踏。唐張祜少年樂詩：「閒敲玉鐙遊。」

〔一四〕「落落星羅」：劉禹錫送張盥赴舉詩引：「吾不幸，嚮所謂同年友，當其盛時，聯袂齊鑣，亘絶九衢，若屏風然。今來落落如曙星之相望。昔日會合，不煩異席，可長太息哉！」

〔一五〕「連錢」：馬上妝飾之物。世説新語：「連錢障泥。」岑參走馬川行奉送出師西征詩：「馬毛帶雪汗氣蒸，五花連錢旋作冰。」温庭筠湖陰詞：「祖龍黄鬚珊瑚鞭，鐵驄金面青連錢。」

〔一六〕「吴江楓冷」：唐崔信明詩：「楓落吴江冷。」

〔一七〕「胡山葉飛」：唐張固幽閑鼓吹：「喬彝京兆府解試，時有二試官。彝日午叩門，試官令引入，則已醺醉。視題曰幽蘭賦，不肯作，曰：『兩箇漢相對作此題！速改之。』爲渥洼馬賦，曰：『校些子。』奮筆斯須而就，警句云：『四蹄曳練，翻瀚海之驚瀾；一噴生風，下胡山之亂葉。』便欲首送，京尹曰：『喬彝峥嶸甚，宜以解副薦之。』」胡山，胡地之山也。

〔一八〕「玉門關閉」：漢書李廣利傳：「太初元年，以廣利爲貳師將軍，發屬國六千騎及郡國惡少年數萬人以往，期至貳師城取善馬，故號貳師將軍。……往來二歲，至敦煌，士不過什一二，使使上書，言道遠多乏食，且士卒不患戰而患飢。人少不足以拔宛，願且罷兵，益發而復往。天子聞之大怒，使使遮玉門關曰：軍有敢入，斬之。貳師恐，因留敦煌。」遮玉門關不聽入，故曰「玉門關閉」。

〔一九〕「沙苑草肥」：杜甫沙苑行：「苑中騋牝三千匹，豐草青青寒不死。」又奉酬嚴公寄題野亭之作：「奉引濫騎沙苑馬。」按沙苑史稱放牧牛羊之地，據杜工部詩，亦養馬。清照此句蓋兼用杜甫贈田九判官梁邱詩「宛馬總肥春苜蓿」之意。

〔二〇〕「似惜障泥」：障泥，馬鞍韉。世説新語卷下之上術解：「王武子善解馬性。嘗乘一馬，著連錢障泥。前有水，終日不肯渡。王曰：『此必是惜障泥。』使人解去，便徑渡。」

〔二一〕「昆陽之戰」：漢代推翻王莽統治之最大戰役。漢書王莽傳下：「王邑、王尋數十萬人過昆陽，圍之數十重。「會世祖悉發郾、定陵兵數千人來救昆陽。尋、邑易之，自將萬餘人行陣。敕諸營皆按部，無得動。獨迎與漢兵戰，不利，大軍不敢擅相救。漢兵乘勝殺尋。昆陽中兵出竝戰，邑走，軍亂。天風蜚瓦，雨如注水，大衆崩潰號謼，虎豹股栗，士卒犇走。」（後漢書光武紀所載較詳）

〔二二〕「涿鹿之師」：史記五帝本紀：「蚩尤作亂，不用帝命。於是黄帝乃徵師諸侯，與蚩尤戰於涿鹿之野，遂禽殺蚩尤。」

〔二三〕「聞望」：即聲望也。詩卷阿：「令聞令望。」陸德明釋文：「聞音問，本亦作問。」賦原作「問望」，今從秦氏石研齋鈔本打馬圖。

〔二四〕「庾郎之失」：「庾小征西嘗出未還。婦母阮是劉萬安妻，與女上安陵城樓上。俄頃翼歸，策良馬，盛輿衛。阮語女：『聞庾郎能騎，我何由得見？』婦告翼，翼便爲於道開鹵簿盤馬。始兩轉，墜馬墮地，意色自若。」（見世説新語卷中之上雅量）

〔二五〕「癡叔」：世説新語卷中之上賞譽上：「王汝南既除所生服，遂停墓所。兄子濟每來拜墓，略不過叔，叔亦不候。濟脱時過，止寒温而已。後聊試問近事，答對甚有音辭，出濟意外。濟極惋愕，仍與語，轉造精微。濟先略無子姪之敬，既聞其言，不覺懍然，心形俱肅。遂留共語，彌日累夜。濟雖儁爽，自視缺然。乃喟然歎曰：『家有名士三十年而不知。』濟去，叔送至門。濟從騎有一馬，絶難乘，少能騎者。濟聊問：『叔好騎乘不？』曰：『亦好爾。』濟又使騎難乘馬。叔姿形既妙，回策如縈，名騎無以過之。濟益嘆其難測，非復一事。既還，渾問濟何以暫行累日。

濟曰：『始得一叔。』渾問其故。濟具歎述如此。渾曰：『何如我？』濟曰：『濟以上人。』武帝每見濟，輒以湛調之，曰：『卿家癡叔死未？』濟常無以答。既而得叔。後武帝又問如前。濟曰：『臣叔不癡。』稱其實美。帝曰：『誰比？』濟曰：『山濤以下，魏舒以上。』於是顯名。年二十八，始宦。」

〔二六〕「緩緩而歸」：蘇軾陌上花三首引：「吴越王妃每歲春必歸臨安，王以書遺妃曰：『陌上花開，可緩緩歸矣。』」

〔二七〕「昂昂而出」：屈原卜居：「寧昂昂若千里之駒乎，將氾氾若水中之鳧乎。」「昂昂」王逸注：「志行高也。」

〔二八〕「鳥道」：山間陡峭小路，世所謂羊腸小道也。唐王維送楊長史赴果州詩：「鳥道一千里，猿聲十二時。」李太白蜀道難：「西當太白有鳥道，可以横絶峨嵋巔。」

〔二九〕「蟻封」：世説新語卷中之上賞譽「王汝南」條注引鄧粲晉紀曰：「王湛字處沖，太原人。隱德，人莫之知，雖兄弟宗族亦以爲癡，惟父昶異焉。昶喪，居墓次，兄之子濟往省湛，見牀頭有周易。謂湛曰：『叔父用此何爲，頗曾看否？』湛笑曰：『體中佳時，脱復看耳，今日當與汝言。』因共談易，剖析入微。妙言奇趣，濟所未聞，嘆不能測。濟性好馬，而所乘馬駿駛，意甚愛之。湛曰：『此雖小駛，然力薄不堪苦。近見督郵馬，當勝此，但養不至耳。』濟取督郵馬，穀食十數日，與湛試之。湛未嘗乘馬，卒然便馳騁，步驟不異於濟，而馬不相勝。湛曰：『今直行車路，何以別馬勝不？唯當就蟻封耳。』於是就蟻封盤馬。果倒踣，其儁識天才乃爾。」陸佃埤雅卷十釋蟲螘：「詩曰：『鸛鳴於垤。』垤，蟻冢也。蟻將雨，則出而壅土成峯，鸛鳥見之，長鳴而喜。方言曰：『其場謂之坻，亦或謂之垤。』垤從至，以螘之微而能爲垤，用其至故也。今蟻取小蟲入穴，輒壞垤窒穴，蓋防其逸，亦以窒雨。易占所謂『蟻封其穴，大雨將至』是也。一名蟻封。傳云：『蟻封盤馬。』孟子曰：『泰山之於丘垤。』趙岐曰：『垤，蟻封也。』今朔地蟻封，其高大有如冢者。所謂蟻冢，蓋出於此。」有蟻封之地，高低不平，故王濟之馬果倒踣。「蟻封安步」，言雖行蟻封，仍能安步，蓋打馬之馬，無倒踣之例（據打馬圖經）。

〔三〇〕「王良」：孟子滕文公下：「昔者趙簡子使王良與嬖奚乘。」趙岐注：「王良，善御者也。」

〔三一〕「鹽車」：戰國策卷五：「汗明曰，君亦聞驥乎？夫驥之齒至矣，服鹽車而上太行。蹄申膝折，尾湛胕潰，漉汁灑地，白汗交流，外阪遷巡，負棘而不能上。」賈誼弔屈原文：「驥垂兩耳，服鹽車兮。」

〔三二〕「造父」：見上「齊驅驥騄」注引史記。

〔三三〕「丘陵」「白雲」：穆天子傳卷三：「乙丑，天子觴西王母於瑤池之上。西王母爲天子謡曰：『白雲在，山陵自出。道路悠遠，山川間之。將子無死，尚能復來。』」

〔三四〕「戀豆」：謂無遠志也。三國志魏志曹爽傳注引干寶晉書曰：「桓範出赴爽，宣王謂蔣濟曰：『智囊往矣。』濟曰：『範則智矣。駑馬戀棧豆，爽必不能用也。』」

〔三五〕「著鞭」：晉書劉琨傳：「琨少負志氣，有縱横之才。善交勝己，而頗浮誇。與范陽祖逖爲友。聞逖被用，與親故書曰：『吾枕戈待旦，志梟逆虜，常恐祖生先吾著鞭。』其意氣相期如此。」

〔三六〕「黄葉」「金錢」：宋黄庭堅題扇詩：「黄葉委庭觀九州，小蟲催女獻功裘。金錢滿地無人費，百斛明珠薏苡秋。」

〔三七〕「五十六采」：據打馬圖經采色例，共有五十六采。計賞色十一采：堂印、碧油、桃花重五、雁行兒、拍板兒、滿盆星、黑十七、馬軍、靴楦、銀十、撮十；罰色二采：小浮屠，小娘子；雜色四十三采。堂印、碧油之稱唐代已有之。馬軍之稱，清末亦尚有之，葉子格有「紅鶴」「皁鶴」，打馬雜色中亦有之，皆骰子所擲之色。

〔三八〕「九十一路」：打馬有圖，上有九十一路。欣賞編、麗廔叢書等所刊打馬圖經俱載之。（元刊本及日本天禄刊本事林廣記亦載其圖。）

〔三九〕「説梅止渴」：世説新語卷下之下假譎：「魏武行役，失汲道，軍皆渴。乃令曰：『前有大梅林，饒子，甘酸，可以解渴。』士卒聞之，口皆出水。乘此得及前源。」今習用作「望梅止渴」。

〔四〇〕「畫餅充饑」：用三國志魏書盧毓傳：「時舉中書郎，詔曰：『得其人與否，在盧生耳。選舉莫取有名，名如畫地作餅，不可啖也。』」以魏事對魏事，宋人最講究者。

〔四一〕「故知機而先退」：據打馬圖經倒行例云：「凡遇打馬，遇疊馬，遇入窩，許倒行。」連上「欲報厚恩」句，疑暗用晉文公報楚成王之惠，城濮戰役前退三舍避之之事（詳見左傳僖二十八年）。

〔四二〕「銜枚」：漢書高帝紀：「章邯夜銜枚擊項梁定陶。」注：「師古曰：銜枚者，止言語讙囂，欲令敵人不知其來也。周官有銜枚氏。枚狀如箸，横銜之。」

〔四三〕「關塞之艱」：打馬圖上有函谷關，疊成十馬，方可過關。

〔四四〕「賈勇」：左傳成二年：「齊高固入晉師，桀石以投人，禽之而乘其車，繫桑本焉，以徇齊壘，曰：欲勇者，賈余餘勇。」注：「言己勇有餘，欲賣之。」

〔四五〕「穽塹」：宋王得臣麈史卷下引摴蒲經曰：「凡近關及後一子謂之塹，近關及前一子謂之坑。落坑塹非貴采不出。凡一馬打一馬，如遇退六踏馬，則一馬可踏三馬。故世指不循理者，謂之踏坑塹云。」按打馬圖經，尚乘局下一路謂之塹，到此謂之落塹，不能行。須擲賞采，方能飛出。

〔四六〕「不知止足」：老子立戒第四十四：「知足不辱，知止不殆。」即不知足也。

〔四七〕「自貽尤悔」：左傳宣二年：「宣子曰：『烏呼，我之懷矣！自詒伊慼，其我之謂矣！』」詩小明：「心之憂矣，自詒伊戚。」「自貽尤悔」即「自取其咎」也。清照用詩經句法。

〔四八〕「遶牀」兩句：晉書劉毅傳：「後在東府聚，摴蒲大擲，一判應至數百萬。餘人並黑犢以還，惟劉裕及毅在後。毅次擲得雉，大喜，褰衣遶牀叫。謂同坐曰：『非不能盧，不事此耳。』裕惡之，因挼五木久之，曰：『老兄試爲卿答。』既而四子皆黑，其一子轉躍未定。裕喝之，即成盧焉。」

〔四九〕「六子盡赤」：南唐近事：「劉信攻南康，終月不下。義祖譴信使者而杖之，詈曰：『語劉信，要背即背，何疑之甚也？』信聞命大怖，並力急攻，次宿而下。凱旋之日，師至新林浦，犒錫不至，亦無所存勞。他日謁見，義祖命諸元勳爲六博之戲，以紓前意。信酒酣，掬六骰於手曰：『令公疑信欲背者，傾西江之水，終難自滌。不負公，當一擲偏赤。誠如前旨，則衆彩而已，信當自拘，不煩刑吏耳。』義祖免釋不暇，投之於盆，六子皆赤。義祖賞其精誠昭感，復待以忠貞焉。」

〔五〇〕「劍閣之師」：指桓温取蜀事。桓温未至劍閣，此借用也。世説新語卷中之上識鑒：「桓公將伐蜀。在事諸賢，咸以李勢在蜀既久，承籍累葉，且形據上流三峽，未易可克。唯劉尹云：伊必能克蜀。觀其蒲博，不必得則不爲。」劍閣在今四川省。水經注卷二十漾水：「小劍戍北，西去大劍三十里，連山絶險，飛閣通衢，故謂之劍閣也。」

〔五一〕「别墅」兩句：晉書謝安傳：「堅（苻堅）後率衆號百萬，次於淮淝。京師震恐，加安征討大都督。玄入問計，安夷然無懼色，答曰：『已别有旨。』既而寂然。玄不敢復言，乃命張玄重請。安遂命駕出山墅，親朋畢集，方與玄圍棋賭别墅。安棋常劣於玄。是日玄懼，便爲敵手，而又不勝。安顧謂其甥羊曇曰：『以墅乞汝。』安遂游涉，至夜乃還。指授將帥，各當其任。玄等既破堅，有驛書至。安方對客圍棋，看書既竟，便攝放牀上，了無喜色，棋如故。客問之，徐答曰：『小兒輩遂已破賊。』」

〔五二〕「元子」：桓温字元子。

〔五三〕「安石」：謝安字安石。

〔五四〕「陶長沙」句：晉書陶侃傳：「諸參佐或以談戲廢事者，乃命取其酒器蒲博之具，投之於江，吏將則加鞭扑。曰：『摴蒲者，牧豬奴戲耳。老莊浮華，非先王之法言，不可行也。君子當正其衣冠，攝其威儀，何有亂頭養望，自謂宏達耶！』」陶侃曾爲長沙太守，故曰陶長沙。

〔五五〕「袁彥道」句：世說新語卷下之上任誕：「桓宣武少家貧，戲大輸，債主敦求甚切。思自振之方，莫知所出。陳郡袁耽俊邁多能，宣武欲求救於耽。耽時居艱，恐致疑，試以告焉。應聲便許，略無嫌吝。遂變服，懷布帽，隨温去，與債主戲。耽素有藝名，債主就局曰：『汝故當不辦作袁彥道耶！』遂共戲，十萬一擲，直上百萬數，投馬絕叫，傍若無人。探布帽擲，對人曰：『汝竟識袁彥道不！』」

〔五六〕「佛貍」：佛貍，魏太武帝拓拔燾小名。宋書臧質傳：「質答書（答拓拔燾）曰：『省示，具悉姦懷。爾自恃四脚，屢犯國疆。諸如此事，不可具說。王玄謨退於東，梁坦散於西，爾謂何以？不聞童謡乎：「虜馬飲江水，佛貍死卯年。」此期未至，以二軍開飲江之徑耳。冥期使然，非復人事。』」

〔五七〕「滿眼」句：打馬圖經下馬例云：「凡馬二十四，用犀象刻成，或鑄銅爲之，如大錢樣，刻其文爲馬文，各以馬名别之，如驊騮之類。」依事林廣記等所載打馬圖，上列六十四馬，一一有名字，如「驌驦」「騕褭」「騏驥」「花驄」等等，其中亦有「驊騮」及「騄駬」，故云：「滿眼驊騮雜騄駬。」

〔五八〕「時危」句：此用杜甫題壁畫馬歌中成句。

〔五九〕「志千里」：世説新語卷中之下豪爽：「王處仲每酒後，輒詠：『老驥伏櫪，志在千里。烈士暮年，壯心不已。』以如意打唾壺，壺口盡缺。」（此四句乃曹操步出東西門行中龜雖壽一章中句。）

【參考資料】

古今女史卷一　趙濬之曰：文入三昧，雖遊戲亦具大神通。　日月雲霞之彩，噴薄而出（「齊驅驤騄」一段眉批）。　以境形容（同上旁批）。　以時形容（「吳江楓落」一段旁批）。　敍用意（「或出入用奇」一段旁批）。　出打（「崎嶇峻坂」句旁批）。　隱喻無聊排遣（「説梅止渴」句旁批）。　幽情深意（同上一段眉批）。　頌不忘戒（「皆因不知止足」句旁批）。　五陵豪士面目，三河年少肝腸，何爲么麽所得（「故遶牀大叫」一段眉批）。　形容豪放一段，尤不可少（同上一段旁批）。

打馬圖序〔一〕

〔一〕書名打馬圖經，或即名打馬賦，而序則曰「打馬圖序」。

慧粵雅堂叢書本打馬圖經（以下簡稱粵本）、古今女史、癸巳類稿、馬戲圖譜（譜内此序重出，一云打馬圖原序，一云打馬圖經序，以下簡稱「圖譜原序」「圖譜序」，如二者相同，則簡稱「圖譜」）作「慧」。（此以説郛本爲底本，原作「惠」，從各本改。）即通〔二〕，通即無所不達；專即精，精即上四「即」字各本多作「則」。無所不妙。故庖丁之解牛〔三〕，郢人之運斤〔四〕，師曠之聽〔五〕，離婁之視〔六〕，癸巳類稿、圖譜原序作「察」，鈕鈔作「明」。大至於堯、舜之仁，桀、紂之惡，小至於擲豆起蠅〔七〕，巾角拂棋〔八〕，皆臻至理癸巳類稿、圖譜原序作「其極」。者何？同上書無「何」字。妙而已。後世之人，不惟學聖人之道，不到聖處。雖嬉戲之事，亦得「得」，粵本、圖譜序作「不得」。其依稀彷彿而遂止者多矣。「後世之人」起「多矣」止三十三字，癸巳類稿、圖譜原序俱無。夫「夫」字原無，從各本增。博者無他，争先術耳，故專者能之。「能之」，癸巳類稿、圖譜原序作「勝」。予性喜各本作「專」，祇説郛與圖譜序作「喜」，夷門廣牘本馬戲圖譜（以下簡稱夷本）作「善」。博，凡所謂博者皆耽之，晝夜每忘寢食。但圖譜序作「且」。平生隨粵本、圖譜序無「隨」字。多寡未嘗不進〔九〕者何，精而已。自南渡來流離遷徙，「晝夜」起「遷徙」止二十九字，癸巳類稿、圖譜原序作「南渡流離」。盡散博具，故罕爲之，然實未嘗忘於胸中也。「故罕爲之」至「胸中也」十三字，同上書無。今年冬十月朔，聞淮上警報。江、浙之人，自東走西，自南走北，居山林者謀入城市，居城市者謀入山林，旁午絡繹，莫卜所之。粵本、圖譜序作「莫不失所」。易安居士「易安居士」，粵本、圖譜原序作「余」。亦自欣賞編、古今女史、緑窗女史、清秦氏石硯齋鈔本打馬圖（以下簡稱秦鈔）無「自」字，彤管遺編無「亦自」二字。臨安泝流，涉嚴原作「巖」，從各本改正。灘之險，癸巳類稿、圖譜原序無「險」字。抵金華，卜居陳氏第。乍釋舟楫而見軒窗。同上書作「窗軒」。意頗適然。更長燭明，奈此良夜乎。于是乎博奕之事講矣。且長行〔一〇〕、葉子〔一一〕、博塞〔一二〕、欣賞編、夷本、秦鈔、麗廔叢書、彤管遺編、古今女史、緑窗女史作「簺」。彈棋〔一三〕，世無傳者。打揭、原作「楬」，其他各本作「褐」，鈕鈔作「揭」，今從鈕鈔。又粵本、圖譜序「打褐」二字上，有一「若」字。大小、猪窩、族原作「挨」，夷本注：「一作挨。」今改從各本。鬼、胡畫、數倉、賭快〔一四〕之類，皆鄙俚，不經見。藏酒〔一五〕、原作「弦」，鈕鈔作「彈」，改從各本。夷本作「弸」。 摴蒲〔一六〕、雙蹙融〔一七〕，近漸廢絶。選仙〔一八〕、加減、插關火〔一九〕，原作「太」，夷本作「大」，注：「一作火。」改從各本。 質魯任命，無所施人秦鈔、麗廔叢書作「其」，古今女史作「行」，癸巳類稿、圖譜原序無此字。 智巧。大小象戲、奕棋，又惟可容二人。獨采選〔二〇〕、打馬，特爲閨房原作「防」，改從各本。 雅欣賞編、麗廔叢書、彤管遺編、古今女史、緑窗女史作「雜」。 戲。嘗恨采選叢繁，勞于檢閲，故欣賞編、夷本、秦鈔、麗廔叢書、彤管遺編、古今女史、緑窗女史作「彼」，癸巳類稿、圖譜原序作「又」。 能通者少，難遇勍敵。打馬簡要，而若無文采。按打馬世有二種：一種一將十馬者，謂之關西馬；一種無將二十「二十」，圖譜序作「二十四」。 馬者，謂之依經馬。流行既久，各有圖經凡例可考。行移賞罰，互有同異。又宣和間，人取二種馬，參雜加減，大約交加徼倖，古意盡矣。所謂宣和馬者是也。予獨愛依經馬，癸巳類稿、圖譜原序作「法」。 因取其賞罰互度，每事作數語，隨事附見，使圖譜序作「俟」。 兒輩圖之。不獨施之博徒，實足貽諸好事〔二一〕。使千萬癸巳類稿、圖譜原序作「百」。 世後，知命辭打馬，始自易安居士也。時説郛本、圖譜序無「時」字，從各本補。 紹興四年十一「十二」，癸巳類稿、圖譜原序作「十有二」。 月二十四日，癸巳類稿、圖譜原序引至此句爲止。 易安室「易安室」，欣賞編、夷本、秦鈔、麗廔叢書、古今女史、緑窗女史作「易安居士李清照」。 序。○打馬圖經　彤管遺編續集卷十七　古今女史卷三　緑窗女史卷一　癸巳類稿卷十五　馬戲圖譜

【注釋】

〔一〕「打馬圖序」：此序爲清照所撰打馬圖經之序。打馬圖經一卷，前爲序，序後爲打馬賦，下爲采色例、鋪盆例、下馬例、行馬例、打馬例、倒行例、入夾例、落塹例、倒盆例、賞帖例、賞擲例。明沈津欣賞編本有圖，事林廣記續集卷六亦有圖。

〔二〕「慧即通」：趙飛燕外傳伶玄自敍：樊通德云：「慧則通，通則流，流而不得其防，則百物變態，爲溝爲壑，無所不往焉。」

〔三〕「庖丁解牛」：莊子内篇養生主：「庖丁爲文惠君解牛，手之所觸，肩之所倚，足之所履，膝之所踦，砉然，嚮然，奏刀騞然，莫不中音，合於桑林之舞，乃中經首之會。文惠君曰：『譆！善哉！技蓋至此乎！』」

〔四〕「郢人運斤」：莊子雜篇徐無鬼：「郢人堊墁其鼻端，若蠅翼，使匠石斲之。匠石運斤成風，聽而斲之，盡堊而鼻不傷。」

〔五〕「師曠之聽」：孟子離婁上：「師曠之聰，不以六律，不能正五音。」趙岐注：「師曠，晉平公之樂大師也。」

〔六〕「離婁之視」：孟子離婁上：「離婁之明、公輸子之巧，不以規矩，不能成方圓。」趙岐注：「離婁者，古之明目者，蓋以爲黄帝時人也。……能視於百步之外，見秋毫之末。」

〔七〕「擲豆起蠅」：酉陽雜俎卷四：「予未虧齒時，嘗聞親故説：『張芬中丞在韋南康臯幕中。有一客，於宴席上，以籌椀中緑豆擊蠅，十不失一。一坐驚笑。芬曰：「無費吾豆！」遂指起蠅，拈其後脚，略無脱者。又能拳上倒枕，走十間地不落。』朝野僉載云：『僞周藤州録事參軍袁思中，平之子，能於刀子鋒杪倒筯揮蠅起，拈其後脚，百不失一。』」

〔八〕「巾角拂棋」：世説新語卷下之上巧藝：「彈棋始自魏，宫内用妝奩戲。文帝於此戲特妙，用手巾角拂之，無不中。有客自云能，帝使爲之。客著葛巾角，低頭拂棋，妙逾於帝。」

〔九〕「未嘗不進」：漢書陳遵傳：「祖父遂，字長子。宣帝微時與有故，相隨博奕，數負進。及宣帝即位，用遂，稍遷至太原太守，迺賜遂璽書曰：『制詔太原太守，官尊禄厚，可以償博進矣，妻君寧時在旁知狀。』遂於是辭謝，因曰：『事在元平元年赦令前。』其見厚如此。」注：「師古曰：『進者，會禮之財也。謂博所賭也。一説：進，勝也。帝博而勝，故遂有所負。』」李清照自言每賭必勝。

〔一〇〕「長行」：古博戲。唐李肇國史補卷下云：「今之博戲，有長行最盛。其具有局、有子，子有黄黑各十五。擲采之骰有二。其法生於握槊，變於雙陸。天后夢雙陸而不勝，召狄梁公説之。梁公對曰『宫中無子之象』是也。後人新意，長行出焉。……王公大人頗或耽玩，至有廢慶弔，忘寢休，輟飲食者。」宋洪遵譜雙序云：「長行即雙陸、握槊、波羅塞戲。」按長行、雙陸等清照時已無傳者（事林廣記續集卷六載有雙陸），宋張淏雲谷雜記卷二引雙陸譜云：「雙陸局率以六爲限。其法：左右皆十二路，號曰梁，白黑各十五馬。用骰子二，各以其采行。白馬自右歸左，黑馬自左歸右。以前六梁爲門，後六梁爲宫。馬歸梁，謂之入宫。」晁公武郡齋讀書志卷三載雙陸格與此相同。

〔二〕「葉子」：歐陽修歸田録卷二云：「葉子格者，自唐中世以後有之。説者云：因人有姓葉，號葉子青者撰此格，因以爲名。此説非也。唐人藏書皆作卷軸，其後有葉子，其制似今策子。凡文字有備檢用者，卷軸難數卷舒，故以葉子寫之。如吴彩鸞唐韻、李郃彩選之類是也。骰子格本備檢用，故亦以葉子寫之，因以爲名爾。唐世士人宴聚，盛行葉子格。五代、國初猶然。後漸廢不傳。今其格世或有之，而人無知者。惟昔楊大年好之。仲待制簡，大年門下客也，故亦能之。大年又取葉子彩名『紅鶴』『皁鶴』者，别演爲鶴格。鄭宣徽戩、章郇公得象，皆大年門下客也，故皆能之。余少時亦有此二格，後失其本，今絶無知者。」宋王闢之澠水燕談録卷九：「唐太宗問一行世數，禪師製葉子格進之，葉子言二十世李也。當時士大夫宴集皆爲之。其後有柴氏、趙氏，其格不一。蜀中以紅鶴格爲貴，禁中則以花蟲爲宗。近世職方員外郎曹谷，損益舊本，撰舊歡新格，尤爲詳密。其法用區骰子六隻，犀牙師子十事，自盆帖而下，分十五門，門各有説。凡名彩二百二十七、逸彩二百四十七，總四百七十四彩。余家有其格，而世無能爲者。」此戲亦早失傳。

〔三〕「博塞」：杜甫今夕行：「咸陽客舍一事無，相與博塞爲歡娱。」博塞疑爲泛稱，非有博戲名「博塞」也。説文解字卷五上：「行棋相塞謂之簺。」「簙，局戲也。六箸十二棋也。……古者烏胄作簿。」是「博」與「塞」爲二戲。或洪遵所云「波羅塞戲」，簡言之即曰「博塞」也。

〔一三〕「彈棊」：酉陽雜俎續集卷四云：「世説云：『彈棊起自魏室。』妝奩戲也。典論云：『予於他戲弄之事少所喜。唯彈棊略盡其巧。京師有馬合鄉侯、東方世安、張公子，恨不與數子對。』起於魏室明矣。今彈棊用棊二十四，以色别貴賤，棊絶後一豆。座右方云：白黑各六棊，依六博。棊形頗似枕狀。又魏戲法，先立一棊於局中，餘者鬬白黑，圍繞之，十八籌成都。」晁公武郡齋讀書志卷三下載彈棊經序稱：「世説曰：魏武帝好彈棊，宫中皆效之。難得其局，以妝奩之蓋形狀相類，就蓋而彈之，俗中因謂魏宫妝奩之戲。按西京雜記云：『劉向作彈棊。』典論云：『前代馬合卿、張公子皆工彈棊。』然則起自漢朝，非自魏始，世説誤矣。」夢溪筆談卷十八云：「彈棊今人罕爲之。有譜一卷，盡唐人所爲。其局方二尺，中心高如覆盂，其巔爲小壺，四角微隆起。今大名開元寺佛殿上有一石局，亦唐時物也。李商隱詩曰：『玉作彈棊局，中心最不平。』謂其中高也。白樂天詩：『彈棊局上事，最妙是長斜。』長斜謂抹角斜彈，一發過半局。今譜中具有此法。柳子厚序棊用二十四棊者，即此戲也。」

〔一四〕「打揭、大小、猪窩、族鬼、胡畫、數倉、賭快」：明胡應麟少室山房筆叢卷二十五：「李所舉當時戲劇，又有打褐（揭）……賭快等，今絶不知何狀。」按宋黄庭堅豫章黄先生詞有鼓笛令戲詠打揭一首，可以約略窺見其情狀，詞云：「酒闌命友閒爲戲，打揭兒、非常愜意。各自輸贏只賭是。賞罰采、分明須記。　小五出來無事，却跋翻和九底。若要十一花下死，管十三、不如十二。」「猪窩」即「除紅」，有除紅譜，刊入明沈津所編欣賞編。或又作「朱窩」。明李日華紫桃軒雜綴卷四云：「骰色『朱窩』，本名『除四』，以除去四紅而算點也。乃南宋冢宰朱河所造，俗訛稱爲『朱窩』耳。」清周亮工因樹屋書影卷二云：「骰子『朱窩』，宋冢宰朱河所造，本名『除紅』，今人誤以『河』爲『窩』耳。」李君實謂本名『除四』，似未見河所著之除紅譜也。譜中名目，與今『朱窩』亦小異。張林宗先生嘗重刻之。汴中每以行酒。」據周亮工之説，是「猪窩」之戲，在清初尚有人爲之。高承事物紀原卷四買鬼云：「世傳唐武后初諫議大夫明崇儼能役鬼物。其微時，人嘗與博，凡擲投子，必使鬼物，持其彩，應呼而成，隨其所欲也。後人因此爲買鬼之戲，就中彩名其通天火通之類云，亦當時所役之物名也。」買鬼與族鬼未知有關否。

〔一五〕「藏酒」：不詳，疑爲「藏鉤」之訛。商務印書館排印本説郛「藏酒」作「藏弦」，明會稽鈕氏世學樓鈔本説郛作「藏彈」。「弦」「彈」疑即「彄」字之訛。夷門廣牘本馬戲圖譜正作「彄」。「彄」即「鉤」也。酉陽雜俎續集卷四云：「舊言藏鉤起於鉤弋。蓋依辛氏三秦記云：漢武鉤弋夫人手拳，時人效之，目爲藏鉤也。……衆人分曹，手藏物探取之。又令藏鉤，剩一人則來往於兩朋，謂之餓鴟。風土記：『藏鉤之戲，分二曹以校勝負。若人偶，則敵對；若奇，則使一人爲遊附，或屬上曹、或屬下曹，名爲飛鳥。』又今爲此戲，必於正月。據風土記，在臘祭後也。」

〔一六〕「摴蒲」：古代博戲，東晉時頗盛行。唐李肇國史補卷下云：「洛陽令崔師本，又好爲古之摴蒲。其法：三分其子三百六十限以二關。人執六馬。其骰五枚，分上爲黑，下爲白。黑者刻二爲犢，白者刻二爲雉。擲之全黑者爲『盧』，其采十六；二雉三黑爲『雉』，其采十四；二犢三白爲『犢』，其采十；全白爲『白』，其采八。四者，貴采也。『開』爲十二、『塞』爲十一、『塔』爲五、『秃』爲四、『撅』爲三、『梟』爲二。六者，雜采也。貴采得連擲、得打馬、得過關。餘采則否。新加進九、退六兩采。」按李清照已云「摴蒱近漸廢絶」，而黄昇中興以來絶妙詞選卷二載陸游月照梨花詞云「花外姊妹相呼，約樗蒲」（樗蒲即摴蒱），乃詞人使事押韻，非實録也。

〔一七〕「雙蹙融」：唐李匡義資暇集卷中云：「今有奕局，取一道，人行五棋，謂之『蹙融』。『融』宜作『戎』。此戲生於黄帝蹙鞠，意在軍戎也，殊非圓融之義。庾元規著座右方所言蹙戎者，今之蹙融也，學者固已知之。」

〔一八〕「選仙」：翟灝通俗編以爲選仙與選官圖無他異，惟易官爲仙耳。胡應麟少室山房筆叢卷二十五云：「按選仙圖見鄭氏書目，與彩選連類，而此以爲質魯任命者。詳之，正與今選官圖類，蓋與彩選形製相似，而實不同也。」

〔一九〕「加減、插關火」：不詳。

〔二〇〕「采選」：即「彩選」，「采」「彩」字同。宋徐度却掃編卷下云：「彩選格起於唐李郃。本朝踵之者，有趙明遠、尹師魯。元豐官制行，有宋保國。皆取一時官制爲之。至劉貢父獨因其法，取西漢官秩陞黜次第爲之，又取本傳所以陞黜之語注其下。局終，遂可類次其語爲一傳。博戲中最爲雅馴。初貢父之爲是書也，年甫十四五，方從其兄原父爲學。怪自數日程課稍稽。視其所爲，則得是書。大喜。因爲序冠之，而以爲己作。貢父晚年，復稍增，而自題其後。今其書盛行於世。」按唐房千里有骰子選格序（即彩選），宋姚鉉收入唐文粹第九十四卷。後代之選官圖，即陞官圖，彩選也。陞官圖近代尚有之，余幼時嘗見人以此爲戲，所用爲清代官制，蓋其制隨時代而改變。彩選與選仙恐大致相類，一則叢繁、一則質魯。

〔三二〕「好事」：孟子萬章篇：「好事者爲之也。」

【參考資料】

古今女史卷三 朱赤玉曰：爲博家作祖，亦不免爲蕩子阮塹。顛沛中猶不忘，是其精妙于博者。曲談工巧，遊于自然。

戲瑕卷二 唐太宗問一行世數，禪師製葉子格進之。葉子，言二十世太子也，後適符其讖矣。唐朝葉子戲，疑昉於此歟。同昌公主一日大會韋氏族於廣化里。韋氏諸家，好爲葉子戲。夜則公主以紅琉璃盤盛夜光珠，令僧祁捧立堂中，而光明如晝焉。其後南唐李後主妃周氏編金葉子格，即此戲也。按葉子戲自唐咸通以來，天下尚之，即今之扯紙牌，亦謂之鬪葉子。近又有馬釣之名，則以四人爲之者。唐格已不可考。今自錢索兩門而外，皆水滸傳中人。故余嘗呼戲者曰宋江班。（或云：是厭勝之術，恐梁山泊三十六人復生世間耳。然則唐宋之世，以何爲厭勝耶？）凡士人讌會，閨房雜聚，與夫歌臺舞榭之間、酒壇博館之下，盛行葉子，舉摴蒲象戲之樂，無以加於此矣。然三門皆以萬爲尊，以九爲右。惟錢門自空而九，其首選、次選二色，加以朱采者，豈古六赤編金之遺意乎？奈何諸學士紛紛聚訟。咸定録以葉子爲譔骰子選。歸田録以爲姓葉號子青。房千里以葉子爲升官圖。李易安以長行、葉子爲世無傳者。楊用修則引李洞集中李郎中夢六赤因打葉子之事，謂今此戲不傳。而胡元瑞矯楊氏之説直以葉子爲今之投子，或如酒牌。至云葉子采選之戲，今絶不可考。豈用修、元瑞諸君子並未入少年場耶？聯章累牘，證辨不休。夢中説夢，何殊蕉鹿。（廣異記載：郜澄冥游，見一小胡頭，在廳上打葉錢令，即此戲也。）

投翰林學士綦崈禮[一]啓

清照啓：素習義方[二]，粗明詩禮。近因疾病，欲至膏肓[三]，牛蟻不分[四]，灰釘[五]已具。嘗藥雖存弱弟[六]，膺門惟有老兵[七]。既爾蒼皇，因成造次[八]。信彼如簧[九]之説，惑兹似錦[一〇]之言。弟既可欺，持官文書[一一]來輒信；身幾欲死，非玉鏡架[一二]亦安知。僶俛難言，優柔莫決。呻吟未定，强以同歸。視聽才分，實難共處，忍苕溪漁隱叢話、詩話總龜、事文類聚、宋詩紀事作「猥」。以桑榆之晚節[一三]，各本作「暮景」，宋詩紀事作「晚景」。配兹駔儈[一四]之下才。身既懷臭[一五]之可嫌，惟求脱去；彼素抱璧[一六]之將往，決欲殺之。遂肆侵凌，日加毆擊，可念劉伶之肋[一七]，難勝石勒之拳[一八]。局天[一九]扣地，敢效談娘[二〇]之善訴；升堂入室[二一]，素非李赤[二二]之甘心。外援難求，自陳何害，豈期末事，乃得上聞。取自宸衷，付之廷尉〔二三〕。被桎梏〔二四〕而置對，同凶醜以陳詞。豈惟賈生羞絳灌爲伍〔二五〕，宋詩紀事作「儕」。何啻老子與韓非同傳〔二六〕。但祈脱死，莫望償金。友凶横者十旬，蓋非天降；居囹圄〔二七〕者九日，豈是人爲！抵雀捐金〔二八〕，利當安往；將頭碎璧〔二九〕，失固可知。實自謬愚，分知獄市〔三〇〕。此蓋伏遇内翰承旨〔三一〕，搢紳〔三二〕望族〔三三〕，冠蓋〔三四〕清流，日下無雙〔三五〕，人間第一。奉天克癸巳類稿作「收」。復，本緣陸贄之詞〔三六〕；淮蔡底平，實以會昌之詔〔三七〕。癸巳類稿作「共傳昌黎之筆」。哀憐無告〔三八〕，雖未癸巳類稿作「義同」。解驂〔三九〕；感戴鴻恩，如癸巳類稿作「事」。真出己〔四〇〕。故兹白首，得免丹書〔四一〕。清照敢不省過知慚，捫心識媿。責全責智，已難逃萬世之譏；敗德敗名，何以見中朝之士。雖南山之竹〔四二〕，豈能窮多口〔四三〕之談；惟智者之言，可以止無根之謗。高鵬尺鷃〔四四〕，本異升沈；火鼠〔四五〕冰蠶〔四六〕，難同嗜好。達人癸巳類稿作「者」。共悉，童子皆知。願賜品題，與加湔洗。誓當布衣蔬食，温故知新〔四七〕。再見江山，依舊一瓶一鉢〔四八〕；重歸畎畝，更須三沐三薰〔四九〕。忝在葭莩〔五〇〕。敢兹塵瀆〔五一〕。○雲麓漫鈔卷十四　宋詩紀事卷八十七

按此啓殆作於紹興二年九月或稍後，綦崈禮爲翰林學士之時（參閲後李清照事迹編年）。

【注釋】

〔一〕「綦崈禮」：詳見後李清照事迹編年。

〔二〕「義方」：左傳隱三年：「臣聞愛子，教之以義方。」

〔三〕「膏肓」：左傳成十年：「疾不可爲也。在肓之上，膏之下，攻之不可，達之不及，藥不至焉，不可爲也。」「欲至膏肓」言病體沈重，幾將不治。

〔四〕「牛蟻不分」：世説新語卷下之下紕漏：「殷仲堪父病虚悸，聞牀下蟻動，謂之牛鬭。孝武不知是殷公，問仲堪有一殷病如此不？仲堪流涕而起曰：『臣進退唯谷。』」此句清照言己病之沈重也。

〔五〕「灰釘」：三國志魏志王淩傳裴松之注引魏略曰：「淩自知罪重，試索棺釘，以觀太傅意，太傅給之。」苕溪漁隱叢話後集卷十四據談苑引李商隱代王茂元檄劉稹書云：「投戈散地，灰釘之望斯窮。」又據藝苑雌黄，以爲灰釘事始於南史，云：「祅酋震懾，遽請灰釘。」能改齋漫録、浩然齋雅談等俱有考。按人死棺殮，須灰與釘，古人蓋亦如此。「灰釘已具」，形容病重將死，已預備後事也。

〔六〕「嘗藥」句：禮記曲禮下：「君有疾飲藥，臣先嘗之。親有疾飲藥，子先嘗之。」按李清照有一弟名迒，見金石録後序。

〔七〕「膺門」句：「膺」，「應」之俗字。文選李密陳情表：「内無應門五尺之童。」

〔八〕「造次」：論語里仁：「造次必於是。」何晏集解引馬融曰：「造次，急遽也。」

〔九〕「如簧」：詩經巧言：「巧言如簧，顔之厚矣。」鄭康成箋：「顔之厚者，出言虚僞，而不知慚於人也。」孔穎達正義：「巧爲言語結構書辭，速相待合，如笙中之簧，聲相應和，見人不知慚愧，其顔面之容甚厚矣。」

〔一〇〕「似錦」：詩經巷伯：「萋兮菲兮，成是貝錦。」毛傳：「貝錦，錦文也。」鄭康成箋：「喻讒人集作己過，以成於罪，猶女工之集彩色，以成錦文。」

〔一一〕「官文書」：韓愈試大理評事王君墓誌銘：「妻上谷侯氏，處士高女。……初處士將嫁其女，懲曰：『吾以齟齬窮。一女憐之，必以嫁官人，不以與凡子。』君曰：『吾求婦氏久矣。唯此翁可人意，且聞其女賢，不可以失。』即謾謂媒嫗：『吾明經及第，且選，即官人。侯翁女幸嫁，若能令翁許我，請進百金爲謝。』嫗諾許，白翁。翁曰：『誠官人耶，取文書來。』君計窮吐實。嫗曰：『無苦。翁大人，不疑人欺。我得一卷書，粗若告身者，我袖以往，翁見，未必取視。幸而聽我行其謀。』翁望見文書銜袖，果信不疑，曰：『足矣！』以女與王氏。」按續資治通鑑長編卷二十二：太平興國六年十二月「壬辰詔：中外官不得以告身及南曹歷子質錢，違者官爲取還，不給元錢。朝廷患官文書落規利之家，故禁絶之」。是告身亦官文書之一，惟刑統内未有説明。

〔一二〕「玉鏡架」：疑即玉鏡臺。世説新語卷下之下假譎：「温公喪婦。從姑劉氏家值亂離散，唯有一女，甚有姿慧。姑以屬公覓婚。公密有自婚意，答云：『佳壻難得，但如嶠比云何？』姑云：『喪敗之餘，乞粗存活，便足慰吾餘年，何敢希汝比。』却後少日，公報姑云：『已覓得婚處，門地粗可，埒身名宦盡不減嶠。』因下玉鏡臺一枚，姑大喜。既婚交禮，女以手披紗扇，撫掌大笑曰：『我固疑是老奴，果如所卜。』玉鏡臺是公爲劉越石長史北征劉聰所得。」「官文書」及「玉鏡架」四句，言受張汝舟之欺。

〔一三〕「桑榆之晚節」：太平御覽卷四引淮南子：「日西垂景在樹端，謂之桑榆（言其光在桑榆樹上）。」（按傳本淮南子未見此條）世説新語卷上之上言語：「謝太傅語王右軍曰：『中年傷於哀樂，與親友别，輒作數日惡。』王曰：『年在桑榆，自然至此，正賴絲竹陶寫，恒恐兒輩覺，損欣樂之趣。』」

〔一四〕「駔儈」：見漢書貨殖傳。顔師古注：「儈者，合會二家交易者也。駔者，其首率也。」宋人考據駔儈者不少。實即近世所謂中人、掮客。此兩句言以垂暮之年，適此匪人。駔儈指張汝舟。以上言受欺再嫁張汝舟。

〔一五〕「懷臭」：吕氏春秋卷十四遇合：「人有大臭者，其親戚、兄弟、妻妾、知識，無能與居者。」梁玉繩吕子校補卷一云：「『大』一本作『犬』，蓋腋病也。輟耕録引唐崔令欽教坊記，謂之『愠羝』。今俗云『豬狗臭』。」清照借以喻張汝舟之爲人，謂無能與居，人皆欲去之。

〔一六〕「抱璧」：左傳哀十七年：「（衛莊公）曰：『活我，吾與汝璧。』己氏曰：『殺汝，璧其焉往？』」據此句，似清照所有劫餘古器書畫，張汝舟謀欲奪之。

〔一七〕「劉伶之肋」：世説新語卷上之下文學注引竹林七賢論：「伶處天地間，悠悠蕩蕩，無所用心。

嘗與俗士相牾，其人攘袂而起，必欲築之。伶和其色曰：『雞肋豈足以當尊拳？』其人不覺廢然而返。」

〔一八〕「石勒之拳」：晉書石勒載記：「初勒與李陽鄰居，歲常爭麻地，迭相毆擊。至是謂父老曰：『李陽，壯士也，何以不來？漚麻是布衣之恨，孤方崇信天下，寧讎匹夫乎！』乃使召陽。既至，勒與酣謔，引陽臂笑曰：『孤往日厭卿老拳，卿亦飽孤毒手。』」「劉伶」「石勒」二句言受張汝舟之虐待。

〔一九〕「局天」：詩正月：「謂天蓋高，不敢不局。」毛傳：「局，曲也。」陸德明釋文：「局，本又作跼。」

〔二〇〕「談娘」：談容娘也。唐崔令欽教坊記云：「踏搖娘。北齊有人，姓蘇，皰鼻。實不仕，而自號爲郎中。嗜飲酗酒，每醉輒毆其妻。妻銜悲訴於鄰里。時人弄之：丈夫著婦人衣，徐步入場行歌。每一疊，旁人齊聲和之，云：『踏謡、和來』，『踏搖苦、和來。』以其且步且歌，故謂之踏謡。以其稱冤，故言苦。及其夫至，則作毆鬬之狀，以爲笑樂。今則婦人爲之，遂不呼郎中，但云：阿叔子。調弄又加典庫，全失舊旨。或呼爲談容娘，又非。」唐常非月有詠談容娘詩，見芮挺章國秀集卷下。

〔二一〕「升堂入室」：論語先進：「由也升堂矣，未入於室也。」

〔二二〕「李赤」：唐柳宗元李赤傳，略以赤遇厠鬼，以入厠爲升堂，見其妻（乃厠鬼，非其原妻）。後卒入厠而死。

〔二三〕「廷尉」：漢書百官公卿表：「廷尉，秦官，掌刑辟。」後世以稱中央之法官或法院。

〔二四〕「桎梏」：周禮卷九大司寇：「凡萬民之有罪過而未麗於法、而害於州里者，桎梏而坐諸嘉石，役諸司空。」鄭玄注：「木在足曰桎，在手曰梏。」桎梏即近世之鐐銬。

〔二五〕「豈惟」句：此易安誤用事，或傳寫錯誤。「賈生」二字應作「淮陰」或「韓信」。史記淮陰侯傳：「居常鞅鞅，羞與絳灌等列。」賈生即賈誼，史記屈賈列傳云：「天子議以賈生任公卿之位，絳、灌、東陽侯、馮敬之屬盡害之。」無羞與絳、灌爲伍之事。絳，絳侯周勃；灌，灌嬰也。

〔二六〕「何啻」句：南史王敬則傳：「後與王儉俱即本號開府儀同三司。時徐孝嗣於崇禮門候儉，因嘲之曰：『今日可謂連璧。』儉曰：『不意老子遂與韓非同傳！』」按史記列傳第三爲老子、莊子、申不害、韓非傳。古人重老子道家而輕韓非法家，以爲不宜同在一卷之内，故有此説。（唐開元中曾升老子、莊子於列傳之首，與韓非不同卷。）

〔二七〕「囹圄」：禮記月令：「仲春之月……命有司省囹圄，去桎梏，毋肆掠，止獄訟。」鄭玄注：「囹圄所以禁守繫者，若今别獄矣。」按即後代之牢獄。此句言清照繫獄九日。

〔二八〕「抵雀捐金」：莊子雜篇讓王：「今且有人於此，以隨侯之珠，彈千仞之雀，世必笑之。是何也，則其所用者重，而所要者輕也。」「抵雀捐金」疑即用此事。鹽鐵論卷七崇禮篇云：「崐山之旁，以玉璞抵烏鵲。」抵，擊也。

〔二九〕「將頭碎璧」：史記廉頗藺相如列傳：相如奉璧西入秦，視秦王無意償趙城，相如因持璧，却立倚柱，怒髮上衝冠，謂秦王曰：「大王必欲急臣，臣頭今與璧俱碎於柱矣。」

〔三〇〕「獄市」：史記曹相國世家：「獄市者所以并容也。」集解引漢書音義：「獄市兼受善惡。」「分知獄市」言本以爲官府不能判明是非曲直，如獄市之善惡兼受。

〔三一〕「内翰承旨」：翰林學士掌内制，宋稱「内翰」，亦有稱爲「内相」者（見高承事物紀原卷四）。蘇軾爲翰林學士時，宣仁太后稱之曰「内翰」（見宋王鞏隨手雜録）。綦崈禮時爲翰林學士，故李清照以此稱之。承旨以學士資深者爲之，不常設。此皆宋制。

〔三二〕「搢紳」：史記封禪書：「搢紳者不道。」裴駰集解：「李奇曰：搢，插也。插笏於紳。紳，大帶也。」「搢紳」指仕宦之人、官員。

〔三三〕「望族」：有名望之族姓。

〔三四〕「冠蓋」：史記信陵君傳：「平原君使者冠蓋相屬於魏。」班固西都賦：「冠蓋如雲，七相五公。」杜甫夢李白詩：「冠蓋滿京華，斯人獨憔悴。」「冠蓋」與「搢紳」義相類，亦指仕宦之人。

〔三五〕「日下無雙」：南史伏挺傳：「博學有才思，爲五言詩，善效謝康樂體。父友樂安任昉深相歎異，常曰：『此子日下無雙。』」「日下」指京城。世説新語卷下之下排調：「荀鳴鶴、陸士龍二人未相識，俱會張茂先坐。張令其語，以其並有大才，可勿作常語。陸舉手曰：『雲間陸士龍。』荀答曰：『日下荀鳴鶴。』」

〔三六〕「奉天」兩句：奉天，地名，即今陝西省乾縣。唐朱泚之變，李适（唐德宗）避難於此。唐書陸贄傳：「朱泚謀逆，從駕幸奉天。時天下叛亂，機務填委。徵發指蹤，千端萬緒。一日之内，詔書數百。贄揮翰起草，思如泉注。初若不經思慮，既成之後，莫不曲盡事情，中於機會。胥吏簡札不暇，同舍皆伏其能。」又：「嘗啓德宗曰：『今盜遍天下，輿駕播遷。陛下宜痛自引過，以感動人心。昔成湯以罪己勃興，楚昭以善言復國。陛下誠能不悋改過，以言謝天下，使書詔無忌。臣雖愚陋，可以仰副聖情。庶令反側之徒，革心向化。』德宗然之。故奉天所下詔書，雖武夫悍卒，無不揮涕感激，多贄所爲也。」

〔三七〕「淮蔡」兩句：按唐平淮蔡之吴元濟，在元和年間，與會昌相去二十餘年。俞正燮易安居士事輯「會昌之詔」四字改作「昌黎之筆」，亦不可通，以韓愈雖爲裴度之行軍司馬，並未爲唐憲宗撰詔書，淮蔡之平，不能歸功於韓愈。「淮蔡」疑當作「澤潞」。唐書李德裕傳：「自開成五年冬迴紇至天德，至會昌四年八月平澤潞，首尾五年。其籌度機宜，選用將帥，軍中書詔，奏請雲合。起草指蹤，皆獨決於德裕，諸相無預焉。」（李德裕所製，見會昌一品集。）易安用事不免有誤，疑此亦誤用也。以上四句，言綦爲翰林學士，撰擬文字稱職。「此蓋伏遇内翰承旨」至此皆清照恭維綦崈禮之語。樓鑰攻媿集卷五十一北海先生文集序：「永嘉南渡之行，公（綦崈禮）在帝側，實代王言。詔旨所至，讀者感動，諸將奔走承命，如陸宣公之在奉天也。尋入翰苑，當羽檄旁午，書詔填委之會，而播告之修，不匿厥指。……蓋公篤意經術，博覽强記，……平時爲文，不爲崖異之言，而氣格渾然天成。故一旦當書命之任，明白洞達，雖武夫遠人，曉然知上意所在，非規規然取青媲白以爲工者比也。」是宻禮實長於内外制代言文字。清照啓内所言，或非過譽。

〔三八〕「無告」：孟子梁惠王下：「此四者天下之窮民而無告者。」「無告」言困苦無所告訴。

〔三九〕「解驂」：晏子春秋卷五：「晏子之晉，至中牟。睹弊冠反裘、負芻息於塗側者，以爲君子也。使人問焉。曰：『子何爲者也？』對曰：『我越石父者也。』晏子曰：『何爲至此？』曰：『吾爲人臣僕於中牟，見使將歸。』晏子曰：『何爲之僕？』對曰：『不免凍餓之切吾身，是以爲僕也。』晏子曰：『爲僕幾何？』對曰：『三年矣。』晏子曰：『可得贖乎？』曰：『可。』遂解左驂以贈之。」此句言綦宻禮雖未脱驂贖己，即雖未直接干預其事。

〔四〇〕「如真出己」：左傳成三年：「荀罃之在楚也，鄭賈人有將寘諸褚中以出。既謀之，未行，而楚人歸之。賈人如晉，荀罃善視之，如實出己。賈人曰：『吾無其功，敢有其實乎！吾小人，不可以厚誣君子。』遂適齊。」此句言感綦之恩，如綦釋之出獄。

〔四一〕「丹書」：左傳襄二十三年：「斐豹，隸也，著於丹書。」注：「蓋犯罪没爲官奴，以丹書其罪。」「得免丹書」言得免於刑罰，無罪也。

〔四二〕「南山之竹」：祖君彦爲李密數楊廣（隋煬帝）十罪檄云：「罄南山之竹，書罪無窮。決東海之波，流惡難盡。」古代無紙，書牘以竹爲之，此云南山之竹，極言其多也。

〔四三〕「多口」：孟子盡心下：「貉稽曰：『稽不大理於口。』孟子曰：『無傷也，士憎兹多口。』」以上四句希望綦爲之恢復榮譽。

〔四四〕「高鵬尺鷃」：莊子内篇逍遥遊：「窮髪之北，有冥海者，天池也。有魚焉，其廣數千里，未有知其脩者，其名爲鯤。有鳥焉，其名爲鵬，背若泰山，翼若垂天之雲，摶扶摇羊角而上者九萬里，絶雲氣，負青天，然後圖南，且適南溟也。斥鴳笑之曰：彼且奚適也。我騰躍而上，不過數仞而下，翱翔蓬蒿之間，此亦飛之至也，而彼且奚適也。」音義：「斥本亦作尺，鴳字亦作鷃。」

〔四五〕「火鼠」：神異經東方經：「南荒外有火山，其中生不盡之木，晝夜火燃，得暴風不猛、猛雨不滅。」又云：「不盡木火中有鼠，重千斤，毛長二尺餘。」

〔四六〕「冰蠶」：拾遺記卷十：員嶠山「有冰蠶，長七寸，黑色，有角有鱗。以霜雪覆之，然後作蠒。長一尺，其色五彩。織爲文錦，入水不濡，以之投火，經宿不燎」。紺珠集卷四載古今詩話引王貞白寄鄭公詩云：「火鼠重燒布，冰蠶獨吐絲。」

〔四七〕「温故知新」：論語爲政：「子曰：温故而知新，可以爲師矣。」此處作「改過自新」解，與論語原文意義不同。

〔四八〕「一瓶一鉢」：唐僧貫休陳情獻蜀皇帝詩：「一缾一鉢垂垂老，萬水千山得得來。」

〔四九〕「三沐三薰」：國語齊語：「嚴公將殺管仲，齊使者請曰：『寡君欲親以爲戮。若不生得以戮於羣臣，猶未得請也。請生之。』於是嚴公使束縛以予齊使。齊使受而以退。比至，三釁三浴之。」韓愈答呂毉山人書：「方將坐足下三浴而三薰之。」後人作「三沐三薰」。

〔五〇〕「葭莩」：漢書中山靖王勝傳：建元三年來朝，「天子置酒，勝聞樂聲而泣。問其故，勝對曰：……今羣臣非有葭莩之親，鴻毛之重……」。師古注：「葭，蘆也。莩者，其筩中白皮，至薄者也。葭莩喻薄，鴻毛喻輕，輕薄甚也。」後世泛言親戚爲「葭莩」。李清照與綦宗禮有親戚關係，故云「忝在葭莩」。

〔五一〕「塵瀆」：塵，污也。瀆，慢也。「塵瀆」即今口語中之「麻煩」。

金石録後序

右金石録〔一〕三十卷者何？趙侯德父〔二〕商務印書館排印明鈔本説郛卷十九載瑞桂堂暇録（以下簡稱瑞本）作「夫」。按趙明誠之字，宋人或作德甫，或作德父，或作德夫，蓋三字通用。所著書也。取上自三代，下迄五季〔三〕，鐘、鼎、甗、鬲、盤、彝、尊、敦之款識〔四〕，豐碑、大碣，顯人、晦士之事迹，凡見於金石刻者二千卷，皆是正瑞本作「正其」。僞清康熙間謝世箕刻本金石録（以下簡稱謝本）、雅雨堂本金石録（以下簡稱雅本。三長物齋叢書本金石録出自雅本，不另校）、結一廬刊津逮秘書未刻本金石録（以下簡稱結本）俱作「譌」。「譌」即「訛」字，訛謬較僞謬爲常見，疑作「譌」爲是。謬，去取褒貶，上足以合聖人之道，下足以訂史氏之失者，皆載「載」，瑞本作「具載」。之，可謂多矣。嗚呼，自王播〔五〕、何義門校：「播當作涯。」（此據四部叢刊續編景印清呂無黨手鈔本金石録所附校勘記過録。下引顧千里、呂無黨校語同。）顧亭林日知録引作「王涯」（見下），或顧所見本作「王涯」也。元載〔六〕之禍，書畫與胡椒無異；長輿〔七〕、元凱〔八〕之病，錢癖與傳癖何殊。名雖不同，其惑一也。余建中辛巳〔九〕，始歸趙氏。時先君作禮瑞本作「吏」。按李清照之父李格非似未嘗爲吏部員外郎，疑涉下趙挺之爲吏部侍郎而誤。部員外郎，丞相時結本無「時」字。顧千里校（以下簡稱顧校）抹去，注：「時字錢本已衍。」（錢本指明錢叔寶鈔本。）作吏部侍郎。侯年二十一，在太學作學生。趙、李族寒，素貧儉。每朔望謁告〔一〇〕，出，質衣，取半千錢，步入相國寺〔一一〕，市碑文果實。歸，相對展玩咀嚼，自謂葛天氏〔一二〕之民也。後二年，出仕宦，便有飯蔬〔一三〕雅本作「疏」，明會稽鈕氏世學樓鈔説郛本瑞桂堂暇録（以下簡稱鈕鈔）作「素」。衣綀〔一四〕，謝本、雅本、鈕鈔作「練」。顧校：「練，錢本已譌。」參閲注釋。窮遐方絶域，盡天下古文奇字〔一五〕之志。日就月將〔一六〕，漸益堆積。丞相居政府，親舊或在館閣〔一七〕，多有亡詩、逸史，魯壁〔一八〕、汲冢〔一九〕所未見之書，遂力傳寫，浸覺有味，不能自已。後或見古今名人書畫，一明謝行甫鈔本金石録（以下簡稱謝鈔）、雅本、結本、瑞本作「三」。代奇器，亦復脱衣市易。嘗記崇寧〔二〇〕間，有人持徐熙〔二一〕牡丹圖，求錢二十萬。當時雖貴家子弟，求二十萬錢，豈易得耶。留信宿，計無所出而還之。夫婦相向惋悵者數日。後屏居〔二二〕鄉里十年，顧校抹去「十年」二字，注：「錢本亦衍。」結本無此二字，與顧校合。仰取俯拾，吕無黨校作「給」，謝本亦作「給」。衣食有餘。連守兩郡，竭其俸入，以事鉛槧〔二三〕。每獲一書，即同共勘校，整集籤題。得書、畫、彝、鼎，亦摩玩舒卷，指摘疵病，夜盡一燭爲率。故能紙瑞本作「筆」。札精緻，字畫完整，冠諸收書家。余性偶瑞本作「偏」。（鈕鈔仍作「偶」。）强記，每飯罷，坐歸來堂〔二四〕，烹茶，指堆積書史，言某事在某書、某卷、第幾葉、「葉」，結本作「葉子」。顧校「葉」下增一「子」字，注：「錢本已脱。」第幾行，以瑞本作「比」。（鈕鈔仍作「以」。）中否角勝負，爲飲茶先後。中即舉杯大笑，至茶傾覆懷中，顧校抹去「中」字，注：「錢本已衍。」反不得飲而起，甘心〔二五〕老是鄉矣〔二六〕。故雖處憂患困窮，而志不屈。「屈」，瑞本作「少緩」。收書既成，歸來堂起書庫，大櫥簿甲乙，置書册。如要講讀，即請鑰上簿，關出顧校抹去「出」字，注：「錢本有。」（結本無此字，與顧校同。）卷帙。或少損污，必懲顧校改「徵」。結本亦作「徵」，與顧校合。責指完塗改，「指完塗改」，雅本、結本「指」作「楷」。瑞本作「楷塗完整」。不復向時之坦夷也。是欲求適意，而反取憀慄。余性不耐，始謀食去重肉，衣去重采，首無明珠、翠羽原作「翡翠」，據瑞本改。之飾，室謝鈔作「體」。無塗金、刺繡之具。遇書史百家，字不刓缺，本不訛謬者，輒市之，儲作副本。自來家傳周易、左氏傳，故兩家者流，文字最備。于是几案羅列，枕席枕藉，「枕席枕藉」，瑞本作「枕籍枕席」。謝鈔「枕籍」二字空格，雅本、結本無「枕席」二字。意會心謀，目往神授，樂在聲色狗馬之上。至靖康丙午〔二七〕歲，侯守淄川〔二八〕，聞金寇「寇」，據瑞本改。按此必清照原文如是。今各本金石録所載後序俱作「人」，蓋已經竄改。犯京師，四顧茫然，盈箱溢篋，且戀戀，且悵悵，知其必不爲己物矣。建炎丁未〔二九〕春三月，奔太夫人喪南來。「奔太夫人喪南來」，鈕鈔此下有空格若干。按後序此處文氣不接，意義不明，必有闕文。鈕鈔尚留空格，足資考證，最爲善本。既長物不能盡載，乃先去書之重大印本者，又去畫之多幅者，又去古器之無款識者。後又去書之監本〔三〇〕者，畫之平常者，器之重大者。凡屢減去，尚載書十五車。至東海〔三一〕，連艫渡淮，又瑞本作「及」。渡江，至建康〔三二〕。青州〔三三〕故第，原作「地」，據雅本、結本改。尚鎖書册什物，用屋十餘間，期明年春再具舟載之。十二月，金人陷青州，凡所謂十餘屋者，已皆瑞本作「化」。爲煨燼矣。建炎戊申〔三四〕秋九月，侯起復知建康府。己酉〔三五〕春三顧校改「二」，注：「錢本三。」結本亦作「二」。月罷，瑞本「罷」字下有「建康」二字。具舟上蕪湖，入姑孰〔三六〕，將卜居〔三七〕贛水〔三八〕上。夏五月，至池陽〔三九〕。被旨知湖州，過闕上殿〔四〇〕。遂駐家池陽，獨赴召。六月十三瑞本作「二」。日，始負擔，顧校改「檐」。捨舟坐岸上，葛衣岸巾〔四一〕，「葛衣岸巾」，瑞本作「著衣巾」，鈕鈔作「著衣岸巾」。精神如虎，目光爛爛〔四二〕射人，瑞本作「目爛爛，光射人」。望舟中告別。余意甚惡，呼曰：「如傳聞顧校「聞」下增一「或」字，注：「錢本脱。」城中結本「城中」下有「或」字。緩急奈何。」戟手〔四三〕遥應曰：「從衆。必不得已，先棄輜重，次衣被，次書册卷軸，瑞本作「次書册，次卷軸」。次古器，獨所謂宗鈕鈔作「宋」，宋本容齋四筆亦作「宋」。據謝鈔、雅本、結本、瑞本改。器者，可自負抱，與身俱存亡，勿忘之。」謝鈔、謝本、雅本作「忘也」。顧校「也」改「之」。瑞本作「亡失」。遂馳馬去。塗中奔馳，冒大暑，感疾。至行在〔四四〕，病痁〔四五〕。七月末，書報卧病。余驚怛，念侯性素急，奈何。病痁或熱，必服「服」字據顧校增，注：「錢本脱。」寒藥，疾結本作「復」。可憂。

遂解舟下，一日夜行三百里。比至，果大服柴胡、黄芩藥，瘧且痢，病危在膏肓。余悲泣，倉皇不忍問後事。八月十八瑞本作「七」。日，遂不起。取筆作詩，絶筆而終，殊無分香賣履〔四六〕之意。結本作「戀」。葬畢，余無所之。「余無所之」，瑞本作「顧四維無所之」。朝廷〔四七〕已分遣六宫〔四八〕，又傳江當禁渡。時猶有書二萬卷，金石刻二千卷，器皿、茵褥，可待百客，他長物稱是。余結本作「且」。顧校改「直」，注：「錢本余。」又大病，僅存喘息。事勢日迫。念侯有妹壻，任兵部侍郎，從衛在洪州〔四九〕，遂遣二故吏，先部送行李往投之。冬十二月，金寇他本作「人」。按宋本容齋四筆引作「虜陷洪」，瑞桂堂暇録作「金寇陷洪州」。而通行本容齋四筆與傳本金石録（明鈔本亦然）俱不作「虜」或「寇」，必非清照原文。後人妄改，或出元人、清人之手。今據瑞本改。陷洪州，遂盡委棄。所謂連艫渡江之書，又散爲雲煙矣。獨「獨」，結本作「獨余」。顧校「獨」下增「余」字，注：「錢本脱。」餘少輕小卷軸書帖，寫本李、杜、韓、柳集，世説、鹽鐵論，漢唐石刻副本數十軸，三代鼎鼐十數事，南唐寫本書數篋，偶病中把玩，搬在卧内者，巋然獨存〔五〇〕。上江既不可往，又虜勢叵測，有弟迒任「有弟迒任」，謝鈔作「有弟迒在」，結本作「有弟近任」，瑞本作「有弟仕」。勑局删定官〔五一〕，遂往依之。到台〔五二〕，守謝鈔、謝本、雅本、結本「守」上有「台」字。已遁〔五三〕。之剡〔五四〕出陸，「之剡出陸」，瑞本作「之嵊在陸」。鈕鈔此句下有空格若干，蓋此處亦有脱文。舊鈔本殊可貴也。又棄衣被走黄岩，雇舟入海，奔行朝，「奔行朝」，瑞本作「奔赴行在」。時駐蹕〔五五〕章安〔五六〕，從御舟海瑞本作「岸」。

道道謝鈔、謝本、雅本、結本、瑞本「道」字不疊。之温〔五七〕，又之越〔五八〕。庚戌十二月，放散百官，遂之衢〔五九〕。紹興辛亥春三月，復赴越，壬子，又顧校抹去「又」字，注：「錢本衍。」結本無此字。赴杭。先侯疾亟時，有張飛卿〔六〇〕學士，攜玉壺過，視侯，便攜去，其實珉〔六一〕也。不知何人傳道，遂妄言有頒癸巳類稿引作「頌」，未知所據。金〔六二〕之語。瑞本作「詔」。（鈕鈔仍作「語」。）或傳亦有密論列〔六三〕者。余大惶怖，不敢言，遂雅本、結本作「亦不敢遂已」。盡將家中所有銅器等物，欲走雅本、結本作「赴」，瑞本作「去」。外庭投進。到越，已移幸四明〔六四〕。不敢留家中，並寫本書寄剡。「剡」，瑞本作「嵊縣」。後官軍收叛卒取去，聞盡入故李將軍家。所謂巋然獨存者，無慮〔六五〕十去五六矣。惟有書畫硯墨，可五七簏，瑞本作「盝」。更不忍置他所。常在卧榻下，手自開闔。在會稽〔六六〕，卜居土民鍾氏舍。忽一夕，穴壁負五簏去。余悲慟不已，「不已」，雅本、結本作「不得活」。重立賞收贖。後二日，鄰人鍾復皓「鍾復皓」，瑞本作「鍾浩」，鈕鈔作「鍾皓」。出十八軸求賞。故知其瑞本作「真」。（鈕鈔作「其」。）盜不遠矣。萬計求之，其餘遂不可出。今知盡爲吴顧校旁注：「吾」。說〔六七〕運使賤價得之。所謂巋然獨存者，迺十去其七八。所有一二殘零不成部帙書册三數種，平平書帖，謝鈔、謝本、雅本、結本、瑞本作「帖」。猶復愛惜如護頭目，何愚也耶。今日忽閲雅本、結本作「開」。此書，如見故人。因憶侯在東萊静治堂，裝卷瑞本作「幖」，鈕鈔作「標」。初就，芸籤縹帶，束十卷作一帙。每日晚更雅本、結本、瑞本作「吏」。散，輒校勘二卷，跋題一卷。此二千卷，有題跋者五百二卷耳。今手澤〔六八〕如新，而墓木已拱〔六九〕，悲夫。昔蕭繹江陵陷没，不惜國亡，而毁裂書畫〔七〇〕。楊廣江都傾覆，不悲身死，而復取圖書〔七一〕。豈人性之所著，瑞本作「嗜」。（鈕鈔作「著」。）死生不能忘之歟。或者天意以余菲薄〔七二〕，不足以享此尤物〔七三〕耶。抑亦死者有知，猶斤斤愛惜，不肯留在人間耶。何得之艱而失之易也。嗚呼，余自少陸機作賦〔七四〕之二年，至過蘧瑗「過蘧瑗」，瑞本作「蘧伯玉」，鈕鈔作「過蘧伯玉」。知非〔七五〕之兩歲，三十四年之間，憂患得失，何其多也。然有有必有無，有聚必有散，乃理之常。人亡弓，人得之〔七六〕，又胡足道。所以區區記其終始者，亦欲爲後世好古博雅者之戒云。紹興二瑞本作「四」，與容齋四筆所載合。年〔七七〕、玄黓〔七八〕歲，壯月〔七九〕朔甲寅，易安室瑞本作「堂」。三長物齋叢書本金石録後序此下有「李清照」三字署名。題。○金石録　説郛本　瑞桂堂暇録

按此後序大要，另見容齋四筆卷五。從之出者有詩女史卷十一、彤管遺編續集卷十七、古文品外録卷二十三、古今女史卷三、詩詞雜俎本漱玉詞等，不另校。又金石録舊鈔本頗多，未能多校。此以吕無黨鈔本爲底本。此序又收入孫星衍所編續古文苑卷十二，即録自雅雨堂本金石録，不另校。

後序所署年月，以及序内所敍述各事之日期，多有問題，請參閲後附李清照事迹編年。

【注釋】

〔一〕「金石録」：金石學名著，詳見後附李清照事迹編年。

〔二〕「趙侯德父」：侯爲古代五等封爵之一，亦爲統稱（如諸侯），唐宋時爲泛稱，如唐柳宗元爲柳州刺史，韓愈撰羅池廟碑，稱之曰「侯」。

〔三〕「五季」：即梁、唐、晉、漢、周五代也。金石録所著録者最古爲夏時器，時代最近者爲周世宗時之周宣王廟記，故曰：「上自三代，下迄五季。」

〔四〕「款識」：古代彝器上所刻之文字曰「款識」。出漢書郊祀志，顔師古注：「款，刻也。識，記也；音式志反。」鐘、鼎、甗、鬲、盤、彝、尊、敦俱爲古代銅器，多刻有文字。

〔五〕「王播」：何義門校：「播當作涯。」以下句「好書畫」之事觀之，此爲王涯無疑。王播不聞其好書畫，亦未及禍，非傳寫有錯，即易安使事誤也。新唐書王涯傳：「家書多，與秘府侔。前世名書畫，嘗以厚貨鉤致，或私以官。鑿垣納之，重複秘固，若不可窺者。至是爲人破垣剔取奩軸金玉，而棄其書畫於道。」王涯字廣津，官至宰相，死於甘露之變。

〔六〕「元載」：新唐書元載傳：「賜載自盡。……籍其家，鍾乳五百兩，詔分賜中書、門下臺省官。胡椒至八百石，它物稱是。」元載亦唐宰相。

〔七〕「長輿」：和嶠字長輿。晉書和嶠傳：「嶠家産豐富，擬於王者，然性至吝，以是獲譏於世。杜預以爲嶠有錢癖。」

〔八〕「元凱」：杜預字元凱。晉書杜預傳：「時王濟解相馬，又甚愛之，而和嶠頗聚斂。預常稱濟有馬癖，嶠有錢癖。武帝聞之，謂預曰：『卿有何癖？』對曰：『臣有左傳癖。』」下句所謂「傳癖」，即「左傳癖」也。預酷好左傳，有春秋經傳集解一書傳於世。

〔九〕「建中辛巳」：即建中靖國元年，爲宋徽宗趙佶年號，時當一一〇一年。

〔一〇〕「謁告」：文昌雜録卷五：「急、告、寧，皆休假名。……李斐漢書曰：『告，請也』，言請休謁也。」「謁告」，即今之請假。

〔一一〕「相國寺」：相國寺乃北宋汴京最大之廟宇，今開封尚有相國寺。宋人售書在相國寺，屢見記載。孟元老東京夢華録卷三云：「相國寺每月五次開放萬姓交易。庭中設綵幙、露屋、義鋪，賣……時果……之類。殿後資聖門前，皆書籍、玩好、圖畫之類。」宋王得臣麈史卷下則以爲相國寺每月朔望及三、八日開放，與後序所云朔望謁告合。孟元老所載，多爲宣和間事，或與建中、崇寧時不同。

〔一二〕「葛天氏」：陶淵明五柳先生傳：「無懷氏之民歟，葛天氏之民歟？」葛天氏，我國古代傳説中大同時代之帝王。

〔一三〕「飯蔬」：論語述而篇：「飯蔬食飲水。」飯蔬，素食也。

〔一四〕「衣練」：練，即帛，今謂之綢。此字疑誤，應從别本作「練」，「練」粗布也，方合節省之意。

〔一五〕「古文奇字」：漢書揚雄傳：「劉棻嘗從雄學作奇字。」颜師古注「奇字」云：「古文之異者。」

〔一六〕「日就月將」：詩敬之：「日就月將。」鄭箋：「言當習之以積漸也。」即逐漸也。

〔一七〕「館閣」：宋代修史、藏書、校讐之所，總名曰館閣。館者三館：昭文館、史館、集賢院。閣者秘閣。趙挺之爲相，時在元豐改官制之後，三館秘閣已改爲秘書省。清照文中所云館閣，蓋沿舊稱，實即指秘書省。

〔一八〕「魯壁」：孔安國古文尚書序：「魯恭王好治宮室，壞孔子舊宅以廣其居，於壁中得先人所藏古文虞、夏、商、周之書，及傳、論語、孝經，皆蝌蚪文字。」

〔一九〕「汲冢」：晉書束晳傳：「太康二年，汲郡人不準盜發魏襄王墓，或云安釐王冢，得竹書數十車。」杜預春秋經傳集解後序：「會汲郡汲縣有發其界内舊冢者，大得古書，皆簡編蝌蚪文字。」

〔二〇〕「崇寧」：趙佶（宋徽宗）年號，共五年，即一一〇二至一一〇六年。

〔二一〕「徐熙」：南唐人，名畫家。宋郭若虛圖畫見聞志卷四云：「徐熙，鍾陵人，世爲江南仕族。熙識度閑放，以高雅自任。善畫花木、禽魚、蟬蝶、蔬果。學窮造化，意出古今。」

〔二二〕「屏居」：言不爲官而退居於鄉。史記魏其武安侯列傳：「魏其謝病，屏居藍田南山之下數月。」

〔二三〕「鉛槧」：西京雜記卷三：「揚子雲好事，常懷鉛提槧，從諸計吏，訪殊方絶域四方之語。」鉛爲鉛條，槧爲木版，古代所用作字之具。

〔二四〕「歸來堂」：在青州，參閱後附李清照事迹編年。

〔二五〕「甘心」：願意。與左傳之「請受而甘心焉」，史記封禪書之「世主莫不甘心焉」，俱不同。

〔二六〕「老是鄉矣」：飛燕外傳：「吾老是鄉矣，不能效武皇帝求白雲鄉也。」此言清照願終老於書史之鄉也。

〔二七〕「靖康丙午」：靖康，趙桓（宋欽宗）年號。丙午爲靖康元年，一一二六年。

〔二八〕「淄川」：又名淄州，今山東惠民專區屬。

〔二九〕「建炎丁未」：建炎乃趙構（宋高宗）年號，丁未爲建炎元年，一一二七年，五月前爲靖康二年。

〔三〇〕「監本」：宋代國子監所刻之書，稱爲監本，公開出售。

〔三一〕「東海」：今江蘇省東北部與山東省連接一帶。

〔三二〕「建康」：今南京。

〔三三〕「青州」：今山東益都。

〔三四〕「建炎戊申」：建炎二年，一一二八年。

〔三五〕「己酉」：建炎三年，一一二九年。

〔三六〕「姑孰」：今安徽省當塗。

〔三七〕「卜居」：選擇住所。周成王欲宅洛邑，使召公相宅，周公往營成周，獻卜（周公所卜之吉兆）。（見尚書召誥洛誥）史記魯周公世家：「周公往營成周、雒邑，卜居焉。」

〔三八〕「贛水」：即今江西之贛江。

〔三九〕「池陽」：今安徽省貴池。

〔四〇〕「過闕上殿」：至京見皇帝也。

〔四一〕「岸巾」：古人巾幘俱覆額。巾不覆額曰岸巾。

〔四二〕「目光爛爛」：世説新語卷下之上容止：「裴令公目王安豐眼爛爛如巖下電。」爛爛，有光也。

〔四三〕「戟手」：左傳哀二十五年：「公戟其手。」注：「抵徒手屈肘如戟形。」即以手撐於腰間。

〔四四〕「行在」：蔡邕獨斷卷上：「天子自謂曰行在所。」皇帝所在地即謂之行在。此處之行在乃建康，時趙構在其地。

〔四五〕「病痁」：患瘧疾。左傳哀二年：「繁羽御趙羅，宋勇爲右。羅無勇，麇之。吏詰之。御對曰：『痁作而伏。』」

〔四六〕「分香賣履」：文選陸機弔魏武帝文引曹操遺令云：「餘香可分與諸夫人。諸舍中無所爲，學作履組賣也。」

〔四七〕「朝廷」：皇帝，指趙構。

〔四八〕「六宫」：皇帝後宫之總稱。李白清平樂詞：「六宫羅綺三千。」杜牧酬寄張祜處士見寄長句四韻詩：「可憐故國三千里，虚唱歌詞滿六宫。」

〔四九〕「洪州」：今江西南昌。

〔五〇〕「巋然獨存」：參閲前上樞密韓肖胄詩「靈光」注釋。

〔五一〕「敕局删定官」：官名，即敕所删定官，宋史百官志云：「掌裒集詔旨，纂類成書。」

〔五二〕「台」：宋之台州，今浙江省臨海。

〔五三〕「守已遁」：台守爲晁公爲。宋史高宗紀：建炎四年正月丁卯，台州守臣晁公爲遁。

〔五四〕「剡」：今浙江省嵊縣。

〔五五〕「駐蹕」：唐李世民重幸武功詩：「駐蹕撫田畯。」「蹕」出周禮，皇帝出行清道。「駐蹕」即「駐紮」之意，此言趙構暫駐章安鎮。

〔五六〕「章安」：鎮名，屬當時之台州。

〔五七〕「温」：即温州。今浙江温州專區屬。

〔五八〕「越」：宋之越州，後改名紹興府，即今浙江省紹興。

〔五九〕「衢」：即衢州。今浙江衢縣。

〔六〇〕「張飛卿」：陽翟人，參閲李清照事迹編年。

〔六一〕「珉」：石之似玉者。

〔六二〕「頒金」：意義不明。俞正燮作「獻璧」解，或云通敵之意，亦不可解。或原文誤。

〔六三〕「論列」：宋代言官上書檢舉彈劾曰「論列」。

〔六四〕「四明」：即今浙江省寧波市。

〔六五〕「無慮」：漢書食貨志：「天下大氐無慮皆鑄金錢矣。」師古注：「無慮亦謂大率。」即今之

「大概」。

〔六六〕「會稽」：即紹興。

〔六七〕「吴説」：説字傅朋，錢塘人，以書名。所書自成一體曰「遊絲書」。詳見宋董史皇宋書録及元陶宗儀書史會要。李清照稱之爲「運使」。蓋吴説當時爲福建路轉運判官。

〔六八〕「手澤」：禮記玉藻：「父没而不能讀父之書，手澤存焉耳。」「手澤」謂有「手之遺跡」之粗。

〔六九〕「墓木已拱」：左傳僖三十二年：「蹇叔哭之曰：『孟子！吾見師之出，而不見其入也。』公使謂之曰：『爾何知？中壽，爾墓之木拱矣。』」「墓木已拱」，言墳上之樹已有一拱（合兩手曰拱）之粗。

〔七〇〕「蕭繹」三句：蕭繹，史稱梁元帝，都江陵，爲周所破，被殺。隋書牛弘傳：「蕭繹據有江陵，遣將破平侯景，收文德（殿）之書，及公私典籍重本七萬餘卷，悉送荆州。及周師入郢，繹悉焚之。」資治通鑑云：「焚古今圖書十四萬卷。」又云：「或問何意焚書？帝曰：『讀書萬卷，猶有今日，故焚之。』」

〔七一〕「楊廣」三句：太平廣記卷二百八十夢五引大業拾遺：「武德四年東都平後，觀文殿寶厨新書八千許卷將載還京師。上官魏夢見煬帝，大叱云：『何因輒將我書向京師！』于時太府卿宋遵貴監運，東都調度，乃於陝州下書著大船中，欲載往京師。於河值風覆没，一卷無遺。上官魏又夢見帝，喜曰：『我已得書。』帝平存之日，愛惜書史，雖積如山丘，然一字不許外出。及崩亡之後，神道猶懷愛恡。按寳厨新書者，並大業所秘之書也。」隋煬帝姓楊名廣。大業十四年，爲宇文化及所殺，死於江都。故云：江都傾覆。

〔七二〕「菲薄」：後漢書章帝紀：「予末小子，質又菲薄。」「菲」亦「薄」也。此「菲薄」乃「命薄」之意，故下云：「不足以享此尤物耶！」

〔七三〕「尤物」：左傳昭二十八年：「夫有尤物足以移人。」杜預注：「尤，異也。」

〔七四〕「陸機作賦」：杜甫醉歌行：「陸機二十作文賦。」按文選李善注文賦及晉書陸機傳俱未言機二十作此賦。杜甫詩中所云當别有據。

〔七五〕「蘧瑗知非」：淮南子原道訓：「故蘧伯玉年五十而有四十九年非。」（别本淮南子作「知四十九年非」。）注：「伯玉，衛大夫蘧瑗也。今年所行是也，則還顧知去年之所行非也。歲歲悔之，以至於死，故有四十九年非。」

〔七六〕「人亡弓，人得之」：孔子家語卷二：「楚王出遊，亡弓。左右請求之。王曰：『止！楚人失弓，楚人得之，又何求之？』孔子聞之，『惜乎其不大也！不曰：人遺弓，人得之而已，何必楚也。』」

〔七七〕「紹興二年」：紹興，趙構年號。二年爲一一三二年。

〔七八〕「玄默」：爾雅释天歲陽：「太歲在壬曰『玄默』。」

〔七九〕「壯月」：爾雅釋天月陽：「八月爲壯。」壯月，八月也。

【參考資料】

容齋四筆卷五・趙德甫金石録　東武趙明誠德甫，清憲丞相中子也。著金石録三十篇，上自三代，下訖五季，鼎、鍾、甗、鬲、槃、匜、尊、爵之款識，豐碑大碣，顯人晦士之事蹟，見于石刻者，皆是正僞謬，去取褒貶，凡爲卷二千。其妻易安李居士，平生與之同志。趙没後，愍悼舊物之不存，乃作後序，極道遭罹變故本末。今龍舒郡庫刻其書，而此序不見取。比獲見元稿於王順伯，因爲撮述大槩，……時紹興四年也，易安年五十二矣。自敍如此，予讀其文而悲之，爲識於是書。

按：洪邁所記此序作於紹興四年，清照年五十二，與後序不合，殆後序傳鈔筆誤。容齋四筆有宋刊本，當較可據。詳見後附李清照事迹編年。各書從容齋隨筆録此序，宋刊本原文有「虜陷洪」句，清人多已竄改。

瑞桂堂暇録　易安居士李氏，趙丞相挺之之子諱明誠字德夫之内子也。才高學博，近代鮮倫。其詩詞行於世甚多。嘗見其爲乃夫作金石録後序，使人歎息。以見世間萬事，真如夢幻泡影，而終歸於一空而已。……

按：滂喜齋藏書記卷一宋本金石録有一跋，與此同，或即録自此書。新編李清照集以爲朱大韶跋，殊誤。

清河書畫舫申集引才婦録　易安居士能書、能畫，又能詞，而尤長於文藻。迄今學士每讀金石録序，頓令心神開爽。何物老嫗生此寧馨，大奇，大奇。

按：唐圭璋宋詞三百首箋注引作老學庵筆記中陸游所引之文，又有人因之逕引作陸游之語者，俱誤。新編李清照集亦承其誤，蓋皆未覆案老學庵筆記也。

少室山房筆叢卷四・甲部・經籍會通四　李易安金石録後序（原文簡引，僅四五百字）……李氏夫婦雅尚，具見篇中。始余以明誠所癖，金石而已。讀此乃知其於書無弗聚，而亦無弗讀也。亡軼之餘，尚存萬卷，則當其盛時，又何如邪！李於文稍愧雅馴，第其好而能專，專而能博，博而能讀，殆有過於歐蘇兩公所謂者。因頗采摭其語，著於篇。胡應麟曰：夫書好而弗力，猶亡好也。故録廬陵集古序。夫書聚而弗讀，猶亡聚也，故録眉山藏書記。夫書好而聚，聚而必散，勢也。曲士諱之，達人齊之，益愈見聚者之弗可亡讀也，故録易安金石志終焉。

讕言長語卷下　李易安，趙丞相挺之之子趙德夫之内也。序德夫金石録，謂：「王播、元載之禍，書畫與胡椒無異；長輿、元凱之病，錢癖與傳癖何殊。名雖不同，其惑一也。」又謂：「蕭繹江陵陷没，不惜國亡而毀裂書畫；楊廣江都傾覆，不悲身死而復取圖書。豈人性之所嗜，生死不能忘之歟？」又謂：「有有必有無，有聚必有散，乃理之常。人亡弓，人得之，又胡足道？」夫女子微也，有識如此，丈夫獨無所見哉！

古今女史卷三　蕭漢沖曰：敍次詳曲，光景可覿。存亡之感，更悽然言外。前序乃德甫所作（眉批）。力不能致此寶物，宜其惋悵（徐熙牡丹圖一段眉批）。真一時勝消息，不能久耳（賭茶一段眉批）。先見之明（「且戀戀，且悵悵」一段眉批）。計此時又合惋悵數日（「既長物不能盡載」一段眉批）。可惜可恨（「金人陷青州」一段眉批）。追敍變故次第，段段婉致（「必不得已，先棄輜重……」一段眉批）。此時可哭（「金寇陷洪州」一段眉批）。可賀（「獨餘……巋然獨存」一段眉批）。　更可慟哭（「無慮十去五六」一段眉批）。　有愴然之思（「今日忽閲此書」一段眉批）。

同上　朱素衣曰：聚散無常，盈虚有數。達見者於富貴福澤，亦當作如是觀。

古今文致卷三　祝枝山曰：「有此文才，有此智識，亦閨閣之傑也。」

同上　唐子畏曰：「李易安名清照，濟南人，宋李格非之女，適東武趙抃之子明誠爲妻。明誠字德甫。德甫早卒，再適張汝舟，未幾反目，有啓與綦處厚云：『猥以桑榆之晚景，配兹駔儈之下才。』聞者無不笑。有漱玉集三卷行於世。佳句甚多，兹金石録序，乃其一斑耳。」

按：古今文致十卷，乃明劉士鏻選，萬曆壬子（四十年）刻本。金石録後序載於卷三，乃節本，蓋亦出自容齋四筆者。此文逐段有評語，並另有蕭漢沖評，與古今女史同，此不另録。

滂喜齋藏書記卷一・宋本金石録題跋　丙辰秋，偶得古書數帙，中有金石録四册，然止十卷，後二十卷亡之矣。因勒烏絲，命侍兒録此序於後，以存當時故事。易安此序，委曲有情致，殊不似婦女口中語。文固可愛。予夙有好古之癖，且因以識戒云。丙辰七夕後再日，前史官華亭文石主人題於欽天舍下學舍味道齋中。

按：華亭文石主人乃明朱大韶也。大韶字象元，華亭人，嘉靖二十六年進士。廣蓄宋板書。此跋題於丙辰，乃嘉靖三十五年。

日知録集釋卷六　山東人刻金石録，於李易安後序「紹興二年玄黓歲壯月朔」，不知「壯月」之出於爾雅，而改爲「牡丹」。凡萬曆以來所刻之書，多「牡丹」之類也。

同上卷七　讀李易安題金石録，引王涯、元載之事，以爲有聚有散，乃理之常；人亡人得，又胡足道，未嘗不歎其言之達。而元裕之作故物譜，獨以爲不然。其説曰：「三代鼎鐘，其初出於聖人之制。今其款識故在，不曰『永用亨』，則曰『子子孫孫永寶用』。豈聖人者，超然遠覽，而不能忘情於一物耶！自莊周、列禦寇之説出，遂以天地爲逆旅，形骸爲外物，雖聖哲之能事，有不滿一吷者，況外物之外者乎！然而彼固未能寒而忘衣，饑而忘食也。則聖人之道，所謂備物以致用，守器以爲智者，其可非也邪！」春秋之於寶玉大弓，竊之書，得之書，知此者，可以得聖人之意矣！

按：亭林先生所引元遺山故物譜，較原文稍有省略改動，附識於此。

絳雲樓書目卷四·金石類陳景雲注　趙明誠金石録三十卷，李易安後序，明誠之室，文叔之女也。其文淋漓曲折，筆墨不減乃翁。「中郎有女堪傳業」，文叔之謂耶。

越縵堂讀書記卷九·藝術　閲趙明誠金石録，其首有李易安後序一篇，敍致錯綜，筆墨疏秀，蕭然出畦町之外。予向愛誦之，謂宋以後閨閣之文，此爲觀止。……

祭趙湖州文

白日正中，歎龐翁歷城縣志、癸巳類稿作「公」。**之機捷**〔一〕。癸巳類稿作「敏」。**堅城自**堯山堂外紀、古今情史類纂作「既」。**墮，憐杞婦之悲深**〔二〕。○四六談塵　苕溪漁隱叢話後集卷四十引四六談塵　詩話總龜後集卷四十八引四六談塵　菊坡叢話卷二十五引四六談塵　蓉塘詩話卷八　堯山堂外紀卷五十四　古今詞統卷三　古

今情史類纂卷十二　崇禎歷城縣志卷十六　詞苑叢談卷三　宋詩紀事卷八十七　詞林紀事卷十九　癸巳類稿卷十五

【注釋】

〔一〕「白日」二句：宋釋道原景德傳燈録卷八：襄州居士龐蘊，「將入滅，令女靈照出，視日早晚，及午以報。女遽報曰：『日已中矣，而有蝕也。』居士出户觀次，靈照即登父坐，合掌坐亡。居士笑曰：『我女鋒捷矣。』於是更延七日。」禪家有「機鋒」之語，清照文中之「機」，即龐居士所云之「鋒」。龐蘊，唐人。

〔二〕「堅城」二句：「墮」與「隳」同，説文曰：「敗城。」杞婦即杞梁妻。庾信哀江南賦：「城崩杞婦之哭，竹染湘妃之淚。」古列女傳卷四齊杞梁妻傳：「齊杞梁殖之妻也。莊公襲莒，殖戰而死。莊公歸，遇其妻，使使者弔之於路。杞梁妻曰：『今殖有罪，君何辱命焉。若令殖免於罪，則賤妾有先人之弊廬在，下妾不得與郊弔。』於是莊公乃還車，詣其室，成禮然後去。杞梁之妻無子，内外皆無五屬之親。既無所歸，乃枕其夫之屍於城下而哭。内誠動人，道路過者莫不爲之揮涕。十日而城爲之崩。」

【參考資料】

四六談塵　趙令人李號易安，其祭湖州文曰：「白日正中，嘆龐翁之機捷。堅城自墮，憐杞婦之悲深。」婦人四六之工者。

苕溪漁隱叢話後集卷四十　四六談塵云：祭文，唐人多用四六，韓退之亦然。故李易安祭趙湖州文云：「白日正中，歎龐翁之機捷。堅城自墮，憐杞婦之悲深。」婦人四六之工者。

按：詩話總龜後集卷四十八、菊坡叢話卷二十五引四六談麈，俱出自苕溪漁隱叢話。

蓉塘詩話卷八 宋趙明誠内子李易安居士，有才致，能詩文，晦庵亦稱之。其祭湖州文曰：「白日正中，歎龐翁之機捷。堅城自墮，憐杞婦之悲深。」

按：清照祭趙明誠文當作於建炎三年八月明誠下世之時，非後來所作。「白日正中」事，必卒時所用。

詞論

樂府聲詩並著，最盛于唐。開元天寶間，有李八郎者，能歌擅天下。時新及第進士開宴曲江〔一〕，榜中一名士先召李，使易服隱姓名，衣冠故敝，精神慘沮，與同之宴所，曰：「表弟願與坐末。」衆皆不顧。既酒行，樂作，歌者進，時曹元謙、念奴〔二〕「曹元謙、念奴」，癸巳類稿誤作「曹元念謙」。爲冠。歌罷，衆皆咨嗟稱賞。名士忽指李曰：「請表弟歌。」衆皆哂，或有怒者。及轉喉發聲，歌一曲，衆皆泣下，羅拜曰：「此李八郎〔三〕也。」自後鄭、衛之聲〔四〕日熾，流靡之變日煩，已有菩薩蠻、春光好、莎雞子、更漏子、浣溪沙、夢江南、漁父等詞〔五〕，不可徧舉。五代干戈，四海瓜分豆剖〔六〕，斯文道熄。獨江南李氏〔七〕君臣尚文雅，故有「小樓吹徹玉笙寒」「吹皺一池春水」之詞〔八〕。語雖奇甚，所謂亡國之音〔九〕哀以思者也。逮至本朝，禮樂文武大備。又涵養百餘年，始有柳屯田永〔一〇〕者，變舊聲作新聲，出樂章集〔一一〕，大得聲稱於世。雖協音律，而詞語塵下。又有張子野〔一二〕、宋子京兄弟〔一三〕、沈唐〔一四〕、元絳〔一五〕、晁次膺〔一六〕癸巳類稿誤作「鷹」。輩繼出，雖時時有妙語，而破碎何足名家。至晏元獻〔一七〕、歐陽永叔〔一八〕、蘇子瞻〔一九〕，學際天人，作爲小歌詞，直如酌蠡水於大海〔二〇〕，然皆句讀不葺之詩爾。又往往不協音律者何耶？蓋詩文分平側，而歌詞分五音〔二一〕，又分五聲〔二二〕，又分六律〔二三〕，又分清濁輕重。且如近世所謂聲聲慢、雨中花、喜遷鶯〔二四〕，既押平聲韻，又押入聲韻。玉樓春〔二五〕本押平聲韻，又押上去聲，又押入聲。本押仄聲韻，如押上聲則協，如押入聲，則不可歌癸巳類稿作「通」，此句下並注：謂本平可通側，不拘上去入，若本側則上去入不可相通。矣。王介甫〔二六〕、曾子固〔二七〕文章似西漢，若作一小歌詞，則人必絶倒〔二八〕，不可讀也。乃知别是一家，知之者少。後晏叔原〔二九〕、賀方回〔三〇〕、秦少游〔三一〕、黄魯直〔三二〕出，始能知之。又晏苦無鋪敘；賀苦少典重；秦即專主情致，而少故實，譬如貧家美女，雖極妍麗豐逸，而終乏富貴態；黄即尚故實，而多疵病，譬如良玉有瑕，價自減半矣。○苕溪漁隱叢話後集卷三十三　詩人玉屑卷二十一　詞苑叢談卷一

【注釋】

〔一〕「曲江」：在唐京城長安城内（今西安市郊）。杜甫哀江頭：「春日潛行曲江曲。」唐李肇國史補卷下：「進士既捷，大醵於曲江亭中，謂之曲江宴。」（王定保摭言卷三亦載。）康駢劇談録卷下云：「曲江池，本秦世隑州。其南有紫雲樓、芙蓉苑，其南有杏園、慈恩寺。花卉環周，煙水明媚。好事者賞芳辰，翫清景，聯騎攜觴，亹亹不絶。」

〔二〕「曹元謙、念奴」：曹元謙未詳。念奴乃當時歌妓。唐元稹連昌宫詞云：「力士傳呼覓念奴，念奴潛伴諸郎宿。須臾覓得又連催，特敕街中許燃燭。春嬌滿眼睡紅綃，掠削雲鬟旋妝束，飛上九天歌一聲，二十五郎吹管逐。」自注：「念奴，天寶間名倡，善歌。」王仁裕開元天寶遺事卷上云：「念奴者，有姿色，善歌唱。每囀聲歌喉，則聲出於朝霞之上。」

〔三〕「李八郎」：按清照所引李八郎事，亦見唐李肇國史補卷下，與此微異，未知孰是。國史補云：「李衮善歌，初於江外，而名動京師。崔昭入朝，密載而至。乃邀賓客，請第一部樂及京邑之名倡，以爲盛會。紿言表弟，請登末座，令衮弊衣以出，合坐嗤笑。頃命酒，昭曰：『欲請表弟歌。』坐中又笑。又囀喉一發，樂人皆大驚，曰：『此必李八郎也。』遂羅拜階下。」

〔四〕「鄭衛之聲」：禮記樂記：「鄭、衛之音，亂世之音也。」

〔五〕「已有」句：按所舉俱爲詞調名稱。菩薩蠻、春光好、更漏子、浣溪沙、夢江南、漁父，今俱有唐人詞傳世。莎雞子未見有唐詞（宋詞亦無），崔令欽教坊記亦未載此曲名。

〔六〕「瓜分豆剖」：戰國策趙策：「天下將因秦之怒，乘趙之敝而瓜分之。」晉書地理志：「平王東遷，星離豆剖，當塗馭寓，瓜分鼎立。」

〔七〕「江南李氏」：唐（南唐）李璟爲周世宗所敗，改號江南國主，故不曰「唐（南唐）李氏」，而曰「江南李氏」。李昪國號唐，歐陽修五代史始稱之曰「南唐」，以别於後唐之「唐」。

〔八〕「小樓」句：宋馬令南唐書馮延巳傳：「元宗樂府辭云『小樓吹徹玉笙寒』，延巳有『風乍起，吹皺一池春水』之句，皆爲警策。元宗嘗戲延巳曰：『吹皺一池春水，干卿何事？』延巳曰：『未如陛下小樓吹徹玉笙寒。』元宗悦。」（「吹皺一池春水」一首，或謂成幼文作，見宋庠編楊文公談苑——曾慥類説引。）

〔九〕「亡國之音」：禮記樂記：「亡國之音哀以思，其民困。」

〔一〇〕「柳屯田永」：柳永，初名柳三變，字耆卿，宋崇安人。官至屯田員外郎，北宋早期詞人。

〔一一〕「樂章集」：柳永詞集名。傳本有彊村叢書本（三卷，續添曲子一卷，據毛斧季以宋本校過鈔本）、汲古閣宋六十名家詞本（一卷，其底本爲九卷，毛晉合爲一卷）。陳振孫直齋書録解題著録者爲九卷本，清末仁和朱氏結一廬所藏本，亦爲九卷，今未見其本。

〔一二〕「張子野」：張先，字子野，烏程人，官至都官郎中。北宋詞人，與柳永齊名。有張子野詞二卷，補遺二卷，有知不足齋叢書本。所收詞尚未足，近人有補遺。

〔一三〕「宋子京兄弟」：宋子京名祁，兄庠字公序，安陸人，人稱大小宋。庠官至宰相，祁官至翰林學士承旨，宋史並有傳。庠詞隻字未見，宋人載籍亦未言其能詞，清照與宋庠相距不遠，當別有據。祁亦無詞集傳世，趙萬里有輯本宋景文公詞，作品不多。

〔一四〕「沈唐」：唐字公述，北宋人，與韓琦同時，其事迹略見於宋張舜民畫墁録，傳世詞亦無多。劉毓盤唐五代宋遼金元名家詞有輯本沈吏部詞（劉毓盤誤以劉孝述詞一首爲沈公述詞，並以劉之官爲沈之集名，實大誤）。周泳先唐宋金元詞鉤沈有輯本沈公述詞（周亦誤以劉詞一首爲沈詞，惟名所輯詞爲沈公述詞，其誤尚不如劉氏之甚。劉、周二氏所以致誤，以所據之湘山野録未爲善本，而又承葉申薌天籟軒詞譜卷五之誤），俱未足。

〔一五〕「元絳」：絳字厚之，錢塘人，官至參知政事，宋史有傳。詞傳世甚少，有減字木蘭花一首，見月河所聞集，全宋詞失收。又有映山紅慢一首，見花草粹編卷十一。

〔一六〕「晁次膺」：晁端禮，字次膺，宣和間充大晟府協律郎。詞有閒齋琴趣外篇六卷。

〔一七〕「晏元獻」：晏殊，字同叔，臨川人，官至同中書門下平章事兼樞密使，卒謚元獻，宋史有傳。詞有珠玉詞一卷，以舊鈔本爲佳。汲古閣宋六十名家詞本珠玉詞經毛晉改動編次，誤增妄删，不可據。

〔一八〕「歐陽永叔」：歐陽修，字永叔，廬陵人，官至參知政事，宋史有傳。修善文，詞亦有聲。有歐陽文忠公近體樂府三卷（乃自全集中裁篇别出者，修詞集原名平山集，今不傳），又另有醉翁琴趣外篇六卷（俱有雙照樓刊本），誤入他人之詞甚多。汲古閣本六一詞一卷，不佳。

〔一九〕「蘇子瞻」：蘇軾，字子瞻，眉山人，官至翰林學士兼侍讀，宋史有傳。軾詩、文、詞俱有名。詞有曾慥編東坡詞二卷、補遺一卷（今無刊本，只有鈔本），又有東坡樂府二卷（有影元刊本）。另有汲古閣宋六十名家詞本東坡詞一卷。明人有東坡先生詩餘二卷，乃汲古閣本東坡詞所從出，宋詞版本考失考。

〔二〇〕「直如」句：文選東方朔答客難：「以蠡測海。」李善注引張晏曰：「蠡，瓠瓢也。」此句言晏、歐、蘇三人才大如海，作詞不過在海中取一瓢之水而已，極言其僅以餘力爲之。

〔二一〕「五音」：據張炎詞源卷上，詞之五音即宫、商、角、徵、羽。五音加變宫、變徵即今之C. D. E. F. G. A. B 七調也。

〔二二〕「五聲」：舊有二解，一即五音之宫、商、角、徵、羽（見周禮）。此處之五聲非上之五音，應作陰平、陽平、上、去、入五聲解。

〔二三〕「六律」：張炎詞源説聲律云：「聲生於日，律生於辰。辰爲十二子，六陽爲律，六陰爲吕。」六陽即黄鍾、太簇、姑洗、蕤賓、夷則、無射，是謂六律。

〔二四〕「喜遷鶯」：傳世宋人喜遷鶯詞押上、去聲者頗多，蔡絛鐵圍山叢談載北宋人江漢一首，黄大輿梅苑載無名氏詞多首，即押上、去韻。清照云：既押平聲，又押入聲，而不及上、去聲，疑其説未完備，或有誤。

〔二五〕「玉樓春」：按玉樓春不押平聲韻。玉樓春七言八句。凡七言八句而押平聲韻者，即爲瑞鷓鴣而非玉樓春。疑此處有誤。

〔二六〕「王介甫」：王安石，字介甫，臨川人，官至同中書門下平章事，宋史有傳。有詞在全集中。其裁篇别出者，後人名之曰臨川先生歌曲，附有補遺，刊入彊村叢書中。介甫之詞亦有佳者。宋周應合景定建康志卷三十七引古今詞話云：「金陵懷古，寄詞於桂枝香，凡三十餘首，獨介甫最爲絶唱。」

〔二七〕「曾子固」：曾鞏，字子固，南豐人，官至中書舍人，宋史有傳。鞏文章有名，明人以鞏與唐之韓愈、柳宗元，宋之歐陽修、王安石、蘇洵、蘇軾、蘇轍爲唐宋八大家。宋人已恨曾不能詩（見釋惠洪冷齋夜話卷九）。其實並非不能詩。詞極少見。只有一首，載黄大輿梅苑，殊不見佳。

〔二八〕「絶倒」：有數義。此文中「絶倒」乃笑倒之義。新五代史晉家人傳：「左右皆失笑，帝亦自絶倒。」

〔二九〕「晏叔原」：名幾道，晏殊之子，官開封府推官，有小山詞（初名樂府補亡集）二卷，彊村叢書本，又一卷，汲古閣宋六十名家詞本。宋人頗重其詞，曾有和晏叔原小山樂府，今不傳。

〔三〇〕「賀方回」：名鑄，衛州人，以右班换文職，位不顯。秦觀死後，黄庭堅云：「解道江南腸斷句，祇今惟有賀方回。」極爲山谷所賞。有東山詞、東山樂府，俱不全，刊入彊村叢書。

〔三一〕「秦少游」：名觀，高郵人，官至秘書省正字，兼國史編修官，宋史有傳。詞有淮海居士長短句三卷，有影宋本，彊村叢書本。又有淮海詞一卷，汲古閣宋六十名家詞本。（近又有蘇門四學士詞排印本。尚有佚詞，全宋詞亦搜羅未全。）

〔三二〕「黄魯直」：名庭堅，分寧人，官至秘書丞，宋史有傳。當時詞即有名，人稱秦七、黄九（秦七乃秦觀）。有詞在全集中。單行有山谷琴趣外篇三卷，續古逸叢書本，彊村叢書本，武進陶氏續影刊宋金元詞本，四部叢刊續編本。又有山谷詞一卷，汲古閣宋六十名家詞本。（近又有排印蘇門四學士詞本。尚有佚詞，全宋詞所收亦不全。）

【參考資料】

苕溪漁隱叢話後集卷三十三　苕溪漁隱曰：「易安歷評諸公歌詞，皆摘其短，無一免者。此論未公，吾不憑也。其意蓋自謂能擅其長，以樂府名家者。退之詩云：『不知羣兒愚，那用故謗傷。蚍蜉撼大樹，可笑不自量。』正爲此輩發也。」

按：清照此文，苛求太甚。北宋詞幾無一佳作。清照雖侈談聲律，以聲律爲品評準繩，而清照在詞之聲律方面之成就，未必能如北宋早期之柳永，以及北宋末年之大晟府修撰諸人。雖今人或有言其善用雙聲疊韻字及細辨四聲，似亦出偶然，並不每首如此。宋人只言蘇軾詞或不合律，未有言及晏殊、歐陽修者。清照此評不公，故胡仔以「蚍蜉撼大樹」詆之。

詞苑萃編卷九　裴（裴暢）按：易安自恃其才，藐視一切，語本不足存。第以一婦人能開此大口，其妄不待言，其狂亦不可及也。

按：新編李清照集以爲此則出自詞苑叢談，而詞苑叢談實未載其語。裴暢時代較後於徐釚，裴暢之言不可能收入徐釚之書也。

香妍居詞麈卷三・李易安論詞　易安居士言：詩文分平仄，而歌詞分五音，又分五聲，又分音律，又分清濁輕重。且如近世所謂聲聲慢、雨中花、喜遷鶯，既押平聲韻，又押入聲韻；玉樓春本押平聲韻，又押上去聲，又押入聲。本押仄聲韻，如押上聲則協，如押入聲，則不可歌矣。培案：段安節言：商角同用，是押上聲者，入聲亦可押也。與易安説不同。余嘗取柳永樂章集按之，其用韻與段説合者半，不合者半。乃知宋人協韻比唐人較寬。宋大樂以平入配重濁，以上去配輕清，亦與段圖不同。大抵宋詞工者，惟取韻之抑揚高下與協律者押之，而不拘拘於四聲，其不知律者，則惟求工於詞句，併置此而不論矣。

按：詞學集成卷四云：詒按：後之填詞，韻有上去通押者而無平仄同押者，雖與曲有別，究與律無關也。

漢巴〔一〕官鐵量銘〔二〕跋尾注

此盆色類丹砂。魯直〔三〕石刻云：「其一曰秦刀，巴官三百五十戊，雅雨堂叢書本金石録校語云：「魯直誤以斤爲戊。」永平〔四〕七年第二十七酉。」余紹興庚午〔五〕歲親見之。今在巫山縣〔六〕治。韓暉四部叢刊本金石録過録顧千里校語云：「暉旁注：注。」仲云。○金石録卷十四

按：金石録乃趙明誠所撰，李清照亦筆削其間（見貴耳集卷上）。清王士禛池北偶談卷十四

且云：「趙明誠與其婦李易安撰金石録，其書最傳。」趙明誠死於建炎三年（一一二九年），而此注則敘及紹興二十年（一一五〇年）事，近人頗以爲此注乃清照所作。唯清照未嘗至蜀，無由親見是器。明曹學佺蜀中廣記卷六十八引作韓暉仲跋。如爲韓暉仲跋語，則頗似後人所附。「余紹興庚午歲親見之」，極似紹興以後之語，或非李清照所加注。

【注釋】

〔一〕「巴」：地名，今四川省東部。

〔二〕「鐵量銘」：鐵製量器内所刻之銘。

〔三〕「魯直」：即黄庭堅。黄字魯直，已見前。

〔四〕「永平」：漢明帝年號。（據趙明誠考證，見參考資料。）

〔五〕「紹興庚午」：即紹興二十年，一一五〇年。

〔六〕「巫山縣」：即今四川省巫山縣。

【參考資料】

金石録卷十四·巴官鐵量銘　右漢巴官鐵量銘云：「巴官永平七年三百五斤第二十七。」前代以永平紀年者凡五，漢明帝、晉惠帝、後魏宣武、李密、僞蜀王建。惟明帝止十八年，其他皆無及七年者，以此知爲明帝時物也。此銘王無競見遺。

入蜀記卷六　二十四日（乾道六年十月）早，抵巫山縣。……縣廨有故鐵盆，底鋭似半甕，狀極堅厚。

銘在其中。蓋漢永平中物也。缺處鐵色光黑如佳漆，字畫淳質，可愛玩。有石刻魯直作盆記，大略言「建中靖國元年，予弟叔向嗣直自涪陵尉攝縣事。予起戎州，來寓縣廨。此盆舊以種蓮。余洗滌，乃見字」云。

賀人孿生啓

無午未二時〔一〕之分，有伯仲兩楷〔二〕之似。原作「侶」，古今詞統作「異」，從宋稗類鈔、宋詩紀事、癸巳類稿改。「似」或作「侶」，因字形相近而误作「侶」。既繫臂而繫足〔三〕，實難弟而難兄〔四〕。玉刻雙璋〔五〕，錦挑對褓〔六〕。○瑯嬛記卷上引文粹拾遺　古今詞統卷三　崇禎歷城縣志卷十六　宋稗類鈔卷二十一　宋詩紀事卷八十七　詞林紀事卷十九　癸巳類稿卷十五

按：詩詞雜俎本漱玉詞云：「漱玉集不載，此啓見文粹拾遺。」按：文粹拾遺世無其書，毛晉亦未必曾見漱玉集，所云殆亦本瑯嬛記。又按：沈雄古今詞話詞品卷下誤引「玉刻雙璋，錦挑對褓」二句，以爲李易安詞。

【注釋】

〔一〕「午未二時」：見後參考資料瑯嬛記。

〔二〕「伯仲兩楷」：太平御覽卷三百九十六引風俗通曰：「陳國張伯喈弟仲喈婦炊於竈下，至井上，謂喈曰：『我今日妝好不（否）？』伯喈曰：『我伯喈也。』婦大慙愧。其夕時，伯喈到更衣，婦

復遂牽其背曰：『今旦大誤，謂伯喈爲卿。』答曰：『我故伯喈也。』蓋親密無過夫婦，然尚如此，況於初未相見，而責先識之乎。」（今本風俗通義無此則。清照文作「伯仲二楷」，錦繡萬花谷前集卷十六、古今合璧事類備要前集卷二十七作「張伯偕仲偕」，疑皆誤。他書亦有作「偕」者。）

〔三〕「繫臂繫足」：見後引瑯嬛記。

〔四〕「難弟難兄」：世説新語卷上之上德行：「陳元方子長文有英才，與季方子孝先各論其父功德，争之不能決。咨於太丘。太丘曰：『元方難爲兄，季方難爲弟。』」此言弟兄二人，功德相同，不能上下也。清照此句尚有難以決定孰爲兄，孰是弟之意。西京雜記卷三云：「霍將軍妻一産二子，疑所爲兄弟。或曰：『前生爲兄，後生者爲弟。今雖俱日，亦宜以先生爲兄。』或曰：『居上者宜爲兄，居下宜爲弟。居下者前生。今宜以前生爲弟。』時霍光聞之，曰：『昔殷王祖甲，一産二子，曰嚚、曰良。以卯日生嚚，以巳日生良，則以嚚爲兄，良爲弟。若以在上者爲兄，嚚亦當爲弟。』昔許釐莊公一産二女，曰妖、曰茂；楚大夫唐勒，一産二子，一男一女，男曰貞夫，女曰瓊華，皆以先生爲長。近代鄭昌時、文長蒨並生二男，滕公一生二女，李黎生一男一女，並以前生者爲長。霍氏亦以前生爲兄焉。」清照實用此孿生事也。

〔五〕「玉刻雙璋」：璋，玉刀之屬。説文解字：「剡上爲圭，半圭爲璋。」詩斯干：「乃生男子，載寢之牀，載衣之裳，載弄之璋。」後世遂以生子爲「弄璋」。此賀人一産二子，故曰雙璋。

〔六〕「錦挑對褓」：褓，襁褓，嬰兒之衣或被。此亦言孿生，故曰對褓。

【參考資料】

瑯嬛記卷上引文粹拾遺　李易安賀人孿生啓中有云：「無午未二時之分，有伯仲兩楷之侶。既繫臂而繫足，實難弟而難兄。玉刻雙璋，錦挑對褓。」注曰：「任文二子孿生，德卿生於午，道卿生於未。張伯楷、仲楷兄弟，形狀無二。白汲兄弟，母不能辨，以五綵繩一繫於臂，一繫於足。」

按：瑯嬛記署元伊世珍撰，實爲明人所僞造，全不可據。明人藏書目録已有將其編入僞書類内者。瑯嬛記所引各書，多從無著録，亦無傳本。所引誠齋雜記一種，雖刊入津逮秘書，亦僞書也。文粹拾遺更不知爲何書。宋只有宋文粹，見宋秘書省續四庫書目，亦即宋史藝文志之聖宋文粹，不聞有文粹拾遺，俞正燮易安居士事輯引作宋文粹拾遺，更爲無稽。此啓是否清照所作，尚無法斷定。

附録

李清照事迹編年

李清照，自號易安居士，宋濟南人（即今山東省濟南市）。自幼即有才藻名，善屬文、工詩。

宋王灼碧雞漫志卷二云：「自少年即有詩名，才力華贍，逼近前輩。若本朝婦人，當推文采第一。」朱弁風月堂詩話卷上云：「善屬文，於詩尤工，晁補之多對士大夫稱之。」朱子語類卷一百四十云：「本朝婦人能文，祇有李易安與魏夫人。」趙彥衛雲麓漫鈔卷十四云：「文章落紙，人爭傳之。」舊題朱無惑撰別本萍洲可談卷中云：「詩之典贍，無愧於古之作者。」宋史李格非傳云：「女清照，詩文尤有稱於時。」

詞亦有名於時。

萍洲可談卷中云：「詞尤婉麗。往往出人意表，近未見其比。」雲麓漫鈔卷十四云：「小詞多膾炙人口。」魏仲恭斷腸詩集序云：「近時之李易安，尤顯顯著名者。」王灼碧雞漫志則深斥之，云：「晚節流蕩無歸，作長短句，能曲折盡人意。輕巧尖新，姿態百出。閭巷荒淫之語，肆意落筆。自古搢紳之家能文婦女，未見如此無顧藉也。」

宋侯寘嬾窟詞有效易安體眼兒媚詞一首，辛棄疾稼軒詞有博山道中效李易安體醜奴兒近一首。

著作多不傳。

宋、明人著録之詩文集、詞集均佚。明陳第世善堂之李易安集十二卷、漱玉集詞一卷，趙琦美脈望館之李易安詞一本，下至清陸漻佳趣堂之漱玉集一卷，俱無可蹤跡。

能書，能畫。

明張丑清河書畫舫申集云：「易安詞稿一紙，乃清秘閣故物也，筆勢清真可愛。」同書巳集引畫系云：「周文矩畫蘇若蘭話別會合圖卷，後有李易安小楷織錦迴文詩，並則天璇璣圖記，書畫皆精，藏於陳湖陸氏。」明宋濂芝園續集卷十題李易安所書琵琶行後云：「樂天謫居江州，聞商婦琵琶，拉淚悲歎，可謂不善處患難矣。然其辭之傳，讀者猶愴然，況聞其事者乎。李易安圖而書之，其意蓋有所寓。」明陳繼儒妮古録卷三、太平清話卷一云：「莫廷韓云：『曾買易安墨竹一幅。』余惜未見。」清河書畫舫申集又稱：「李易安、管道昇之竹石。」清人所編玉臺書史、玉臺畫史俱有清照之名。

南宋人對於婦女善文詞、書畫者，輒以清照比之。如魏仲恭斷腸詩集序、張端義貴耳集、周密齊東野語等等。

父李格非，字文叔，有文名。

格非，熙寧九年進士（太平治迹統類卷二十八），宋史文苑有傳。宋韓淲澗泉日記卷下云：

「鞏豐仲至言：尹少稷（穡，南宋人，紹興三十二年與陸游同時賜進士）稱：李格非之文，自太史公之後，一人而已。」此過譽之言，不足據。

與廖正一明略、李禧膺仲、董榮武子號後四學士。

見澗泉日記卷上。

廖明略乃元豐二年進士，曾入黨籍，有竹林集三卷（見晁公武昭德先生郡齋讀書志卷四下）、廖明略集（見尤袤遂初堂書目）、廖正一集八卷（見宋史藝文志。與遂初堂之廖明略集未知是否即爲一書），俱佚。有詩、文、詞等散見王銍四六話、謝伋四六談麈、曾慥樂府雅詞、張邦基墨莊漫録、王象之輿地紀勝等書。李膺仲能畫，有一詩見孫紹遠聲畫集卷八（清厲鶚宋詩紀事卷三十作李膺仲而不作李禧，蓋其時四庫本澗泉日記尚未從永樂大典輯出，故厲氏不知其名），有斷句見胡偉宮詞。董武子文字更少見，祇胡仔苕溪漁隱叢話後集卷五十九載有詞斷句。武子藏有古器銘，見薛尚功歷代鐘鼎彝器款識卷一。按徐光溥自號録載董耘字武子，其姓名見晁補之雞肋集、李豸師友談記、李心傳建炎以來繫年要録等書。二人時代相同，「榮」「耘」一聲之轉，疑或即一人也。四人殆於元祐間同時爲館職，同有文名，故稱「後四學士」，以繼黄庭堅、秦觀、晁補之、張耒四學士。

有洛陽名園記傳於世。

格非尚有濟北集（見澗泉日記卷上）、李格非集五十四卷（見遂初堂書目及後村先生大全集），又有禮記精義十六卷、永洛城記一卷、史傳辨志五卷（俱見宋史藝文志），今俱佚。祇有詩、文若干篇，散見宋人載籍。

陳振孫直齋書録解題卷八洛陽名園記條云：「格非苦心爲文，而集不傳，館中亦無有，惟錫山尤氏有之。文鑑僅存此跋，蓋亦未嘗見其全集也。」是格非文集在宋時已傳本甚稀。錫山尤氏遂初堂藏書，寶慶元年已燬於火，而劉後村尚見格非集，或出尤氏藏本之外也。

母王氏。

清照母王氏。宋史李格非傳云：「王拱辰孫女，善屬文。」宋莊綽雞肋編卷中云：「岐國公王珪，元豐中爲宰相。父準、祖贄、曾祖景圖皆登進士第。漢國公準子四房，孫壻九人：余中、馬玿、李格非、閭邱籲、鄭居中、許光疑、張燾、高旦、鄧洵仁皆登科。鄧、鄭、許相代爲翰林學士。曾孫壻秦檜、孟忠厚同時拜相，開府。」依雞肋篇之説，則清照之母，爲王準之孫女，非王拱辰孫女，與宋史異。莊綽與清照同時，且所云秦檜與孟忠厚爲僚壻，與史實合，疑莊綽所言爲是。

黄盛璋先生新近修改之趙明誠李清照夫婦年譜（即附録於上海出版之李清照集後者，以下簡稱黄譜）曾引余上説，並云：「宋史李格非傳多本王稱東都事略，王稱爲明誠之友，而莊綽亦與清照同時，兩説不同，未詳孰是。」按此處所涉乃李格非妻王氏爲王拱辰孫女抑王準孫女一事。王稱東都事略卷一百十六李格非傳並無一字述及其妻王氏，是宋史所云王拱辰孫女，必另有所本，決不出自東都事略。又按王稱父名王賞，崇寧二年進士（見陳騤中興館閣録卷七、彭百川太平治迹統類卷二十八),卒於紹興十九年(見李心傳建炎以來繫年要録卷一百六十),後於明誠之卒約二十年。疑王稱之父王賞或爲明誠之友,王稱似爲後輩。以雞肋篇與宋史較之,似雞肋篇仍較可信也。

公元一〇八四年(元豐七年甲子) 清照生。

清俞正燮易安居士事輯(見癸巳類稿卷十五)云:「居歷城城西南之柳絮泉上。」自注云:「古懽堂集有柳絮泉訪李易安故宅詩。」山東通志卷三十四疆域志第三古迹一亦云:「李清照故宅在柳絮泉。」按清照幼時,當從父母居,其故宅應云「李格非故宅」,不得云「李清照故宅」。嫁後從趙氏,未居濟南。至晚年則濟南已爲金統治,清照欲歸不得。濟南不得有李清照故宅。山東通志所云,殆亦本清田雯古懽堂集,或出後人附會,未必即爲實録。元于欽齊乘、明崇禎歷城縣志、清康熙濟南府志,俱無清照故宅在柳絮泉之説。

公元一一〇一年(建中靖國元年辛巳) 清照十八歲,適東武趙明誠。

俞正燮易安居士事輯云:「元符二年,年十八,適太學生諸城趙明誠。」按清照自云:「余建中辛巳,始歸趙氏。」(見金石録後序)非元符二年。俞氏誤。

按:清照是年或年十九歲。滂喜齋藏書記卷一宋本金石録所録清阮劉文如跋云:「序言十九歲歸趙氏,時先君作禮部員外郎,侯年二十一。」又云:「文選注引陸機傳云:『年二十而吴滅,退居舊里,與弟勤學,積十一年。』是士衡二十歲時,乃歸里之年,不能定爲作賦年。或是易安别有所據，或是亂離之時，偶然忘記耳。」（此乃辨明其後序中「少陸機作賦之二年」一語之誤。）按滂喜齋潘氏所藏宋刻金石録十卷殘本，原無清照後序，經明朱文石在嘉靖年間補録，題跋前並録有瑞桂堂暇録之文（原未注明出處）。其後序全文或亦録自瑞桂堂暇録（阮劉文如所引「時先君作禮部員外郎，侯年二十一」，無「丞相作吏部侍郎」一句，與明鈔説郛本瑞桂堂暇録文字相同）。據阮劉文如所引，似序文内明言「十九歲歸趙氏」。今所見明鈔説郛内引瑞桂堂暇録則無此語。倘朱文石所録後序文確有「十九歲歸趙氏」之語，則清照是年年十九歲，至紹興四年，年五十二歲，與宋洪邁容齋四筆所云「時紹興四年也，易安年五十二矣」之語，完全相合（參閲後一一三四年事迹）。惜滂喜齋舊藏宋本金石録無從寓目，（黄盛璋君見告：「此本現在上海圖書館，無明人所鈔後序。」）明鈔本説郛南北公私藏書多有之，亦未能遍閲，而瑞桂堂暇録又未聞有其他傳本，祇有説郛本。倘確云十九歲歸趙氏（清照當生於公元一〇八三年，即元豐六年癸亥），則過去聚訟紛紜之争論，可以迎刃而解矣。

案黄譜最近修正，云滂喜齋舊藏殘宋本金石録附有後序，惜未能一比勘之。

時明誠年二十一歲，在太學作學生。

此據金石録後序。

趙明誠，字德甫，宋密州諸城人，趙挺之之季子。（此據宋翟耆年籀史所載。宋洪邁容齋四筆卷五云：「清憲丞相之中子。」按明誠有二兄，一名存誠，字中甫；一名思誠，字道甫。明誠似非中子。朱子語類卷一百三十、宋宰輔編年録卷十一所載，俱以明誠爲季子。洪氏説疑有誤。趙挺之父名元卿，見夷堅乙志卷九。）自幼即好金石刻。金石録三十卷爲明誠有名著作。後人常與歐陽修之集古録並舉，或稱二人爲歐趙。金石録傳本甚多，以刊本而言，有北京圖書館藏之宋刻本（據張元濟先生考證，此爲宋龍舒刊本，有跋，載涉園序跋集録），上海圖書館之宋刻殘本十卷，清代之濟南謝世箕本、雅雨堂本、三長物齋本、結一廬本，此外又有四部叢刊續編影印之清吕無黨鈔本。舊鈔本有明鈔本、清鈔本多種。

金石録一書，爲研究古代金石刻者所必資。昔人頗推重之。宋洪适隸釋云：「趙君之書，證據見謂精博。」朱熹以爲大略似歐陽修集古録，而詮敍益有條理，考證益爲精博。陳振孫云：「金石録三十卷，東武趙明誠德甫撰。其所藏二千卷，蓋倣歐陽集古而數則倍之。本朝諸家蓄古器物款式，其考訂詳洽，如劉原父、吕與叔、黄長睿多矣。大抵好附會古人名字，如『丁』字即以爲祖丁，『舉』字即以爲伍舉，方鼎即以爲子産，仲吉匜即以爲偪姞之類。邃古以來，人之生世夥矣，而僅見於簡册者幾何。器物之用於人亦夥矣，而僅存於今世者幾何。迺以其姓氏名物之偶同而實焉，余嘗竊笑之。惟其附會之過，併與其詳洽者皆不足取信矣。惟此書跋尾獨不然，好古之通人也。明誠，宰相挺之之子。其妻易安居士爲作後序，頗可觀。」（永樂大典所載直齋書録解題原無此則。清四庫館臣從永樂大典輯出時，復據文獻通考經籍考所引陳氏之言補入。）（按陳振孫所見金石録已載有後序，必非初刻之龍舒本，殆爲趙師厚本，或其他刊本或鈔本。）

金石録所收金石刻，内有明誠父挺之遺物。金石録卷三十唐遺教經跋尾云：「余家藏金石刻二千卷，獨此經最爲舊物，蓋先公爲進士時所蓄爾。」卷二十二隋化善寺碑跋尾云：「余元祐間，侍親官彭門，時爲兒童，得此碑。今三十餘年矣。」（此跋殆作於宣和年間。）

明誠自幼即喜金石刻。金石録自叙云：「余自少小喜從當世學士大夫訪問前代金石刻詞。」金石録卷三十漢重修高祖廟碑跋尾云：「余年十七八時，已喜收蓄前代石刻。故正字徐人陳無己爲余言，豐縣有此碑。託人訪求，後數年乃得之。」金石録卷三十唐起居郎劉君碑跋尾云：「紹聖間，故陳無己學士居彭城，以書抵余曰：『近得柳公權所書劉君碑，文字磨滅，獨公權姓名三字焕然。』余因求得之。」時明誠至多不過十七歲也。金石録卷十三玉璽文跋尾云：「元符中咸陽所獲傳國璽也。初至京師，執政以示故將作監李誠。誠手自摹印之，凡二本，以其一見遺焉。」（李誠所著營造法式，爲有名之古代建築學著作。）按獲璽事在元符元年春正月。（宋人或云在紹聖五年，即元符元年也。紹聖五年六月，始改年號爲元符。）其時明誠亦祇有十八歲也。（宋史輿服志六所載較詳，云得於紹聖三年。四年上之。元符元年三月，蔡京等考定爲秦璽。按：蔡京奉詔辨驗玉璽，在元符元年正月乙丑，明誠得玉璽摹本，必在元符元年也。）明誠又有古器物銘碑十五卷（見翟耆年籀史），諸道石刻目録十卷（見宋史藝文志），今俱佚。籀史云：「趙明誠古器物銘碑十五卷：商器三卷、周器十卷、秦漢器二卷。河間劉跂序，洛陽王壽卿篆。壽卿得二李用筆意，字畫端勁未易及。明誠字德夫，大丞相挺之季子。讀書贍博。藏書萬卷，悉親是正，鉛槧未嘗去手。酷好書畫。遇名迹，捐千金不少靳。畜三代鼎彝甚富。建炎南渡，悉爲盜敚。所存者九牛之一毛，又無子能保其遺餘，每爲之歎息也。」古器物銘碑與金石録所載古器物銘，或以爲即一書。（清初王士禎即主是説，爲四庫全書總目提要所斥，而近人尚有如是主張者。）按金石録卷一目録一第一至第二十六，俱爲古器物銘。又卷十一至十三跋尾一至三之石本古器物銘止，亦俱爲古器物銘。據石本古器物銘跋尾，模刻上石者三百餘銘。頗疑此三百餘銘，即編爲十五卷，號古器物銘碑。古器物銘碑今不可復見。此書似不僅録其款識而已，且有跋尾。薛尚功歷代鐘鼎彝器款識所收彝器款識，注明出自古器物銘者，或有銘無跋，或有跋而與金石録互有詳略，或出於金石録著録之外。金石録有跋尾而薛尚功書未載者亦有之。金石録内不載各器款識，與集古録（歐陽修撰）相同，無王壽卿篆。金石録與古器物銘碑是否爲一書，不問可知（王復齋集鐘鼎款識載曾侯鍾所引古器物銘，與金石録卷十二之楚鐘銘跋尾相同，蓋間有互見者）。

趙明誠與其父異趣。陳師道後山居士集卷十四與魯直書云：「正夫有幼子明誠，頗好文義。每遇蘇、黄文詩，雖半簡數字必録藏，以此失好於父，幾如小邢矣。」（小邢指邢恕之子邢居實，早死。）

時清照父格非爲禮部員外郎，明誠父挺之爲吏部侍郎，居京師（宋之汴京、東京，今河南省開封市）。

據金石録後序。

按宋史趙挺之傳：徽宗立，爲禮部侍郎，拜御史中丞，爲欽聖后陵儀仗使，未云爲吏部侍郎。

據黄盛璋李清照事迹考（見一九五七年文學研究第三期），挺之爲吏部侍郎，蓋在是年六月至十一月之間。

冬十二月二十九日，陳師道卒，年四十九。

見魏衍彭城陳先生集記。

朱子語類卷一百三十：「陳無己、趙挺之、邢和叔皆郭大夫壻。陳在館職，當侍祠郊丘，非重裘不能禦寒氣，無己止有其一，其内子爲於挺之家假以衣之。無己詰所從來，内以實告。無己曰：汝豈不知我不著渠家衣耶！却之。既而遂以凍病而死。」

公元一一〇二年（崇寧元年壬午）　清照十九歲。

夏五月庚辰，趙挺之自試吏部尚書兼侍讀、修國史、編修國朝會要，遷中大夫，除尚書右丞。

據宋宰輔編年録卷十一。（宋史徽宗紀同。宋史宰輔年表云：六月丙申。）

秋七月乙酉，三省籍記元祐黨人姓名，不得與在京差遣者十七人。

李格非名在第五。此爲第二次籍記之姓名，第一次有五十七人。（見通鑑長編紀事本末卷一百二十一）

八月己卯，趙挺之除尚書左丞。

亦據宋宰輔編年録卷十一。（宋史徽宗紀、宰輔年表同）

九月己亥，定元祐黨籍，由宋徽宗（趙佶）自書，刻石端禮門。李格非入黨籍。

李格非因不肯與編元祐章奏，入黨籍。（見陳振孫直齋書録解題）編類元祐羣臣章疏及更改事條，事在哲宗紹聖年間。（見宋史哲宗紀）

據通鑑長編紀事本末卷一百二十一，入黨籍者凡一百一十七人（宋史徽宗紀云一百二十人），格非名在餘官第二十六人。

清照上詩趙挺之救其父。

所謂元祐姦黨，或勒停、或送某地安置、或羈管、或編管。李格非其時當爲提點京東刑獄之職，不知如何處理。

清照上挺之詩云：「何況人間父子情。」見洛陽名園記張琰序。定黨籍與清照上詩，當爲同時之事。挺之時爲執政（尚書左丞），未爲相。張琰云「趙相」，乃後來追敍之稱。

有人持徐熙牡丹圖求售。

金石録後序云：「嘗記崇寧間，有人持徐熙牡丹圖，求錢二十萬。當時雖貴家子弟，求二十萬錢，豈易得耶。留信宿，計無所出而還之。夫婦相向惋悵者數日。」按此云崇寧間，又云貴家子弟。當爲明誠未仕以前之事。下一年明誠即出仕宦。此必崇寧元年事。

明誠得漢從事武梁碑。

金石録卷十四漢從事武梁碑跋尾云：「余崇寧初，嘗得此碑，愛其完好。後十餘年，再得此本，則缺其最後四字矣。」所云崇寧初，不知何年，姑繫於此。

公元一一〇三年（崇寧二年癸未） 清照二十歲。

夏四月戊寅，趙挺之自中大夫、尚書左丞除中書侍郎。

見宋宰輔編年録卷十一。（宋史徽宗紀、宰輔年表同）

秋九月庚寅，責降人子弟不許注在京及府縣差遣。

李格非名在後來續添者之列。（通鑑長編紀事本末卷一百二十一）

辛丑，以元祐黨人碑端禮門刻石姓名，下外路州軍立石刊記。

見通鑑長編紀事本末卷一百二十一。

是歲，趙明誠出仕。

金石録後序云：「後二年，出仕宦。」應爲崇寧二年，明誠未有出身，殆以蔭入仕，初仕爲何職，不可考。其二兄均中進士，不知在何年。

公元一一〇四年（崇寧三年甲申） 清照二十一歲。

夏六月甲辰，重定黨籍，元祐、元符黨人及上書邪等事者，合爲一籍，通三百零九人。刻石朝堂。

李格非名仍在餘官第二十六人。（見通鑑長編紀事本末卷一百二十二。馬純陶朱新録、李心傳道命録卷二所載亦同。）（世所傳者皆第二次之黨人碑。王昶金石萃編所載亦即此次之碑。）

戊午，趙佶書而刊之石，置於文德殿門之東壁。

按文德殿乃百官常朝之所，見司馬温公詩話。

壬戌，蔡京奉詔書元祐姦黨姓名進呈。

並見通鑑長編紀事本末卷一百二十二。

秋九月乙亥，趙挺之自右光録大夫、中書侍郎除門下侍郎。

據宋宰輔編年録卷十一。（宋史徽宗紀、宰輔年表同）

李文裿撰李清照年譜，以爲是歲以後，清照與明誠屏居鄉里，非也。下一年十月，明誠尚授鴻臚少卿，可知決未返里。

公元一一〇五年（崇寧四年乙酉）　清照二十二歲。

春三月甲辰，趙挺之自門下侍郎授右銀青光禄大夫、尚書右僕射兼中書侍郎。

據宋宰輔編年録卷十一。（宋史徽宗紀、宰輔年表同）

清照獻詩。

詩云：「炙手可熱心可寒。」（見昭德先生郡齋讀書志卷四下）

夏六月戊子，趙挺之罷右僕射，授金紫光禄大夫、觀文殿大學士、中太一宫使。

宋宰輔編年録卷十一云：「挺之入相累月，引疾乞罷，而有是命。」（宋史徽宗紀：六月戊子，趙挺之罷。）

賜趙挺之第一區。

宋宰輔編年録卷十一載趙挺之行狀：「四年六月，挺之乞罷相，上既許之，詔曰：『願俟重來，以熙庶績。聞卿未有第，已令就賜。』」夷堅甲志卷十九云：「趙清憲賜第在京師府司巷。」賜第殆即六月内事也。

冬十月乙丑朔，趙明誠授鴻臚少卿。

明誠二兄：存誠爲衛尉卿，思誠爲秘書少監。挺之辭不敢當，乞收還成命，詔答不允。（見宋宰輔編年録卷十一）

宋宰輔編年録卷十一云：「崇寧三年正月甲午，通直郎、鴻臚寺丞蔡攸賜進士出身，爲校書郎，仍賜金紫。攸，左僕射京子也。以趙存誠、許份例召對，除館職。京言：『攸未始登科，非存誠、份之比。』再辭，不許。」是崇寧二年，趙挺之爲中書侍郎時，趙存誠因其父爲執政，曾召對，除館職。殆亦爲校書郎。（許份乃崇寧二年進士，見梁克家淳熙三山志卷二十七。）

慕容彦逢摛文堂集卷四有秘書郎趙思誠可著作郎制，是趙思誠曾爲館職。永樂大典卷五百三十九容字韻有蔣瑎所撰慕容彦逢墓誌銘，言其於崇寧間爲中書舍人，則此乃崇寧年間事（中書舍人掌外制。此制必慕容彦逢爲中書舍人時所草），當在爲秘書少監之前。

公元一一〇六年（崇寧五年丙戌）　清照二十三歲。

春正月乙巳，毁元祐黨人碑。

丁未，赦天下，除黨人一切之禁。

並據宋史徽宗紀。

庚戌，敍復元祐黨人。

餘官輕第一等李格非與監廟差遣。見在人並在外任便居住。重者不得至四輔，輕者不得至畿縣。（見通鑑長編紀事本末卷一百二十四）

二月丙寅，趙挺之自觀文殿大學士、太一宫使授特進、光禄大夫、尚書右僕射兼中書侍郎。

據宋宰輔編年録卷十一。（宋史徽宗紀、宰輔年表並同）

李文裿所編李清照年譜，以此爲正月間事，非。

二月二十六日，衛尉卿趙存誠爲集賢殿修撰提舉醴泉觀。

宋會要輯稿第一百二十册選舉三十三云：「以其（父）挺之拜相有請故也。」

或以挺之拜相有請爲拜相請恩，不知何據。所云有請，疑是請迴避，故存誠自衛尉卿改授宫觀差遣也。宋人有迴避之例。

三月戊戌，元祐黨人第三等許到闕下，餘並不得到闕下。

李格非名在餘官第二等。（見通鑑長編紀事本末卷一百二十四）

元祐黨人出籍者，未見有格非之名（晁補之、張耒、李之儀、趙令畤等後俱出籍）。建炎以後，元祐黨人多追復原官或贈官，亦未見有格非之名，蓋記載闕失之故。

米芾跋蔡襄進謝御賜詩卷。

米芾跋云：「芾於舊翰林院曾觀石刻，今四十年，於大丞相天水公府，始覩真蹟。書學博士米芾。」（見明汪砢玉珊瑚網法書題跋卷三、清吴升大觀録卷六、卞永譽式古堂書畫彙考書考卷十。）按天水乃趙氏郡望，而此卷後又在趙明誠處。挺之相徽宗，而米芾爲書學博士亦正在徽宗之世。米芾所云大丞相天水公，必趙挺之也。挺之自崇寧四年三月拜相，六月罷。五年二月又相，大觀元年三月罷，尋卒。芾觀此卷，必在去今二年之内，姑繫於此。

金石録卷二十二：隋周羅睺墓志跋尾云：「無書人姓名。而歐陽率更在大業中所書姚辨墓志、元長壽碑，與此碑字體正同，蓋率更書也。往時書學博士米芾善書，尤精於鑒裁，亦以余言爲然。」明誠與芾相識。米芾所觀蔡襄書卷，當時或即爲明誠所藏。

米芾生於公元一〇五一年（皇祐三年辛卯），至是年五十六歲。（據宋程俱北山小集卷十六題米元章墓）此云「今四十年」，是芾在舊翰林院觀此卷石刻，年祇十六七歲，或約舉成數而言，未必恰爲四十年也。

公元一一〇七年（大觀元年丁亥）　清照二十四歲。

春，明誠得漢任伯嗣碑陰。

金石録卷十五云：「右漢任伯嗣碑陰，大觀初，獲此碑。寘於汜水輦運司廨舍壁間。余聞其陰有字，因托人諷邑官破壁出之，遂得此本。」據黄盛璋李清照事迹考，此事在是年趙挺之罷相以前。

三月丁酉，趙挺之罷右僕射，授特進、觀文殿大學士、佑神觀使。

宋宰輔編年録卷十二云：「挺之自崇寧五年二月入相，至是年三月罷。再入相凡一年，引疾乞罷，而有是命。」（宋史徽宗紀云：「三月丁酉，趙挺之罷。」宋史宰輔年表云：致仕。）

後五日，趙挺之卒，年六十八。贈司徒，官給葬事，謚清憲。

據宋宰輔編年録卷十二。（宋史徽宗紀：癸丑，趙挺之卒。）

挺之乃熙寧三年葉祖洽榜進士（石林燕語卷三），無文集傳世。有詩一首，見宋詩紀事。另一首見宋岳珂寶真齋法書贊卷二十一（永樂大典本寶真齋法書贊輯於厲鶚身後，爲厲氏所不及見）。又有一首見天台集續編卷一，陸心源宋詩紀事補遺卷三十八亦收之。另一首見紹熙雲間志卷下。

趙挺之亦善書法。書史會要卷六有其名。中州金石記卷四載有韓宗道墓志，元符二年七月立，曾肇撰，趙挺之正書，在許州。

黄譜載趙挺之行實，頗有可以商榷者，聊舉於此：

（一）元豐八年，召試館職：譜云：「挺之奉行新法，與（司馬）光爲反對黨，召試館職，不得在光執政日。」按李燾續資治通鑑長編卷三百八十載：元祐元年六月各宰執舉堪館閣之選者，中書侍郎張璪舉趙挺之。詔：候過明堂，令學士院試。同書卷三百九十三載：同年十二月庚寅，朝奉郎趙挺之爲集賢校理。則挺之被舉實在司馬光執政之日。司馬光卒於是年九月丙辰，辛酉大享明堂，挺之由學士院試，當在司馬光卒後，蓋與同時被舉之張舜民、張耒、晁補之等同時召試。黃譜以爲挺之召試在蔡確執政之時，以之繫於元豐八年，又以爲挺之離德州當在蔡確罷相前，殊嫌過早。黃譜以爲挺之阿附新黨，當不爲元祐諸人所薦。實則趙挺之曾被認爲元祐宰相劉摯之黨與。元祐六年十月，御史中丞鄭雍、殿中侍御史楊畏開具劉摯黨人姓名，有曾肇、張舜民、趙挺之、孫鍔等三十人（見續資治通鑑長編卷四百六十七）。即挺之身後，亦被論身爲元祐大臣所薦。蓋趙挺之在元祐時，政治色彩未明，故亦被薦也。

（二）元祐元年，爲秘閣校理：黃譜據王明清揮麈録卷六所載趙正夫、黃魯直俱在館閣，並引山谷先生年譜元祐元年，山谷在館中，元祐二年，山谷則在史局，知挺之爲秘閣校理在是歲。按挺之於元祐元年十二月爲集賢校理（見上引續資治通鑑長編，宋會要輯稿所載同），二年六月爲監察御史（見續資治通鑑長編卷四百零二）。山谷則於元豐八年四月已爲校書郎，元祐元年十月，充實録院檢討官，已在史局，元祐二年正月爲著作佐郎（俱見續資治通鑑長編卷三百五十三、三百八十九、三百九十四）。史局亦在秘書省内（指元豐改官制以後）。趙挺之爲集賢校理，即與山谷同在館閣。如山谷在史局即不在館閣，則二人安得於元祐元年同在館閣？趙挺之何時爲館職，續資治通鑑長編所載已甚明，無煩旁證也。

（三）元祐二年，挺之彈劾蘇軾：按挺之論蘇軾，先後兩次，一在元祐二年十一月，一在元祐三年正月，見續資治通鑑長編卷四百零七、卷四百零八。譜只載一次。

（四）元祐四年，挺之出通判徐州：按挺之出通判徐州，在元祐四年五月，見續資治通鑑長編卷四百二十七，似可補充其爲何月中事。

（五）元祐五年，挺之改知楚州：譜云：「據宋史哲宗紀：二月丁酉，罷諸州軍通判，奏舉改官。挺之由徐州通判改知楚州，即在是時。」按宋制：選人有舉者五人，方得改爲京官，部使州守倅俱得奏舉。宋人所謂改官，非自某差遣改任其他差遣，而爲自選人改爲京官。通判（即州倅）原亦可奏舉選人改官，至是乃罷之。此與趙挺之知楚州無涉。所引哲宗紀事，似不能證明挺之知楚州在是年二月也。原文引「罷諸州軍通判，奏舉改官」，似應爲「罷諸州軍通判奏舉改官」。斷句似有錯誤，因之誤會。不然，通判一職如於元祐五年二月廢除，乃晁補之即於其年十二月通判揚州（見續資治通鑑長編卷四百五十三），豈旋即重設通判一職乎？何以一無記載？疑通判一職從未廢除也。（揮麈後録卷二云：熙寧三年，「有旨：今後通判更不舉選人充京官。」未知孰是。）

（六）元祐六年七月挺之已入京官國子司業：按趙挺之以左朝散郎、集賢校理爲國子司業，事在元祐六年十月，見續資治通鑑長編卷四百六十七。似七月間，挺之尚未爲國子司業也。挺之殆曾自知楚州入爲集賢校理，歸館供職，至六年十月，又自集賢校理除國子司業也。

秋七月，故觀文殿學士、特進、贈司徒趙挺之追所贈司徒，落觀文殿大學士。

宋宰輔編年録卷十二云：「始挺之自密州徙居青州。會蔡京之黨，有爲京東監司者，廉挺之私事。其從子爲御史，承旨意言挺之交結富人。挺之卒之三日，京遂下其章，命京東路都轉運使王寔等置獄于青州鞫治。俾開封府捕親戚使臣之在京師，送制獄窮究，皆無實事。抑令供析，但坐政府日有俸餘錢，止有剩利，至微。具獄進呈。兩省臺諫交章論列，挺之身爲元祐大臣所薦，故力庇元祐姦黨，蓋指挺之嘗爲故相劉摯所援引也。遂追贈官，落職。」

是歲起，明誠與清照屏居鄉里青州。

按挺之卒後，明誠弟兄三人當因父喪去官。至是挺之又追所贈官、落職，明誠當因此而屏居鄉里。

近人俱以明誠屏居之鄉里爲諸城，蓋據其原籍諸城而言。實則明誠乃屏居青州，非諸城。説見後一一二七年（建炎元年）事迹。

各本金石録後序，或云屏居鄉里十年，或祇云屏居鄉里，而不云十年（如清顧廣圻千里校本，繆荃蓀藝風校汲古閣未刻津逮秘書本），不盡相同。按明誠之兄趙存誠，於政和二年二月，以秘書少監上書言事，是趙氏兄弟已有人出而任職。由此年至政和二年，祇有五六年，疑無「十年」二字者爲是。

金石録後序所云「每飯罷坐歸來堂」，當爲屏居鄉里間事。李文裿所撰年譜以爲歸來堂在萊州郡舍。按郡廨中決不以「歸來」名堂。且守一郡例無多年，金石録後序云「歸來堂起書庫」，決非守郡時在郡舍所爲。李文裿殆涉萊州之静治堂而誤。

公元一一〇八年（大觀二年戊子）　清照二十五歲。

春，劉跂登泰山，宿絶頂，訪秦碑。

金石録卷十三秦泰山刻石跋尾云：「大觀間，汶陽劉跂斯立，親至泰山絶頂，見碑四面有字，乃模以歸。」據劉泰山秦篆譜序（見劉跂學易集卷六，亦載宋吕祖謙皇朝文鑑卷九十二），劉曾親至泰山絶頂訪碑兩次，第一次在大觀二年春，第二次在政和三年秋。第二次登山，始摹本以歸。金石録所記未詳。

劉跂乃元祐宰相劉摯之子，善爲文，附見宋史劉摯傳。

公元一一〇九年（大觀三年己丑）　清照二十六歲。

冬十一月，文及甫觀蔡襄進謝御賜詩卷。

文及甫乃宋宰相文彦博之子，附見宋史文彦博傳。

文及甫題此卷云：「大觀三年仲冬上休日，青社郡舍之簡政堂觀，河南文及甫。」（見珊瑚網、大觀録等書，參閲一一〇六年米芾題。）按米芾曾觀是卷於大丞相天水公府，明誠且屢以示謝克家（見後一一三三年），是時當在明誠收藏之中。明誠其時正屏居鄉里，殆攜至郡舍簡政堂共賞也。青州確有簡政堂，黄裳演山先生集卷一有簡政堂詩。黄于崇寧元年守青州，見同書卷十四青州坊門記。

又按金石録後序未言明誠曾守青州（後序祇云連守兩郡，不知係指守萊、淄兩州而言，抑指在守淄以前已連守兩郡）。俞正燮以爲起知青、萊二州，或即據文及甫此跋，以爲明誠時守青州，故文及甫能在青社郡舍簡政堂觀此卷。此時明誠居鄉祗有二三年，似無起知青州可能。（俞氏易安居士事輯，徵引頗廣，曾否參閱珊瑚網等書畫譜録，不得而知。俞氏引書，或不注所出。故事輯云：「謝枋得集亦言繫年要録爲辛棄疾造韓侂胄壽詞。」實出元吴師道吴禮部詩話，吴師道引謝疊山論李氏繫年録、朝野雜記之非，而俞氏僅云繫年要録，以實其李心傳繫年要録記載疏舛之誤，不悟繫年要録止於紹興三十二年，焉能下及開禧。宋謝疊山集原有六十四卷，原本久佚。傳本祗一十六卷，乃明黄溥重編，收拾於叢殘之餘，散失已多。建炎以來朝野雜記或云有丙集、丁集，世亦無傳。吴師道所引謝疊山文，原文如何已不可知。俞氏改易引文，没其所出，不論有意無意，俱非實事求是之道。）

濰州昌樂丹水岸圮，一爵、一觚出土。

爵銘收入金石録卷十三。此事金石録云大觀中，不知何年，姑附於此。

米芾卒，年五十九。

他書俱作五十七歲，卒於大觀元年，此據北山小集。

公元一一一〇年（大觀四年庚寅）　清照二十七歲。

晁補之卒，年五十八。

補之嘗對客稱清照之詩。（見朱弁風月堂詩話）

公元一一一一年（政和元年辛卯）　清照二十八歲。

春二月晦，王壽卿跋明誠所藏徐鉉小篆千字文真迹。

岳珂寶真齋法書贊卷九載徐鉉小篆千字文真迹，有米芾跋，有政和元年二月晦王壽卿跋。（跋文與趙李無關，不轉引於此。）岳珂云：「故藏待制趙明誠家。」岳珂得於嘉定甲申三月。王壽卿，字魯翁，洛陽人（或云陳留人，未知孰是），曾爲明誠篆古器物銘碑。宋莊綽雞肋編卷下云：「東坡葬汝州，其磚甓皆印『東坡』二字，洛人王壽卿所篆。」宋董史皇宋書録卷中：「山谷云：『陳留有王壽卿，得陽冰筆意，非章友直、陳晞、畢仲荀、文勛所能管攝。』」（此出豫章黄先生文集卷二十八跋翟公巽所藏石刻。）翟耆年籀史亦稱其「得二李用筆意，字畫端勁未易及」。蓋長於篆書也。壽卿事迹並見陸友仁硯北雜志，陶宗儀書史會要亦有傳。

米元章靈峰行記米友仁跋：「易安居士一日攜前人墨迹臨顧，中有先子留題，拜觀不勝感泣。先子尋常爲字，但乘興爲之，今之數句可比黄金千兩耳。呵呵。」此帖岳珂謂「寶慶丙戌（二年，一二二六）得之京口，故藏易安室」。

米元章壽時宰詞米友仁跋：「先子真迹也。……先子因暇日偶寫，今不見四十年矣。易安居士求跋，謹以書之。」此帖岳珂謂「嘉定辛巳（十四年，一二二一）二月得之建康」。

夏五月丁亥，詔除落觀文殿大學士、特進、贈太師趙挺之責降指揮，從挺之妻秦國太夫人郭氏奏乞也。

據宋宰輔編年録卷十二。按前云贈司徒，此云贈太師，必有一誤。宋史趙挺之傳亦云贈司徒，當以贈司徒爲是。

秋九月，明誠、清照題名於雲巢石（？）。

王鵬運四印齋所刻詞本漱玉詞附録，有諸城王志修絶句三首，末一首云：「詞客争傳漱玉詞，故鄉真恨我生遲。摩挲奇石題名在，應記花前寫照時。」自注云：「石高五尺，玲瓏透豁，上有『雲巢』二篆書，其下小磨崖刻：『辛卯九月，德父、易安同記。』現置敝居仍園竹中。」按明誠家居青州（説見後一一二七年），二人所題之石，何以在諸城。且宋人題記，多署名，極少用字。清王昶金石萃編等所載宋人石刻題名，用字者百中一二而已。李清照自號「易安居士」，並非字「易安」。宋歐陽修自號「六一居士」，未見其自稱「六一」。蘇軾自號「東坡居士」，亦未見題名自稱「東坡」。蓋未有自號某某居士，而祇稱某某，略去「居士」二字者。清照何以題名「易安」。殆後人以明誠乃密州諸城人，因而僞造此石題記，置於諸城。想必附庸風雅者所爲。（蕙風詞話卷四亦載有此石。）

此石本爲僞造，而人多信之。故此事姑依王志修詩自注，編於今年，而附説其僞於此。

明誠至泰山，得唐登封紀號文兩碑。

兩碑乃唐高宗自撰并書。其一大字磨崖，刻于山頂。其一字差小，立於山下。金石録卷二十四云：「政和初，余親至泰山，得此二碑入録焉。」不知爲政和何年，姑繫於此。

公元一一一二年（政和二年壬辰）　清照二十九歲。

秋七月十七日，趙存誠言取訪遺書事。

宋會要輯稿第五十五册崇儒四據永樂大典卷一千七百四十二引中興會要云：「政和二年七月十七日，秘書少監趙存誠言：『諸州取訪遺書，乞委監官總領，庶天下之書，悉歸秘府。』從之。」按趙存誠已於崇寧四年爲衛尉卿，至此已有七八年之久，而只爲秘書少監，蓋已自卿監之長降爲貳職。殆於大觀元年因趙挺之喪去官後，復因挺之被論降職，與明誠等同屏居鄉里。上一年，因挺之妻郭氏奏乞，挺之已復所追司徒及所落觀文殿大學士，存誠等當亦出而任職，惟官職未能復舊，故是時存誠僅以秘書少監言事。黄譜以爲存誠於政和二年復官，未知何據。

金石録後序云：屏居鄉里十年（或無「十年」二字），殆約舉成數而言，未必確爲十年。明誠是時或早已以低於原任鴻臚少卿之職出仕，未可知也。

公元一一一三年（政和三年癸巳）　清照三十歲。

秋，劉跂宿泰山，拓秦泰山刻石，作泰山秦篆譜序。

見學易集卷六泰山秦篆譜序。金石録所著録者，即爲劉跂所摹之本。劉跂金石録後序云：「余登泰山，觀秦相斯所刻，退而按史遷所記，大凡百四十有六字，而差失者九字。」金石録卷十三亦稱其足以正史氏之誤。（宋董逌廣川書跋卷四、徐度却掃編卷下、趙彦衛雲麓漫鈔卷三俱載有劉跂登泰山訪秦碑事。）

楚公鐘在鄂州嘉魚縣出土，王壽卿以墨本遺明誠。

此器收入古器物銘，見薛尚功歷代鐘鼎彝器款識卷六及王復齋集鐘鼎款識。金石録卷十一云：「右楚鐘銘，政和三年，獲於鄂州嘉魚縣以獻，字畫奇怪。友人王壽卿魯翁得其墨本見遺。」是器雖於是年獲於嘉魚（王厚之引石公弼云：「政和三年，武昌太平湖所進。」），壽卿是否於當年以墨本遺明誠，不可知。

公元一一一四年（政和四年甲午）　清照三十一歲。

秋，明誠題易安居士畫像（？）。

四印齋所刻詞本漱玉詞，前有清照畫像，題云：「易安居士三十一歲之照。」有贊云：「清麗其詞，端莊其品。歸去來兮，真堪偕隱。」後題：「政和甲午新秋，德父題於歸來堂。」王鵬運云：「易安居士照，藏諸城某氏。諸城，古東武，明誠鄉里也。王竹吾舍人以摹本見贈，屬劉君炳堂重橅是幀。竹吾云：其家蓄奇石一面，上有明誠、易安題字。諸城趙李遺迹，蓋僅此云。光緒庚寅二月，半塘老人識。」又云：「按原本手幽蘭一枝，劉君摹本，取居士詞意，以黄花易之。」按明誠家居青州，而此照又藏於諸城，與雲巢石相類，殊爲可疑。此畫既爲宋人所作，且有明誠手題，流傳至清光緒年間王鵬運刻漱玉詞時，已有七八百年之久，而迄未見諸收藏家著録。此照尚有明吴寬題七絶一首云：「金石姻緣翰墨芬，文簫夫婦盡能文。西風庭院秋如水，人比黄花瘦幾分。」而遍尋匏翁家藏集七十餘卷，不見此詩。匏翁家藏集中題畫詩甚多，而獨無此首。原本手幽蘭一枝，而詩則祇及黄花而不及幽蘭，詞意亦頗淺薄，殆僞作也。鄧之誠先生曾見告：「世傳清照畫像，所衣非宋人服裝，乃後人所作。」鄧先生所云後人之作，如非四印齋所刻，當即爲刊於一九五七年文學研究第三期之另一幅。今鄧先生已歸道山，無從請益析疑。沈濤瑟榭叢談卷下謂有元人畫易安小照，未知即此本（指諸城本）否。蕙風詞話卷四云：「易安别有『荼蘼春去』小影。」按今歷史博物館所陳列之李清照像摹本，即「荼蘼春夢」小影。「荼蘼春夢」與清照未知何干也。

此與前政和元年所題雲巢石相類，所謂好事者爲之，而近人考證清照事迹，羣以此爲可靠資料。竊以爲疑，未敢附和。

公元一一一六年（政和六年丙申）　清照三十三歲。

齊侯槃在安邱出土。

齊侯槃曾收入古器物銘，見薛尚功歷代鐘鼎彝器款識卷十六。金石録卷十二云：「右齊侯槃銘，政和丙申歲，安邱縣民發地得二器，其一此槃，其一匜也。」齊侯匜見歷代鐘鼎彝器款識卷十二。

下邳縣民耕地得漢祝長嚴訢碑。

此碑收入金石録卷十四，原云：「政和中。」

劉跂以漢張平子殘碑墨本寄明誠。

金石録卷十四漢張平子殘碑跋尾云：「右漢張平子殘碑，政和中，亡友劉斯立以此本見寄。」

此二事俱云政和中，不知何年。

公元一一一七年（政和七年丁酉）　清照三十四歲。

秋九月十日，劉跂爲金石録作後序。

清武英殿聚珍版叢書本學易集（即永樂大典本）卷六、宋呂祖謙皇朝文鑑卷九十二載此序，未署作序年月，金石録題「政和七年九月十日」。又金石録以此篇爲「後序」，而學易集、皇朝文鑑竝作「序」。按劉序篇末云：「竊獲附姓名於篇末，有可喜者。」疑以作後序爲是。

劉跂卒於政和末，此爲其最後一二年所作（學易集中尚有政和八年作品）。劉跂屏居東平，政和中被誣編管壽春（見宋王明清揮麈後録卷八），此時未知已否放還，或放令逐便。跂又曾爲明誠序古器物銘碑。今金石録後序内無一字述及古器物銘碑，劉跂序古器物銘碑，或在序金石録之後也。今古器物銘碑久佚（晁、陳二家書目及宋史藝文志俱未著録，僅見於翟耆年籀史），二十卷本學易集（清代尚有人藏有鈔本）亦不可復見，永樂大典本學易集與呂祖謙皇朝文鑑又不載古器物銘碑序，此序殆永佚矣。

永樂大典本學易集卷二有題古器物銘贈得甫兼簡諸友一首云：「往者李龍眠，監河國城岸。家多古時器，羅列供客玩。爵觚屢飲我，鼎鬲貯肴膳，到今李侯書，一展如對面。邇來三十載，復向趙卿見。收藏又何富，摹寫粲黄卷。沈酣夏商周，餘嗜到兩漢。銘識文字祖，曾玄成籀篆。頗通蒼、雅字，不畏魚魯眩。遂將傳琬琰，索我序且讚。我衰心力薄，游不出里閈。孔懷忘年友，契闊異州縣。深慚千里駕，請畢十日燕。諸賢共留連，更賴三語掾。」詩中言明誠向其索「序」與

「讚」。其「讚」未知如何也。劉跂詩題稱「得甫」，疑誤。劉跂學易集輯自永樂大典，只有武英殿聚珍版叢書本（四庫全書本及各省翻刻之聚珍本，同出一源），無别本可校。

劉跂雖於是年爲金石録作序，其時金石録實尚未成書。金石録有云「余爲萊州」「余爲淄川」，皆爲此年以後之事；書中且稱跂爲亡友劉斯立。金石録既有「余在淄川」之語，其成書殆在離淄以後；即在奔喪南下之後，或起復守江寧之時；或此書終明誠世迄未完成，而由清照續成之，俱未可知。

洪适生。

見盤洲集後附許及之撰行狀。

适字景伯，鄱陽人。官至尚書右僕射。所著隸釋中曾言及趙明誠妻更嫁事。

公元一一一八年（重和元年戊戌）　清照三十五歲。

古器六在安州孝感縣出土。

金石録卷十三云：「右六器銘，重和戊戌歲，安州孝感縣民耕地得之，自言於州，州以獻於朝：凡方鼎三、圜鼎二、甗一，皆形製精妙，款識奇古。」其中圜寶鼎二，亦見薛尚功歷代鐘鼎彝器款識卷九，父乙甗見同書卷十六；又其中周南宫方鼎，亦見王復齋集鐘鼎款識。

公元一一二一年（宣和三年辛丑）　清照三十八歲。

春三月四日，中書舍人趙思誠言添差兵馬都監事。

見宋會要輯稿第九十册職官四十九引續國朝會要。思誠言：「祖宗朝，兵馬都監監押大州，不過三員，小州止一員。今一州之中，至有六七人，職事不修，徭人使臣，係與不係依令來旨揮減罷。兼契勘軍班换授之人，逐時降旨揮，許添差。三路都總管司教押軍隊，即别無正額。及昨蒙旨揮，爲李奎冒用階官换武臣。奉御筆許添差都監監押，本院已添差訖。今來即未審依令降旨揮一例減罷，亦未審合依舊存留在任。有此疑惑，未敢擅便施行。」詔並係合添差。

趙明誠守萊州。

明誠自一一〇七年家居，至是已十餘年。何時起復？守萊之前，曾否别有差遣？何時起知萊州？俱不可考。惟趙存誠早已於一一一二年，以秘書少監上書言事，趙思誠已於本年爲中書舍人。即依清照後序所云「屏居鄉里十年」之説，至是亦早已過十年，明誠蓋早已出而復仕。清照於是年八月到萊，則明誠守萊，不得晚於今年。清乾隆萊州府志職官題名無趙明誠，蓋修志諸人疏漏。

秋八月十日，清照到萊州，作蝶戀花詞一首、感懷詩一首。

清照自青州赴萊州，途經昌樂，作蝶戀花一首，即「淚溼羅衣脂粉滿」闋。（在此以前，清照所作之詞，均不知其寫作年歲，不能編年。如瑯嬛記所載，又與事實不合，不能依據，祇能從闕。）

清照到萊州後，曾作感懷詩一首，見明田藝蘅詩女史卷十一，前有序云：「宣和辛丑八月十日到萊。獨坐一室，平生所見，皆不在目前。几上有禮韻，因信手開之，約以所開爲韻作詩。偶得『子』字，因以爲韻，作感懷詩。」

李文裿云：「按詩意，甲午至辛丑之間，德甫曾守青州，今無考。」按此詩殊不見有「甲午至辛丑間德甫曾守青州」之意。詩中所云「青州從事孔方君」，乃指「酒」與「錢」二物而言，與守青州無涉。李説非是。

得後魏鄭羲下碑於萊州，上碑於膠水。

金石録卷二十一後魏鄭羲碑跋尾云：「碑乃在今萊州南山上，磨崖刻之。余守是州，嘗與僚屬登山，徘徊碑下久之。」又上碑跋尾云：「初余爲萊州，得羲碑於州之南山，其末有云：『上碑在直南二十里天柱山之陽，此下碑也。』因遣人訪求，在膠水縣界中，遂模得之。」此不知何年之事，亦未必同在一年。姑附於此。

公元一一二三年（宣和五年癸卯）　清照四十歲。

秋八月中秋，唐富平尉颜喬卿碣重易裝標。

金石録卷二十八唐富平尉颜喬卿碣跋尾云：「右唐顔喬卿碣，在長安，世頗罕傳，或云其石今亡矣。有朝士劉繹如者，汶陽人，家藏漢唐石刻四百卷，以余集録闕此碣也，輙以見贈。宣和癸卯中秋，在東萊重易裝標，因爲識之。」劉繹如，字成叔，著有金石苑一書，凡録金石刻四百袠，劉跂序之。（見學易集卷六）

古器物數十種，在青州臨淄縣出土。

金石録卷十三云：「右齊鐘銘，宣和五年，青州臨淄縣民於齊故城耕地，得古器物數十種，其間鐘十枚，有款識，尤奇。最多者幾五百字。今世所見鐘鼎銘文之多，未有踰此者。……今余所藏，乃就鐘上摹拓者，最得其真也。」器於是年出土，趙氏摹拓，殆亦在今年。

洪邁生。

見錢大昕撰洪文敏公年譜。

公元一一二五年（宣和七年乙巳）　清照四十二歲。

陸游生。

游有老學庵筆記，載清照以張九成與柳三變作一聯。

公元一一二六年（靖康元年丙午）　清照四十三歲。

趙明誠守淄州。

明誠守萊，至晚在宣和三年。五年八月尚在萊州。至是應早已秩滿。明誠何年到淄，是否由萊移淄，或罷萊守後再起知淄州，或曾任他職，俱不可考。

夏，明誠與清照共賞唐白居易書楞嚴經。

近人繆荃蓀雲自在龕隨筆卷二云：「唐白居易書楞嚴經一百幅，三百九十七行，唐箋楷書，系第九卷後半卷。趙明誠跋云：『淄川邢氏之村，邱地平瀰，水林晶澈，牆麓磽确布錯，疑有隱君子居焉。問之，茲一村皆邢姓，而邢君有嘉，故潭長，好禮，遂造其廬，院中繁花正發。主人出接，不厭余爲茲州守，而重余有素心之馨也。夏首後相經過，遂出樂天所書楞嚴經相示。因上馬疾驅歸，與細君共賞。時已二鼓下矣，酒渴甚，烹小龍團，相對展玩，狂喜不支。兩見燭跋，猶不欲寐，便下筆爲之記。趙明誠。』前後有紹興璽，末幅止角上半印，存『御府』二字。後有『寶慶改元花朝後三日重裝於寶易樓，遜志』題。此册想見趙德夫夫婦相賞之樂。自序云『靖康丙午，侯守淄川』，當跋於此時，固俞理初未見者。」繆氏曾否親見樂天真迹，抑自他書轉引，所記未詳。近人或云：白居易書楞嚴經，並非真迹，繆氏未考。

遷唐淄州開元寺碑於郡廨便坐。

金石録卷二十七云：「右唐淄州開元寺碑，李邕撰，并書。碑初建於本寺，後人移置郡廨敗屋下。余爲是州，遷於便坐，用木爲欄楯以護之云。」

得孟姜匜與平陸戈。

孟姜匜見歷代鐘鼎彝器款識卷十二，引古器物銘云：「孟姜匜得於淄之淄川。」亦見金石録卷十三。平陸戈亦見歷代鐘鼎彝器款識卷十七，亦引古器物銘云：「藏淄川民間。」明誠得其器，殆皆爲守淄時事，故編於此年。

十二月二日詔：朝散郎權發遣淄州趙明誠職事修舉，可特除直秘閣。

見宋會要輯稿第一百二十册選舉三十三。

周煇生。

煇有清波雜志十二卷，載清照詩二首。煇命之八字爲丙午己亥壬戌乙巳（見清波雜志卷七），蓋生於靖康元年。馬曰琯以爲煇名應作「燀」，作「煇」誤（見宋詩紀事卷五十八），已爲四庫全書總目所駁（見清波雜志提要）；而四庫提要又以煇爲周邦彦之子，近人王國維清真先生遺事亦已指出其非。今按周邦彦卒於宣和三年，而煇生於靖康元年，煇自非周邦彦之子（煇父名邦，至孝宗時尚在），其名亦確爲煇而非燀，有宋本清波雜志可證。

趙明誠轉一官。

許景衡横塘集卷七有趙明誠轉一官制云：「勑，逋卒狂悖，驚擾東州。爾爲守臣，提兵帥屬，斬獲爲多。今録爾功，進官一等，剪除殘孽，拊循兵民，以紓朝廷東顧之憂。惟爾之職，往其懋哉。可。」據宋史許傳，許爲中書舍人在靖康元年，制詞必其時所行。惟明誠斬獲逋卒，未見史籍記載，其事不詳。姑附於本年之末。

公元一一二七年（建炎元年丁未）　清照四十四歲。

春三月，明誠奔母喪南下。

金石録後序云：「建炎春三月，奔太夫人喪南來。」俞正燮事輯以爲奔母喪於金陵。按黄公度知稼翁集卷十一代吕守祭趙丞相挺之夫人遷葬文有云：「殯於他鄉，金陵之墟。子持從橐，卜居晉水。」是明誠母實殯於江寧，後遷葬於泉州。俞正燮氏所云「奔母喪於金陵」，雖不知所本，殆事實也。

夏五月庚寅朔，趙構（康王）即皇帝位。（淳熙年間卒，謚曰高宗。）

時金人已破東京，趙佶（徽宗）、趙桓（欽宗）被俘北去。

秋八月，趙明誠以朝散大夫、秘閣修撰起復知江寧府事、仍兼江南東路經制使。

此據周應合景定建康志卷十四所載。李心傳建炎以來繫年要録卷七與之微異。秘閣修撰爲直龍圖閣，經制使爲經制副使，未知孰是。

清照金石録後序云：「建炎戊申秋九月，侯起復知建康府。」年、月皆與李心傳、周應合所載不合，誤也。俞理初亦以爲建炎二年起復，蓋承後序之誤。

清照南下，載書十五車，過淮、渡江、之建康。

金石録後序「奔太夫人喪南來」句下，即接「既長物不能盡載」，語意不相連接。明會稽鈕氏世學樓鈔説郛所收瑞桂堂暇録，亦載有金石録後序，此兩句間有空格，蓋有闕文（後序中不可通處，殆皆如是）。清照未與明誠同奔喪（參閲下一年事迹），且明誠奔喪，勢必輕裝南下，似無載書而行之理。參之趙明誠跋蔡襄帖之語（見下一年），必明誠起復知江寧府後，清照始南來，並載書而行。

冬十二月壬戌，青州兵變，殺郡守曾孝序。明誠家存青州書册什物十餘屋被焚。

金石録後序云：「十二月，金人陷青州，凡所謂十餘屋者，已皆爲煨燼矣。」宋劉時舉續宋中興編年資治通鑑卷一亦云：「十二月，寇陷青州。」與後序同。按之建炎以來繫年要録卷十一，建炎元年十二月壬戌，青州郡守曾孝序爲亂兵所殺（宋史高宗紀同）。建炎二年正月，金人始陷青州（宋史高宗紀亦同）。宋徐夢莘三朝北盟會編亦以青州被陷事繫之建炎二年正月，與建炎以來繫年要録同。證以趙明誠跋蔡襄神妙帖云：「去年秋西兵之變，余家所資，蕩無遺餘」（見下一年事迹）。青州如爲金人所陷，明誠當云「北虜」「金寇」或「北兵」，不得云「西兵」。是明誠存青書册什物，實亡於建炎元年十二月兵變，而非亡於建炎二年正月金人陷青州之時（惟明誠云「去年秋」，非十二月。如非筆誤，則當爲另一次兵變，而非金人陷青州）。俞正燮事輯亦云：「其年十二月，金人陷青州，火其書十餘屋。」蓋本金石録後序，而未詳考史實也。

趙明誠爲諸城人，故近人考證清照事迹，俱以明誠屏居十年之鄉里爲諸城。考之事實，恐有未然。趙挺之已由密州諸城移居青州（見宋宰輔編年録卷十二），雖在京爲相，其舊居必在青州。崇寧五年，趙挺之且數乞歸青州私第（見通鑑長編紀事本末卷一百三十一引趙挺之行狀）。明誠屏居時，似不至再由青移居諸城。一也。文及甫觀蔡襄墨跡，在青社郡舍。明誠如家諸城，勢必將帖自諸城攜往青州，供人鑒賞，似非常情。家在青州，則於事爲順。二也。金石録卷二十二北齊隴東王感孝頌跋尾云：「郭巨墓『在今平陰縣東北官道旁小山頂上。……余自青社如京師，往還過之，屢登其上』。依文義似往返不止一次。明誠家青州，故云「自青社如京師」，如家諸城，則當云「自諸城（或東武、或密州）如京師」矣。三也。明誠如家諸城，何以南下之後，剩餘書册什物十餘屋乃不在諸城，而在青州。四也。所云鄉里，如爲青州，頗能與事實相合。如爲諸城，則支離百出，難以成説。（宋人稱青州爲青社，屢見記載，如云「富鄭公守青社」「歐陽修守青社」「鄭毅夫移青社」，考之各人本傳，則皆守青州也。直齋書録解題卷五：青社賑濟録云：「丞相富文忠公弼青州救荒施行文牘也。」亦有稱亳州爲亳社，洛陽爲洛社者。唐康駢劇談録卷上續坤蹶馬條前云「青州監軍」，後云「青社監軍」，蓋唐人已稱青州爲青社。後人多未注意及之，或强作解釋。宋史列傳中有稱爲青社人者，蓋修宋史之歐陽玄等對青社一辭已不甚了了矣。）

又近人或以爲歸來堂在諸城。四印齋所刻詞本漱玉詞附録諸城王志修詩，自注云：「歸來堂舊址，乾隆中同邑李氏改名易安園。」歸來堂取義於陶淵明之歸去來辭。明誠屏居鄉里時，已每飯後坐歸來堂。其時明誠年祇二十餘歲，或三十乍過，似不能以陶淵明「歸去來兮」自擬。此堂殆爲趙挺之舊居，且在青州而不在諸城。後序明云：「歸來堂起書庫……置書册。」而其後則存書十餘屋又在青州被焚，足以證明。

由此可以推知：諸城之雲巢石、清照像，雖云「德父題於歸來堂」「德父、易安同記」，殊不足信。若以此石此像題記或歸來堂舊址爲真實，而證明明誠確屏居諸城，似未能推翻前舉各説。古人僞造古蹟者有之（如鎮江甘露寺狠石，見宋陸游入蜀記），争奪古蹟者有之（如清朱彝尊力主蘇小小墓在嘉興），傅會者更多（如唐封演封氏聞見記所載。宋王象之輿地紀勝有時以一詩分屬兩地。周應合景定建康志卷十六以唐杜牧寄揚州韓綽判官詩「青山隱隱水迢迢」七絶一首爲建康二十四航作，並將首句改爲「青山緑水遶迢迢」）。清乾隆諸城縣志未載有雲巢石及歸來堂遺址，蓋猶爲謹嚴，或僞造在乾隆以後也。

趙明誠外家郭氏，住青州，見夷堅甲志卷十九。

公元一一二八年（建炎二年戊申）　清照四十五歲。

春，清照抵江寧。

三月十日，趙明誠跋蔡襄書趙氏神妙帖。

明誠跋云：「此帖章氏子售之京師，余以二百千得之。去年秋西兵之變，余家所資，蕩無遺餘。老妻獨攜此而逃。未幾，江外之盜再掠鎮江，此帖獨存。信其神工妙翰，有物護持也。建炎二年三月十日（後闕）。」

岳珂跋云：「右蔡忠惠公趙氏神妙帖三幅，待制趙明誠字德甫題跋真蹟共一卷。法書之存，付授罕親，此獨有德甫的傳次第。而蔣仲遠猷，晁以道説之，張彦智縝俱書其後。中有彦遠者，未詳其爲誰。承平文獻之盛，是蓋蔚然可觀矣。德甫之夫人易安，流離兵革間，負之不釋，篤好又如此。所憾德甫跋語，糜損姓名數字。帖故有石本，當求以足之。嘉定丁亥十月，予在京口，有鬻帖者持以來。叩其所從得，靳不肯言。予既從售，亦不復詰云。」贊曰：「公書在承平盛時，已售錢二十萬，趙氏所寶也。題跋皆中原名士，今又一百年，文獻足考也。易安之鑒裁，蓋與以身存亡之鼎，同此持保也。予得之京口，將與平生所寶之真，俱佚吾老也。」（俱見寶真齋法書贊卷九）此帖殆亦爲後來易安在會稽被盗之物（參閲一一三一年事迹）。

明誠跋所謂「江外之盗再掠鎮江」，殆指張遇陷鎮江，以及由金山寺進兵揚子橋，縱兵四掠事。事在建炎二年正月（見建炎以來繫年要録卷十二）。明誠之言，與史實合。

據明誠跋語，清照南來，必在明誠奔喪之後。書籍、金石刻、書畫等與清照同行。中途在鎮江遇盗掠。抵江寧時，必在建炎二年正二月之交。

金石録後序敍明誠之語云：「獨所謂宗器（或作宋器）者，可自負抱，與身俱存亡。」據岳珂贊云「與以身存亡之鼎」，則所謂宗器，乃鼎也。金石録所載家藏古器物銘，有父乙彝及田鼎，皆鼎也，未知即是二器否。據此亦可知「宋器」應爲「宗器」。

趙明誠收藏之法帖，内有王荆公墨蹟。宋阮閲詩話總龜前集卷二十八引王直方詩話云：「荆公有集句云：『可惜昂藏一丈夫，從來不讀半行書。子雲識字終投閣，幸是元無免破除。』趙德甫曰：『明誠得葉濤校本，此篇是贈一要人者。今集中所題非也。』」

謝伋攜唐閻立本畫蕭翼賺蘭亭圖過江寧，明誠借去不歸。

謝伋字景思，上蔡人，謝克家之子（謝克家與趙明誠爲中表），著有四六談塵。

此事見宋施宿嘉泰會稽志卷十六、桑世昌蘭亭考卷三所載吴説跋，跋長不録。據吴跋：此圖乃江南李後主故物。周轂以與其同郡人謝伋。伋攜至建康，爲郡守趙明誠所借，因不歸。紹興元年七月望，有擕此軸貨於錢塘者，郡人吴説得之（蕭翼賺蘭亭，有畫作書生狀者，董逌廣川畫跋以爲非是。董逌所見當爲另一幅。惟此圖蕭翼亦作書生狀）。近人繆荃蓀雲自在龕隨筆卷二以爲唐閻立本書蘭亭一軸，非是。閻立本以畫名，唐人所謂「右相馳譽丹青」是也（見大唐新語卷十一），不聞其善書法。施宿、桑世昌俱宋人，距吴説甚近，所據必不誤。恐係雲自在龕隨筆排印錯誤，繆氏見聞廣博，非不知閻立本，亦非未見施宿會稽志與桑世昌蘭亭考者，必不至誤「畫」爲「書」也。

施宿會稽志云：「今圖亡而跋存。」而明李日華六硯齋筆記卷二則載有此圖，云嘉靖中爲楊夢羽所得，由文徵明跋之，復歸趙定宇，後又更主。清石渠寶笈卷十四亦載之。或當時實未亡也。

清照作二詩。

詩云：「南渡衣冠少王導，北來消息欠劉琨。」又：「南來尚怯吴江冷，北狩應悲易水寒。」苕溪漁隱叢話後集卷四十引詩説雋永云：「建炎初從秘閣守建康作。」雞肋編卷中云：「作詩以詆士大夫。」

宋周煇清波雜志卷八云：「頃見易安族人言：明誠在建康日，易安每值天大雪，即頂笠披簑，循城遠覽以尋詩，得句必邀其夫賡和，明誠每苦之也。」當爲此年冬或下一年春初之事。黄譜以爲清照每值大雪，即邀明誠循城遠覽，與清波雜志不甚相符，未知何據。

公元一一二九年（建炎三年己酉）　清照四十六歲。

春二月，明誠罷守江寧。

明誠罷守事據金石録後序，他書云：移知湖州。建炎以來繫年要録卷二十：建炎三年二月甲寅：「御營統制官王亦將京軍駐江寧，謀爲變，以夜縱火爲信。江東轉運副使、直徽猷閣李謨覘知之，馳告守臣秘閣修撰趙明誠。時明誠已被命移湖州，弗聽。謨飭兵將率所部團民兵伏塗巷中，柵其隘。夜半，天慶觀火，諸軍譟而出。亦至，不得入，遂斧南門而去。遲明，訪明誠，則與通判府事朝散郎毋邱絳、觀察推官湯允恭縋城宵遁矣。其後，絳、允恭皆抵罪。」各本金石録後序俱云罷守在三月，仁和朱氏結一廬刊本所載後序則作二月。毋邱絳、湯允恭抵罪在二月丁丑，各降二官資，則明誠罷建康守或亦在二月也。

三月，具舟上蕪湖，入姑孰（今當塗），將卜居贛水上。

據金石録後序。

夏四月，趙構至江寧。（宋史高宗紀云：五月乙酉至江寧府。）

五月八日改江寧府爲建康府。

並據建炎以來繫年要録卷二十三。

五月，至池陽，明誠被旨知湖州。

六月十三日，明誠駐家池陽，獨赴行在（建康）。

並據金石録後序。

秋七月壬寅，隆祐皇太后（哲宗趙煦后孟氏）率六宮往豫章。

此據建炎以來繫年要録卷二十五，即金石録後序所云：「時朝廷已分遣六宮。」（宋史高宗紀：八月己未，太后發建康。）

七月末，清照聞明誠病，自池陽解舟赴建康。

八月，張飛卿學士攜玉壺過明誠。

並據金石録後序。張飛卿過明誠時，明誠正疾亟。張飛卿爲何人，各家考證俱未及之。按明張丑清河書畫舫申集所録王晉卿夢遊瀛山圖，有田亘題詩並跋。詩云：「他日絨縢屬貴遊，詎知遷徙過南州。天涯與汝共淪落，淚溼湓江煙雨秋。」跋云：「王晉卿圖瀛山，筆畫精緻。京師貴遊蓄之，爲希代之寶。自圖書棄擲於路（按：此句疑有誤。或「自」字下原有「虜」「寇」等語，清人刻此書時，將其删去以避禍），陽翟張飛卿見而得之，以遺友人傅延之。延之出以示余，余悲而賦詩。建炎初元九月廿八日，陽翟田亘元邈。」（按：瀛奎律髓卷二十：田亘字元邈，陽翟人，與陳叔易、崔德符善。建炎中，以察官召，卒。）此張飛卿，乃陽翟人，喜書畫，其時代亦爲建炎，當與攜玉壺過明誠者爲同一人。清陸心源儀顧堂題跋卷十三癸巳類稿易安事輯書後以爲此張飛卿即毘陵之張汝舟，名汝舟而字飛卿，不知其一爲毘陵，一爲陽翟，殆未深考。

按宋制，凡館職（三館職事）皆稱學士（見沈括夢溪筆談卷一、費衮梁谿漫志卷二）。聚珍本麟臺故事卷五云：「館閣官許稱學士，載於天聖令文。」元豐改官制後，秘書省職事稱學士（三館已合併爲秘書省）。蘇門四學士：黄庭堅、秦觀、張耒、晁補之俱未嘗實爲學士也。據夷堅志所載，葉夢得爲丹徒尉時，洪邁就試時，人皆呼爲學士，則學士幾爲泛稱矣。宋人載籍中屢言學士稱謂之濫。能改齋漫録卷二且言：渡江之後，苟有一官，未有不稱學士者，當時曾有旨禁之。張飛卿殆曾爲館職，而名位不顯，故雖稱學士，而各書俱未載其人行事。或未爲館職而人以學士泛稱之。

八月十八日，趙明誠卒於建康，年四十九歲。清照爲文以祭，旋葬之。

據金石録後序。

清照祭文僅存斷句，見謝伋四六談麈。文云：「白日正中，歎龐翁之機捷。堅城自墮，憐杞婦之悲深。」必明誠卒時所作。

明誠卒於何職，不可知。建炎以來繫年要録卷二十七云：「故秘閣修撰趙明誠。」宋會要云：「故直龍圖閣。」（見後一一三五年）而周煇清波雜志卷八、岳珂寶真齋法書贊卷九則俱稱爲「待制」。宋時貼職，待制高於秘閣修撰，而秘閣修撰又高於直龍圖閣，三者不同，未知孰是。（殆原爲修撰，卒後贈待制，或擢待制致仕而卒。）

閏八月壬辰，王繼先以黄金三百兩從趙明誠家市古器。

兵部尚書謝克家言：「恐疏遠聞之，有累盛德，欲望寢罷。」趙構批令三省取問繼先因依（此事見建炎以來繫年要録卷二十七，結局不明）。

王繼先乃醫官，趙構之親信。宋史有傳。

壬寅，因金兵南下，趙構自建康逃往浙西。

據建炎以來繫年要録卷二十七，宋史高宗紀同。

明誠遺留之書籍、金石刻並其他長物送洪州。

據金石録後序：明誠有妹壻（按：姓氏不明）任兵部侍郎，從衛（隆祐皇太后）在洪州。清照遣二故吏，部送書二萬卷，金石刻二千卷及其他長物往投之。

清照攜所有古銅器赴越投進。

按金石録後序，先云：「上江既不可往，又虜勢叵測，有弟迒任勅局删定官，遂往依之。」（「有弟迒任」結一廬本金石録後序作「有弟近任」，明鈔説郛本瑞桂堂暇録作「有弟仕」，不盡相同。清照弟是否名「迒」，殊未可必。）後又云：「先侯疾亟時，有張飛卿學士，攜玉壺過，視侯，便攜去，其實珉也。不知何人傳道，遂妄言有頒金之語。或傳亦有密論列者。余大惶怖，不敢言，遂盡將家中所有銅器等物，欲走外庭投進。」此二者頗似同時之事，而原因各異，後序必有奪文或錯簡。

後序所云「玉壺」「頒金」一事，文字不明顯，殊不易解，殆亦有訛字、奪文。俞正燮、陸心源、李慈銘以爲「頒金」，即「獻璧北朝」，近人或以爲「頒金」即「頒賜金人」，「通敵」之意。如確爲「通敵」之意，則清照以銅器等投進，亦不能使其事解。後序又云「其實珉也」，説明張飛卿之玉壺，實珉而非玉，與「獻璧北朝」或「通敵」又有何干。祇能存疑，不必强作解釋。

各本金石録後序俱作「頒金」，未見有作「頌金」者。俞正燮易安居士事輯以爲「頌金」，不知所據何本。陸心源、李慈銘文中亦俱引作「頌金」，殆即據俞氏事輯所引，未檢後序原文。黄盛璋先生最近修正之李清照事迹考辨有注云：「頒依吕無黨手鈔本，他本多作頌。」不知所謂他本爲何本也。

俞氏事輯所引清照詩文，其文字多與所出原書有出入。傳世版本多者姑不論。如明酈琥彤管遺編只有明刊本，宋周密浩然齋雅談只有永樂大典本（武英殿聚珍版叢書及各省翻刻本），而俞氏引此二書，與原文出入頗大，甚至有全句或數句完全不同者，殊不可解。俞氏所引，實不足據。

冬十月壬辰，趙構駐蹕越州。

十一月戊午，金人破洪州（宋史高宗紀同）。

辛未，金人陷建康。癸酉，趙構發越州。

以上據建炎以來繫年要録卷二十八、卷二十九，宋史高宗紀同。

清照抵越州，旋往台州。

金石録後序云：「到越，已移幸四明。」清照到越州，必在十一月癸酉趙構離越之後。後序又云：銅器「不敢留家中，並寫本書寄剡」。亦必是時事。清照赴越，原擬將銅器等投進。銅器寄剡後，清照已無須追隨趙構。此後是否與任勅局删定官之弟同行，亦不可知。

十二月己卯，趙構次明州，己丑發明州。辛卯次定海，癸巳次昌國（宋史高宗紀所紀日期不盡相同）。

戊戌，金人陷越州。庚子，趙構發昌國。

以上據建炎以來繫年要録卷三十。

清照寄洪書卷長物盡失。

見金石録後序。

冬，黄大輿梅苑成。

録有清照詞六首。據此書黄大輿自序，書輯於己酉之冬（即建炎三年），清四庫全書總目提要頗以爲疑。按梅苑所録清照詞，如孤雁兒「吹簫人去玉樓空」「人間天上，没箇人堪寄」，顯爲明誠死後，清照悼亡之作。清平樂：「今年海角天涯，蕭蕭兩鬢生華。」亦似流離時作。明誠卒於八月，清照賦梅花詞至早亦祇能在當年冬或第二年春，其時清照在台州一帶，而黄大輿則在山陽，決不能收入己酉冬所作之梅苑。非黄大輿自序有誤，即大輿後來續有增補。

清照是時行踪如何，頗不易考。後序先云：「到台，守已遁。」後云：「到越，已移幸四明。」前者無上文，後者無下文。按清照抵越在十一月癸酉以後，到台在第二年一月。金人陷越州在十二月戊戌，清照離越，亦必在其前。清照到台日期，後序所云，頗有矛盾。如云：「到台，守已遁。」則應在正月丁卯以後。下云：「雇舟入海，時駐蹕章安。」則應在正月丙午與辛酉之間。則在黄岩雇舟，反在到達台州以前矣，必無是理。恐所云到台，台守已遁，或有訛傳。正月丙午，朝請郎知台州晁公爲曾至章安鎮見趙構，或訛以爲逃遁也。據此，則清照離越至台，中間日期無多，約爲一個月左右。今人黄盛璋李清照事迹考云：「清照先至明州，過奉化，再往台州。」并引元袁桷清容居士集卷四十六跋定武禊帖不損本云：「趙明誠本，前有李龍眠蜀紙畫右軍像，後明誠親跋。明誠之妻李易安夫人避難，寓吾里之奉化。其書畫散落，往往故家多得之。」清照路過奉化，尚有可能。如謂寓居奉化，似中途無多餘時日。袁桷或得之傳聞。

公元一一三〇年（建炎四年庚戌）　清照四十七歲。

春正月乙巳，趙構泊舟台州港口，丙午，次章安。

己未，金人陷明州。

辛酉，趙構發章安，甲子，泊温州港口。

二月乙亥，趙構駐蹕温州江心寺。

以上據建炎以來繫年要録卷三十一。

清照至温州。

金石録後序云：「到台，守已遁。之剡出陸，又棄衣被走黄岩，雇舟入海，奔行朝，時駐蹕章安，從御舟海道道之温。」其事俱在正月，決不能到台以後，復由台之剡，剡至黄岩。後序必有錯誤。殆爲到台以後，即至黄岩雇舟，由海道之温。

明會稽鈕氏世學樓鈔本説郛内收宋無名氏瑞桂堂暇録載有金石録後序，「之剡出陸」句下，有空格不少。殆宋人所見後序已有闕文矣。

丙子，金人自明州引兵回臨安，丙戌，自臨安退兵。

庚寅，趙構入温州，駐蹕州治。

三月己未，趙構復還浙西。癸未至越州。

以上據建炎以來繫年要録卷三十一、卷三十二。

清照又到越州。

金石録後序祇云「又之越」，日期不明，必在趙構返越之後。

夏六月癸未，朝請郎主管江州太平觀吴説爲福建路轉運判官。

見建炎以來繫年要録卷三十四。

吴説爲轉運判官，故清照金石録後序稱之曰吴説運使（參閲下一年事迹）。（「運使」與「轉運判官」有别。未知後序有誤，抑吴説後爲轉運使也。）

秋七月丁巳，申命元祐黨人子孫，經所在自陳，盡還應得恩數。

見建炎以來繫年要録卷三十五。

言者論元祐臣僚官職恩數未盡追復，餘官中程頤、李格非等等。時方多故，亦未克舉行焉。李格非曾否盡還應得恩數，未見記載。

冬十一月壬子，放散行在百司。

金石録後序云：「庚戌十二月，放散百官。」相差一月。

此據建炎以來繫年要録卷三十九，當較可據。

十二月，清照往衢州。

據金石録後序。

清照所有銅器和寫本書，前寄剡。後序云：「後官軍收叛卒取去，聞盡入故李將軍家。」殆亦今年之事，不知何月。

朱熹生。

朱熹最先引金石録，並言其考證益精博（見後）。

公元一一三一年（紹興元年辛亥）　清照四十八歲。

春三月，清照赴越，卜居土民鍾氏宅。

書畫硯墨五簏被盜。

見金石録後序。按吴説已於是年七月望在錢塘得閻立本畫，被盜事當在三月與七月之間。

夏六月甲戌，命廣東帥臣趙存誠等差有出身人領諸路轉運司類省試。

見建炎以來繫年要録卷四十五。

洪邁夷堅志支癸卷三載趙思誠字中甫，紹興初，以待制守廣州卒。按思誠未守廣州，且卒於紹興十七年，其字爲道甫而非中甫；守廣州者，乃趙存誠。夷堅志之趙思誠，必趙存誠之誤。

據近人吴廷燮南宋制撫年表並夷堅志，存誠殆卒於紹興二年。

秋七月望，吴説得唐閻立本畫蕭翼賺蘭亭圖於錢塘。

參閲前一一二八年事迹。

金石録後序云：「盡爲吴説運使賤價得之。」此圖蓋爲吴説所得物之一，吴説所得甚多，不僅此一幅。

公元一一三二年（紹興二年壬子）　清照四十九歲。

春，清照赴杭。

金石録後序云：「壬子，又赴杭。」按趙構於正月離越赴杭，丙午至臨安。清照赴杭，當在其後。

三月，清照作一聯嘲張九成。

宋陸游老學庵筆記卷二云：「張子韶對策，有『桂子飄香』之語。趙明誠妻李氏嘲之曰：『露花倒影柳三變，桂子飄香張九成。』」張九成字子韶。九成對策，在紹興二年三月甲寅，爲進士第一人。此兩句是否是詩，有無全篇，俱不可考。俞正燮事輯以爲詩，又云：「應舉者服其工對，傳誦而惡之。」俱不知何據，或俞氏杜撰。

夏，清照再適張汝舟。

據苕溪漁隱叢話、衢州本郡齋讀書志、建炎以來繫年要録。此三書俱有張汝舟之名。據咸淳毗陵志卷十一，張汝舟乃毗陵人，崇寧五年進士。據建炎以來繫年要録，張汝舟此時殆爲監諸軍審計司。近人李泍謂當時有兩張汝舟，原文未見，未知其説何如。

按紹興元年九月己亥詔：「文臣寄禄官，依元祐法分左右字，贓罪人更不帶，以示區别。」二年二月起，選人亦分左右。（見建炎以來繫年要録卷四十七。宋宰輔編年録卷十一亦云：「紹興元年十二月詔，文階繫銜，復分左右。」）張汝舟爲崇寧進士，應帶有「左」字，而此張汝舟則爲右承奉郎，乃帶「右」字，顯爲無出身人。又另一張汝舟，在建炎三年已爲朝奉郎，而此張汝舟，則在紹興二年爲右承奉郎，官階相距甚多，必非一人也。

按清照投綦崈禮啓云「友凶横者十旬」，是清照再嫁至離異，爲時不過百日。張汝舟以九月屬吏。以此推之，清照再嫁當在四五月間。

明清迄近代，爲清照辯誣，主張清照未再嫁者甚多，無一能言之有故，持之成理，俱不取。

秋八月丙辰，直秘閣主管江州太平觀趙思誠守起居郎。

見建炎以來繫年要録卷五十七。

清照與張汝舟離異。

建炎以來繫年要録卷五十八：「紹興二年九月戊午朔：「右承奉郎、監諸軍審計司張汝舟屬吏，以汝舟妻李氏訟其妄增舉數入官也。其後有司當汝舟私罪徒，詔除名，柳州編管。十月己酉行遺。李氏，格非女，能爲歌詞，自號易安居士。」

離異事各書多未載。苕溪漁隱叢話祇云：「再適張汝舟，未幾反目。」而王灼碧雞漫志則云：「再嫁某氏，訟而離之。」且清照既訟其妄增舉數入官，張汝舟因之除名編管，不能不離異也。

清照作啓謝翰林學士綦崈禮。

綦崈禮，字叔厚，高密人，政和八年進士（中興館閣録卷七），宋史有傳。著有北海集六十卷，今失傳。永樂大典輯出者四十六卷。

清照訟事上聞，綦崈禮必從中援手，故清照以啓謝之。清照啓見雲麓漫鈔卷十四。按宋洪遵翰苑羣書下翰苑題名：「綦崈禮，紹興二年二月，以吏部侍郎兼權直院，七月，除兵部侍郎依舊兼權，九月（乙亥），除翰林學士，四年七月，除寶文閣學士，知越州。」（宋中興百官題名與此同。）清照啓内稱綦爲内翰承旨，而「御筆尚書兵部侍郎兼直學士院綦崈禮爲翰林學士」在九月乙亥（十八日），清照上此啓必在九月底或稍後。只有翰林學士始稱「内翰」。據翰苑題名，綦崈禮未授承旨（承旨不常設，以學士資深者爲之）。而清照稱之爲「内翰承旨」，殊不可解。且綦於九月中始爲翰林學士，似不能遽授承旨。俟另考。（綦與趙氏有親聯，而北海集内無一字及趙李二氏。）

綦崈禮所援手者爲何事，清照啓内未言，各書亦未有記載。惟按之宋竇儀等所編重詳定刑統卷二十四鬬訟律云：「諸告周親尊長、外祖父母、夫、夫之祖父母，雖得實，徒二年。議曰：『告周親尊長、外祖父母、夫、夫之祖父母，依名例律，並相容隱。被告之者，與自首同。告者各徒二年。』」(刑統卷六名例律中有互相容隱一例：有罪相容隱：「諸同居，若大功以上親及外祖父母、外孫，若孫之婦、夫之兄弟及兄弟妻，有罪相爲隱。若犯謀叛以上者，不用此律。」)是李清照訟張汝舟妄增舉數入官，雖按問屬實，清照自身亦應徒二年。又朱子語類卷一百二十八云：「律輕而勑重。」又云：「因言律即刑統極好，後來勑令格式罪皆太重，不如律。」(宋之勑令格式今多無傳。清照訟張汝舟時所施行者爲紹興勑令格式，見宋史刑法志一。)清照告張汝舟，以妻告夫，張汝舟得以自首論，而清照自身，則依紹興勑令格式，或應處徒二年以上刑。清照謝啓云：「故茲白首，得免丹書。」是清照未嘗處罪。今清照未處罪，而有司原當張汝舟私罪徒(徒至多三年，可贖，可以官抵)，而竟除名編管，殆綦崈禮曾營救清照，得勿坐「告周親以下罪」，故清照投啓謝之。清照訟張汝舟，汝舟因之除名編管，而清照乃「居囹圄者九日」(啓中語)，蓋清照亦有「告周親以下罪」，故亦收繫囹圄也。

俞正燮易安居士事輯以清照作啓與綦事繫之建炎三年十一月，以爲爲張飛卿玉壺事，且以「内翰承旨」爲中書舍人之稱。按中書舍人未有稱爲「内翰承旨」者，宋人或即稱「舍人」，或稱「紫微」(如唐杜牧稱「杜紫微」，宋吕本中詩話稱紫微詩話，張孝祥稱「張紫微」)，俞氏未深考。

冬十一月二十三日，洪炎上言徵求書籍。

宋會要輯稿云：「紹興二年十一月二十三日，秘書少監洪炎言：福州故相余深家、泉州故相趙挺之家，藏國史實録善本，……望下逐州諭令來上，優加恩賚。從之。」(見第五十五册崇儒四，永樂大典卷一千七百四十二引中興會要。）

按是時趙思誠守起居郎，必在臨安。清照與張汝舟離異不久，或亦在臨安，趙存誠殆已卒。所云泉州故相趙挺之家，不知何人。惟在紹興五年，趙明誠家曾繳進哲宗皇帝實録，則此趙挺之家，或即趙明誠家，清照或曾赴闕也。（黄盛璋君據余此稿見告云：「泉州當爲青州或密州之誤。指其原籍而言，非指其所在地。余深乃福州人，故曰福州余深家。」此説恐有未然。紹興二年時，青州或密州俱已失陷，洪炎所云「望下逐州諭令來上」，當衹能下於福州及泉州，不可能下青州或密州也。）

又黄先生曾録余考入修正之趙李年譜，惟云：「此處所云泉州趙挺之家，當指趙存誠家。趙思誠後亦家泉州。但此時趙思誠尚在杭州。此年清照亦在杭州。則此泉州趙家，非趙存誠莫屬。」案趙思誠確家泉州，惟不在紹興二年之後。福建通志卷五十二云：「趙思誠，字道夫，高密人。父挺之，崇寧中宰相。思誠與兄存誠，相繼成進士。弟明誠亦有文學。建炎南渡，存誠帥廣東，與思誠謀移家所向。以泉南俗淳，乃自五羊抵泉，因家焉。思誠復以寶文閣待制守泉，明誠亦以集英殿修撰帥金陵。從弟濬、涣，皆第進士。涣任御史，以親黨皆在泉，亦徙居焉。」趙存誠卒於廣州帥任，見夷堅志。

公元一一三三年（紹興三年癸丑）　清照五十歲。

春正月壬午，起居郎趙思誠試中書舍人。

見建炎以來繫年要録卷六十二。

張綱華陽集卷八有趙思誠除中書舍人制。張於紹興三年五月除中書舍人，四年初除給事中（見華陽集卷四十洪蔵所撰行狀），疑張早已直舍人院，故草有此制。

二月，莊綽作雞肋編。

雞肋編卷中載清照作詩詆士大夫（參閲一一二八年事迹）。

按此書莊綽序於紹興三年二月九日，而載有其後之事。蓋成書在後。

五月己未，中書舍人趙思誠充徽猷閣待制，提舉江州太平觀。

建炎以來繫年要録卷六十五云：「從所請也。」

張綱華陽集卷八有趙思誠轉一官制，云「分符便郡，實資屏翰之良」，蓋思誠必旋守郡，故有此制。

丁卯，尚書吏部侍郎韓肖胄爲端明殿學士、同簽書樞密院事，充大金軍前奉表通問使，給事中胡松年試工部尚書充副使。

建炎以來繫年要録卷六十六云：六月丁亥入辭，十一月使還。

韓肖胄乃韓琦之曾孫。胡松年，海州懷仁人，政和二年上舍，見宋史本傳。

清照作詩。

清照作古、律詩各一首，見趙彦衛雲麓漫鈔卷十四。厲鶚宋詩紀事卷八十七以古詩一首分作兩首，其後各家皆從之，非也。清照詩序明言「古、律詩各一章」，非古詩兩首，律詩一首。新編李清照集以宋詩紀事之第一首爲第一首，又以宋詩紀事第二首與雲麓漫鈔之律詩一首合爲一首，其題亦與雲麓漫鈔不同，未知何據也。

人或以清照詩内自稱「閭閻嫠婦」，遂以爲未曾改嫁之證。其説殊難成立。是時趙明誠已死，張汝舟已離異，稱嫠婦有何不可。

秋九月十一日，謝克家跋明誠舊藏蔡襄進謝御賜詩卷。

跋云：「姨弟趙德夫，昔年屢以相示。今下世未幾，已不能保有之，覽之悽然。汝南謝克家。癸丑九月十一日，臨安法慧寺。」（此跋見明郁逢慶續書畫題跋記卷四、珊瑚網法書題跋卷三、大觀録卷六、式古堂書畫彙考書考卷十）此殆亦爲清照在紹興被盜物之一。此帖後入清内府，見石渠寶笈卷二十九，文及甫一跋尚存（參看前一一〇九年）。黄譜亦引此事，惟誤繫於紹興四年九月。

按建炎以來繫年要録卷六十七：「紹興三年秋七月甲寅朔，資政殿學士新知平江府謝克家提舉萬壽觀兼侍讀。」又卷七十：「紹興三年十一月乙亥，資政殿學士提舉萬壽觀兼侍讀謝克家知台州。……尋改衢州。」九月間，謝克家必在臨安。又臨安有法慧寺，紹興四年正月戊午，以法慧寺爲秘書省（見建炎以來繫年要録卷七十二），此時當仍爲佛寺。其人其地皆合。此跋殊可據。

公元一一三四年（紹興四年甲寅）　清照五十一歲。

夏五月庚戌朔，徽猷閣待制知温州趙思誠試中書舍人。

建炎以來繫年要録卷七十六：「五月癸亥，殿中侍御史常同守起居郎。時趙思誠新除中書舍人，同言：思誠，挺之子。挺之首陳繼述，實致國禍。且與京、黼同時執政。今公道即開，豈可使其子尚當要路。……思誠亦辭不至。」

七月，謝克家卒。

見宋宰輔編年録卷十五，建炎以來繫年要録卷七十八。

八月己亥，新除中書舍人趙思誠復爲徽猷閣待制，知台州。

建炎以來繫年要録卷七十九云：「思誠既爲常同所劾，抗疏力辭，而有是命。」嘉定赤城志卷九云：「紹興四年十月十三日左朝散郎、徽猷閣待制趙思誠知台州。十一月四日替。」李處權崧庵集卷四有道夫惠詩爲和五首詩、卷六有醉後贈道夫詩，此道夫疑即趙思誠。前詩有「回首人間世，塵埃望赤城」語，蓋其時趙守台州也。

秋八月，清照作金石録後序。

後序所署作序年月，各本金石録俱作：「紹興二年，玄黓歲，壯月朔甲寅。」宋洪邁容齋四筆卷五則云：「時紹興四年也，易安年五十二矣。」（宋刻本、通行本俱同）俞正燮易安居士事輯，以爲此序作於紹興二年，易安年五十有一。俞氏曾引容齋四筆，而不從其説，蓋不以容齋爲是。李文檹云：「按居士撰金石録後序云：『予以建中辛巳，始歸趙氏。』又云：『余自少陸機作賦之二年,至過蘧瑗知非之兩歲,三十四年之間,憂患得失,何其多也。』則易安歸趙氏時年十八。及紹興甲寅(或誤作壬子)作金石録序時,年五十一。其間恰三十四年也。」(此與吴衡照蓮子居詞話之説相同)今人夏承燾、黄盛璋則據容齋四筆五十二歲之説,以爲此序作於紹興五年。徐益藩之説,則與李文裿同。各家之説,或以紹興四年爲據,或以五十二歲爲據,蓋俱本容齋四筆所記,而各執其一端。反覆觀之,李、徐説爲長。以李、徐於容齋四筆所云「紹興四年」之外,尚兼顧金石録後序「三十四年」之説,而夏、黄之説,則局限於「五十二歲」一説,與金石録後序牴牾較多也。

欲決定後序作於何年,必須顧及(一)後序所云「過蘧瑗知非之兩歲」,(二)後序所云「三十四年之間」,(三)容齋四筆所云「紹興四年」,(四)容齋四筆所云「五十二歲」各説。至於後序所署紹興二年則顯有錯誤,不足爲憑。所云「壯月朔甲寅」,亦不足爲憑。無論紹興二年,四年或五年,八月朔俱非甲寅日。

(一)「知非」多作「五十」解。淮南子原道訓:「故蘧伯玉年五十而知(或作有)四十九年非。」所知爲何,爲四十九年之非。徐益藩以爲可作「四十九」解,似亦無不可。李、徐説與夏、黄説俱與之無抵觸。

(二)「三十四年之間」之三十四年,應包含首一年、末一年在内,不計算足年(近人計算年齡,亦尚如此。故常有出生不多日,而即號稱兩歲者)。清照於建中辛巳適趙氏,三十四年應至紹興四年止。此序如作於紹興五年,則首尾共三十五年。此三十四年之「四」字,各本金石録後序、説郛本瑞桂堂暇録、徐𤊹筆精俱無異文。

（三）容齋四筆云序作於四年。各本金石録所附後序雖俱署紹興二年，而明鈔本説郛所收宋無名氏瑞桂堂暇録（見過兩種明鈔本，及商務印書館排印本），載有後序全文，亦作紹興四年。容齋四筆僅撮述後序大概載之，而瑞桂堂暇録所引則爲全文，必不出自容齋四筆。瑞桂堂暇録（明人鈔本題宋人撰）撰人所見後序全文，當出自李易安集，或舊本金石録，或原稿。而容齋四筆有宋刊本，更可據依。夏、黄説與之不合。

（四）五十二歲之説，各本容齋四筆（宋刻本與通行本）俱同，李、徐説與之不合。

上面共四點，李、徐説有抵觸者祇第四點，而夏、黄説有抵觸者，則有第二點與第三點。

金石録後序多出自鈔本，易致謬訛。今雖有宋龍舒刊本，而原無後序。即滂喜齋所藏宋刊金石録殘本十卷，其後序亦由明人補鈔，並非原有（殆鈔自瑞桂堂暇録），且今已不存。容齋四筆宋刻原本雖不易見，而現有四部叢刊續編影印宋本（此本宋刻不全，以明活字本配補，四筆刊載金石録後序部分，爲宋刊），應較可據。阮劉文如跋滂喜齋藏本金石録所云「序言十九歲歸趙氏」，與容齋四筆完全符合，與後序所云「過蘧瑗知非之兩歲，三十四年之間」亦無不合。祇與後序所云「少陸機作賦之二年」一句有牴牾。如滂喜齋所藏宋本金石録鈔補之後序確云十九歲（惜此本現已無明人鈔補之後序），或南北公私所藏明鈔本説郛所載瑞桂堂暇録有任何一本確有此語，必可置信（後序所云「少陸機作賦之二年」，可能爲「少陸機作賦之一年」，誤「一」爲「二」。倘果如是，則與容齋所紀毫無矛盾）。

不得已而求其次，則寧從李、徐二氏之説，以清照作後序事繫之今年。至各家引以爲據之清照畫像，則衹能證明清照生於元豐七年，而不能證明金石録後序作於何年，實無足輕重。且其本身真僞，尚頗堪疑，難以爲據。

冬十月，清照避地金華，卜居陳氏第。

此據打馬圖經序。（宋史高宗紀：「九月庚午，金齊合兵，分道來犯。」）序云：「涉嚴灘之險。」清照過釣臺時，曾有七絶一首，載明劉伯潮輯本釣臺集卷下（吴希孟輯八卷本釣臺集未載）。此首亦可能爲自金華還臨安時作，姑繫於此。

十一月二十四日，打馬圖經成。

據原序。

公元一一三五年（紹興五年乙卯）　清照五十二歲。

春，賦武陵春詞，又作八詠樓詩。

詞見明葉盛水東日記，詩見宋祝穆方輿勝覽。詞有「聞説雙溪春尚好」句，必是年春作。八詠樓詩不知何月作。雙溪與八詠樓俱在金華。

夏五月三日，趙構令婺州取索趙明誠家藏哲宗實録。

宋會要輯稿第五十五册崇儒四引中興會要（永樂大典卷一千七百四十二）云：「五年五月三

日，詔令婺州取索故直龍圖閣趙明誠家藏哲宗皇帝實録繳進。」李心傳建炎以來朝野雜記甲集卷四亦載此事，云是蔡京所修哲宗實録，得於故相趙挺之家。是清照確藏有是書，且已繳進。按哲宗前實録一百卷、後實録九十四卷，蔡京所修，晁公武郡齋讀書志著録，蓋井憲孟家有是書。東南兵火，典籍淪亡，此書館閣無之，遍求始於紹興五年得之趙氏。紹興二年，洪炎所言泉州故相趙挺之家藏實録善本，殆即此書也。

洪炎所云泉州故相趙挺之家，以實録繳進事觀之，即明誠家，亦即清照也。據此，似清照平生行蹤，或曾至福建。倘確曾駐家泉州，則臨江仙詞所云「人客建安城」（趙萬里輯本漱玉詞作「人老建康城」），殆爲入閩或出閩時過建安作。上句「春歸秣陵樹」，或爲追憶趙明誠而作，以明誠葬建康也。其時當在紹興二年與張汝舟離異之後（洪炎上書在二年冬十一月）。無可證實，姑識於此（趙挺之夫人遷葬晉水，蓋亦即泉州。惟其時或趙思誠守泉州或退居泉州，與清照未必有關，據黄公度代作之祭文可知）。後序云「所有一二殘零不成部帙書册三數種」，乃哲宗實録有一百九十四卷之多，仍藏其家，完整無缺。所言或不免過甚其辭，未可盡信。

案黄譜曾引余所考，惟云：趙挺之曾兼實録修撰，故家有其書。案慶元條法事類卷十七云：「諸雕印御書本朝會要及言時政邊機文書者，杖捌拾，並許人告訐。即傳寫國史、實録者，罪亦如之。」馬端臨文獻通考卷三十二選舉五載：嘉泰元年，起居舍人章良能陳主司三弊，云：「國朝正史、實録等書，人間私藏，具有法禁。惟公卿子弟因父兄得以竊窺；有力之家，冒禁傳寫。」實録亦例不刊版。趙挺之家有哲宗實録，殆是冒禁傳寫者，與其他官書因修撰刊版而被賜者，或有不同也。

清照回臨安。

清照是年五月間仍在金華。其後何時還臨安，無可考。但劉豫入寇早已兵退，清照或在是年内離金華。

公元一一三七年（紹興七年丁巳）　清照五十四歲。

秋八月乙未，徽猷閣待制、提舉江州太平觀趙思誠爲中書舍人。

建炎以來繫年要録卷一百十三云：「思誠嘗除舍人，坐其父挺之直陳紹述，爲言者所論，至是張浚復用之。」

李彌遜筠溪集卷四趙思誠中書舍人制有云：「兹賜環於祠館，歸持橐於禁林。」蓋此次制詞也。

冬十月丁未，中書舍人趙思誠充寶文閣待制，知南劍州。

建炎以來繫年要録卷一百十五云：「從所請也。」

公元一一三八年（紹興八年戊午）　清照五十五歲。

春三月十五日，張琰序李格非洛陽名園記。

序内述清照上詩救父（見一一〇二年事迹）。

公元一一四〇年（紹興十年庚申）　清照五十七歲。

夏五月十一日，辛棄疾生。

見辛啓泰編稼軒先生年譜。

稼軒詞甲集有博山道中效李易安體醜奴兒近一首。

朱弁作風月堂詩話。

此朱弁在金所作，載有清照詩。朱弁於建炎元年奉使至金，羈留十餘年始歸。所載清照詩，必清照在建炎以前所作。

公元一一四一年（紹興十一年辛酉）　清照五十八歲。

夏五月十三日，謝伋作四六談麈。

此書載有清照祭趙明誠文斷句。

公元一一四二年（紹興十二年壬戌）　清照五十九歲。

綦崈禮卒。

見攻媿集卷五十一北海先生文集序，建炎以來繫年要録卷一百四十六。綦卒時年六十（見宋史本傳）。

公元一一四三年（紹興十三年癸亥）　清照六十歲。

夏，清照撰端午帖子詞。

子。……時秦楚材在翰苑，惡之，止賜金帛而罷。」按進帖子詞原爲學士院之事。陳元靚歲時廣記引皇朝歲朝雜記云：立春及端午，「學士院前一月，撰皇帝、皇后、夫人閤門帖子。送後苑作院，用羅帛製造，及期進入。」代作帖子，宋人有之。秦楚材與清照稍有親故。（秦楚材即秦梓，乃秦檜之兄。檜妻王氏與清照爲中表——此據雞肋編卷中。）周密所云秦楚材惡之，殆惡其不代己作，而因内命婦進也。又周密所云「止賜金帛而罷」，乃易安未得他賞，祇有金帛之賜而已。俞正燮易安居士事輯云「於是翰林止金帛之賜」，以爲以後翰林學士停賜金帛，非是。且撰擬文字原爲學士之職，雖草后、妃、太子、宰相麻賞賜甚厚（見周必大玉堂雜記卷下），未必每次撰擬，俱有所賜，俞氏以爲帖子詞每次有金帛之賜，未知所本。

又俞正燮以此事繫之紹興三年，李文裿繫之紹興十一年，俱非。翰苑題名：「秦梓，紹興十二年九月，以敷文閣直學士兼權直院，十月，除兼直院，十三年閏四月，除翰林學士，六月，除龍圖閣學士知宣州。」十三年端午，清照進帖子，秦梓正爲翰林學士。若爲紹興三年或十一年，則秦梓並不在翰苑。又建炎以後，進帖子詞事久廢，至紹興十三年立春，學士院始進帖子詞（見建炎以來繫年要録卷一百四十八），必非紹興三年或十一年間事。不僅紹興癸亥應爲十三年而已。黄譜以爲帖子詞撰於是年五月，與皇朝歲時雜記所云前一月撰不符，疑有誤。詩女史等尚載有皇帝閤、貴妃閤帖子，内多用「春」字，不似端午節者，殆爲春帖子。疑清照進帖子詞不止一次，當在紹興十三年或以後。其貴妃閤帖子必作於紹興十三年，說見前。

公元一一四四年（紹興十四年甲子） 清照六十一歲。

朱弁卒，年六十。時爲右宣教郎、直秘閣、主管佑神觀。

見建炎以來繫年要録卷一百五十二、宋史本傳及朱文公文集卷九十八奉使直秘閣朱公行狀。弁字少章，婺源人。所著風月堂詩話載有清照詩斷句二則。其他著作傳世者，有曲洧舊聞及續骫骳説（僅有説郛中删節不全本）。

公元一一四六年（紹興十六年丙寅） 清照六十三歲。

春正月十五日上元，曾慥樂府雅詞成。

此書録清照詞二十三首。

春二月癸丑，端明殿學士知宣州秦梓移知湖州，未上，卒於建康。

見建炎以來繫年要録卷一百五十五。（洪邁夷堅丁志卷十以爲梓死於宣州。）

秦梓乃宣和六年進士，見景定建康志卷三十二。

冬十月甲寅，端明殿學士提舉臨安府洞霄宫胡松年卒，年六十。

見建炎以來繫年要録卷一百五十五及宋史本傳。

公元一一四七年（紹興十七年丁卯） 清照六十四歲。

五月辛卯，寶文閣待制、提舉江州太平觀趙思誠卒。

據建炎以來繫年要録卷一百五十六。

李彌遜有宫使待制舍人趙公挽詩三首（見筠溪集卷二十），又有祭趙道夫待制文（見筠溪集卷二十三），皆爲趙思誠作。

天台續集别集卷一有建炎丞相成國吕忠穆公退老堂詩，計七律二首，署「左朝散郎充徽猷閣待制提舉江州太平觀趙思誠」撰，蓋趙曾登第，故階官朝散郎上帶有「左」字。（亦收入宋詩紀事補遺卷四十一）

周紫芝太倉稊米集卷四有次韻趙思誠沈彦述春日和答七律，李彌遜筠溪集卷十七有次韻道夫待制萬象亭、次韻趙道夫待制放魚之作，今趙原作皆未見。

李彌遜祭文云：「公之生也，有德有年，有子而賢，有經可遺，有業可傳。」按趙挺之孫可知者有二人：一名恬（見夷堅乙志卷九）、一名誼（見樓鑰攻媿集卷七十跋趙清憲公遺事一文，乃黄盛璋君見告者），未知此二人爲存誠子抑思誠之子也。

朱熹朱文公文集卷八十三題趙清憲（原誤獻）事實後一文云：「熹少時從趙公之孫惠州使君遊。……今復從惠州之子某得此。」是朱熹曾見趙挺之之曾孫。所云惠州使君，不知爲恬、爲誼，抑另一人也。趙思誠另有一女，見朱文公文集卷八十二朝請大夫李公墓碣銘。

李彌遜筠溪集卷五又有趙思誠守泉州制。據制詞，乃思誠寓泉州時起知泉州者，亦未知爲何年事也。

公元一一四八年（紹興十八年戊辰）　清照六十五歲。

秋八月十五日，胡仔爲苕溪漁隱叢話前集作序。

書内載有清照詞，並載清照再嫁反目，作啓與綦崈禮事。

按此書前集雖序於紹興戊辰，書實成於序後約十年左右。書中曾有若干處引洪邁夷堅志，皆夷堅甲志之文。傳本夷堅甲志原序已佚，惟書中所載之事，有下至紹興二十九年者；即胡仔所引，亦有紹興二十一年之事。叢話前集成於紹興十八年以後，無可疑也。余前以爲成於紹興十八年，實爲失考。以此推之，後集雖序於乾道三年，書是否成於是年，亦未可知也。

公元一一四九年（紹興十九年己巳）　清照六十六歲。

春三月十六日，王灼碧雞漫志成。

碧雞漫志對清照詞深致不滿。易安詞集久佚，存世各詞，多自樂府雅詞、梅苑、全芳備祖、唐宋諸賢絶妙詞選等輯出，不足以窺全豹。王灼所指摘之詞，各選本未必收入。王灼所評是否恰當，亦不得而知。惟王灼乃以道學面貌立説，未必與實全符。

公元一一五〇年（紹興二十年庚午）　清照六十七歲。

秋八月甲子，資政殿學士提舉臨安府洞霄宫韓肖胄卒於紹興。

見建炎以來繫年要録卷一百六十一、宋宰輔編年録卷十五。

清照訪米友仁爲米芾帖求跋。

岳珂寶真齋法書贊卷十九載米元章靈峰行記帖米友仁跋云：「易安居士一日攜前人墨迹臨顧，中有先子留題，拜觀不勝感泣。先子尋常爲字，但乘興而爲之。今之數句，可比黄金千兩耳。呵呵。」同書卷二十載米又一跋（岳珂時米元章帖已佚，僅存米友仁一跋）云：「先子真迹也。昔唐李義府出門下典儀，宰相屢薦之。太宗召試講武殿，賜坐，而殿側有鳥數枚集之，上令作詩詠之。先子因暇日偶寫，今不見四十年矣。易安居士求跋，謹以書之。」二跋俱題：「敷文閣直學士、右朝議大夫、提舉佑神觀友仁謹跋。」按建炎以來繫年要録卷一百五十九、卷一百六十二：「紹興十九年四月癸酉，敷文閣待制、提舉佑神觀米友仁陞直學士。」又：「二十一年正月庚子，敷文閣直學士、提舉佑神觀米友仁卒。」（唐圭璋先生兩宋詞人時代先後考以爲友仁卒於乾道元年。此説未見於宋人記載，未知所據。）二跋俱署敷文閣直學士，是易安訪米友仁求跋，必在紹興十九年四月以後，二十一年正月以前。此二跋是否同時所作，亦無可考。姑編於今年。米友仁壽至八十有餘，作是二跋時，年在八十上下。（按米芾卒於大觀四年庚寅，至是爲四十年，故友仁跋云：「今不見四十年矣。」）

米友仁父米芾家京口，友仁已於紹興十五年提舉佑神觀奉朝請，此時當在臨安。清照能訪友仁求跋，當亦在臨安。若友仁在京口，或清照不在臨安，則清照似無以六十七歲之高齡赴異地求跋之理。清照是年既仍在臨安，則俞正燮云「老於金華」，今人有云「晚節或終老越土」，殊無佐證，恐難成説。

岳珂跋米元章帖云：「右寶晉米公靈峰行記真蹟一卷。天下未嘗無勝遊，惟人與境稱，而後傳久。其次以文，其次以字畫。攷乎此亦可觀矣。寶慶丙戌秋得之京口。故藏易安室，有元暉跋語繫焉。」據此跋可見「易安室」乃一室名，與宋人之遂初堂、雪浪齋、日涉園等無異，非別有用意也。近人吴庠云：「古人臨文率稱名，不稱字。婦人對其夫自稱爲『室』，固屬罕見。而又置『室』字於『易安』下，甚不安。」（所云指金石録後序而言）夏承燾先生亦據此三字内有「室」字，以爲易安確爲趙家之一嫠（二説俱見唐宋詞論叢），殆俱未見岳珂此跋也。

又按易安詩文内用「易安室」三字者凡三處：一爲金石録後序，一爲打馬圖經序，一爲上樞密韓肖胄詩序。三者俱以「易安室」三字代替自稱。此「室」字決非「妻室」之「室」。不然，金石録後序或可云對夫而言，打馬圖經序與上韓肖胄詩焉有自稱爲妻室之理。此三字殆爲通常泛泛自稱，並不專對何人。即所謂上樞密韓肖胄詩，實亦未曾投韓。詩序云：「見此大號令，不能忘言，作古、律詩各一章，以寄區區之意，以待採詩者云。」可見也。清照上綦崈禮啓尚稱名。對於位爲執政而父祖皆出其先人門下之韓肖胄，決無不稱名而自稱「易安室」之理。

公元一一五一年至一一五五年（紹興二十一年辛未至二十五年乙亥）　清照年六十八至七十三歲。

清照表上金石録於朝。

宋洪适隸釋云：「紹興中，其妻易安居士李清照表上之。」不知何年。

朱熹朱文公文集卷七十五家藏石刻序云：「……來泉南，又得東武趙氏金石録，大略如歐陽子書（指集古録），然詮敍益條理，考證益精博。」此序撰於紹興二十六年八月二十二日，是金石録板行於世，當在紹興二十六年（一一五六年）或以前。清照表進於朝，當更在其前。黄盛璋君謂進書在紹興十三年間，雖出諸推測，或有可能也。（朱熹對金石録頗爲推重。朱子語類卷一百三十云：「明誠，李易安之夫也。文筆最高，金石録煞做得好。」）

朱熹所述，爲引用金石録最早之記載。洪适隸釋、胡仔苕溪漁隱叢話後集皆在其後。

清照欲以所學傳孫氏女，孫氏女謝不可。

宋陸游渭南文集卷三十五夫人孫氏墓誌銘云：「夫人幼有淑質。故趙建康明誠之配李氏，以文辭名家，欲以其學傳夫人。時夫人始十餘歲，謝不可，曰：『才藻非女子事也。』」（清王士禛池北偶談已引及此資料。）孫氏卒於紹熙四年，年五十三，實生於紹興十一年。謝絶清照時，其年至少必在十五左右。若以爲十一二歲，似尚不能深諳封建禮教，而認爲才藻非女子事。即在清照似亦無從以所學傳於十一二歲之幼女。此事最早亦在一一五五年（紹興二十五年）左右。

宋羅燁新編醉翁談録乙集卷二、明酈琥彤管遺編後集卷十一、明趙世杰古今女史卷三載有女子韓玉父題詩漠口鋪，自序云：「幼時易安居士教以學詩。」醉翁談録多出依託，未知果有其人否。清陸昶歷朝名媛詩詞則誤作「韓玉」，並以曾與辛棄疾唱和、撰有東浦詞一卷、官爲將作少監之韓玉爲易安女弟子，大誤。馮金伯詞苑萃編卷二十四亦承其誤。

李清照卒。

卒年不明，不能早於紹興二十五年（一一五五年），享年至少七十三歲。

今人或據衢州本郡齋讀書志自序，定清照卒年爲一一五一年（紹興二十一年），非也（見黄盛璋李清照事迹考，而唐圭璋兩宋詞人時代先後考從之）。晁公武云：「李易安集十二卷：右皇朝李氏，格非之女。先嫁趙誠之，有才藻名。（此從袁州本。衢州本作：「幼有才藻名，先嫁趙誠之。」）其舅正夫相徽宗朝，李氏嘗獻詩曰：『炙手可熱心可寒。』然無檢操（衢州本此下有「後適張汝舟，不終」七字）。晚節流落江湖間以卒。」晁書之成，必在清照身後，此無可疑者。衢州本郡齋讀書志晁公武自序署紹興二十一年，如無有錯誤，原可據以斷定清照卒年必在紹興二十一年以前，或至晚在紹興二十一年。實則此序所署年月，全不可據。

按晁公武郡齋讀書志在宋代至少有三種刊本：一爲蜀本，四卷，杜鵬舉所刻，宋史藝文志著録，今傳世袁州本所載首四卷是也。二爲衢州本，二十卷，淳祐己酉刻於信安郡齋，乃姚應績所改編（原亦刻於蜀），陳振孫直齋書録解題著録，清汪士鍾、王先謙所刻本是也。三爲袁州本，淳祐庚戌刻於宜春，由趙希弁就蜀本四卷，加以希弁自藏爲附志，再就衢本所有而蜀本所無者爲後志。清初陳師曾刻之。近又有影印宋刻原本。蜀本今不可見，衢、袁二刻則均有傳本。宋刻袁州本載公武自序，出自蜀本，無作序年月。衢州本所載公武自序始署紹興二十一年吉日。（據汪閬源所刻衢州本、王先謙本及商務印書館影印宋刻袁州本，他本未檢。）趙希弁已以衢州本自序前後牴牾爲疑，而未疑及所署年月。衢州本自序所署紹興二十一年可疑之處頗多：

蜀四卷本刊行最早，自序並無歲月，經姚應績重編、信安重刊，乃所載自序忽署紹興二十一年，其序文且前後牴牾，如趙希弁所已及。可疑者一也。據清照行事，紹興二十一年必尚在世，縱使卒於是年，清照乃一閭閻嫠婦，姓名不挂朝籍，乃「去天萬里」，僻處三榮之晁公武何以遽能筆之於當年所著之書？可疑者二也。公武此書屢言「紹興中」，如袁本卷二下刑法類之紹興勅令格式（衢本卷八）、同卷譜牒類之闕里世系（衢本卷九）、卷四下之藝圃折衷，明爲紹興年以後追敍之語。此書如成於紹興二十一年，似不得云紹興中。可疑者三也。袁本讀書志卷二上實録類載有哲宗新實録。晁氏云：「紹興四年三月壬子，太上皇帝顧謂宰臣朱勝非等曰……。」（衢州本卷六同）又卷二上雜史類載建炎日歷，晁氏云：「右皇朝汪伯彦撰，記太上皇帝登極事。」（衢本卷六亦同）最爲可疑。此二語明爲趙構禪位以後之語，決非紹興年間所記。且袁本（從蜀本出）、衢本文字俱同，必無錯誤。此書如成於紹興二十一年，晁公武焉能預知十一二年後，趙構將禪位於趙昚（孝宗），而預稱之爲太上皇。此書必成於紹興三十二年以後，即此可以完全證明。衢本自序所署紹興二十一年，必爲姚應績改編時所妄加。如謂此序確作於紹興二十一年，而成書則在以後，則袁本自序（即蜀本原序）何以無歲月。陳振孫未見蜀四卷本，僅著録衢州刊二十卷本（或其祖本），深信其爲紹興二十一年所作而載之書録解題。陳振孫而外，宋人亦有信此書成於紹興二十一年者，皆未深考。衢州本郡齋讀書志晁公武自序所署歲月既全不可據，清照卒年自不能據以推定爲紹興二十一年。

據杜鵬舉序，此書成時，晁公武正在蜀。晁在蜀時間頗久。清陸心源儀顧堂題跋卷五衢本郡齋讀書志跋考證晁之行事，大致爲：晁先爲四川轉運使井度屬官；曾通判潼川府；先後知恭州、榮州、合州；轉潼川路轉運判官；以金安節薦爲侍御史；乾道四年，爲四川安撫制置使；五年，知興元府；七年，爲臨安少尹，明年罷；謂嘉定之符文鎮，山川風物近似洛陽，因家焉（陸氏原跋具載其出處，今不贅引）。惟徐松之宋會要輯稿其時尚未出，晁之行事尚有爲陸氏所未及者，如：隆興二年，爲殿中侍御史（李心傳建炎以來朝野雜記甲集卷九），又爲右正言（見宋會要輯稿第一百三十一册食貨二十一）；乾道二年，自尚書户部侍郎除集英殿修撰知瀘州（見同上書第一百二十册選舉三十四）（晁曾爲户部侍郎，故費衮梁谿漫志卷四、陳振孫直齋書録解題卷二十俱稱之爲晁侍郎）；乾道六年，七年，淮南東路安撫使（宋會要輯稿第一百七十二册兵二）、知揚州（見同上書第一百五十五册食貨六十三）；七年，自揚州移守潭州府（見南宋制撫年表卷下）。杜鵬舉序云：「作邑峨下，望先生滄洲之居，雞犬相聞。暇即問奇字於古松流水之間。」絶似隱居生涯，不似郡齋；蓋其時已退老於符文鎮，書亦成於是時，已在乾道七年之後矣。此書名爲郡齋讀書志，實非成於晁守郡之日。郡齋讀書志著録之李易安集十二卷，是否刊於清照生前，亦難以確定，祇能闕疑。

黄譜以爲蜀本郡齋讀書志刊於隆興二年晁公武未離蜀以前，似不然。據杜鵬舉序，書必刊於晁退老之時也。

昔人頗以爲衢本郡齋讀書志優於袁本，張元濟先生跋宋刻袁州本，獨以爲袁本優於衢本（見涉園序跋集録），其説精闢。現衢州本自序所署年月既知其確經竄改，亦可爲張先生之説添一佐證。

公元一一五五年（紹興二十五年乙亥）

春二月甲申，右文殿修撰曾慥卒。

見建炎以來繫年要録卷一百六十八。

慥字端伯，温陵人。著有樂府雅詞、類説等書。

公元一一五九年（紹興二十九年己卯）

正月甲申，左朝奉郎致仕朱敦儒卒於秀州。

見建炎以來繫年要録卷一百八十一，趙與旹賓退録卷六。

朱敦儒字希真，洛陽人。其詞集樵歌卷上有和李易安金魚池蓮鵲橋仙一首。易安原作未見。二人同時，或有交往。

朱敦儒生於何年，得年若干，尚未有人考定過。據建炎以來繫年要録紹興二十九年載「左朝奉郎致仕朱敦儒卒於秀州」，是其卒年已可確定；惟生年則無明文記載，以朱跋唐太宗賜韓王元嘉蘭亭帖自云紹興十六年時年六十六推之，當生於元豐四年（一〇八一年），至紹興二十九年（一一五九年）卒，享年當爲七十九歲。有人謂朱生於元豐間，淳熙初卒，年九十餘，不知何據。

公元一一六二年（紹興三十二年十月）

陸游賜進士出身。

見建炎以來繫年要録卷二百。世多誤以陸游爲隆興元年進士。

公元一一六六年（乾道二年丙戌）

洪适隸釋成，明年，序而刊之。

此書輯録金石録漢碑題跋爲第二十四、二十五、二十六卷，計三卷，並跋其後云：「右趙氏金石録三卷。趙君名明誠，字德夫，故相挺之之子也。所藏三代彝器及漢唐前後石刻，爲目録十卷、辨證二十卷。其稱漢碑者一百七十有七，其陰四十。今出其篆書者十四、非東漢者二。隸釋所闕者，蓋未判也，掇其説載之。趙君之書，證據見謂精博。然以『衞彈』爲『街彈』，以『綿竹令』爲『縣令』之類，亦時有誤者。紹興中，其妻易安居士李清照表上之。趙君無嗣，妻又更嫁，其書行於世，而碑亡矣。」

李心傳生。

心傳字微之，井研人。

公元一一六七年（乾道三年丁亥）

春三月上巳，胡仔爲苕溪漁隱叢話後集作序。

此書引有金石録，並引詩説雋永及四六談塵所載清照詩文。或以爲詩説雋永成於清照生前，尚不易證明。清照之卒迄胡仔此書後集之成（乾道三年或其後），相距至少有十年左右，無論如何，不似在同一年，則詩説雋永在清照下世以後成書，並非不可能也。

乾道年間

侯寘卒。

寘字彦周，東武人。有孏窟詞一卷，刊入汲古閣宋名家詞中。有效易安體眼兒媚詞一首，前已述及。

寘曾爲耒陽令（見永樂大典卷八千六百四十七衡字韻），居長沙，卒於乾道年間（卒年不明，略見大概於楊萬里誠齋集卷七十二怡齋記）。稱之爲知縣，蓋已自選人改官。詞綜卷十二云：「紹興中，以直學士知建康。」蓋誤讀直齋書録解題，以侯寘之母舅晁謙之之官職爲侯之官職。直齋書録解題卷二十一：「孏窟詞一卷，東武侯寘彦周撰。其曰母舅晁留守者，謙之也。紹興中，以直學士知建康。」文義甚明。按之景定建康志，建康行宫留守或郡守題名只有晁謙之而無侯寘，亦可證詞綜之非。

公元一一八四年（淳熙十一年甲辰）

洪适卒，年六十八。

據許及之撰行狀。

公元一一九二年（紹熙三年壬子）

夏六月，周煇清波雜志成。

據清波雜志自序。

公元一一九七年（慶元三年丁巳）

秋九月二十四日，洪邁容齋四筆成。

時金石録後序未刊行，洪邁見其原稿於王厚之處，爲撮拾其大概，載於此書。

公元一二〇〇年（慶元六年庚申）

春三月九日，朱熹卒，年七十一。

見黄幹撰行狀，又見李心傳道命録卷七下。

公元一二〇二年（嘉泰二年壬戌）

洪邁卒，年八十。

公元一二〇五年（開禧元年乙丑）

春三月上巳，趙不譾刻金石録後序，附於龍舒本金石録之後。

龍舒本金石録未附清照後序，此本始載之。趙不譾跋云：「趙德夫所著金石録，鋟版於龍舒郡齋久矣，尚多脱落。兹因假守，獲覩其所親鈔於邦人張懷祖知縣，既得郡文學山陰王君玉是正。

且惜夫易安之跋不附焉，因刻以殿之。用慰德夫之望，亦以遂易安之志云。開禧改元上巳日，浚儀趙不譾師厚父。」

近人或稱此本爲浚儀本，或云重刻於浚儀，俱非（清江藩已誤云浚儀重刊，見滂喜齋藏書記所載宋本金石録題跋）。浚儀見漢書地理志，即大梁。在北宋爲祥符（據歐陽忞輿地廣記卷一），即今之開封，宋南渡以後，已不在宋版圖之内。趙不譾乃宋之宗室，故自稱爲浚儀人，非刊於浚儀也。此本原刊於龍舒，趙跋甚明。

宋史藝文志載金石録三十卷，又載别本三十卷，未知此二本爲何本也。

公元一二〇六年（開禧二年丙寅）

秋九月九日，趙彦衛擁鑪閒紀易名雲麓漫鈔，重刊於信安郡齋。

擁鑪閒紀原刊於漢東學宫，見趙彦衛自序。此書載有清照詩文。

公元一二〇七年（開禧三年丁卯）

秋九月初十日，辛棄疾卒。

見辛啓泰輯稼軒先生年譜。

公元一二一〇年（嘉定三年庚午）

陸游卒，年八十六。

最近有人據陸氏家譜，以爲放翁卒於嘉定二年，惟此譜所載是否確實無誤，尚待證明，兹仍從錢大昕十駕齋養新録卷十六據直齋書録解題所考，究卒何年，仍待專家指示。

公元一二四一年（淳祐元年辛丑）

冬十二月，張端義貴耳集上卷脱稿。

此卷載清照晚年詞作元宵永遇樂、秋詞聲聲慢。

張端義字正夫，自號荃翁，鄭州人，居姑蘇。生於淳熙六年（一一七九年），其自著貴耳集卷上已明言之。近年有人考證兩宋詞人時代先後，於張不注生年，蓋未細讀貴耳集耳。

公元一二四三年（淳祐三年癸卯）

李心傳卒，年七十八。

見宋史本傳。

心傳建炎以來繫年要録載有清照訟張汝舟事。

李清照事迹編年附録

易安居士事輯

俞正燮

易安居士李清照，宋濟南人。父格非，母王狀元拱辰孫女，皆工文章。（宋史文苑傳）居歷城城西南之柳絮泉上。（古懽堂集有柳絮泉訪李易安故宅詩。據齊乘：柳絮泉在金線泉東。）易安幼有才藻。元符二年，年十八，適太學生諸城趙明誠。明誠父挺之，時爲吏部侍郎，格非爲禮部員外郎。（俱宋史）明誠幼夢誦一書曰：「言與司合，安上已脱，芝芙草拔。」挺之曰：「此離合字，詞女之夫也。」結縭未久，明誠出遊，易安意殊不忍別，書一剪梅於錦帕送之曰：「紅藕香殘玉簟秋。輕解羅裳，獨上蘭舟。雲中誰寄錦書來，雁字迴時月滿樓。　花自飄零水自流，一種相思，兩處閑愁。此情無計可消除，才下眉頭，却上心頭。」（瑯嬛記、草堂詩餘俱如此。詩餘圖譜前段「秋」字句「輕解羅裳」作一句，「月滿」下有「西」字。）易安有小令云：「昨夜風疎雨驟，濃睡不消殘酒。試問卷簾人，却道海棠依舊。知否、知否？應是緑肥紅瘦。」（苕溪漁隱叢話）壺中天慢云：「寵柳嬌花寒食近，種種惱人天氣。」（黄暘評）其秋詞聲聲慢云：「守定窗兒，獨自怎生得黑。」「黑」字真不許第二人押也。詞云：「尋尋覓覓，冷冷清清，悽悽慘慘寂寂。」一下十四疊字。後又云：「梧桐更兼細雨，到黄昏，點點滴滴。」（貴耳集云「是晚年作」，非也。）又嘗以重陽醉花陰詞，函致明誠。明誠思勝之。一切謝客，廢寢忘食者三日夜，得五十餘闋，雜易安作以示友人陸德夫，德夫玩誦再三，曰：「有三句乃絶佳。」明誠詰之，曰：「莫道不消魂，簾卷西風，人比黄花瘦。」政易安作也。易安之論曰：「唐開元天寶間……」（以上皆漁隱叢話）易安譏彈前輩，既中其病，（老學庵筆記）而詞日益工。李趙宦族，然素貧儉。每朔望，明誠太學謁告出，質衣，取半千錢，步入相國寺，市碑文果實歸，夫妻相對展玩咀嚼，嘗自謂葛天氏之民也。後二年，明誠出仕宦，挺之爲宰相，居政府。親舊在館閣者，多有亡詩逸史、汲冢魯壁所未見之書，盡力傳寫，或古今名人書畫，三代奇器，質衣物市之。崇寧時，有人持徐熙牡丹圖求錢二十萬。留信宿，計無所出，卷還之。夫婦相對惋悵者數日。（金石録後序）挺之在徽宗時，易安進詩曰：「炙手可熱心可寒。」挺之排元祐黨人甚力，格非以黨籍罷，易安上詩挺之曰：「何況人間父子情。」讀者哀之。（郡齋讀書志）嘗和張文潛浯溪中興頌碑詩曰：「五十年功如電掃……」又和曰：「君不見驚人廢興唐天寶……」（清波雜志、寒夜録。「春薺長安作斤賣」，乃高力士詩。）易安自少年兼有詩名，才力華贍，逼近前輩。（碧雞漫志）傳誦者：「詩情如夜鵲，三繞未能安。」「少陵也是可憐人，更待明年試春草。」（風月堂詩話）世又傳「兩漢本繼紹，新室如贅疣。所以嵇中散，至死薄殷周」，以爲佳境。（朱子遊藝論引評）又春殘詩云：「春殘何事苦思鄉？病裏梳頭恨髮長。梁燕語多終日在，薔薇風細一簾香。」（彤管遺編）明誠後屏居鄉里十年，衣食有餘。及起知青萊二州，皆政簡，日事鉛槧。易安與共校勘，作金石録，考證精鑿，多足正史書之失。每獲一書，即校勘，整集籤題；得書畫彝鼎，摩玩舒卷，指摘疵病，夜盡一燭爲率。所藏紙札精緻，字畫完整，冠諸收書家。易安性强記，每飯罷，與明誠坐歸來堂，烹茶，指堆積書史，言某事在某書幾卷、幾頁、幾行，以中否決勝負，爲飲茶先後。中即舉杯，往往大笑，茶傾覆懷中，反不得飲而起。其收藏既富，歸來堂起書庫，大橱簿甲乙，置書册。當講讀，即請鑰上簿，關出卷帙。或少損汙，必懲責揩完塗改。又置副本，便繙討。書史百家，字不刓、本不誤謬者，常兼三四本，皆精絶。家傳周易、左氏春秋，兩家文籍尤備。几案羅列枕藉，意會心謀，目注神授，樂在聲色狗馬之上。靖康二年春（金石録後序作「建炎丁未」，是年五月，始爲建炎，今改之），明誠奔母喪於金陵（金石録後序作建康，其名建炎三年始改，今從其初），半棄所藏。其年十二月，金人陷青州，火其書十餘屋。建炎二年，明誠起復知江寧府。（以上皆金石録後序。後序亦作「建康」，蓋追稱之，今改。）易安自南渡以後，常懷京洛舊事，元宵賦永遇樂詞曰：「落日鎔金，暮雲合璧。」又曰：「染柳煙輕，吹梅笛怨，春意知幾許？」後疊曰：「於今憔悴，風鬟霜鬢，怕向花間重去。」（貴耳集）在江寧日，每值天大雪，即頂笠披蓑，循城遠覽，得句必邀賡和，明誠每苦之。（清波雜志）三年，明誠罷，將家於贛水。（金石録後序）四月，高宗如江寧，五月，改爲建康府。（宋史紀。後序云「至行在」，又言葬事，故依史實其地。）詔明誠知湖州。明誠赴行在，感暑痁發。易安自明誠赴召時，暫住池陽。得病信，解纜急東下。至建康，病已危。八月，明誠卒。（金石録後序）易安爲文祭之，有曰：「白日正中，歎龐公之機敏。堅城自墮，憐杞婦之悲深。」（四六談麈）祭文，唐人俱用駢體，官祭文亦不用韻也。閏八月，高宗如臨安。（宋史紀）易安既葬明誠，乃遣送書籍於洪州。易安欲往洪。初學士張飛卿者，於明誠至行在時，以玉壺示明誠，語久之，仍攜壺去。時建康置防秋安撫使。擾攘之際，或疑其饋璧北朝也。言者列以上聞，或言趙張皆當置獄。易安方大病，僅存喘息，欲往洪不能。聞玉壺事，大懼。（金石録後序）十一月，盡以其家所有赴越州行在投進，而高宗已奔明州。（宋史、金石録後序）時中書舍人綦崈禮左右之。（宋史。按雲麓漫鈔云：「徽猷閣直學士。」沈該翰苑題名壁記云：「綦崈禮，建炎四年五月以吏部侍郎兼權直院，十月除徽猷閣直學士知漳州。」則學士在明年十月。且啓云「内翰承旨」，故從宋史本傳稱「中書舍人」。）事解，清照以與綦親舊，作啓謝之曰：「清照素習義方，粗明詩禮。近因疾病，欲至膏肓。牛蟻不分，灰釘已具。豈期末事，乃得上聞，取自宸衷，付之廷尉。」序欲投進家器，曰：「抵雀捐金，利當安往。將頭碎璧，失固可知。實自繆愚，分知獄市。」序綦爲解釋曰：「内翰承旨，搢紳望族，冠蓋清流。日下無雙，人間第一。奉天收復，本緣陸贄之詞；淮蔡底平，共傳昌黎之筆。哀憐無告，義同解驂（越石父事）。戴感洪恩，事真出己（知瑩事）。故兹白首，得免丹書。」序頌金事無形跡曰：「雖南山之竹，豈能窮多口之談；惟智者之言，可以止無根之謗。」（據雲麓漫鈔）綦字叔（一作存）厚，高密人也。（宋史）十二月，金人破洪州，易安所寄輜重盡失，遂往台州，依其弟敕局删定官李迒，泛海，由章安輾轉至越州。四年，放散百官，遂偕迒至衢。（金石録後序）時綦崈禮以徽猷閣直學士知漳州。（翰苑題名壁記、建炎以來繫年要録）紹興元年，易安之越。二年，之杭，年五十有一矣。作金石録後序曰：「右金石録三十卷，趙侯德甫所著書也。取上自三代，下迄五季，鐘、鼎、甗、鬲、盤、匜、尊、敦之款識，豐碑大碣，顯人晦士之事跡，凡見於金石刻者二千卷，皆是正譌謬，去取褒貶，上足以合聖人之道，下足以訂史氏之失者，皆載之，可謂多矣。嗚呼，自王播、元載之禍，書畫與胡椒無異；長輿、元凱之病，錢癖與傳癖何殊。名雖不同，其爲惑則一也。」（本書）又自序遭離變故本末甚悉（容齋四筆），曰：「靖康丙午歲，侯守淄川。聞金人犯京師，四顧茫然。書畫溢箱篋，且戀戀、且悵悵，知必不爲己物矣。建炎丁未春三月（五月始爲建炎，此追溯之號），奔太夫人喪南來（謂江寧）。既長物不能盡載，乃先去書之重大印本者，又去畫之多幅者，又去古器之無款識者，後又去書之有監板者，畫之平常者，器之重大者，凡屢減去，尚載書十五車，至東海，連艫渡淮，至建康（亦追稱）。時青州故第，尚鎖書册什物用屋十餘間，期明年春具舟載之。十二月，金人陷青州，遂爲灰燼。戊申九月，侯起復知建康，己酉三月罷，具舟上蕪湖，入姑孰，將卜居於贛水上。五月至池陽，被旨知湖州，過闕上殿（建康爲行在），遂駐家池陽，獨赴召。六月十三日，負擔舍舟坐岸上，葛衣岸巾，精神如虎，目光爛爛射人。望舟中告别，余意甚惡，呼曰：『忽傳聞城中緩急奈何？』戟手遥應曰：『從衆。必不得已，先去輜重，次衣服，次書册、卷軸，次古器。獨所謂宗器者，自抱負，與身存亡，勿忘也。』遂馳馬去，途中奔馳，冒大暑，感疾。至行在，病痁。七月末，書報卧病。余驚怛，念侯性素急，奈何。病痁或熱，必服寒藥，疾可憂。遂解舟下，一日夜行三百里。比至，果大服茈胡黄芩，瘧且痢，病危在膏肓。余悲泣倉皇，不忍問後事。八月十八日遂不起，取筆作詩，絶筆而逝，殊無分香賣履之態。葬畢，余無所之。時朝廷已分遣六宫（宋史言：七月，隆祐太后如洪州，宫人從之），又傳江當禁渡。（宋史言：閏八月，杜充守建康，韓世忠守鎮江，劉光世守池州。後光世移屯江州。）猶有書二萬餘卷，金石刻二千卷，器皿裀褥可待百客，他長物稱是。余又大病，僅存喘息，事勢日迫。念侯有妹壻任兵部侍郎，從衛在洪州（從衛六宫），遂遣二故吏先部送行李往投之。十二月，金人陷洪州，遂盡委棄。獨余少輕小卷軸，書帖，寫本李、杜、韓、柳集，世説、鹽鐵論，漢唐石刻副本數十軸，三代鼎彝十數事，又唐寫本書十數册，偶病中把玩在卧内者獨存。上江既不可往，又虜勢叵測，有弟迒任敕局删定官，遂往依之。到台，台守已遁。（此建炎四年事）之剡出睦，棄衣被走黄巖，雇舟入海奔行朝，時駐蹕章安（台州府治西南章安市。謂舟次於此，自此之温），從御舟之温，又之越。庚戌（四年）十二月，放散百官（百官自便，不扈從。謂自郎官以下），遂之衢。（以上建炎四年以前事）紹興辛亥（元年）三月，復赴越，壬子（二年）又赴杭。（以上紹興二年事，作後序年也。此下復記建炎三年事。）先侯病亟時（建炎三年八月），有張飛卿學士攜玉壺過示侯，復攜去，其實珉也。不知何人傳道，妄言有頒金之語，或言有密論列者。余大惶怖，不敢言，亦不敢遂已。盡將家中所有銅器等物，欲赴外廷投進。到越已幸四明（建炎三年十一月），不敢留家中，並寫本書寄剡。（此建炎四年事）後官軍收叛軍取去，聞盡入李將軍家。惟有書畫硯墨六七簏，常在臥榻下，手自開合。在會稽卜居土民鍾氏宅，忽一夕穿壁負五簏去。（此紹興元年事）余悲痛不欲活，立重賞收贖。後二日，鄰人鍾復皓出十八軸求賞，故知其盜不遠。萬計求之，其餘遂牢不可出。今盡爲吴説運使賤價得之。所餘一二殘零不成部帙書册三數種，平平書帖，猶復愛惜，如護頭目，何愚也耶。今開此書，如見故人。因憶侯在東萊静治堂裝卷初就，芸籤縹帶，束十卷作一帙。每日晚吏散，輒校勘二卷、題跋一卷。此二千卷，有題跋者五百二卷耳。今手澤如新，而墓木已拱，悲夫。昔蕭繹江陵陷没，不惜國亡而毁裂書畫；楊廣江都傾覆，不悲身死，而復取圖書。豈以性之所著，生死不能忘歟？或者天意以其菲薄，不足以享此尤物耶！抑死者有知，猶斤斤愛惜，不宜留人間耶！何得之難而失之易也！噫！余自少陸機作賦之二年，至過蘧瑗知非之兩歲，三十四年之間，憂患得失，何其多也。然有有必有無，有得必有失，乃理之常。人亡弓，人得之，又何足道。所以區區記此者，亦欲爲後世博雅好古者之戒云爾。紹興二年元黓歲壯月甲寅朔易安室題。」（本書）三年，行都端午，易安親聯有爲内夫人者，代進帖子。皇帝閤曰：「日月堯天大，璇璣舜歷長。側聞行殿帳，多集上書囊。」皇后閤曰：「意帖初宜夏，金駒已過蠶。至尊千萬壽，行見百斯男。」（「意帖」用上官昭容事）夫人閤曰：「三宫催解糉，團箭綵絲縈。便面天題字，歌頭御賜名。」（「團箭」用唐開元内宫小角弓射糉事）於是翰林止金帛之賜（浩然齋雅談），咸以爲由易安也。時直翰林者秦楚材忌之。五月，命簽（應作僉，押也。諸書皆從竹）書樞密院事韓肖胄（字似夫）、工部尚書胡松年（字茂老，海州懷仁人，二人以七月行）充奉表通問使副使金，通兩宫也。（劉時舉續通鑑。又案宋朝事實，其事在七月，其後八年十二月，韓又使金。）易安上韓詩曰：「……將命公所宜（肖胄，韓琦曾孫）……」上胡詩曰：「……憤王墓下馬猶倚（史言項羽葬魯，在今穀城），寒號城邊雞未鳴（水經注：韓侯城在金地）……」其序云：「以上二公，亦欲以俟採詩者。」（雲麓漫鈔）易安又有句云：「南來猶怯吴江冷，北狩應知易水寒。」又云：「南渡衣冠思王導，北來消息少劉琨。」（漁隱叢話、詩説雋永）忠憤激發，意悲語明，所非刺者衆。又爲詩誚應舉進士曰：「露花倒影柳三變，桂子飄香張九成。」（老學庵筆記。九成，紹興二年進士。）應舉者服其工對，傳誦而惡之。其感懷詩曰：「寒窗敗几無書史……」（彤管遺編。此詩上去兩押，所謂詩止分平仄。）四年，避亂西上，過嚴子陵釣臺。有「巨艦因利」「扁舟爲名」之歎。（打馬圖、釣臺集。或以其二十字韻語爲惡詩，蓋口占聊成之。非詩也，不復録。）至金華卜居焉。（打馬圖）有曉夢詩曰：「曉夢隨疏鐘……」（彤管遺編）詩秀朗有仙骨也。又作打馬圖曰：「慧則通……」其打馬賦曰：「歲令聿徂……」（本書）時易安年五十三矣。居金華，有武陵春詞曰：「風住塵香花已盡……」流寓有故鄉之思，（水東日記云：「玩其詞意，作於序金石録之後。」）其事非閨闈文筆自記者莫能知。或曰：依弟迒老於金華。後人集其所著爲文七卷，詞六卷，行於世。（宋史藝文志）其金石録後序稿在王厚之（順伯）家，洪邁見之，爲述其大概。（容齋四筆）朱文公言本朝婦人能文章者，曾相布妻魏及李易安二人而已。（詞綜）後人於閩漠口鋪見女子韓玉父題壁詩序，幼在錢塘師事易安。（彤管遺編）易安能詩、詞、文、四六，又能畫，明人陳傅良藏有易安畫琵琶行圖。（宋濂學士集）莫廷韓買得易安畫墨竹一幅。（太平清話）張居正在政府日，見部吏鍾姓浙音者，問曰：「汝會稽人耶？」曰：「然。」居正色變久之。吏曰：「新自湖廣遷往耳。」然卒黜之。（玉茗瑣談。文忠蓋以鍾復皓故，時不悉其意，以爲乖暴。）而其時無學者不堪易安譏誚，改易安與綦學士啓，以張飛卿爲張汝舟，以玉壺爲玉臺，謂官文書使易安嫁汝舟。後結訟，又詔離之，有文案。（詳趙彦衛雲麓漫鈔、胡仔苕溪漁隱叢話、李心傳建炎以來繫年要録）宋方擾離，不糾言妖也。

述曰：宋史李格非傳云：「女清照，詩文尤有稱於時，嫁趙挺之之子明誠，自號易安居士。」無他説也。藝文志有易安詞六卷，通考經籍考引直齋書録解題，止漱玉集一卷。解題云：「別本分五卷。」詞今存。書録：「打馬賦一卷。」解題云：「用二十馬。今世打馬，大約與摴蒲相類。」藝文志言文集七卷，明焦竑國史經籍志云十二卷，則并詞五卷，惜其文未見。瑯嬛記、四六談麈、宋文粹拾遺並載易安賀孿生啓云：「無午未二時之分，有伯仲兩楷之似。既繫臂而繫足，實難弟而難兄。玉刻雙璋，錦挑對褓。」注言：「任文二子孿生，德卿生於午，道卿生於未。張伯楷、仲楷兄弟相似，形狀無二。白伋兄弟，母不能辨，以五色采繩，一繫於臂，一繫於足。」其用事明當如此。讀雲麓漫鈔所載謝綦崈禮啓，文筆劣下中雜有佳語，定是竄改本。又夫婦訐訟，必自證之，啓何以云「無根之謗」？余素惡易安改嫁張汝舟之説。雅雨堂刻金石録序，以情度易安，不當有此事。及見李心傳建炎以來繫年要録，采鄙惡小説，比其事爲文案，尤惡之。後讀齊東野語論韓忠繆事云：「李心傳在蜀，去天萬里，輕信記載。」疎舛固宜。又謝枋得集亦言繫年要録爲辛棄疾造韓侂冑壽詞，則所言易安文案謝啓事可知，是非天下之公，非望易安以不嫁也。不甘小人言語，使才人下配駔儈，故以年分考之。凡詩文見類部、小説、詩話者考合排次，至紹興四年，易安年五十三。又紹興十一年五月十三日，綦崈禮壻陽夏謝伋，寓家台州，自序四六談麈，時易安年已六十，佀稱爲趙令人李。若宗禮爲處張汝舟婚事，佀其親壻，不容不知。又下至淳祐元年，時及百年，張端義作貴耳集，亦稱易安居士、趙明誠妻。易安爲嫠，行迹章章可據。趙彦衞、胡仔、李心傳等不明是非，至後人貌爲正論。碧雞漫志謂易安詞於婦人中爲最無顧藉，水東日記謂易安詞爲不祥之具。此何異謂直不疑盜嫂亂倫，狄仁傑謀反當誅滅也。且啓言：「牛蟻不分，灰釘已具。弟即可欺，持官文書來輒信。身幾欲死，非玉鏡架亦安知。呻吟未定，强以同歸。猥以桑榆之末影，配兹駔儈之下才。」易安，老命婦也，何以改嫁復與官告？又言：「視聽才分，實難共處，惟求脱去，决欲殺之，遂肆欺凌，日加毆擊，豈期末事，乃得上聞，取自宸衷，付之廷尉。」是又閨房鄙論，竟達闕廷，帝察隱私，詔之離異。夫南渡倉皇，海山奔竄，乃舟車戎馬相接之時，爲一駔儈之婦，從容再降玉音。宋之不君，未應若是。審視金石録後序，始知頌金事白，綦有湔洗之力。小人改易安謝啓，以飛卿玉壺爲汝舟玉臺，用輕薄之詞，作善謔之報。而不悟牽連君父，誣衊廟堂，則小人之不善於立言也。劉時舉續通鑑云：「紹興四年八月，趙鼎疏言：『草澤行伍求張浚不遂者，人人投牒，醜詆及其母妻。』」四朝聞見録有劾朱文公閨閫中穢事疏及朱謝罪表，蓋其時風氣如此。齊東野語又云：「黄尚書由妻胡夫人惠齋居士，時人比之易安。嘗指摘趙師羼放生池文誤。惠齋已卒，趙爲臨安府，誘其逃婢證惠齋前與棋客鄭日新通，遂黥配日新，而尚書以帷薄不修罷。」按白獺髓云：師羼初居吴郡，及尹天府日，延喬木爲門客。喬教師羼子希蒼制古禮器，於家釋菜。黄尚書欲發遣之，師羼乃毁器而逐喬。是師羼與由以黥配門客相報，又值惠齋有摘文之事，乃並誣惠齋，其事與易安同。夫小人何足深責，吾獨惜易安與惠齋，以美秀之才，好論文以中時忌也。易安打馬圖言使兒輩圖之，合之上胡尚書詩，蓋易安無所出，兒輩乃格非子孫，故其事散落。今於詞之經批隙及好事傳述者亦輯之。於事實有益，可備好古明理者觀覽。其僅見漱玉集者，此不載也。

按：俞正燮氏爲清照辯誣，多方證其未改嫁，可謂不遺餘力者矣。乃所舉理由，非與事實不合，即難以成説：（一）「讀雲麓漫鈔所載謝綦密禮啓，文筆劣下中雜有佳語，定是竄改本。」毫無證據。趙彦衛雲麓漫鈔序於開禧二年，距清照之卒約四十年，與清照無恩怨可言，決無竄改其謝啓之理；且趙彦衛對清照非特毫無貶詞，並極稱其文章，更無厚誣清照可能。（二）「又夫婦訐訟，必自證之，啓何以云『無根之謗』？」清照訟張汝舟事，當時有何流言，現不可知，安知其無「無根之謗」？（三）「李心傳建炎以來繫年要録采鄙惡小説，比其事爲文案。」四庫全書總目提要稱建炎以來繫年要録「最足以資考證」，所采以國史、日曆爲主，參之以稗史、野史、家乘、誌狀、案牘、奏議等等。核之全書，提要之説可信；俞氏所云，實無所據。（四）俞氏信繫年要録爲辛棄疾造韓侂胄壽詞之説，而繫年要録紀事至紹興三十二年爲止，並不下及開禧時，何來爲辛棄疾造韓侂胄壽詞之事？李心傳所記韓侂胄事，在建炎以來朝野雜記而非建炎以來繫年要録。建炎以來朝野雜記亦未載有辛棄疾壽詞。（五）俞氏又引謝伋四六談麈稱清照爲趙令人李、張端義貴耳集稱趙明誠妻，證明清照未曾再嫁。（夏承燾先生易安居士事輯後語二引陸游夫人孫氏墓誌銘稱爲「故趙建康明誠之配」，證其未再嫁，其理由與俞氏相同。）則清照雖再嫁離異，與趙明誠之夫婦關係並不因之而消滅；如不稱之爲「趙明誠妻」，將稱之爲「張汝舟之離異婦」乎？非深惡清照之人，必不出此。洪适隸釋明言趙明誠妻更嫁，而其文仍云：其妻易安居士。陳振孫直齋書録解題説清照「晚歲頗失節」，而仍稱爲趙明誠妻。足以説明，凡稱之曰趙明誠妻者，並非即爲未改嫁之證據也。（六）「趙彦衛、胡仔、李心傳等不明是非」，不知謂清照再嫁者，尚有晁公武、洪适等，豈皆不明是非乎？（七）「何以改嫁復與官告？」啓言「持官文書來輒信」，乃在改嫁之前，官文書何以知其即爲官告？在未改嫁以前，何以能得張氏方面之官告？據宋竇儀等所編重詳定刑統卷五：「官文書謂公案。」卷九：「官文書謂在曹常行非制敕奏鈔者。」（謄制敕符移之類名曰制書，不曰官文書。）又卷二十五：「官文書指文案、符移、解牒、鈔券之類。」官告似不能謂爲官文書。韓愈試大理評事王君墓誌銘中所云「文書」「告身」，係指男方是否官人，與「改嫁與官告」無涉。（官文書見余嘉錫先生論學雜著考證。）（又李燾續資治通鑑長編卷二十二載：太平興國六年十二月壬辰詔：中外官不得以告身及南曹歷子質錢，違者官爲取還，不給元錢。朝廷患官文書落規利之家，故禁絶之。是俞正燮以官文書爲告身，在刑統以外，原無不可，惟在此則殊出附會。）（八）「爲一駔儈之婦，從容再降玉音，宋之不君，未應若是。」清照訟張汝舟，有司當汝舟私罪徒。徒至多三年，可贖，或可以官抵徒，五品以上，一官抵二年，九品以上，一官抵一年，乃汝舟竟因之除名編管，並非細事，何以能云「爲一駔儈之婦」？清照雖所告屬實，依律至少應徒二年（見前李清照事迹編年），乃竟免刑，亦非細故。「再降玉音」，不知俞氏何指？所云官文書，殊難謂爲玉音。（九）以「飛卿玉壺」改作「汝舟玉臺」，全出俞氏想像，毫無佐證；且玉壺事在建炎三年，而張汝舟事則在紹興二年，不能混爲一談。(十)所舉劉時舉續通鑑、四朝聞見録等等,云「蓋其時風氣如此」,其意殆以爲朱熹謝罪表亦出他人捏造,實則此表别亦見於李心傳道命録卷七下。李心傳推崇道學備至,故爲是書,未有捏造朱熹謝表之理。沈繼祖所劾自非事實,全爲羅織,朱之謝表則確有之,且此表(落秘閣修撰依前官謝表)實見朱文公文集卷八十五,更非捏造。俞氏不引朱文公文集或道命録而引四朝聞見録,蓋未詳考也。俞氏所舉張浚、朱熹、胡惠齋等被誣之事,並不足以證明清照亦被誣再嫁;宋人本不以再嫁爲非,何必以此誣之?

俞正燮易安居士事輯,搜羅李清照事迹頗詳,雖其排比編次,間不免稍有謬誤,而力辯清照未曾再嫁,未能令人信服,徒勞無功,尤爲可惜。但其倡始搜羅事迹之功,殊不可没,其文固爲研究李清照者所必資也。

俞氏文内所云「瑯嬛記、四六談麈、宋文粹拾遺並載易安賀孿生啓」,與事實不合。四六談麈内並無此啓,宋文粹拾遺則世無其書,想是俞氏因瑯嬛記僞構之文粹拾遺而誤(宋文粹則尚有其書,即聖宋文粹,見宋秘書省續四庫書目及宋史藝文志)。

癸巳類稿易安事輯書後

陸心源

李易安改嫁,千古厚誣。歙人俞理初爲易安事輯以辨之,詳矣、備矣。惟張汝舟崇寧五年進士,毘陵人,見咸淳毘陵志。欽宗時知紹興府,見會稽志。建炎三年,以朝奉郎直秘閣,知明州。十二月,召爲中書門下檢正諸房文字。四年，兼管安撫使，復以直顯謨閣知明州，見四明圖經。五月，上過明州，歷奉儉簡，遷一官。六月，乞祠，主管江州太平觀。紹興元年三月，往池州措置軍務，尋爲監諸軍審計司。二年九月，以妻李氏訟其妄增舉數入官，有司當汝舟私罪徒，詔除名，柳州編管，見建炎以來要録。則汝舟既確有其人，以李氏訟編管，亦確有其事。理初僅以怨家改啓，證易安無改嫁事。幾若汝舟亦屬子虚，不足以釋千古之疑，而折服李心傳之心。愚按汝舟即飛卿之名，「妻」上當脱「趙明誠」三字耳。高宗性好古玩，與徽宗同。汝舟必以進奉得官，因進奉而徽及玉壺，因玉壺之失而有獻璧北朝之誣。因獻璧北朝之誣：而易安有妄增舉數之報復。不然，妄增舉數與妻何害。既不應興訟，朝廷亦豈爲准理耶？惟李氏被獻璧北朝之誣，人人代抱不平。故李氏一控，而汝舟即奪職編管。汝舟無可洩忿，改其謝啓，誣爲改嫁，認爲伊妻，其啓即汝舟所改，非别有怨家也。請列五證以明之。汝舟先官秘閣直學士，復官顯謨直學士，故曰飛卿學士。其證一也。頌金之謗，綦禮爲之左右得解，事在建炎三年，是時綦禮官中書舍人，故曰「内翰承旨」。汝舟之貶，事在紹興二年，則綦禮已爲侍郎翰林學士，當曰「學士侍郎」，不得曰「内翰承旨」矣。其證二也。若要録原本無「趙明誠」三字，注文既敍明李格非女矣，何不敍趙明誠妻改嫁汝舟乎？其證三也。男女婚嫁，世間常事，朝廷不須問，官吏豈有文書。啓云：「弟既可欺，持官文書來即信。」當指蜚語上聞置獄而言。改嫁不必由官，有何官文書之有？其證四也。獻璧北朝，可稱不根之言。若改嫁確有其事，何得云不根之言？其證五也。心傳誤據傳聞之辭，未免疏謬。若謂採鄙惡小説，比附文案，豈張汝舟亦無其人乎，必不然矣。

按：陸心源此跋多誤，所舉五證，多難成立：（一）張汝舟之貼職爲直秘閣、直顯謨閣，非秘閣直學士（宋無此職）及顯謨閣直學士。直某閣至直學士，中間尚有修撰及待制，職位高低大不相同，待制以上爲侍從，以下者不在侍從之列。陸氏混爲一談，以此證其得稱學士，殊無根據。宋代實授學士者俱不稱學士，如翰林學士稱内翰、觀文殿大學士稱大觀文、資政殿學士稱資政，龍圖閣學士稱老龍等等，陸氏亦未考。（二）陸氏以爲中書舍人應稱爲「内翰承旨」，非（説已見前）。（三）李心傳繫年要録多根據日曆及實録，案牘如未載趙明誠妻，李心傳自不煩添注；且要録已明言「能爲歌詞，自號易安居士」，斷不能移之他人。（四）清照謝綦崈禮一啓所云：「弟既可欺，持官文書來即信。」雖不知其事實，但事在未改嫁之前。陸氏以爲「當指蜚語上聞置獄而言」，亦毫無根據。（五）謝啓云：「唯智者之言，可以止無根之謗。」陸氏以爲：「獻璧北朝，可稱不根之言。」若改嫁確有其事，何得云不根之言？」安知清照所云「無根之謗」不指當時對清照訟張汝舟事種種流言乎？又陸氏强調：心傳誤據傳聞之辭。如細讀建炎以來繫年要録，可以證明李心傳所録，往往多方考證，務得其實，並無率爾操觚之弊。陸氏所指摘，亦不能認爲恰當。陸氏所得結論，如謂：「張汝舟誣告清照獻璧北朝，故清照控其妄增舉數，作爲報復；張汝舟乃改其謝啓，誣爲改嫁，認爲伊妻。」則全出杜撰，毫無事實根據。即使所舉五證得以成立，亦難以自圓其説。至張汝舟除名編管，而陸氏則以爲奪職編管，以除名爲奪職，又其錯誤之小小者耳。

書陸剛甫觀察儀顧堂題跋後

李慈銘

陸氏心源儀顧堂題跋十六卷，其中可取者甚多。其書癸巳類稿易安事輯後，謂張汝舟毘陵人，崇寧五年進士，見咸淳毘陵志。又引建炎以來繫年要録：紹興二年九月，張汝舟爲監諸軍審計司，以妻李氏訟其妄增舉數入官，詔除名，柳州編管。則汝舟既確有其人，以李氏訟編管，亦確有其事。汝舟即飛卿之名，「妻」字上當脱「趙明誠」三字。高宗性好古玩，汝舟必以進奉得官，因進奉而徵及玉壺，因玉壺失而有獻璧北朝之誣。因獻璧之誣，而易安有妄增舉數之報。蓋獻璧之誣，人人代抱不平，故李氏一控，而汝舟即奪職編管。汝舟無可洩憤，改其謝啓，誣爲改嫁，認爲伊妻，其啓即汝舟所改，非別有怨家也。則殊臆決不近理。案嘉泰會稽志載：宣和五年，張汝舟以降授宣教郎直秘閣知越州。越爲望郡，是汝舟在徽宗時已通顯。乾道四明圖經載：建炎四年，張汝舟以直顯謨閣知明州兼管内安撫使，數月即罷。（圖經載是年汝舟之前，已有劉洪道、向子忞二人。汝舟之後爲吴懋，以建炎四年八月到任。是汝舟在州不過一二月。）繫年要録載紹興二年九月汝舟除名時，官止右承奉郎，則仕宦頗極沈滯，安見其以進奉得官。高宗頗好書畫，未聞其好器玩。易安金石録後序言：聞張飛卿玉壺事發在建炎三年九十月間，時明誠甫於八月卒，高宗方爲金人所迫，流離奔竄，即甚荒闇之主，尚安得留心玩好，令人以進奉博官。汝舟之名與飛卿之字，亦不相配合。且序言飛卿所示玉壺，實珉也，旋即攜去，則壺並不在德甫所，安得妄告朝廷，徵之趙氏。且要録言：時建康置防秋安撫使，擾攘之際，或疑其饋璧北朝，言者列以上聞。或言趙張皆當置獄，是明謂言官所發，飛卿方有對獄之懼，豈有自發而自誣之理。易安後序亦謂何人傳道，妄言頌金，是並無怨飛卿之事，安得謂人人代抱不平，易安故訟其妄增舉數，以爲報復。至謂其啓即汝舟所改，尤非情理。汝舟以進士歷官已顯，豈肯自謂駔儈下才，及視聽才分，實難共處。且人即無良，豈有冒認嫠婦以爲己妻。趙李皆名人貴家，易安婦人之傑，海内衆著，又將誰欺。雖喪心下愚，亦不至此。要録大書右承奉郎監諸軍審計司張汝舟屬吏，以汝舟妻李氏訟其妄增舉數入官也。其文甚明，安得謂「妻」上脱「趙明誠」三字。陸氏謂妄增舉數，何與妻事，朝廷亦豈爲准理。則閨房之内，事有難言，增舉入官，欺罔朝廷，安得置之不理。此等事惟家人得知之，故發即得實。若他人之婦，何從知之。惟易安必無再嫁之事，理初排比歲月證之甚明。今即要録所載此一節，覈其年月，更可瞭然。易安金石録後序，自題紹興二年元黓歲壯月甲寅朔易安室題。要録繫訟增舉事於紹興二年九月戊午朔，相去一月，豈有三十日内，忽在趙氏爲嫠婦，忽在張氏訟其夫，此不待辨者也。又易安於紹興三年五月上使金工部尚書胡松年詩，有「嫠家祖父生齊魯」之句，則易安以老寡婦終，已無疑義。要録又載紹興二年八月丙辰（是二十九日。是月戊子朔。後序題甲寅朔，蓋筆誤。甲寅是二十七日，或是戊子朔甲寅，脱戊子二字，又朔甲寅誤倒。古人題月日，多有此例。易安好古，觀其用歲陽紀歲，月名紀月，可知），直秘閣主管江州太平觀趙思誠守起居郎。思誠，明誠兄也，則是時趙氏尚盛，尤不容有此事。要録又載建炎三年閏八月，和安大夫開州團練使致仕王繼先嘗以黄金三百兩，從故秘閣修撰趙明誠家市古器。兵部尚書謝克家言：恐疏遠聞之，有纍盛德，欲望寢罷。上批令三省取問繼先。則所云徵及玉壺，傳問置獄，當在此時。王繼先本姦黠小人，時方得幸，必有恫喝趙氏之事，而綦崈禮爲左右之得白，故易安作啓以謝。至張汝舟妻李氏，或本易安一家，與夫不咸，訟訐離異。當時忌易安之才，如學士秦楚材者（秦檜之兄，名梓），及被易安誚刺如張九成等者，因將此事迻之易安。（張九成爲紹興二年進士第一人，其對策有「桂子飄香」之語，易安因有「桂子飄香張九成」之謔。亦足證其嫠居無事。若方與後夫争訟仳離，豈尚有此暇力弄狡獪乎？）或汝舟之妻，亦嫻文字，作文自述被夫欺凌毆擊之事，其訟妄增舉數時，亦必牽及閨門乖忤，自求離絶。及置獄根勘得實，并遂其請。後人因其適皆李姓，遂牽合之。李微之亦不察而誤采之。俗語不實，流爲丹青。遂以漱玉之清才，古今罕儷，且爲文叔之女，德甫之妻，横被惡名，致爲千載宵人口實。余故申而辨之，補俞氏之闕，正陸氏之誤，可爲不易之定論矣。

況周儀按：易安如有改嫁之事，當在建炎三年明誠卒後，紹興二年汝舟編管以前。今據俞、陸二家所引：建炎三年七月，易安至建康。八月，明誠卒。四年，易安往台州之越州，十二月至衢州。紹興元年，復之越。二年之杭。汝舟建炎三年，知明州，四年復知明州，六月主管江州太平觀。紹興二年，往池州措置軍務，尋爲監諸軍審計司。二年九月，以增舉入官，除名編管。此四年中，兩人蹤跡判然，何得有嫁娶之事？舊説冤謬，不辨而明矣。

按：李慈銘所舉清照未改嫁各證，亦難以成立。（一）李慈銘以爲紹興二年八月，清照撰金石録後序，題「易安室題」，乃同年九月間又訟張汝舟，豈有三十日之内，忽在趙氏爲嫠婦，忽在張氏訟其夫？按清照撰金石録後序在紹興四年，非二年；「易安室」三字亦非「嫠婦」之證（説俱見前）。夏承燾易安居士事輯後語亦據後序題名，以爲「汝舟紹興二年與妻李氏涉訟之時，易安確猶爲趙家之一嫠」，其對「易安室」之解釋爲「嫠婦」之證與李慈銘同。（二）李慈銘舉清照詩中有「嫠家祖父生齊魯」句，以爲「以老寡婦終」之證。依李氏之意，詩中將自稱爲「改嫁離異」，方能承認其再嫁乎？其時趙明誠已死，改嫁離異後仍自稱曰嫠，亦情理之常，不能證其未改嫁。（三）李慈銘又以爲紹興二年八月間，趙思誠爲起居郎，趙氏尚盛，不容有此事。按清照改嫁張汝舟，當在紹興二年四五月間，趙思誠尚未爲起居郎；且宋人並不以改嫁爲非（如王安石改嫁其子王雱之婦、魏了翁之女改適劉震孫等，見魏泰東軒筆録卷七、周密癸辛雜識別集卷下）。無所謂「趙氏尚盛，尤不容有此事」。（四）至謂清照謝啓爲秦梓或張九成以張汝舟妻李氏事移之清照，則全爲猜測杜撰，毫無根據。且張九成素性剛正，決無此事；清照「桂子飄香」之語，並無譏刺之意，亦不至於招人怨恨。秦梓縱因端陽帖子詞事惡清照，亦不須以此誣之。至謂清照正嫠居無事，則尚不誤，蓋清照作此文字遊戲時，尚未改嫁也。夏承燾先生易安居士事輯後語二以清照敢於作詩誚張九成，證其未改嫁，亦與李慈銘相同，不能證其二月後未改嫁也。（五）至於所謂：「後人因其適皆李姓，遂牽合之，李微之亦不察而誤采之。」則李心傳所載非僅據傳聞而多據官方案牘、史官記載，無牽合之理。李慈銘氏自以其説爲不易之定論，殊不然。況周儀按語謂「兩人蹤跡判然，何得有嫁娶之事」，蓋未考清照再嫁在何時。依況氏所排比之二人蹤跡，二人在紹興二年四五月間嫁娶，有何不可能之有？

按力辯清照未改嫁者，雖多方爲清照開脱，並力駁宋人記載，終難令人信服，尚未能完全言之有故，持之成理。黄盛璋君之李清照事迹考言之綦詳。本人所考李清照事迹及所持清照再嫁之説，凡與黄君之李清照事迹考及舊譜相同者，俱爲黄君之説，即有黄君所未及者，亦多自黄君之説啓發引伸而得。未能在所引各處一一加注（其由黄君私人告知，未經公開發表者，另注明之）。特在此聲明。

最近上海出版李清照集附有黄先生一九六二年修正之趙明誠李清照夫婦年譜、李清照事迹考辨二種，考據精博，且采及鄙陋之説（余之李清照事迹編年底稿曾舉以贈黄先生，求其印可），兼有舉正。惜此書早已發排，祇得仍以黄先生未修正之趙明誠李清照年譜（發表於山東省某刊物者）及李清照事迹考爲據，另就新譜中若干新問題提出商榷。

李清照著作考

一、詩文集

晁公武郡齋讀書志卷四下 李易安集十二卷 右皇朝李氏格非之女，先嫁趙誠之，有才藻名（衢州本作「幼有才藻名，先嫁趙誠之」）。其舅正夫相徽宗朝，李氏嘗獻詩曰：「炙手可熱心可寒。」然無檢操，晚節流落江湖間以卒（衢州本此句上有「後適張汝舟不終」七字）。

張端義貴耳集卷上 有易安文集

宋史藝文志 易安居士文集七卷 宋李格非女撰

焦竑國史經籍志 李易安集十三卷

陳第世善堂藏書目録 李易安集十二卷

知不足齋叢書本世善堂藏書目録鮑廷博跋云：「藏弆二百餘年，後嗣不能復守，乾隆初年，錢塘趙谷林先生齎多金往購，則已散佚無遺矣。斷種秘册約三百餘種。予按其目求之，積四十年，一無所得。」近人因之，羣以爲世善堂藏書散於乾隆初年，陳氏所藏秘笈孤本或尚有發現之望。按朱彝尊静志居詩話卷十四云：「一齋（即陳第）儲書最富。余嘗游閩，臨發，林秀才侗持其後人所輯世善堂書目求售。燈下閱之，見唐五代遺書，琳琅滿目，如披靈威、唐述之藏，多平生所未見，不覺狂喜。秀才許至連江代購。逾年得報書，則已散佚，徒有歎惋而已。」是陳氏之藏，當佚於清初康熙年間（或散於明末清初兵火之際），非乾隆年間也。趙氏小山堂，鮑氏知不足齋竝以藏書著名，乃於世善堂所儲散佚不明，殊可異也。又世善堂藏書多秘本足本，是否實有其書，不無問題，有待版本目録學專家之考證。

晁公武郡齋讀書志著録之李易安集十二卷，或以爲書成於易安生前，殊難證實。易安卒於紹興年間，而郡齋讀書志則成於乾道年間，相距或有十年左右。李易安集亦可能編於易安身後，祗能闕疑。

十二卷本李易安集係詩、文集，抑詞亦在內，不得而知。萍洲可談卷中云是文集。或以爲其中七卷爲詩文五卷爲詞（據宋史藝文志及直齋書録解題），但宋史藝文志已明云易安詞六卷，如詩文爲七卷，則共爲十三卷，非十二卷矣。至焦竑國史經籍志所載，則焦氏多未見原書，不可據。宋人詞多於集外單行。陳振孫無李易安集，而云「別本漱玉集分五卷」。頗疑李易安集十二卷，俱爲詩文，無詞。

近人李文裿輯漱玉集，引書雖不多，已頗完備，可以補充者祗寥寥數篇。可惜貪多務得，梅苑及花草粹編所載之詞，未注易安作者，竟誤收十餘首。對於所收詩、詞真僞，無甚説明，尚不如王鵬運所刻四印齋本漱玉詞。

附全集叙録

山東通志卷一百四十一藝文志第十集部　李易安集十二卷，李清照撰。清照有打馬圖經，見子部藝術類。其集宋志作易安居士文集七卷，兹依讀書志標題。朱子游藝論云：「本朝婦人能文，只有李易安與魏夫人。李有詩，大略云：『兩漢本繼紹，新室如贅疣。所以嵇中散，至死薄殷周。』中散非湯武得國，引之以比王莽，如此等語，豈女子所能？」四六談麈云：「李易安祭趙湖州文曰：『白日正中，歎龐公之機捷；堅城自墮，憐杞婦之悲深。』婦人四六之工者。」吴連周繡水詩鈔清照小傳云：「其詞超絶古今，詩不多見。其舅挺之相徽宗，清照獻詩，有云：『炙手可熱心可寒。』格非以黨籍罷，清照上詩救格非，有云：『何況人間父子情。』識者哀之。建炎初，從秘閣守建康，作詩云：『南來尚怯吴江冷，北狩應悲易水寒。』王西樵撰然脂集，只得其詩二句云：『少陵亦是可憐人，更待明年試春草。』風月堂詩話載二句云：『詩情如夜鵲，三繞未能安。』」又按語云：「易安多以文字中人忌。如建安詩：『南渡衣冠少王導，北來消息欠劉琨。』譏刺甚衆。張子韶對策有『桂子飄香』之語，易安嘲之曰：『露花倒影柳三變，桂子飄香張九成。』應舉者服其工而心忌之。紹興三年端午，易安親聯有爲内夫人者，代進帖子，於是翰林止金帛之賜，咸以爲由易安也。時直翰林秦楚材尤忌之。嗚呼，此改嫁穢説之所由來也。」案清照詩，宋詩紀事載八首，繡水詩鈔所載較紀事多八首而無紀事所采釣臺集夜發嚴灘一首。

李文裿輯本漱玉集序　壬戌歲暮，李君冷衷以所編易安居士漱玉集屬余校定，乃取半塘老人刻本漱玉詞，爲籤其同異多寡之數而歸之。閲數月，冷衷蒐集益富，成書五卷，復屬序於予。案四庫著録漱玉詞一卷，即毛氏汲古閣本，爲詞僅十七首，附以金石録序一篇而已。半塘所刻，爲詞凡五十首，於毛氏本（此非毛刻詩詞雜俎本，乃汲古閣未刻本漱玉詞）鷓鴣天「枝上流鶯」一闋，青玉案「一年春事」一闋，證其爲少游、永叔作，概置弗録，則已較毛本增三十五首矣。冷衷此編所集，文凡五篇，詩凡十八首，詞凡七十八首。詩文爲半塘刻本所未采者。以詞相校，則復增二十八首矣。（李文裿輯本多於四印齋本者，多爲誤收之作。）半塘所集，據梅苑、樂府雅詞、花草粹編、全芳備祖、詞統諸書，而冷衷得自梅苑、花草粹編、詞統者，又多爲半塘所未采，（李文裿從梅苑輯入者，有十七首爲無名氏作品，從花草粹編輯入者，有一首原題雅詞（樂府雅詞無名氏作品），非王半塘所未采，實不應收入也。此外衹有柳梢青（出七修類稿）、品令（出詞譜）各一首，爲王本所未收，皆非清照作。黄節序殊未細考。）意半塘所據諸書，尚非全本也。陳直齋書録解題：漱玉詞别本五卷。黄叔暘花庵詞選，亦稱漱玉集，非漱玉詞）三卷。然則以視今所存者，其詞散佚，蓋已多矣。冷衷引據諸書，凡六十餘種，而所得僅此七十八首，非不見博而力劬，無如佚者不可復存也。雖然，易安遺事於詞中可箸見，尚有武陵春一闋。葉與中水東日記云是南渡後易安居金華作。時年已五十三矣。即所云「物是人非」者也。冷衷異時讀書續有所得，當作補遺，豈其遂已耶。癸亥八月，順德黄節序。

李文裿輯本漱玉集跋

漱玉集五卷，宋女史李清照撰，冷衷先生所輯者也。案漱玉集原本久佚。陳直齋書録解題：漱玉詞（原書作漱玉集，下引花庵詞選亦原作漱玉集）一卷。又云：别本五卷。黄叔暘花庵詞選亦稱：漱玉詞三卷。宋史藝文志：易安居士文集七卷（宋李格非女撰），又易安詞六卷。蓋自宋元時，已不能見其完本矣。（明陳第世善堂藏書尚有清照集完本。）逮清乾隆間，編纂四庫全書，著録漱玉詞一卷，乃采自毛氏汲古閣本，爲詞僅十七首，附以節文金石録序一篇。光緒間，半塘老人四印齋本，增輯至五十首，與朱淑真斷腸詞合刊，爲近今所流傳者。徒以據書較少，尚覺遺漏。冷衷先生鋭意蒐輯，歷時數月，引書至六七十種。易安居士之詩文詞，以及遺聞斷句，靡不備於是編。且根據諸書，詳加校勘，注其異同，用備考覈。並編年譜，冠之卷首。釐爲五卷，仍題名爲漱玉集。雖不能盡復舊觀，然欲探討易安之詩、文、詞及遺事者，得此亦可知其梗概矣。癸亥重陽，薩雪如識。

李文裿輯漱玉集再版弁言

歲癸亥，余輯易安居士漱玉集既成，順德黄晦聞校閲而序之。越三年丁卯，始付鉛槧。此三年中，雖日沈湎於舊籍，然易安居士之詩文詞及遺事，竟無所獲。戊辰以還，國立北平圖書館採訪珍籍，罕見之書踵門求售者不知凡幾。因得旁搜羣籍，於寫本全芳備祖中得鷓鴣天一首，歲時廣記中得逸句若干，均爲前此所未見者。其他遺事及詩詞文評亦數十則，遂重爲詮次，再付鉛槧，亦片羽足珍之意也。或謂：易安居士之詩文詞久佚，不可復得。子之所輯爲數頗富，得勿以他人之作濫入以實篇幅乎？曰：凡所徵引，俱已詳其本源。爲是言者，則余弗與之辨，亦不屑與之辨也。庚午冬十二月，大興李文裿序於北平中海居仁堂。

按：李文裿再版之漱玉集，余未見，此從上海新編之李清照集逐録。李文裿輯漱玉集，用力頗勤，惟誤收無名氏詞太多，未能考出；所注出處，多不可信，其影響所及，直至現在尚有人承襲其誤，而不知其所注出處實與原書所載不符，如行香子詞注出花草粹編，又有十餘首注出梅苑，而按之二書，則未有注李清照作者。他如所引才婦録一條，今無此書，蓋自清河書畫舫録出，而没其來源，一似曾見其書者。今人注李清照詞者，竟以爲出自宋陸放翁之老學庵筆記，且有人以訛傳訛，互相承襲，貽誤不淺。又所云自寫本全芳備祖及歲時廣記得鷓鴣天一首、逸句若干，實則其時趙萬里先生輯漱玉詞已出，而歲時廣記早有刊本，全芳備祖亦向來祇有寫本，趙氏所據即北京圖書館藏本也。李氏所云顯與實際有所出入。

二、詞集

陳振孫直齋書録解題卷二十一　漱玉集一卷，易安居士李氏清照撰。元祐名士格非文叔之女，嫁東武趙明誠德甫。晚歲頗失節。别本分五卷。

黄昇唐宋諸賢絶妙詞選卷十　趙明誠之妻，善爲詞，有漱玉集三卷。

宋史藝文志　易安詞六卷

陳第世善堂藏書目録　漱玉集詞一卷李易安

趙琦美脈望館書目　李易安詞一本

按：清常道人（趙琦美）藏書，先歸錢牧齋，後歸錢遵王。今傳本也是園書目並無李易安詞，此書殆已佚於清常或牧齋之手矣。絳雲樓之災，清常舊藏並未波及，未必當時被焚。又錢遵王藏書多歸泰興季氏，而季滄葦藏書目亦無此書。

清常藏本名李易安詞，或出自宋史藝文志所著録之易安詞。

朱彝尊詞綜發凡 李清照漱玉集一卷

陸漻佳趣堂書目 李清照漱玉集一卷

按：李清照詞集，原不見有漱玉詞之名，各家著録或稱漱玉集、或稱易安詞。毛晉得洪武三年鈔本，刊入詩詞雜俎，始稱漱玉詞（汲古閣未刻詞亦收有漱玉詞），雖云洪武三年鈔本，其流傳來歷不明。（或以爲毛晉所刻漱玉詞有二種，一名汲古閣本，一名詩詞雜俎本，非。）朱彝尊所見漱玉集是否朱氏自藏，不可知。佳趣堂藏本必從舊本出而非毛刻漱玉詞。意或出自長沙劉氏書坊之百家詞本。陸氏書集於康熙十四年至雍正八年間，今已不可蹤跡。此殆爲舊本清照詞集之最晚著録。朱竹垞常從陸其清處通假書籍，朱所見漱玉集或即出自陸氏，亦未可知。

以上各家著録，殆俱爲舊本李清照詞集。此後所見漱玉詞，俱出自毛本，無有作漱玉集者矣。毛本漱玉詞收詞甚少。光緒間，王鵬運重輯，況周儀補遺，收入四印齋所刻詞，爲近代李清照詞輯本之祖。（清光緒辛丑吴氏石蓮庵刻山左人詞所收，亦即此本。毛刻本及未刻詞本雖亦似輯本，收詞太少。）近人趙萬里重輯，較王本多二首（一首輯自全芳備祖，王、況二氏漏收，或所見全芳備祖非足本。一首出自詞譜，非易安作，入附録）。其後趙氏又自截江網發現一首，轉與唐圭璋先生編入全宋詞。李文裿輯漱玉集，誤收之詞太多，幾占所録詞全部四分之一。實際李氏所輯並不比王輯爲多（除去顯爲李氏錯誤者計算），只多明清人誤以爲清照作之詞一二首。

近人或以爲清沈辰垣等輯歷代詩餘所收清照詞頗多，必曾見清照全集。或以爲康熙時另有内府藏本清照詞集，此説尚難得到佐證。沈辰垣等輯歷代詩餘，所見之詞籍並不甚多，所收李清照詞，無一首不能知其出處，未必即出自舊本李清照集也。

各藏書家著録之漱玉詞，未必爲毛本以前之舊本，此俱未轉録。

附詞集叙録

詩詞雜俎本漱玉詞　黄叔暘云：漱玉集三卷。馬端臨云：别本分五卷，今一卷。攷諸宋元雜記，大都合詩詞雜著爲漱玉集，則釐全集爲三卷無疑矣。第國朝博雅如用修先生，尚慨未見其全，湮没不幾久耶。庚午仲秋，余從選卿覓得宋詞廿餘種，乃洪武三年鈔本，訂正已閲數名家。中有漱玉、斷腸二册。雖卷帙無多，參諸花庵、草堂、彤管諸書，已浮其半，真鴻寶也，急合梓之，以公同好。末載金石録後序，略見易安居士文妙，非止雄於一代才媛，直脱南渡後諸儒腐氣，上返魏晉矣。後附遺事數則，亦罕傳者。

四庫全書總目提要詞曲類一　漱玉詞一卷，宋李清照撰。清照號易安居士，濟南人，禮部郎提點京東刑獄格非之女，湖州守趙明誠之妻也。清照工詩文，尤以詞擅名。苕溪漁隱叢話稱其再適張汝舟，未幾反目，有啓事上綦處厚云：「猥以桑榆之晚景，配兹駔儈之下材。」傳者無不笑之。今其啓具載趙彦衛雲麓漫鈔中。李心傳建炎以來繫年要録載其與後夫構訟事尤詳。此本爲毛晉汲古閣所刊。卷末備載其軼事逸文，而不録此篇，蓋諱之也。案陳振孫直齋書録解題載清照漱玉詞一卷，又云：「別本作五卷。」黄昇花庵詞選則稱漱玉詞三卷（按直齋書録解題、唐宋諸賢絶妙詞選俱作漱玉集，提要誤作漱玉詞），今皆不傳。此本僅詞十七闋，附以金石録序一篇，蓋後人哀輯爲之，已非其舊。其金石録後序，與刻本所載，詳略迥殊，蓋從容齋五筆（應爲「容齋四筆」，非「五筆」，或提要統稱隨筆至五筆爲五筆，亦未可知）中鈔出，亦非完篇也。清照以一婦人，而詞格乃抗軼周柳。張端義貴耳集極推其元宵詞永遇樂、秋詞聲聲慢，以爲閨閣有此文筆，殆爲間氣，良非虚美。雖篇帙無多，固不能不寶而存之，爲詞家一大宗矣。

山東通志卷一百四十六藝文志第十集部詞曲類　漱玉詞一卷，李清照撰，文淵閣著録。清照見子部藝術類。（下引四庫全書總目提要。）

四印齋重刊漱玉詞序　蛾眉見嫉，謡諑謂以善淫。驥足籲雲，駑駘誣其覂駕。有宋以降，無稽競鳴。燈籠織錦，潞國蒙譏。屏角簸錢，歐公受謗。青蠅玷璧，赤舌燒天。越在偏安，益煽騰説。禮法如朱子，而有帷薄污穢之聞；忠勇如岳王，而有受詔逗遛之譖。矧兹閨闥，詎免奰言。易安以筆飛鸞聳之才，際紫色蛙聲之會。將杭作汴，賸水殘山。公卿容頭而過身，世事跋胡而疐尾。而乃蹡洋文史，跌宕詞華。頌舜歷之靈長，仰堯天之巍蕩。思渡淮水，志殲佛貍。風塵懷京洛之思，已增時忌；金帛止翰林之賜，益怒朝紳。宜乎飛短流長，變白爲黑。誣義方之閨彦，爲潦倒之夫娘。壺可爲臺，有類鹿馬之指；啓將作訟，何殊薏珠之冤。此義士之所拊心，貞媛之所扼腕者也。聖朝章志貞教，發潛闡幽，掃撼樹之虬蜉，蕩含沙之虺蜮。凡在佔畢濡毫之彦，咸以彰善癉惡爲心。是以黟山俞理初先生著癸巳類稿，既爲昭雪於前，；吾鄉金偉軍先生主戊申詞壇，復用參稽于後。皆援志乘，尚論古人，事有據依，語殊鑿空。吾友幼霞閣讀，家擅學林，人游蓺圃，汲華劉井，擢秀謝庭。偶繙漱玉之詞，深惆爍金之謬。將刊專集，藉雪厚誣，以僕同心，屬爲弁首。嗚呼！察詞于差，論古貴識。三至讒亟，終啓投杼之疑；十香詞淫，竟種焚椒之禍。所期哲士，力掃妄言。如吾子之用心，恨古人之不見。茗華琢玉，允光淑女之名；漆室鉅幽，齊下貞姬之拜。光緒七年正月，古黎陽端木埰子疇序。

按：此序全從「辨誣雪冤」立論，實無意義。所舉理由，全本俞正燮癸巳類稿之説，而出於俞理初事輯之外者，又多無稽。如所云：「風塵懷京洛之思，已增時忌。」蓋本貴耳集卷上云：「南渡以來，常懷京洛舊事，晚年賦元宵永遇樂詞……」此詞實無一字觸及時忌，端木埰序文所云，毫無據依。「金帛止翰林之賜」，又襲俞理初之誤，未閲浩然齋雅談原書。實爲癸巳類稿之推波助瀾者，與陸心源、李慈銘等同出一轍也。

四印齋所刻詞本漱玉詞跋　右易安居士漱玉詞一卷。按此詞雖見於宋史藝文志、直齋書録解題，世已久無傳本。古虞毛氏刻之唐宋婦人集者，僅詞十七首，四庫所收，即是本也。此刻以宋曾端伯樂府雅詞所録二十三首爲主，復旁搜宋人選本説部，又得二十七首，都爲一集，而以俞理初孝廉易安居士事輯附焉。易安晚節，世多訾議，甚至目其詞爲不祥。得理初作，發潛闡幽，并是集亦爲增重。獨是聞見無多，搜羅恐尚未備。然即此五十首中，假託污衊之作，亦已屢見。昔端伯録六一翁詞，凡屬僞造者，皆從刊削，爲六一存真。此則金沙雜揉，使人自得於披揀之下，固理初之心，亦猶之端伯之心云。光緒辛巳燕九日，臨桂王鵬運誌于都門半截胡同寓齋。

四印齋所刻詞本漱玉詞補遺題記 易安詞輯於辛巳之春，所據之書無多，疏漏久知不免。己丑夏日，況夔笙舍人校刻斷腸詞，因以此集屬爲校補。計得詞七首，間有互見他人之作，悉行附入。吉光片羽，雖界在疑似，亦足珍也。半塘老人記。

按：補遺共收詞八首，半塘老人誤書爲七首。又按：四印齋本漱玉詞，初刻於光緒辛巳，收詞五十首。己丑補遺，又得詞八首。共收詞五十八首。黄節、薩雪如、趙萬里俱以爲四印齋本漱玉詞祇收詞五十首，殆所見之四印齋刻漱玉詞爲初印本，未見補遺之故。

四印齋所刻詞本漱玉詞補遺跋 案毛鈔本尚有鷓鴣天「枝上流鶯」一闋，青玉案「一年春事」一闋，注云：「草堂作少游、永叔，而秦、歐集無。」今案此二闋，别本無作李詞者，當是秦、歐之作，且膾炙人口，故未附録。

按：鷓鴣天、青玉案二闋，是否李作，固不可知，然實非秦少游、歐陽永叔之詞。説已見卷一鷓鴣天「枝上流鶯和淚聞」一闋。

宋金元人詞輯本漱玉詞序 漱玉詞舊本分卷多寡頗不一：直齋書録解題作一卷（又云「别本五卷」），花庵詞選作三卷，宋史藝文志作六卷。然元以後無一存者。今所見虞山毛氏詩詞雜俎本，臨桂王氏四印齋本，俱非宋世之舊。毛本自云：據洪武三年鈔本入録，然如浣溪沙「繡面芙蓉一笑開」一闋，雖又引見古今詞統、草堂詩餘續集諸書，顧詞意儇薄，不似女子作，與易安他詞尤不類，疑所云非實。其本後録入四庫全書。光緒間，臨桂王氏校刻宋元人詞，始以樂府雅詞所載二十三首爲主，旁搜宋明選本説部，又得二十七首，都爲一集，視毛本加詳。然真贋雜出，亦與毛本若。且於古今詞統、歷代詩餘所引，亦深信不疑。又不注所出，讀之令人如墜五里霧中。歲在己巳，余草兩宋樂府考，因繙漱玉詞，遇有他書引李詞者，輒條舉所出，校其異同。始稍稍知毛王二本俱不足取，而王本所載，亦未爲備也。爰於暇日，詳加斠正，録爲定本。凡前人誤收誤引諸作，悉入附録。雖不敢謂爲一無舛誤，然視毛王二本，似較勝一籌矣。萬里記。

按：趙本較王本實祇增多一首（另一首入附録者，非李清照作），趙氏或亦未見四印齋刻漱玉詞補遺乎？

三、雜著

陳振孫直齋書録解題卷十四　打馬賦一卷，易安李氏撰，用二十馬。以上三者各不同。今世打馬大約與古之摴蒱相類。（按其他兩種，一爲打馬格局一卷，無名氏撰。一爲打馬圖式一卷，鄭寅子敬撰，用五十馬。）

焦竑國史經籍志　打馬録一卷

陳第世善堂藏書目録　打馬賦一卷李易安（另有打馬圖經一卷，不著撰人姓氏。）

此爲博戲之書。清照他作俱佚，而獨此有傳本，有幸有不幸也。此書傳本甚多。有元陶宗儀説郛本、伍崇曜粤雅堂叢書本、葉德輝麗廔叢書本，俱題作打馬圖經。明沈津欣賞編本二種（一茅一相刊本，一王祺重校本）、無名氏緑窗女史本，俱作打馬圖。明周履靖夷門廣牘本名馬戲圖譜，内容較打馬圖經或打馬圖爲多。清光緒間觀自得齋本亦名馬戲圖譜，云明王蘭芳重編，實即出自夷門廣牘本。惟此本所載李清照序與賦，前後重出，有一本文字多與俞正燮癸巳類稿相同，而與夷門廣牘本不類，蓋已爲人竄入，非明人原本矣。各本互勘，以粤雅堂本爲最劣。

清代藏書家著録者，如李清照打馬圖一卷，見於也是園書目等等，今俱未見。清江都秦氏石研齋有鈔本打馬圖，乃從宋刊本半部鈔出，並以説郛補足者，秦恩復有跋。

四庫全書總目提要以爲欣賞編所收各書，出陶宗儀説郛者十之八九，皆移易其名。今按清照打馬圖經，較之説郛，並不全同，其中打馬一圖，爲説郛所無，石研齋從宋刻本鈔出者亦有圖，是欣賞編中打馬圖經並不出自説郛。按之元刊本事林廣記續集卷六，其圖出入亦並不多，提要之説，未必可信。黄盛璋先生最近修正之趙明誠李清照夫婦年譜云：「沈潤卿得其書，鋟本行世，其傳遂廣，諸本皆自沈出。」除麗廔叢書本以外，其他各本是否皆從欣賞編本出，似未有充分之證據。傳世之説郛本，即早於欣賞編本也。

北京圖書館善本書目中各本打馬圖，俱署「題李清照撰」，蓋以此爲他人託名清照所作，必有所本，惜未得其説也。

附打馬圖經叙録

直齋書録解題　已見前。

茅一相刊欣賞編本打馬圖跋　打馬爲戲，其來久矣。宋易安李氏以爲閨房雅戲。相傳有格一卷，不著作者名氏，復有鄭寅子敬撰圖式一卷，用馬三十。李氏圖經用馬二十。蓋三者互有不同，大率與古摴蒲相似。今雖不行，而圖經間存。李氏乃元祐文人格非之女，有才藝，適趙丞相挺之之子明誠。明誠著金石録，乃共相考究而成。繇是名重一時。此特其爲戲耳。吾甥沈潤卿氏得而鋟木行之，以資好事者之多聞，豈欲人爲博奕者乎。弘治乙丑二月之望，長洲朱凱跋。

王祺重校欣賞編本打馬圖經　打馬世有二種：一種一將十馬者，謂之關西馬。一種無將二十馬者，謂之依經馬。流行既久，各有圖經凡例可考。行移賞罰，互有異同。李易安獨取爲閨門雅戲，乃因依經馬，取其賞罰互度，每事作數語。精妍工麗，世罕其疇。不僅施之博徒，實足貽諸同好。韻人奇事，兩垂不朽矣。

夷門廣牘本馬戲圖譜跋　打馬圖始自易安，號稱雅戲。義誠有取，法久無傳。良由則例未明，遵行罔措。近編欣賞，亦復廢弛。日者，客從陪都來，手挾一圖，指授諸法，頗爲詳具，多有紛更。用意牛毛，貽譏蛇足，固宜不終局而令人厭心生也。兹以游息餘閒，特加參訂，凡則例起自易安，見於欣賞者，疏其牴牾，補其略闕，付之剞劂手，藏之齋頭。爰集友朋，以代博弈。閑我逸志，耗彼雄心，固匪徒爲之爲賢，抑微獨貽諸好事已也。

按：觀自得齋本馬戲圖譜亦有此跋，蓋即出自夷門廣牘本。

清江都秦氏石研齋鈔本打馬圖跋 此書與漢官儀相類。余得宋槧半部，比之説郛所載，微有不同。因命鈔手録出，續以説郛補之，遂成完書。易安著作甚少，可與金石録並傳矣。丁丑除夕前二日伯敦父呵凍書。

粤雅堂叢書本打馬圖經跋 右打馬圖經一卷，宋李清照撰。按清照，濟南人，號易安居士，禮部郎格非之女，湖州守趙明誠妻也。苕溪漁隱叢話稱其再適張汝舟反目，有啓上綦處厚，具載雲麓漫鈔。李心傳建炎以來繫年要録載其搆訟事尤詳。毛子晉刊其詞集，備載其軼事，而不録此段，蓋諱之也。易安爲詞家一大宗。張端義貴耳録稱其閨閣有此詞筆，殆爲間氣。然雲麓漫鈔又録其上樞密韓公、工部尚書胡公兩詩並序。詩説雋永又稱其從秘閣守建康，作詩云：「南來尚怯吴江冷，北狩應悲易水寒。」又云：「南渡衣冠少王導，北來消息欠劉琨。」則固工於詩矣。四六談麈又記其祭趙湖州文「白日正中，嘆龐公之機捷；堅城自墮，憐杞婦之悲深」云云。宋稗類鈔又記其賀人孿生啓「玉刻雙璋，錦挑對褓」云云，則又工於儷體文矣。又四朝詩集：閨秀韓玉父，秦人，家於杭，李易安教以詩。又太平清話：莫廷韓云：「向曾置李易安墨竹一幅。」亦奇女子矣。而老學庵筆記又稱張子韶對策，有「桂子飄香」語，易安以詩嘲之曰：「露花倒影柳三變，桂子飄香張九成。」宋稗類鈔又稱「明誠在建康日，易安每值天大雪，必戴笠披蓑，循城遠覽，以尋詩爲事。」亦風流放誕人矣。打馬戲今不傳。周櫟園書影稱「予友虎林陸驤武近刻李易安之譜於閩，以犀象蜜蠟爲馬，盛行。近淮上人頗好此戲」云云。而今實未見，殆失傳矣。此爲亡友黃石溪明經手寫本。序稱撰於紹興四年，固貴耳録所稱：南渡來常懷京洛舊事，晚年賦詞，有「於今憔悴，風鬟霧鬢」時也。時咸豐辛亥春盡日，南海伍崇曜跋。

重刊宋李易安打馬圖經序（麗廔叢書）　宋李易安打馬圖經賦一卷，宋史藝文志不載。陳振孫直齋書録解題有之。明陶宗儀刻入説郛，今尠傳本。南海伍氏崇曜刻粤雅堂叢書内有此書。據其後跋，乃以其友人黃石谿明經手寫本付刊。又引周櫟園書影云：虎林陸驤武近刻之於閩。今陸刻世未之見，僅此伍刻，又在叢書中，未必人人共讀也。余獲明正德中沈津所編欣賞編十集，其癸集即此書。因影寫刊成，隨取伍刻校之，乃知此本勝於伍本倍蓰。伍本脱去打馬圖一葉，此本有之。伍本色樣例分直行，又多錯簡奪誤，此本列作横表，猶是原書款式。昔吴門黃蕘圃主事丕烈嘗謂「書舊一日好一日」，真見聞有得之言。即如此書，非伍氏傳刻，世已莫知其存亡。又孰知更有古本流傳人間，俾世之好古者，得覩廬山真面也耶。光緒三十二年丙午八月秋分，長沙葉德輝。

山東通志卷一百三十八藝文志第十子部　打馬圖經一卷，李清照撰。清照，格非女，自號易安居士，諸城趙明誠妻。是編有清照自序，略云：「按打馬世有二種：一種一將十馬，謂之關西馬。一種無將二十馬者，謂之依經馬。流傳既久，各有圖經凡例可考。行移賞罰，互有同異。又宣和間，人取二種馬參雜加減，大約交加僥倖，古意盡矣，所謂宣和馬者是已。予獨愛依經馬，因取其賞罰互度，每事作數語，隨事附見。使兒輩圖之。不獨施之博徒，實足貽諸好事。使千萬世後，知命辭打馬，始自易安居士也。」歷城志云：按清照自序，本名打馬圖，而通考載打馬賦一卷，本一書也。或因圖中有賦而訛耳。圖載今俗刻説郛中，然亦非全本。按伍崇曜粤雅堂刊本作打馬圖經，今依以標目。崇曜跋云：「打馬戲今不傳。周櫟園書影稱：予友虎林陸驤武近刻李易安之譜於閩，以犀象蜜蠟爲馬，盛行。近淮上人頗好此戲云云。而今實未見，殆失傳矣。此爲亡友黄石溪明經手寫本。序稱撰於紹興四年，固貴耳録所稱南渡來常懷京洛舊事，晚年賦詞，有『於今憔悴，風鬟霧鬢』時也。」

馬戲圖譜序　易安居士打馬圖經，世尠傳本。四庫全書亦未著録。咸豐辛亥，南海伍氏始以所得鈔本刊入粤雅堂叢書中。顧譌脱失次，莫可是正，覽者弗善也。歲丙戌，與吾友徐君子静同客海上。子静蓄舊槧甚富，一日出所藏馬戲圖譜見示。其譜乃明人手輯，前有打馬圖，則易安所賦之九十一路在焉。後有總論，卷末有跋，備述局戲及作書之大恉。至所圖各采，朗若列眉，尤足勘正粤雅堂本踳駮。執此以求古人馬戲之制，即未能銖絫悉合，而當日行移賞罰之意，固已十得八九矣。蓋明人所見，猶是舊本，故可據以推衍成書。惜舊本經作譜者竄易，不復可辨。不知所謂疏其抵梧，補其闕略者安在。且中間敍次淩雜，恐尚有如水經之經注溷淆者。安得好古之士，更取易安原書，一一訂正之也。適子静彙刻觀自得齋各書，謀以此譜付梓，命爲之序。因摭其書之得失，弁諸簡端，以諗觀者。光緒十二年四月，仁和葉維幹。

參考資料

一、傳記

昭德先生郡齋讀書志卷四　已見前李清照著作考，不重録。

直齋書録解題卷二十一　已見前李清照著作考。

萍洲可談卷中　本朝女婦之有文者，李易安爲首稱。易安名清照，元祐名人李格非之女。詩之典贍，無愧於古之作者。詞尤婉麗，往往出人意表，近未見其比。所著有文集十二卷、漱玉集一卷。然不終晚節，流落以死。天獨厚其才而嗇其遇，惜哉。

此據鈔本萍洲可談。此本從明鈔本影鈔，雖同爲三卷，而内容與守山閣叢書等刊本大異，蓋另一書也。此本前有九夷清隱朱無惑序（朱或字無惑），内有「嘉祐五年辭紹悴歸」等語，而所敍之事下至寶祐年間，殊有可疑。且朱彧時代上不能至嘉祐，下亦不能及寶祐。惟所引多見於唐、宋人他書，此條稱「本朝」，恐亦出諸宋人也。序不甚可靠而所載不僞，故録之。

唐宋諸賢絶妙詞選　已見前李清照著作考。

詩女史卷十一　清照姓李氏，號易安居士，濟南人，李格非之女，趙明誠之妻，幼有才藻，能文辭。明誠者，東武人，清獻丞相（趙挺之謚清憲，非清獻。趙抃字清獻，未爲宰相，不能稱爲丞相也）中子（趙明誠有二兄存誠、思誠，明誠非挺之中子）也。德甫著金石録，其妻與之同志。乃共相考究而成，緐是名重一時。趙没後，愍悼舊物之不存，乃作後序云……（所引金石録後序，非全文，蓋出自容齋四筆）時紹興四年也。其舅正夫相徽宗朝，獻詩曰：「炙手可熱心可寒。」且達於古今治體，其咏史云：「兩漢本繼紹，新室如贅疣。」又云：「所以嵇中散，至死薄殷周。」非婦人所能道者。然無檢操，再適張汝舟，未幾反目，有啓事與綦處厚云：「猥以桑榆之晚景，配兹駔儈之下材。」傳者笑之。晚節流落江湖間以卒。有文集十二卷。

彤管遺編續集卷十七　清照李氏，號易安居士，濟南人，李格非之女。適東武趙抃（應作「趙挺之」）之子明誠爲妻。明誠故，再適張汝舟，未幾反目，有啓與綦處厚云：「猥以桑榆之暮景，配兹駔儈之下材。」傳者無不笑。有漱玉集三卷行於世，頗多佳句。朱晦翁語録云：「本朝婦人能文，只有李易安與魏夫人。李有詩大略云：『兩漢本繼紹，新室如贅疣。所以嵇中散，至死薄殷周。』中散非湯武得國，引之以比王莽。如此等語，豈女子所能也。」

按：古今女史姓氏、古今女史卷一引陳眉公、林下詞選卷一，俱有清照小傳，詳略不等，核其文字，蓋皆出自彤管遺編。

七修類稿卷十七　趙明誠，字德甫，清獻公中子也（非清獻，亦非中子，已見前）。著金石録一千卷（金石録祇三十卷。所收金石刻則爲二千卷，俱非一千卷）。其妻李易安，又文婦中傑出者。亦能博古窮奇。文詞清婉，有漱玉集行世。諸書皆曰與夫同志，故相親相愛之極。予觀其敍金石録後，誠然也。

但不知胡爲有再醮張汝舟一事。嗚呼，去蔡琰幾何哉！此色之移人，雖中郎不免。

碧里雜存卷上　自漢以下女子能詩文者，若唐山夫人、曹大家，立言垂訓，詞古學正，不可尚已。蔡文姬、李易安失節可議。薛濤倚門之流，又無足言。朱淑貞者傷於悲怨，亦非良婦。竇滔之婦亦篤於情者耳。此外不多見矣。……

徐氏筆精卷七　李易安，趙明誠之妻也。漁隱叢話云：「趙無嗣，李又更嫁非類。」（傳本苕溪漁隱叢話無此語。）且云：「其啓曰：『猥以桑榆之晚景，配此駔儈之下才。』」殊謬妄不足信。蓋易安自撰金石録後序，言「明誠兩爲郡守，建炎己酉八月十八日疾卒」。且云：「余自少陸機作賦之二年，至過蘧瑗知非之兩歲，三十四年之間，憂患得失，何其多也。」作序在紹興二年，李五十有二，老矣。清獻公（「清獻」應爲「清憲」。按「獻」「憲」常易誤。宋晏殊謚元獻，亦有誤作元憲者）之婦，郡守之妻，必無更嫁之理。今各書所載金石録序，皆非全文，惟余家所藏舊本，序語全載。更嫁之説，不知起於何人，太誣賢媛也。容齋隨筆及筆叢、古文品外録俱非全文。

古今女史卷一　江道行曰：「自古夫婦擅朋友之勝，從來未有如李易安與趙德甫者，佳人才子、千古絶唱。迨德甫逝而歸張汝舟，屬何意耶？文君忍耻，猶可以具眼相憐。易安更適，真逐水桃花之不若矣。」

崇禎歷城縣志卷十　李清照，格非女，晚號易安居士，嫁趙挺之子明誠。明誠著金石録三十卷，易安爲後序。明誠守淄，清照積書數萬卷，金人南下，清照倉皇渡江，書漸散失。有漱玉集行世。

同上卷十六　趙明誠守淄，清照積書數十萬卷。金人南下，清照倉皇渡江，書漸散失。惟漱玉集行世。王季木齊音云：「京朝名跡此中稀，剸水黥山感異時。惟有女郎風雅在，又隨兵舫泣江蘺。」

同上　趙明誠幼時晝寢，夢誦一書，覺來惟憶三句云：「言與司合，安上已脱，芝芙草拔。」以告其父。父曰：「『言與司合』是『詞』字，『安上已脱』是『女』字，『芝芙草拔』是『之夫』字，非謂汝爲詞女之夫乎。」後得李格非女易安，果有文章。其祭明誠文曰：「白日正中，歎龐公之機捷。堅城自墮，憐杞婦之悲深。」文亦慘黯。又賀孿生啓云：「無午未二時之分，有伯仲兩偕之異。既繫臂而繫足，實難弟而難兄。玉刻雙璋，錦挑對褓。」乃其警句也。按明誠字德甫，乃丞相趙挺之子。嘗著金石録三十卷，易安爲後序。蓋倣歐陽修集古録而數倍之。考訂詳洽，多所發明。

按：乾隆濟南府志卷五十四與此同。

香祖筆記卷九　宋李易安，名清照，濟南李格非文叔之女，詞中大家。其母，王狀元拱辰女，亦工文章。

據宋史，清照母乃王拱辰孫女，香祖筆記誤。

同上　閒中今古録論李易安晚節改適云：翁則清獻，爲時名臣。又引瞿佑詩話「清獻名家厄運乖，羞將晚景對非才」云云。以挺之爲抃，謬矣。蓋以閲道謚清獻，而挺之謚清憲，故致此舛誤耳。

按：瞿佑詩話，即歸田詩話或存齋詩話，無一字涉及清照。閒中今古録所引，未知何據。近人考證易安事跡，亦引瞿佑詩話，未知所見何本。至瞿佑香臺集，實不得謂之詩話也。

池北偶談卷十四　陸務觀作孫夫人誌云：「夫人幼有淑質。故趙建康明誠之配李氏，以文詞名家，欲以其學傳夫人。時夫人方十餘歲，謝曰：才藻非婦人事也。」夫人，威敏公沔四世孫，李氏即易安也。

古今詞話·詞評卷上　李別號易安居士，適趙明誠。明誠在太學，朔望出，質衣，取半千錢，市碑文果實歸，相對玩味吟和過日。李有漱玉集。

柳亭詩話卷二十七　伉儷之篤者，莫如徐淑、秦嘉，往還贈答，何其悱惻纏綿耶！白頭吟可以却茂陵之聘，織錦詩可以息陽臺之妒。吾獨怪夫王子敬之於郗，李易安之於趙，非所謂士女中之錚錚者，而何以迷謬至此耶！「一別懷萬恨，起坐爲不寧。」「憂來如循環，匪席不可卷。」不能不三復於此言。

堅瓠庚集卷一　漁隱叢話：趙明誠，清獻公閲道抃子。妻清照，號易安居士，濟南李格非之女，工詩詞，有漱玉集三卷行世。明誠卒，再適張汝舟，未幾反目。易安與綦處厚啓有「猥以桑榆之暮景，配兹駔儈之下才」，傳者笑之。按氏族大全亦以明誠爲清獻子。觀東坡清獻公神道碑載二子曰屼、曰岼，並無明誠。葉文莊盛水東日記：明誠，趙挺之子。曹以寧安讕言長語：易安，趙挺之子德夫之内。堯山堂：抃謚清獻，挺之亦謚清憲，故有此誤傳。挺之附媚蔡京，致位權要，或有此失節之婦。若爲清獻子婦，豈宜以桑榆晚景，再適非類，爲天下笑耶？

按：褚人穫所引漁隱叢話，與原書不同，蓋爲褚氏所增改。堅瓠集所引如是者尚有之，殊不可恃也。

重刊金石録序（雅雨堂本） 趙德夫金石録三十卷，匪獨考訂之精覈也，其議論卓越，時有足發人意思者，顧世鮮善本。濟南謝世箕嘗梓以行，今其本亦不可得見。獨見有從謝氏本影鈔者，并何義門手校吴郡葉文莊公本。此二本庶幾稱善。其他鈔本猥多，目録率被删削，字句訛脱，不足觀。學者未得見謝葉二家本，得世俗所傳，猶不惜捐多金購求繕寫，珍弆爲枕中秘，蓋其書之可貴若此。余患其久而失真也，因刊此以正之。德夫之室李清照，字易安，婦人之能文者。相傳以爲德夫之殁，易安更嫁。至有「桑榆晚景」「駔儈下材」之言，貽世譏笑。余以是書所作跋語考之，而知其決無是也。德夫殁時，易安年四十六矣。遭時多難，流離往來，具有蹤蹟。又六年始爲是書作跋，是時年已五十有二。匪夏姬之三少，等季隗之就木。以如是之年而猶嫁，嫁而猶望其才地之美，和好之情，亦如德夫昔日，至大失所望而後悔，悔之又不肯飲恨自悼，輒諜諜然形諸簡牘。此常人所不肯爲，而謂易安之明達爲之乎？觀其洊經喪亂，猶復愛惜一二不全卷軸，如護頭目，如見故人。其惓惓德夫不忘若是，安有一旦忍相背負之理。此子輿氏所謂好事者爲之，或造謗如碧雲騢之類，其又可信乎？易安父李文叔，即撰洛陽名園記者。文叔之妻，王拱辰孫女，亦善文。其家世若此，尤不應爾。余因刊是書，而竝爲正之。毋令後千載下，易安猶蒙惡聲也。乾隆壬午，德州盧見曾序。

歷朝名媛詩詞卷七 李清照，李格非女，有才學，自號易安居士。適趙明誠。明誠故，再適張汝舟，常常反目。嘗與綦處厚書曰：「猥以桑榆之晚景，配茲駔儈之下材。」良可恨矣。有漱玉集三卷。朱晦庵語類云：本朝婦人能文，只有李易安與魏夫人耳。

瑟榭叢談卷下　次雲（長白普俊）出所藏元人李易安小像索題，余爲賦二絶句云：「漱玉聲疑響珮環。春殘幽恨苦相關。（易安有春殘詩。）傷心柳絮泉頭水，種出蘼蕪緑遍山。」「月上新詞最斷腸。纏綿兒女意堪傷。不應人比黄花瘦，却道全無晚節香。」嘗謂朱淑真菊花詩「寧可抱香枝上老，不隨黄葉舞秋風」，實鄭所南自題畫菊「寧可枝頭抱香死，何曾吹落北風中」二語所本。志節皦然，即此可見。斷腸一集，特以兒女纏綿寫其幽怨。「月上柳梢」詞見歐陽公集，明人選本嫁名淑真，致蒙不潔之名，亟應昭雪。易安何等女子，況未亡時年已垂暮，汝舟之適，亦恐近誣。

同上　老學庵筆記：張子韶對策，有「桂子飄香」之語，趙明誠妻李氏嘲之曰：「露花倒影柳三變，桂子飄香張九成。」放翁不曰「張汝舟妻」而曰「趙明誠妻」，可見易安無改適之事。

問花樓詞話・傳聞須慎　歐陽公宋代大儒，詩文外喜爲長短調，凡小詞多同時人作，公手輯以存者，與公無涉。一時忌公者藉口以興大獄。司馬温公，兒童走卒咸共尊仰，輕薄子揑造豔詞以爲公作，轉相傳誦，小人之無忌憚如此。至乃趙明誠妻易安居士、黄尚書妻惠齋居士，皆以人才藻蒙污。易安文詞具在其全集中。雅雨堂金石録序曾爲之辨。近世俞君理初就易安全集考證年月，引據舊聞，力爲昭雪。易安被謗之由，始白於世。惠齋居士胡氏始以尚書與趙師羼有隙，繼以指摘碑文。師羼守臨安，惠齋前卒，遂坐罪其門客，斥罷尚書。先廣文云：南渡風氣，每借端閨閫，陷人于罪，流傳至今，耳食者引爲故實，可慨之尤甚者也。

按：此條考證多誤：歐陽被誣，並不因豔詞；易安全集久已散佚。

繡水詩鈔卷一　李清照，格非女，適諸城趙明誠，自號易安居士。合詩詞雜著爲漱玉集三卷。其詞超絶古今，詩不多見。其舅挺之相徽宗，清照獻詩，有云：「炙手可熱心可寒。」格非以黨籍罷，清照上詩救格非，有云：「何況人間父子情。」識者哀之。建炎初，從秘閣守建康，作詩云：「南來尚怯吴江冷，北狩應悲易水寒。」王西樵撰然脂集，只得其詩二句云：「少陵亦是可憐人，更待明年試春草。」風月堂詩話載二句云：「詩情如夜鵲，三繞未能安。」愚按易安多以文字中人忌。如建安詩：「南渡衣冠少王導，北來消息欠劉琨。」譏刺甚衆。張子韶對策，有「桂子飄香」之語，易安嘲之曰：「露花倒影柳三變，桂子飄香張九成。」應舉者服其工而心忌之。紹興三年端午，易安親聯有爲内夫人者，代進帖子，於是翰林止金帛之賜，咸以爲由易安也。時直翰林秦楚材尤忌之。嗚呼，此改嫁穢説之所由來也。

兩般秋雨庵隨筆卷三　漱玉、斷腸二詞，獨有千古。而一以「桑榆晚景」一書致誚，一以「柳梢月上」一詞貽譏。後人力辨易安無此事，淑真無此詞。此不過爲才人開脱。其實改嫁本非聖賢所禁。生查子一闋亦未見定是淫奔之詞。此與歐公簸錢一事，今古嘵嘵辨論，殊可不必。不若竹垞翁之直截痛快，吾寧不食兩廡豚，不删風懷二百韻也。

蓮子居詞話卷二　妃子沼吴，重歸少伯。美人亡息，再醮荆王。簡帙工訛，殊難理遣。世傳易安居士再適張汝舟，卒至對簿，有與綦處厚啓云云，爲時訕笑。今以金石録後序考之。易安之歸德甫，在建中辛巳，時年一十有八。後二年癸未，德甫出仕宦。越二十三年靖康丙午，德甫守淄川。其明年建炎丁未，奔母喪。又明年戊申，德甫起復知建康府。又明年己酉春，罷職。夏，被旨知湖州。秋，德甫遂病不起，時易安年四十有六矣。越五年紹興甲寅，作金石録後序，時年五十有一。其明年乙卯，有上韓、胡二公詩，猶自稱閭閻嫠婦。豈有就木之齡已過，隳城之淚方深，顧爲此不得已之爲，如漢文姬故事。意必當時嫉元祐君子者，攻之不已，而及其後。而文叔之女多才，尤適供謡諑之喙。致使世家帷薄，百世而下，蒙詬抱誣，可慨也已。

同上　易安居士再適張汝舟，卒至對簿，有與綦處厚啓云云，宋人説部多載其事。大抵彼此衍襲，未可盡信。宋史李文叔傳附見易安居士，不著此語。而容齋去德甫未遠，其載於四筆中，無微詞也。且失節之婦，子朱子又何以稱乎？反覆推之，易安當不其然。

冷廬雜識卷四・李易安朱淑真　德州盧雅雨鹺使見曾作金石録序，力辨李易安再適之誣，謂：德夫殁時，易安年四十六矣，又六年，始爲是書作跋，是時年已五十有二。非夏姬之三少，等季隗之就木。以如是之年而猶嫁，嫁而猶望其才地之美，和好之情，亦如德夫昔日。至大失所望，而後悔之。又不肯飲恨自悼，輒諜諜然形諸簡牘。此常人所不肯爲，而謂易安之明達爲之乎？觀其洊經喪亂，猶復愛惜一二不全卷軸，如護頭目，如見故人。其惓惓德夫，不忘若是，安有一旦忍相背負之理。此子輿氏所謂好事者爲之，或造謗如碧雲騢之類，其又可信乎？陳雲伯大令亦云：宋人小説往往污衊賢者，如四朝聞見録之於朱子、東軒筆録之於歐陽公，比比皆是。又謂「去年元夜」一詞本歐陽公作，後人誤編入斷腸集（漁洋山人亦嘗辨之），遂疑朱淑真爲泆女，皆不可不辨。按「去年元夜時」詞非朱淑真作，信矣。李易安再適趙汝舟，事詳趙彦衞雲麓漫鈔，諸家皆沿其説。盧氏力爲辨雪，其意良厚，特録之以俟論世者取裁焉。

山東通志卷一百七十八人物志第十一歷代列女　趙明誠妻李氏，名清照，歷城人，禮部員外郎格非女。文學得其家傳。建中辛巳歸明誠。自號易安居士。明誠連守兩郡，竭其俸入，以事鉛槧。每獲一書，即與易安同共校勘，整集籤題。得書畫彝鼎，亦摩玩舒卷，指摘疵病，夜盡一燭爲率。易安性强記，每飯罷，烹茶，與明誠指堆積書史，言某事在某書、某卷、第幾頁、幾行，以中否角勝負爲飲茶先後。中即舉杯大笑。明誠著金石録三十卷，卒後，易安表上之。爲後序千餘言，述其家藏書散佚，又遭難流離事甚悉。所著有漱玉集傳於世。岳通志參金石録後序。

歲寒居詞話　南北宋之際，有趙明誠妻李清照。所作漱玉詞，抗軼周、柳。張端義貴耳録：元宵詞永遇樂、聲聲慢，以爲閨閣有此文筆，良非虚語。明誠，宋宗室，父爲宰輔。易安自記：在汴京與夫共撰金石録。典釵釧，得一碑版，互相搜校。家藏舊書畫極夥。亂離買舟南下，擇其精本攜之在西湖，尤相樂。夫死，戚友謀奪不得者，李心傳、趙彦衛，造爲蜚謗，誣其再適駔儈。雲麓漫鈔、建炎以來繫年要録，即彦衛、心傳之筆。小人不樂成人之美如此。況明誠守湖州，已中年。夫卒，年六旬。安有再適之理，矧在駔儈耶。

按：爲易安辨誣之文多矣，此篇最爲荒謬。所敍多非事實，其誤處如下：

（一）宋時宗室，例授環衛（參閲宋史職官志），至宣和間始有官侍從者（見張邦基墨莊漫録卷一），宗室拜相者南宋趙汝愚爲第一人。趙挺之、趙明誠從無人言其爲宋宗室。如爲宗室，趙挺之焉能在北宋時拜相。

（二）金石録作於何地，未有記載，但決不撰於汴京。易安金石録後序内並無此語。

（三）易安金石録後序内並無「典釵釧」之語。

（四）金石録後序内無「攜之在西湖」之説。明誠卒於建康，未至臨安。

（五）李心傳、趙彦衛後於易安多年，既非其戚友，亦無從謀奪其書畫。且明誠舊藏，已蕩無遺餘，何來有人謀奪。

（六）易安再嫁之張汝舟，並非以駔儈爲業。駔儈乃易安與綦密禮啓中斥之之辭。歲寒居詞話竟以爲真爲駔儈，對歷史事實完全不明。

（七）趙明誠卒時，易安年四十六，非六十。

雲韶集・詞壇叢話　易安名清照，格非之女，嫁趙明誠。趙彦衛雲麓漫鈔謂：易安再適趙汝舟（漁磯漫鈔中又作張汝舟），諸家皆沿其説。又僞撰易安投内翰綦公密禮啓云……漁磯漫鈔中謂：易安再適張汝舟，竟至對簿，啓在臨安時作。案易安並無再適事。啓乃好事者僞作無疑。考金石録語，辨之於後。德州盧雅雨鹺使作金石録序，力辨李易安再適之誣，謂：「德父没時……其又可信乎？」案盧氏此辨，可謂精當，好古者慎勿隨波逐流，重誣古人也。余因録易安詞而附論之於此。

憩園詞話卷四　秦澹如觀察緗業，字應華，江蘇無錫人。……高陽臺張荔門山人取易安居士醉花陰詞意圖其小象於扇屬題云：「碎玉無聲，凌波有影，分明静治堂中。識盡淒涼，紗厨寶枕都空。黄花依舊如人瘦，悄無言、秋上眉峯。問緣何，鬭茗熏香，一例疏慵。新詞自向烏闌譜，紀録成金石，夫婦同功。散後雲煙，怕聽雨滴梧桐。風簑霜鬢添憔悴，怎琴心、老去偏工。莫憑他，野史荒唐，試認驚鴻。」

蕙風詞話卷四 易安居士三十一歲小像立軸，藏諸城某氏。諸城，古東武，明誠鄉里也。余與半塘各得摹本。易安手幽蘭一枝（半塘所藏改畫菊花），右方政和甲午德父題辭（清麗其詞，端莊其品。歸去來兮，真堪偕隱），左方吴寬、李澄中各題七絶一首。按沈匏盧先生濤瑟榭叢談「長白普次雲太守俊出所藏元人畫李易安小照索題，余爲賦二絶句」云云，未知即此本否？（易安别有「荼蘼春去」小影。）

同上 易安照初臨本，諸城王竹吾前輩志修舊藏。竹吾又蓄一奇石，高五尺，瓏瓏透豁，上有「雲巢」二字分書，下刻「辛卯九月，德父、易安同記」，現寘王氏仍園竹中。辛卯，政和改元。是年，易安二十八歲。

按：易安小像及雲巢石，藏於諸城者，殆皆後人贋造，説見李清照事迹編年。

二、詩詞評論

碧雞漫志卷二 易安居士，京東路提刑李格非文叔之女，建康守趙明誠德夫之妻。自少年便有詩名，才力華贍，逼近前輩。在士大夫中已不多得。若本朝婦人，當推文采第一。趙死，再嫁某氏，訟而離之。晚節流蕩無歸。作長短句，能曲折盡人意，輕巧尖新，姿態百出。閭巷荒淫之語，肆意落筆。自古搢紳之家能文婦女，未見如此無顧籍也。陳後主游宴，使女學士、狎客賦詩相贈答，采其尤豔麗者，被以新聲，不過「璧月夜夜滿，瓊樹朝朝新」等語。李戡嘗痛元白詩纖豔不逞，非莊士雅人，多爲其破壞。流於民間，子父女母，交口教授，淫言媟語，冬寒夏熱，入人肌骨，不可除去。二公集尚存，可考也。元與白書，自謂近世婦人，暈淡眉目，綰約頭鬢，衣服修廣之度，匀配色澤，尤劇怪豔，因爲豔詩百餘首，今集中不載。元會真詩、白游春詩，所謂纖豔不逞，淫言媟語，止此耳。温飛卿號多作側詞豔曲，其甚者：「合歡桃核終堪恨，裏許元來别有人。」「玲瓏骰子安紅豆，入骨相思知不知。」亦止此耳。今之士大夫，學曹組諸人鄙穢歌詞，則爲豔麗如陳之女學士、狎客，爲纖豔不逞、淫言媟語如元、白，爲側詞豔曲如温飛卿，皆不敢也。其風至閨房婦女，誇張筆墨，無所羞畏，殆不可使李戡見也。（此則收入清馮金伯詞苑萃編卷九。）

金囦集　讀李易安文：「緑肥紅瘦有新詞，畫扇文窗遺興時。象管鼠鬚書草帖，就中幾字勝羲之。」

按：清人詩詞，此書多未收。此爲元人作，極少見，故録之。此乃傅璇琮同志見告者，識此致謝。

東維子集卷七·曹氏雪齋絃歌集序　女子誦書屬文者，史稱東漢曹大家氏。近代易安、淑真之流，宣徽詞翰，一詩一簡，類有動於人。然出于小聽挾慧，拘於氣習之陋，而未適乎情性之正。比大家氏之才之行，足以師表六宫，一時文學而光父兄者，不得並議矣。……

香臺集卷下·易安樂府 趙明誠，清獻公之子。妻李氏，能文辭，號易安居士。有樂府詞三卷，名漱玉集。明誠卒，易安再適非類，既而反目，有啓與綦處厚學士：「猥以桑榆之暮景，配兹駔儈之下才。」見者笑之。然其詞頗多佳句。如夢令云：「應是緑肥紅瘦。」語甚新。又九日詞：「簾捲西風，人似黄花瘦。」亦婦人所難到也。「清獻名家厄運乖，羞將晚景對非才。西風簾捲黄花瘦，誰與賡歌共一杯。」

黄盛璋最近修正之李清照事迹考辨云：「明徐𤊹筆精首先提出清照改嫁的不可信。……徐氏以後，不斷有人爲清照改嫁辨誣，例如黄溥閒中今古録、瞿佑香臺集……」按徐𤊹乃明萬曆間人，瞿佑乃明初人，黄溥至晚爲景泰間人。三人時代，實以瞿佑爲最早，黄溥次之，徐𤊹爲最晚。又黄溥閒中今古録對清照改嫁僅致慨歎之詞；瞿佑香臺集亦僅引胡仔苕溪漁隱叢話等書之語而綴以詩。二書實無一字爲清照改嫁辨誣。

閒中今古録 予嘗讀檀弓，至子思之母死，子思哭於廟，門人至，曰：「庶氏之母死，何爲哭於孔氏之廟乎？」子思曰：「吾過矣。」遂哭於他室。注曰：「伯魚卒，其妻嫁於衛之庶氏。」以予論之：伯魚先孔子卒，時年五十，其妻之年，必與之相似。且上有聖人爲之翁，下有大賢爲之子，況年已及艾矣，何得再嫁庶氏？此予之疑已久。兹觀瞿宗吉所著香臺集，有易安樂府之目，引漁隱叢話云：「趙明誠，清獻公之子。妻李氏，能文詞，號易安居士，有樂府詞三卷，名漱玉集。明誠卒，易安再適非類，既而反目。有啓與綦處厚學士：『猥以桑榆之暮景，配此駔儈之下才。』見者笑之。」此宗吉所以有「清獻名家阨運乖，羞將晚景對非才」之句。予歎易安翁則清獻，爲世名臣；夫則明誠，官至郡守。亦景薄桑榆，何爲而再適耶？事類檀弓所記，故録之。

按：予囿於見聞，迄未能獲覩閒中今古録原書，此從續説郛中録出。

蟫精雋卷十四・女人詠史

宋朱淑真，錢塘民家女也。偶非其類，而悒悒不得志，往往形諸語言文字間。有詩云：「鷗鷺鴛鴦作一池，誰知羽翼不相宜。東君不與花爲主，何事休生連理枝。」所著有斷腸詩十卷傳於世。王唐佐爲作傳。後村劉克莊嘗選其詩，若「竹摇清影罩紗窗，兩兩時禽噪夕陽。謝却海棠飛盡絮，困人天氣日初長」之句，爲世膾炙。嘗賦咏史詩云：「筆頭去取萬千端，後世從他恣意瞞。王伯謾分心與迹，到成功處一般難。」非婦人可造。當時趙明誠妻李氏，號易安居士，詩詞尤獨步，縉紳咸推之。其「緑肥紅瘦」之句暨「人與黄花俱瘦」之語傳播古今；又「寵柳嬌花」之言，爲詞話所賞識。晦庵朱子云：今時婦人能文，只有李易安與魏夫人。李有詠史詩曰：「兩漢本繼紹，新室如贅疣。所以嵇中散，至死薄殷周。」中散非湯武得國，引之以比王莽。如此等語，豈女子所能。以是方之，淑真似不及也。然易安晚年失節汝舟，而爲其反目，至與綦處厚手劄言：「猥以桑榆之晚景，配此駔儈之下才。」而淑真怨形流蕩，至云：「欲作一篷傷心淚，寄與南樓薄倖人。」雖有才致，令德寡矣。

弇州山人詞評

花間以小語致巧，世説靡也。草堂以麗字取妍，六朝㛹也。即詞號稱詩餘，然而詩人不爲也。何者？其婉孌而近情也，足以移情而奪嗜。其柔靡而近俗也，詩嘽緩而就之，而不知其下也。之詩而詞，非詞也。之詞而詩，非詩也。言其業，李氏、晏氏父子、耆卿、子野、美成、少游、易安至也，詞之正宗也。温韋豔而促，黄九精而險，長公麗而壯，幼安辨而奇。又其次也，詞之變體也。詞興而樂府亡矣。曲興而詞亡矣。非樂府與詞之亡，其調亡也。

按：詞苑叢談卷一、西圃詞説均引此則中一段，不另録。

太平清話卷三　孟淑卿，蘇州人，訓導澄之女。工詩，號荆山居士。嘗論朱淑真詩曰：「作詩貴脱胎化質。僧詩無香火氣乃佳，鉛粉亦然。朱生故有俗病，李易安可與語耳。」

崇禎歷城縣志卷十六　歷下山川清秀，李家一女郎，猶能駕秦軼黄，陵蘇轢柳，而況稼軒老子哉。蒐漁廢簏，附於詩文之後，亦以見歷人負有奇情，即樂府小道，亦足擅絶宇内云。

花草蒙拾　張南湖論詞派有二：一曰婉約，一曰豪放。僕謂婉約以易安爲宗，豪放惟幼安稱首，皆吾濟南人，難乎爲繼矣。

倚聲前集王士禛序　詩之爲功既窮，而聲音之道，勢不可以中廢，於是温、和生而花間作，李、晏出而草堂興，此詩之餘而樂府之變也。詩餘者，古詩之苗裔也。語其正，則景、煜爲之祖，至漱玉、淮海而極盛，高、史其大成也；語其變，則眉山導其源，至稼軒、放翁而盡變，陳、劉其餘波也。有詩人之詞，唐、蜀、五代諸君子是也；有文人之詞，晏、歐、秦、李諸君子是也；有詞人之詞，柳永、周美成、康與之之屬是也；有英雄之詞，蘇、陸、辛、劉之屬是也。

分甘餘話卷二　凡爲詩文，貴有節制，即詞曲亦然。正調至秦少游、李易安爲極致，若柳耆卿則靡矣。變調至東坡爲極致，辛稼軒豪於東坡而不免稍過。若劉改之則惡道矣。學者不可以不辨。

按：詞有正、變之説，創自明王世貞，分甘餘話亦襲其説。至陳廷焯白雨齋詞話而動言正變。王世貞以温庭筠、韋莊爲變體，而陳廷焯則以温、韋爲正宗，蓋本周止庵詞辨之説。

花草蒙拾　弇州謂蘇、黄、稼軒爲詞之變體，是也；謂温、韋爲詞之變體，非也。夫温、韋視晏、李、秦、周，譬賦有高唐、神女而後有長門、洛神；詩有古詩録别而後有建安、黄初、三唐也，謂之正始則可，謂之變體則不可。

詞苑萃編卷二引漁洋山人　詞以少游、易安爲宗，固也。然竹屋、梅溪、白石諸公極妍盡致處，反有秦李所未到者。譬如絶句，至劉賓客、杜京兆，時出青蓮、龍標一頭地。

按：王漁洋花草蒙拾文字與此略同，然無首二句，詞苑叢談卷四所亦同，不知馮金伯何所據也。

遠志齋詞衷　楊用修云：詩聖如子美，而集内填詞無聞。少游、易安，詞極工矣，而詩殊不强人意。揆之通論，夫豈盡然。

填詞雜説　男中李後主，女中李易安，極是當行本色。

按：詞苑叢談卷一亦引此則。

古今詞論引沈去矜　男中李後主，女中李易安，極是當行本色。前此太白，故稱詞家三李。

古今詞話・詞評卷上　朱晦庵曰：本朝婦人能詞者，惟李易安、魏夫人二人而已。

按：朱子語類卷一百四十云：「本朝婦人能文，衹有李易安與魏夫人。」沈雄改「能文」二字爲

「能詞」，無所根據，誤也。

同上　黄玉林曰：李易安、魏夫人，使在衣冠之列，當與秦七、黄九争雄，不徒擅名於閨閣也。

按：黄昇唐宋諸賢絶妙詞選並無此語，實出楊慎詞品卷二。沈雄古今詞話所載類多如此，殊不可據。有人以爲此條出花庵詞選，蓋未深考。

雨村詞話卷三　易安在宋諸媛中，自卓然一家，不在秦七、黄九之下。詞無一首不工。其鍊處可奪夢窗之席，其麗處直參片玉之班。蓋不徒俯視巾幗，直欲壓倒鬚眉。

雲韶集・詞壇叢話　李易安詞風神氣格，冠絶一時，直欲與白石老仙相鼓吹。婦人能詞者，代有其人，未有如易安之空絶前後者。朱淑真詞風致之佳，情詞之妙，真可亞於易安。宋婦人能詩詞者不少，易安爲冠，次則朱淑真，次則魏夫人也。

雲韶集卷十　易安格律絶高，不獨爲婦人之冠，幾欲與竹屋、梅溪分庭抗禮。又易安詞騷情詩意，高者入方回之室，次亦不減叔原、耆卿。兩宋詞人能詞者不少，無出其右矣。

詞學集成卷一　按比詞於詩，原可以初、盛、中、晚論，而不可以時代後先分。如南唐二主似唐之初，秦、柳之瑣屑，周、張之纖靡，已近於晚。北宋惟李易安差强人意。

白雨齋詞話卷二　李易安詞獨闢門徑，居然可觀。其源自從淮海、大晟來。而鑄語則多生造。婦人有此，可謂奇矣。

按：此所云「大晟」，指周邦彦也。大晟府知音律之詞作家甚多，周邦彦、晁端禮、田爲、万俟詠、曹棐等俱見宋人記載。實不能以「大晟」專稱周邦彦也。

同上卷五　閨秀工爲詞者，前則李易安，後則徐湘蘋。明末葉小鸞，較勝於朱淑真，可爲李、徐之亞。

同上卷六　兩宋詞家各有獨至處，流派雖分，本原則一；惟方外之葛長庚，閨中之李易安，別於周、秦、姜、史、蘇、辛外獨樹一幟，而亦無害其爲佳，可謂難矣。然畢竟不及諸賢之深厚，終是托根淺也。

同上　葛長庚詞脱盡方外氣，李易安詞却未能脱盡閨閣氣。然以兩家較之，仍是易安爲勝。

同上　宋閨秀詞自以易安爲冠。朱子以魏夫人與之並稱。魏夫人祇堪出朱淑真之右，去易安尚遠。

同上卷八　詞有表裏俱佳，文質適中者，温飛卿、秦少游、周美成、黄公度、姜白石、史梅溪、吴夢窗、陳西麓、王碧山、張玉田、莊中白是也，詞中之上乘也；有質過於文者，韋端己、馮正中、張子野、蘇東坡、賀方回、辛稼軒、張臯文是也，亦詞中之上乘也；有文過於質者，李後主、牛松卿、晏元獻、歐陽永叔、晏小山、柳耆卿、陳子高、高竹屋、周草窗、汪叔耕、李易安、張仲舉、曹珂雪、陳其年、朱竹垞、厲太鴻、過湘雲、史位存、趙璞函、蔣鹿潭是也，詞中之次乘也；有有文無質者，劉改之、施浪仙、楊升庵、彭羨門、尤西堂、王漁洋、丁飛濤、毛會侯、吴薗次、徐電發、嚴藕漁、毛西河、董蒼水、錢葆馚、汪晉賢、董文友、王小山、王香雪、吴竹嶼、吴穀人諸人是也，詞中之下乘也；有質亡而並無文者，則馬浩瀾、周冰持、蔣心餘、楊荔裳、郭頻伽、袁蘭邨輩是也，並不得謂之詞也。論詞者本此類推，高下自見。

菌閣瑣談　弇州云："「温飛卿詞曰金荃，唐人詞有集曰蘭畹，蓋取其香而弱也。然則雄壯者固次之矣。」此弇州妙語。自明季、國初諸公，瓣香花間者，人人意中擬似一境，而莫可名之者。公以「香」「弱」二字攝之，可謂善於侔色揣稱者矣。皺水勝諦，大都演此。余少時亦醉心此境者。當其沈酣，至妄謂午夢風神，遠在易安以上。又且謂易安倜儻，有丈夫氣，乃閨閣中之蘇、辛，非秦、柳也。

按：蘭畹集乃宋孔方平所編，非唐人詞集。王世貞（弇州）説誤。

同上　易安跌宕昭彰，氣調極類少游，刻摯且兼山谷。篇章惜少，不過窺豹一斑。閨房之秀，固文士之豪也。才鋒大露，被謗殆亦因此。自明以來，墮情者醉其芬馨，飛想者賞其神駿。易安有靈，後者當許爲知己。漁洋稱易安、幼安爲濟南二安，難乎爲繼。易安爲婉約主，幼安爲豪放主。此論非明代諸公所及。

論詞隨筆　詞之藴藉，宜學少游、美成，然不可入於淫靡。綿婉宜學耆卿、易安，然不可失於纖巧。雄爽宜學東坡、稼軒，然不可近於粗厲。流暢宜學白石、玉田，然不可流於淺易。此當就氣韻、趣味上辨之。

聽秋聲館詞話卷八　宋時詞學盛行，然夫婦均有詞傳，僅曾布、方喬、陸游、易祓、戴復古五家，方、戴、易姓氏且無考；戴、陸更係怨耦，易妻詞亦甚怨抑，惟子宣與魏夫人克稱良匹。他如趙明誠妻李易安盛以詞名，而明誠詞無傳；趙德麟詞甚工，其妻王夫人祇傳「白藕作花風已秋，不堪殘醉更回頭。晚雲帶雨歸飛急，去作西窗一夜愁」一詩而已。琴鳴瑟應，天固若是靳惜耶？……

按：方喬、紫竹詞出元伊世珍瑯嬛記，明人僞託，未可信。宋人夫婦能詞者至少尚有王安石，魏泰臨漢隱居詩話載其妻吴國夫人詞「待得明年重把酒，攜手，那知無雨又無風」（蓋定風波詞）。雖無全篇，亦不能不及之也。

詞苑叢談卷四　華亭宋尚木徵璧曰：「吾於宋詞，得七人焉：曰永叔，其詞秀逸；曰子瞻，其詞放誕；曰少游，其詞清華；曰子野，其詞娟潔；曰方回，其詞鮮清；曰小山，其詞聰俊；曰易安，其詞妍婉。」

按：西圃詞説、詞學集成卷五並引宋尚木徵璧之語，而文字稍有改變。

越縵堂讀書記卷八·文學四　余於詞非當家，所作者真詩餘耳，然於此中頗有微悟。蓋必若近若遠，忽去忽來，如蛺蝶穿花，深深款款；又須於無情無緒中，令人十步九迴，如佛言食蜜，中邊皆甜。古來得此旨者，南唐二主、六一、安陸、淮海、小山及李易安漱玉詞耳。屯田近俗，稼軒近霸，而兩家佳處，均處淵微。……

蕙風詞話卷四　朱淑真詞，自來選家列之南宋，謂是文公姪女，或且以爲元人，其誤甚矣。淑真與曾布妻魏氏爲詞友。曾布貴盛，丁元祐以後，崇寧以前，以大觀元年卒。淑真爲布妻之友，則是北宋人無疑。李易安時代猶稍後於淑真。即以詞格論，淑真清空婉約，純乎北宋；易安筆情近濃至，意境較沈博，下開南宋風氣。非所詣不相若，則時會爲之也。池北偶談謂淑真璿璣圖記作於紹定三年，紹定當是紹聖之誤。紹定理宗改元，已近南宋末季，浙地隸輦轂久矣。記云：「家君宦游浙西。」臨安亦浙西，詎容有此稱耶？

按：淑真乃淳熙以前人，據魏仲恭斷腸詩集序可知，有爲北宋人可能。惟斷腸詩集中之魏夫人，是否即曾布妻魏氏，尚待證實。又南宋都臨安，雖不思恢復中原，而臨安始終稱爲行在，不云都城。都城紀勝之都城，乃民間所呼，官方無此稱也。浙江東路，浙江西路，或浙東、浙西之稱，與宋相終始。況氏未深考。

選巷叢談卷二　儀徵王僧保論詞絶句：「易安才調美無倫，百代才人拜後塵。比似禪宗參實意，文殊女子定中身。」

詞家三李之稱，昉自清人。余嘗見某元人詩以李白、李後主、李清照三人並稱，蓋即清人所本。今忘其集名，不能舉以充實此書資料，實爲憾事。

三、其他

魏仲恭斷腸詩集序　嘗聞摛藻麗句，固非女子之事。間有天姿秀發，性靈鍾慧，出言吐句，有奇男子之所不如。雖欲掩其名，不可得耳。如蜀之花蕊夫人，近時之李易安，尤顯顯著名者。各有宫詞、樂府行於世。然所謂膾炙者，可一二數，豈能皆佳也。……

渚山堂詞話卷二　聞之前輩，朱淑真才色冠一時，然所適非偶，故形之篇章，往往多怨恨之詞。世因題其稿曰斷腸集。大抵佳人命薄，自古而然，斷腸獨斯人哉！古婦人之能詞章者，如李易安、孫夫人輩，皆有集行世。淑真繼其後，所謂代不乏人。……

白雨齋詞話卷二　朱晦庵謂宋代婦人能文者，惟李易安及魏夫人二人而已。魏夫人詞筆頗有超邁處，雖非易安之敵，亦未易才也。朱淑真詞不逮易安，然規模唐五代不失分寸。如「年年玉鏡臺」，及「春已半」諸篇，殊不讓和凝、李珣輩，惟骨韻不高，可稱小品。

題李易安所書琵琶行後（宋濂芝園續集卷十）　樂天謫居江州，聞商婦琵琶，抆淚悲歎，可謂不善處患難矣。然其辭之傳，讀者猶愴然，況聞其事者乎。李易安圖而書之，其意蓋有所寓。而永嘉陳傅良題識其言，則有可異者。余戲作一詩，止之於禮義，亦古詩人之遺音歟。其辭曰：「佳人薄命紛無數，豈獨潯陽老商婦。青衫司馬太多情，一曲琵琶淚如雨。此身已失將怨誰，世間哀樂常相隨。易安寫此別有意，字字似訴中心悲。永嘉陳侯好奇士，夢裏謬爲兒女語。花顔國色草上塵，朽骨何堪污脣齒。生男當如魯男子，生女當如夏侯女。千年穢迹吾欲洗，安得潯陽半江水。」

玉臺畫史卷二引云：「宋學士集：樂天琵琶行，李易安嘗圖而書之。」按詩序所云永嘉陳傅良題識，傳本止齋先生文集未載。又止齋乃宋人，俞理初易安居士事輯誤以爲明人。

妮古録卷三　太平清話卷一　李易安，趙清獻之子婦。趙挺之亦謚清獻。莫廷韓云：「曾買易安墨竹一幅。」余惜未見。

按：玉臺畫史卷二引此則作：「陳繼儒太平清話：『莫廷韓云：向曾置李易安墨竹一幅。』」

清河書畫舫巳集（引畫系）　周文矩畫蘇若蘭話別會合圖卷，後有李易安小楷織錦回文詩，並則天璇璣圖記，書畫皆精，藏於陳湖陸氏。

清河書畫舫申集　古來閨秀工丹青者，例乏丰姿。若李易安、管道昇之竹石，豔豔、阿環之山水，無忝於士氣也。

貴耳集卷下　淳熙間，有二婦人能繼李易安之後：清庵鮑氏，秀齋方氏。方即夷吾之女弟。皆能文，筆端極有可觀。清庵即鮑守之妻。秀齋即陳日華之室。秀齋能識人。有兩館客，一陳勉之丞相，一陳景南内相。

齊東野語卷十　黄子由尚書夫人胡氏，與可元功尚書之女也。俊敏强記，經史諸書，略能成誦。善筆札。時作詩文，亦可觀。於琴、弈、寫竹等藝尤精。自號惠齋居士，時人比之李易安云。

按：或云「與可」乃惠齋之名，未知是否。此未從。

圖繪寶鑑卷四　胡夫人，平江胡元功尚書女，黄尚書由之妻，自號惠齋居士。精於琴、書，畫梅竹、小景俱不凡。時比李易安夫人。

凡不能附於各作品後面之參考資料。俱編於此。一爲傳記，二爲詩詞評，三爲其他。

（一）傳記資料有未編入李清照事迹編年者，或已編入，而祇一鱗半爪，未覩其全者，故另載之。大抵宋人記載比較可據。後人則頗多以訛傳訛，甚至任意杜撰。因在若干則後，加「附注」説明。

（二）各種詩詞話，大致在性質上可分評論、本事及考據訓詁三類。附入此編者皆評論也。過去研究詩詞者，多有其癖好，喜愛某人作品，即以爲幾乎盡善盡美，一無缺點。昔人中肯之貶詞，有時且認爲有意妄詆。或則高談寄托，牽强附會。宋人如鮦陽居士（見唐宋諸賢絶妙詞選卷二）及俞文豹（見吹劍録）論蘇軾卜算子詞已開其端。清人則變本加厲。張惠言詞選實首屈一指，如所載無名氏緑意一首，張氏云：「此傷君子負枉而死，蓋似李綱、趙鼎之流。」實則紅情、緑意兩首，乃張炎自詠荷花。又姜夔暗香一首，張氏云：「首章言己嘗有用世之志，今老無能，但望之石湖也。」而范石湖（成大）實長於姜夔幾三十歲。詞選所評，昔人多推重之，殊不可解。詩詞話中之考據訓詁，亦有穿鑿附會者。如卷一醉花陰詞之「濃雲」，楊慎考爲「濃雾」，小詞不比古賦，罕用僻字，楊慎之言必不然。亦有阿其所好，而歸功於所喜愛之作者，如有以昔人常用詞調認爲其人首創者。所有詩詞話，客觀者未必甚多，參考時必須注意。

（三）其他資料較少，多爲清照所作書、畫之記載。今清照真迹無存，祇能據以略知其藝術成就而已。其泛詠清照之詩篇，如四印齋所刻詞本漱玉詞、李文裿輯漱玉集所附録者，以及見於歷代名媛雜詠卷三之鬭茗一首云「摩挲金石讀殘碑。對案争填絶妙詞。一自桑榆歎垂暮，風光愁煞鬭茶時」等等，清人别集中尚有之，此俱不録。

誤題李清照撰之作品

玉燭新

溪源新臘後。見幾朶江梅，裁剪初就。暈酥砌玉，芳英嫩，故把春心輕漏。前村昨夜，想弄月、黄昏時候。孤岸悄，疏影横斜，濃香暗沾襟袖。　尊前賦與多才，問嶺外風光，故人知否？壽陽謾鬭。終不似，照水一枝清瘦。風嬌雨秀。好插繁華盈首。須信羌笛無情，看看又奏。梅苑卷三

按：此首乃周邦彦作，見宋本詳注周美成詞片玉集卷七。梅苑誤作李清照詞。

品令

零落殘紅，似臙脂顔色。一年春事，柳飛輕絮，筍添新竹。寂寞，幽對小園嫩緑。　登臨未足。悵遊子、歸期促。他年清夢，千里猶到，城陰溪曲。應有凌波，時爲故人凝目。京本通俗小説卷十二西山一窟鬼　花草粹編卷七　警世通言第十四卷一窟鬼癩道人除怪　汲古閣未刻本漱玉詞

按：此首乃曾紆詞，見樂府雅詞卷下。京本通俗小説所引多傅會之説，不足據。

春光好

看看臘盡春回。消息到、江南早梅。昨夜前村深雪裏，一朵先開。　盈盈玉蕊如裁。更風清、細香暗來。空使行人腸欲斷，駐馬徘徊。永樂大典卷二千八百零八梅字韻

河傳 梅影

香苞素質。天賦與、傾城標格。應是曉來，暗傳東君消息。把孤芳，回暖律。　壽陽粉面增妝飾。説與高樓，休更吹羌笛。花下醉賞，留取時倚闌干，鬭清香，添酒力。永樂大典卷二千八百十梅字韻

七娘子

清香浮動到黄昏，向水邊疏影梅開粉。溪邊伴，輕蕊有如淺杏。一枝兒、喜得東君信。　風吹只怕霜侵損。更欲折來，插在多情鬢。壽陽妝面、雪肌玉瑩。嶺頭別後微添粉。永樂大典卷二千八百十梅字韻

憶少年

疏疏整整，斜斜淡淡，盈盈脈脈。徒憐暗香句，笑梨花顔色。　羈馬蕭蕭行又急。空回首、水寒沙白。天涯倦牢落，忍一聲羌笛。永樂大典卷二千八百十梅字韻

上海新編李清照集云：「此闋梅苑作易安詞。」下搗練子、喜團圓、清平樂、二色宫桃、泛蘭舟、遠朝歸、十月梅、真珠髻、擊梧桐、沁園春等闋俱同。按傳本梅苑，各首實俱作無名氏詞，不知所據何本。

玉樓春 臘梅

臘梅先報東風信。清似龍涎香得潤。黄輕不肯整齊開，比著江梅仍更韻。　纖枝瘦緑天生嫩。可惜輕寒摧損横。劉郎只解誤桃花，惆悵今年春又盡。永樂大典卷二千八百十一梅字韻

按：以上五首，俱見梅苑卷九，無撰人姓氏，蓋無名氏作品，永樂大典誤題李清照作。永樂大典中誤題撰人之詞殊不少，梅苑無名氏詞，永樂大典往往以爲前一人所作，誤題作者姓名者，有三十餘首之多。如認爲可信，未免失考。

又按：唐圭璋全宋詞，玉樓春一首失收。又全宋詞所録永樂大典各詞，先後次序未依原書，文字亦與原書不盡相同，如改從别本，又無任何注明，一似永樂大典原文如是者，不知何故。

柳梢青　春晚

丁香露泣殘枝，算未比、愁腸寸結。自是休文，多情多感，不干風月。　滿院東風，海棠鋪繡，梨花飛雪。子規啼血。可憐又是，春歸時節。詞學筌蹄卷五　七修類稿卷三十四

按：此首乃蔡伸作，見友古居士詞。洪武本草堂詩餘前集卷上、荆聚本草堂詩餘前集卷上、陳鍾秀本草堂詩餘卷上、楊金本草堂詩餘後集卷上俱誤作無名氏詞。詞學筌蹄誤爲李清照詞，七修類稿殆承其誤。類編草堂詩餘卷一、詩餘圖譜補遺卷一、增正詩餘圖譜卷上、楊慎批點本草堂詩餘卷一、韓俞臣本草堂詩餘卷一、題評名賢詞話草堂詩餘卷三、便讀草堂詩餘卷三、草堂詩餘評林春集卷三、草堂詩餘雋卷二、崑石山人本草堂詩餘卷一、錢允治本草堂詩餘卷一、沈際飛本草堂詩餘正集卷一、彙選歷代名賢詞府全集卷二、文體明辨附録卷十、花草粹編卷四、嘯餘譜卷四、詞的卷一、詞菁卷一、古今詩餘醉卷二、詩餘畫譜、詞譜卷七、同情集詞選卷七等又俱誤作賀鑄詞。

上海新編李清照集云：「草堂詩餘作易安詞。」余所見各本草堂詩餘未有以此詞爲李易安作者。（除以上所引者外，尚有元至正本、明成化本、胡桂芳本、鍾人傑本、汲古閣本、清康熙刻韓俞臣本、四卷本草堂詩餘評林、荆川先生點注草堂詩餘等俱不作李易安詞。）不知以此首爲李易安作之草堂詩餘究爲何本也。

點絳脣 春晚

紅杏飄香，柳含煙翠拖金縷。水邊朱户。門掩黄昏雨。　燭影摇紅，一枕傷春緒。歸不去。鳳樓何處。芳草迷歸路。詞學筌蹄卷五

按：此首乃蘇軾作，見曾慥本東坡詞拾遺。洪武本草堂詩餘前集卷上誤作無名氏詞。類編草堂詩餘卷一又誤作賀鑄詞，其後各選本俱誤從之。

青玉案 春晚

凌波不過横塘路，但目送、芳塵去。錦瑟年華誰與度。月樓花院，綺牕朱户。惟有春知處。　碧雲冉冉蘅皋暮。綵筆空題斷腸句。試問閒愁知幾許。一川煙草，滿城風絮，梅子黄時雨。詞學筌蹄卷五

按：此首乃賀鑄作，見東山詞卷上、樂府雅詞卷上、中吴記聞卷三、詩人玉屑卷二十一等書。黄山谷有寄賀方回詩云：「少游醉卧古藤下，誰與愁眉唱一杯。解作江南斷腸句，只今惟有賀方回。」見山谷内集詩注卷十八。宋人和方回此詞韻者甚多。此詞非賀鑄作莫屬。洪武本草堂詩餘前集卷上又誤作無名氏詞。

如夢令 閨怨

誰伴明窗獨坐？和我影兒兩箇。燈盡欲眠時，影也把人拋躲。無那。無那。好箇悽惶的我。

續草堂詩餘卷上　古今詞統卷三　詞菁卷二　花鏡雋聲卷七　林下詞選卷一　見山亭古今詞選卷一

按：此首乃向鎬作，見樂齋詞。續草堂詩餘誤作李清照詞。林下詞選注：「一本誤作向豐之。」非是。

上海新出李清照集云：「樂府雅詞作向鎬樂齋詞。」而傳本樂府雅詞並無此詞，亦無向鎬詞，不知何據，疑有錯誤。

菩薩蠻 閨情

綠雲鬢上飛金雀。愁眉翠斂春煙薄。香閣掩芙蓉。畫屏山幾重。　窗寒天欲曙。猶結同心苣。啼粉污羅衣。問郎歸幾時？續草堂詩餘卷上　古今詞統卷五　林下詞選卷一

按：此首乃五代時牛嶠所作，見花間集卷四。續草堂詩餘等誤。林下詞選注：「一本誤作牛嶠。」非。

生查子 元夕有懷

去年元夜時，花市燈如晝。月在柳梢頭，人約黄昏後。　今年元夜時，月與燈依舊。不見去

年人，淚滿春衫袖。詞的卷一

按：此首乃歐陽修詞，見歐陽文忠公近体樂府卷一，詞的誤作李清照詞。又彙選歷代名賢詞府全集卷一、續草堂詩餘卷上誤以此首爲秦觀詞，詞品卷二誤以此首爲朱淑真詞。堯山堂外紀卷五十四、續草堂詩餘卷上、古今詞統卷三、古今詩餘醉卷一、詞鵠初編卷一、同情集詞選卷三等俱誤從之。見山亭古今詞選卷一又誤作無名氏詞。

瀛奎律髓卷十六王譚觀燈詩，方回注云：「如李易安『月上柳梢頭』，則邪僻矣。」是宋人已誤以此詞爲清照作矣。

浣溪沙 春暮

樓上晴天碧四垂。樓前芳草接天涯。勸君莫上最高梯。新笋看成堂下竹，落花都上燕巢泥。忍聽林表杜鵑啼。

便讀草堂詩餘卷三　題評名賢詞話草堂詩餘卷三　草堂詩餘評林春集卷三　草堂詩餘雋卷二　沈際飛本草堂詩餘正集卷一　古今詞統卷四　古今詩餘醉卷二　崇禎歷城縣志卷十五　林下詞選卷一　見山亭古今詞選卷一　詞綜卷二十五　歷代詩餘卷七　古今詞選卷一　歷朝名媛詩詞卷十一　天籟軒詞選卷五　雲韶集卷十　復堂詞録卷八　三李詞

按：此首乃周邦彦詞，見詳注周美成詞片玉集卷三。便讀草堂詩餘等誤作李清照詞。林下詞選注：「一本誤刻周美成。」非。

孤鸞　早梅

天然標格，是小萼堆紅，芳姿凝白。淡竚新妝，淺點壽陽宮額。東君想留厚意，倩年年、與傳消息。昨夜前村雪裏，有一枝先拆。　念故人何處水雲隔。縱驛使相逢，難寄春色。試問丹青手，是怎生描得。曉來一番雨過，更那堪、數聲羌笛。歸去和羹未晚，勸行人休摘。

按：此首見草堂詩餘正集卷四，題朱希真撰，注：「誤刻李。」蓋當時或以此首爲李清照詞也。此首實無名氏作，見草堂詩餘後集卷下、楊金本草堂詩餘後集卷下。陳鍾秀本草堂詩餘卷下、類編草堂詩餘卷三誤作朱敦儒詞，其後各選本多承其誤。

品令

急雨驚秋曉。今歲較、秋風早。一觴一詠，更須莫負，晚風殘照。可惜蓮花已謝，蓮房尚小。　汀蘋岸草。怎稱得、人情好。有些言語，也待醉折，荷花向道。道與荷花，人比去年總老。詞譜卷九

按：此首見花草粹編卷七，無撰人姓名，與前品令「零落殘紅」一首相銜接。詞譜誤作李清照詞。

搗練子

欺萬木，怯寒時。倚欄初認月宫姬。拭新妝，披素衣。　孤標韻，暗香奇。冰容玉豔綴瓊枝。借陽和，天付伊。

喜團圓

輕攢碎玉，玲瓏竹外，脱去繁華。□殢東君，□先點破，□壓羣花。　瘦影生香，黄昏月館，清淺溪沙。仙標淡竚，偏宜幺鳳，肯帶棲鴉。

按：此二首俱無名氏詞，見梅苑卷八。第二首又誤作晏幾道詞，見朱之赤舊藏抱經齋鈔本小山詞補遺引花草粹編。李文裿輯漱玉集卷三此二首俱誤作李清照詞。

清平樂

寒溪過雪。梅蕊春前發。照影臨姿香苒苒，臨水一枝風月。　夢遊彷彿仙鄉。緑窗曾見幽芳。事往無人共説，愁聞玉笛聲長。

二色宫桃

鏤玉香苞酥點萼。正萬木、園林蕭索。惟有一枝雪裏開，江南有信憑誰托。　前年記賞登高閣。歎年來、舊歡如昨。聽取樂天一句云，花開處、且須行樂。

按：此二首俱無名氏作，見梅苑卷九。李文裿輯漱玉集卷三誤作李清照詞。

小桃紅

後園春早。殘臘蒙煙草。數樹寒梅，欲綻香英。小妹無端、折盡釵頭朵，滿把金尊細細傾。　憶得往年同伴，沈吟無限情。惱亂東風、莫便吹零落，惜取芳菲眼下明。

按：此首乃晏殊玉堂春詞，見珠玉詞。梅苑卷八誤作無名氏詞。李文裿輯漱玉集又誤作李清照詞。

行香子

天與秋光，轉轉情傷。探金英、知近重陽。薄衣初試，綠蟻初嘗。漸一番風、一番雨、一番涼。　黄昏院落，悽悽惶惶。酒醒時、往事愁腸。那堪永夜，明月空牀。聞砧聲擣、蛩聲細、漏聲長。

按：此首無名氏作，見樂府雅詞拾遺卷下（全宋詞失收）。李文裿輯漱玉集卷四誤作李清照詞。上海李清照集云：「此詞見花草粹編，除冷雪盦本漱玉詞（指李文裿輯漱玉集）外，各本俱未收。」按傳世花草粹編兩種：一爲明萬曆原刊十二卷本（有影印本）、一爲清金繩武活字印二十四卷本，此二本俱不作李清照詞。

泛蘭舟

霜月亭亭時節，野溪開冰灼。故人信付，江南歸也仗誰托。寒影低橫，輕香暗度，疏籬幽院何在，秦樓朱閣。稱簾幙。攜酒共看，依依承醉更堪作。雅淡一種天然，如雪綴煙薄。腸斷相逢，手撚嫩枝追思？渾似那人，淺妝梳掠。

按：此首無名氏詞，見梅苑卷一。李文裿輯漱玉集誤作李清照詞。

遠朝歸

金谷先春，見乍開江梅，晶明玉膩。珠簾院落，人静雨疏煙細。横斜帶月，又別是、一般風味。金尊裏。任遺英亂點，殘粉低墜。惆悵杜隴當年，念水遠天長，故人難寄。山城倦眼，無緒更看桃李。當時醉魄，算依舊、徘徊花底，斜陽外。謾回首、畫樓十二。

按：此首趙耆孫詞，見花草粹編卷八。梅苑卷一作無名氏詞。李文裿輯漱玉集卷四誤作李清照詞。

又

新律纔交，早舊梢南枝，朱污粉膩。煙籠淡妝，恰值雨膏初細。而今看了，記他日、酸甜滋味。多應是。伴玉簪鳳釵，低揠斜墜。　迤邐，對酒當歌，眷戀得芳心，竟日何際。春光付與，尤是見欺桃李。叮嚀寄語，且莫負、尊前花底。拚沈醉。儘銅壺、漏傳三二。

按：此首乃梅苑卷八無名氏詞，花草粹編卷八作趙耆孫詞。李文裿輯漱玉集卷四誤作李清照詞。

十月梅

千林凋盡，一陽未報，已綻南枝。獨對霜天，冒寒先占花期。清香映月浮動，臨淺水、疏影斜欹。孤標不似，綠李夭桃，取次成蹊。　縱壽陽、妝臉偏宜。應未笑、天然雅態冰肌。寄語高樓，凭欄羌管休吹。東君自是爲主，調鼎鼐、終付他時。從今點綴，百草千花，須待春歸。

按：此首無名氏詞，見梅苑卷一。李文裿輯漱玉集卷四誤作李清照詞。

真珠髻 紅梅

重重山外，苒苒流光，又是殘冬時節。小園幽徑，池邊樓畔，翠木嫩條春別。纖蕊輕苞，粉萼污、猩猩鮮血。乍幾日，好景和風，次第一齊催發。　天然香豔殊絶，比雙成，皎皎倍增芳潔。去年因遇東歸使，指遠恨、意曾攀折。豈謂浮雲，終不放、滿枝明月。但歎息、時飲金鍾，更遶叢叢繁雪。

按：此首無名氏詞，見梅苑卷一。歷代詩餘卷八十七誤作晏幾道詞。李文裿輯漱玉集卷四誤作李清照詞。

擊梧桐

雪葉紅凋，煙林翠減，獨有寒梅難竝。瑞雪香肥，碎玉奇姿，迥得佳人風韻。清標暗折芳心，又是輕洩，江南春信。最好山前水畔，幽閒自有，横斜疏影。　盡日凭闌，尋思無語，可惜飄瓊飛粉。但悵望、王孫未賞，空使清香成陣。怎得移根帝苑，開時不許衆芳近。免教向、深巖暗谷，結成千萬恨。

沁園春

山驛蕭疏，水亭清楚，仙姿太幽。望一枝穎脱，寒流林外，爲傳春信，風定香浮。斷送光陰，還同昨夜，葉落從知天下秋。憑闌處，對冰肌玉骨，姑射來遊。無端品笛悠悠。似怨感長門人淚流。奈微酸已寄，青青□杪，助當年太液，調鼎和鹺。樵嶺漁橋，依稀精彩，又何藉紛紛俗士求。孤標在，想繁紅鬧紫，應與包羞。

按：此二首俱無名氏作，見梅苑卷一。李文裿輯漱玉集卷一並誤作李清照詞。

失調名

凝眸。兩點春山滿鏡愁。花鏡韻語

按：此乃周邦彦南鄉子詞句，見陳元龍詳注周美成詞片玉集卷三。花鏡雋聲所附花鏡韻語以爲李清照作，誤。

又

幾日不來樓上望，粉紅香白已争妍。蕙風詞話卷二

按：此二句乃清初顧貞立（顧貞觀之姊）浣溪沙詞句，全篇云：「百囀嬌鶯喚獨眠。起來慵

自整花鈿。浣衣風日試衣天。幾日不曾樓上望，粉紅香自已争妍。柳條金嫩滯春煙。」題作和王仲英夫人韻，見衆香詞禮集（亦見清初人其他選本，兹不贅引）。蕙風詞話以爲李清照詞句，失考。

蕙風詞話原文云：「梅宛陵詩：『不上樓來今幾日，滿城多少柳絲黄。』晁氏客語記歐公云：『非聖俞不能到。』（見宋葉寘愛日齋叢鈔）按李易安詞：『幾日不來樓上望，粉紅香白已争妍。』由此脱胎，却自是詞筆。」

以上詞全篇二十七首、斷句二則，皆各本誤題李清照撰，而可以斷言非李作者也。此等詞本可不必作爲附録，惟爲便利讀者，他日瀏覽所及，見此數首，可立知其非，不煩旁證，故仍録此備考。尤以蕙風詞話所誤引之「幾日不來樓上望，粉紅香白已争妍」二句，人多未注意及之，趙萬里輯漱玉詞、唐圭璋輯全宋詞，俱未徵引。且況氏素有詞名，尤易使人誤信其可恃，必須在此特别指出。

趙萬里先生校輯宋金元人詞引用書目類編草堂詩餘四卷有題識云：「……古樂府及元明劇曲之佳者，其撰人多不能確知，宋詞亦然。故分類本於詞之撰人不能詳者，輒空缺不注。黄大輿梅苑、曾慥樂府雅詞拾遺亦如之。而分調時不明斯例，悉以前一闋所記撰人當之，於是宋世名家詞憑空又添作贋作若干首，而明以後人無摘其謬者。以訛傳訛，實此書作之始。如分類本前集上浣溪紗『水漲魚天拍柳橋』一闋，與周邦彦渡江雲銜接，分調時以爲周作，毛子晉補輯片玉詞據以録入，即其例矣。……」其説精闢。以之解釋各誤題撰人之詞作品，往往迎刃而解。不特類編草堂詩餘如此，他書如是者亦多有之。以明周瑛所撰之詞學筌蹄爲例，所有誤題撰人之作品，約有百首左右，其致誤原因，亦大抵如是。如分類本草堂詩餘前集卷上李易安如夢令「昨夜雨疏風驟」一首後有無撰人姓名詞五首：（一）武陵春「風住塵香花已盡」闋、（二）怨王孫「夢斷漏悄」闋、（三）青玉案「凌波不過横塘路」闋、（四）點絳脣「紅杏飄香」闋、（五）柳梢青「子規啼血」闋，詞學筌蹄悉以爲李易安詞。詞學筌蹄流傳未廣，故後人承其誤者，只有郎瑛七修類稿卷三十四亦以柳梢青爲易安詞，李文裿則又承郎瑛之誤。至類編草堂詩餘則後之各種刊本草堂詩餘號稱李廷機、唐順之、李攀龍、董其昌、楊慎等批評點注者無一不從之出，流傳愈廣則承誤者愈多，相沿以訛傳訛者約有五六十首。翰墨大全中無撰人姓名詞而花草粹編署有撰人，花草粹編中無撰人姓名詞而歷代詩餘署有撰人者，其致誤之由亦俱與類編草堂詩餘相同。秦恩復刻樂府雅詞，拾遺兩卷中無撰人詞添注撰人姓名者不少，其中如梁寅侍香金童、趙與仁醉春風等則又承歷代詩餘之誤。

趙先生之説發表於一九三一年，而後之研究詞學者，或未注意。李文裿輯漱玉集，不明此理，竟誤收黄大輿梅苑中無名氏詞多首以爲李清照作，黄節、薩雪如等從而推波助瀾，爲之揄揚。其後李文裿且云：「或謂：易安居士之詩文詞久佚，不可復得。子之所輯，爲數頗富，得勿以他人之作濫入以實篇幅乎？曰：凡所徵引，俱已詳其本源。爲是言者，則余弗與之辨，亦不屑與之辨也。」自信太深，故其錯誤迄未改正。如能注意趙萬里先生之説，其誤收之弊，當可避免。

第一卷中存疑各詞，頗有可以附録於此者，惟爲避免武斷，暫時不作太大更動，以待專家之研究鑒定。

附録各詞不附校記；其實爲某人撰者，僅少加説明，不詳注其出處。

引用書目

歲時廣記四十一卷宋陳元靚撰　十萬卷樓叢書本

方輿勝覽七十卷宋祝穆撰　文津閣四庫全書本

崇禎歷城縣志十六卷明宋祖法修　明刊本

洛陽名園記一卷宋李格非撰　顧氏文房小説本

昭德先生郡齋讀書志四卷附志二卷後志二卷宋晁公武撰　後志趙希弁撰　四部叢刊三編本

又二十卷宋晁公武撰　清汪士鍾刊本

又二十卷宋晁公武撰　王先謙刊本

金石録三十卷宋趙明誠撰　明謝行甫鈔本

又清謝世箕刊本

又雅雨堂刊本

又三長物齋叢書本

又結一廬賸餘叢書本

又四部叢刊續編本

朱子語類一百四十卷宋朱熹撰黎靖德編　清刊本

清河書畫舫十二卷明張丑撰　清巾箱本

詩餘畫譜不分卷明刊本

打馬圖宋李清照撰　清江都秦氏石研齋鈔本

又宋李清照撰　明刊欣賞編本

又明刊重編欣賞編本

打馬圖經一卷麗廔叢書本

馬戲圖譜一卷宋李清照撰　夷門廣牘本

又宋李清照撰明王蘭芳重編　觀自得齋叢書本

陽關三疊一卷明田藝蘅編　欣賞編本

全芳備祖前集二十七卷後集三十一卷宋陳景沂撰鈔本

二如亭羣芳譜三十卷明王象晉撰　清刊本

廣羣芳譜一百卷清汪灝等撰　清佩文齋刊本

雲麓漫鈔十五卷宋趙彦衛撰　涉聞梓舊本

老學庵筆記十卷宋陸游撰　津逮秘書本

瑯嬛記三卷題元伊世珍撰　津逮秘書本

七修類稿五十一卷明郎瑛撰　排印本

堯山堂外紀一百卷明蔣一葵撰　明刊本

説郛一百卷元陶宗儀編　明鈔本

又明會稽鈕氏世學樓鈔本

又排印本

緑窗女史十五卷題秦淮寓客輯　明刊本

新編通用啓劄截江網六卷不著撰人　元刊本

新編事文類聚翰墨大全二百零四卷元劉應李撰　元刊本

新編事文類聚翰墨大全一百四十三卷元劉應李撰　明刊本

永樂大典七百三十卷明解縉等編　影印本

清波雜志十二卷宋周煇撰　四部叢刊續編本

雞肋編三卷宋莊綽撰　涵芬樓排印本

水東日記四十卷明葉盛撰　清刊本

留青日札四十卷明田藝蘅撰　明刊本

寒夜録二卷明陳宏緒撰　豫章叢書本

古今情史類纂二十四卷江南詹詹外史撰　清刊本

繡谷春容十二卷起北赤心子輯　明刊本

警世通言四十卷明馮夢龍編　排印本

漱玉集一卷近人李文裿輯　排印本

宫詞一卷宋胡偉集句　汲古閣景宋鈔本

梅花衲一卷宋李龏集句　景南宋六十家小集本

癸巳類稿十五卷清俞正燮撰　清道光刊本

瀛奎律髓四十九卷元方回編　清刻本

彤管遺編二十卷明酈琥編　明刊本

詩女史十四卷明田藝蘅編　明刊本

文體明辨附録十四卷明徐師曾撰　明刊本

名媛詩歸三十六卷明鍾惺編　明刊本

彤管摘奇二卷明胡文焕编　明刻本

古今文致十卷明劉士鏻輯　萬曆刻本

古今名媛彙詩明鄭文昂輯　明刊本

鐫列朝歷世詩選名媛璣囊池上客選　明刊本

古今女史十二卷詩集六卷明趙世杰編　明刊本

釣臺集二卷明劉伯潮編　明刊本

花鏡雋聲十六卷明馬嘉松選　明刊本

風韻情書情詞情詩□卷殘存四、五、六卷　竹溪主人選　明刊本

浯溪考二卷清王士禛編　清刊本

歷代賦彙一百八十四卷闕名編　清刊本

歷朝閨雅十二卷清揆敘編　清刊本

歷朝名媛詩詞十二卷清陸昶編　清刊本

繡水詩鈔八卷清吴連周編　清刊本

漱玉詞一卷宋李清照撰　詩詞雜俎本

漱玉詞一卷補遺一卷附録一卷宋李清照撰清王鵬運輯　四印齋刊本

漱玉詞一卷宋李清照撰今人趙萬里輯　宋金元人詞排印本

梅苑十卷宋黄大輿編　楝亭十二種本

樂府雅詞三卷拾遺二卷宋曾慥編　四部叢刊本

又詞學叢書本

又文津閣四庫全書本

唐宋諸賢絶妙詞選十卷宋黄昇編　四部叢刊本

陽春白雪八卷外集一卷宋趙聞禮編　詞學叢書本

又清吟閣刊本

妙選羣英草堂詩餘前後集四卷宋闕名編　雙照樓刊本

草堂詩餘前後集四卷明嘉靖三十三年楊金刊本

精選名賢詞話草堂詩餘二卷明陳鍾秀校　明嘉靖刊本

又四印齋刊本

草堂詩餘五卷明楊慎批點　明刊朱墨套印本
類編草堂詩餘三卷明胡桂芳編　明刊本
新刻荆川先生點注草堂詩餘四卷明唐順之解注　明刊本
草堂詩餘評林四卷明李廷機評　明刊本
草堂詩餘評林六卷明李廷機評　明刊本
題評名賢詞話草堂詩餘六卷明書林余文杰刊本
新刻便讀草堂詩餘六卷明董其昌評訂　明刊本
新刻批評注釋草堂詩餘雋四卷明吴從先編　明刊本
類編草堂詩餘四卷武陵逸史編　明刊本
又明刊崑石山人本
又明刊韓俞臣本
類選箋釋草堂詩餘六卷明錢允治釋　明刊本
草堂詩餘正集六卷明沈際飛本
續草堂詩餘二卷明長湖外史編　明刊本

類選箋釋續選草堂詩餘二卷明錢允治釋　明刊本
草堂詩餘續集二卷明長湖外史編　明沈際飛本
詞林萬選四卷明楊慎編　汲古閣刊本
彙選歷代名賢詞府全集九卷明汪□□選　明刊本
花草新編五卷殘存三、四、五卷　明吴承恩編　鈔本
花草粹編十二卷明陳耀文編　景印明刊本
又二十四卷清金繩武活字本
詞的四卷明茅暎編　詞壇合璧本
草堂詩餘別集四卷明沈際飛編　明刻本
詞壇豔逸品四卷明楊肇祉編　明刊本
古今詞統十六卷明卓人月編　明刊本
詞菁二卷明陸雲龍評選　明翠娱閣評選行笈必攜刊本
古今詩餘醉十五卷明潘游龍編　明刊本
林下詞選十四卷清周銘編　清刊本
見山亭古今詞選三卷清陸次雲、章昞選　清刊本
詞綜三十六卷清朱彝尊編　清刊本

詞匯初編十二卷清卓爾堪編　清刊本
記紅集四卷清吴綺、程洪編　清刊本
古今別腸詞選四卷清趙式選　清刊本
詞潔六卷清先著、程洪編　清刊本
歷代詩餘一百二十卷清沈辰垣等編　景印清内府刊本
豐草齋選鈔詩餘神髓一卷越州雲山卧客選　清鈔本
古今詞選十二卷清沈時棟選　清刻本
晚香室詞録八卷清周之琦輯　鈔本
清綺軒詞選十三卷清夏秉衡選　清刊本
自怡軒詞選八卷清許寶善選　清刊本
閩詞鈔四卷清葉申薌輯　清刊本
天籟軒詞選五卷清葉申薌選　清刊本
同情集詞選十二卷清陳鼎選　鈔本
雲韶集二十六卷清陳世焜輯　鈔本
宋四家詞選一卷清周濟選　清刊本
詞軌八卷補録五卷清楊希閔選　鈔本

復堂詞録十一卷殘存一至八卷　清譚獻輯　鈔本
三李詞不分卷清楊希閔編　清刻本
湘綺樓詞選三編近人王闓運選　光緒刊本
藝蘅館詞選五卷近人梁啓超選　排印本
詩話總龜前集五十卷後集五十卷宋阮閲撰　鈔本
詩話總龜前集四十八卷後集五十卷宋阮閲撰　四部叢刊本
王公四六話一卷宋王銍撰　景明刊百川學海本
風月堂詩話二卷宋朱弁撰　寶颜堂秘笈本
四六談麈一卷宋謝伋撰　景明刊百川學海本
苕溪漁隱叢話前集六十卷後集四十卷宋胡仔撰　清耘經樓本
朱文公游藝至論二卷宋朱熹撰　明刊本
詩人玉屑二十一卷宋魏慶之撰　朝鮮刻本
浩然齋雅談三卷宋周密撰　武英殿聚珍版本
宋詩紀事一百卷清厲鶚撰　清刊本

宋詩紀事補遺一百卷清陸心源撰　清刊本
草堂詩餘別録一卷明張綖撰　鈔本
詞品六卷明楊慎撰　圖書集成本
詞苑叢談十二卷清徐釚撰　清康熙刊本
古今詞話八卷清沈雄撰　清刊本
詞林紀事二十二卷清張宗橚撰　景印清道光刊本
蕙風詞話五卷近人況周儀撰　惜陰堂刊本
詞學筌蹄八卷明周瑛撰　明鈔本
詩餘圖譜三卷明張綖撰　明刊本
詩餘圖譜補遺十二卷明謝天瑞撰　明刊本

增正詩餘圖譜三卷明游元涇增　明刊本
詞律二十卷清萬樹撰　清康熙刊本
選聲集不分卷清吴綺撰　清刊本
詞譜四十卷清王奕清等撰　清内府刊本
詞鵠初編十五卷清孫致彌輯　清刻本
詩餘譜式二卷清郭鞏撰　清刊本
自怡軒詞譜六卷清許寶善撰　清刊本
天籟軒詞譜五卷清葉申薌撰　清刊本
碎金詞譜十四卷續譜六卷清謝元淮撰　清刊本
嘯餘譜十一卷明程明善撰　明刊本

後記

一

在我國漫長的封建社會時期，婦女在各方面都受到壓迫和歧視。在文藝領域中，當然也不可能有例外。由於封建禮教的束縛和限制，她們在文藝方面原來與男子同樣具有的光芒，就很不容易透過層層的障礙而放射出來。

在這種不合理的社會制度之下，婦女作家是少得可憐的。梁鍾嶸詩品介紹了從漢到梁的詩人一百二十二人，其中女詩人只有四人，比數不到百分之四，這已經是很少的了。梁昭明太子蕭統的文選三十卷，只選了曹大家東征賦一篇、班婕妤怨歌行一首，那就更不成比例了。到後來，全唐詩九百卷，其中婦女作品，只有九卷，才合百分之一。宋詩紀事一百卷，婦女作品只有一卷，比數也是百分之一。明、清人所編的詩女史、彤管遺編、彤管新編、古今女史、林下詞選、衆香詞、歷朝名媛詩詞以及或云托名明鍾惺編的名媛詩歸等等，爲婦女作品專集，且不限於一箇時代，然而數量俱不甚多。

婦女作品還受到另一歧視。一般選本，大都是按作家年代先後編次的，獨獨對於婦女則不然，往往把她們的作品，另闢一欄，編在書末，似乎她們在文學上也不能與男子享有同等地位。這個惡例，開自唐末韋莊編的又玄集，五代韋縠編才調集繼承他的衣鉢，後世的編輯和選家，更是變本加厲，竟把婦女作品放在無名氏和神仙鬼怪之後。這一歧視婦女的惡例，一直沿襲下來，直到解放以後，才與其他封建制度一起消滅淨盡。

宋代程朱理學派興起，大力提倡封建禮教，婦女們所受到的束縛和限制更加深密，因而雖爲詞的全盛時代，女詞人仍是寥寥無幾。在今天知名的約一千二百的宋代詞人中，有作品流傳下來的女詞人則不過五六十人左右，而且大都只有單詞流傳，没有一箇有完整的詞集。今天還有較多的作品流傳，在我國文學史上佔據着重要地位的，只有李清照一人。

二

李清照，自號易安居士，宋代山東歷城縣（今山東省濟南市）人。生於公元一〇八四年（宋神宗元豐七年），死於公元一一五五年（紹興二十五年）以後，究竟得年多少，還没有能够考證明白，但可以説，至少活了七十多歲。她父親李格非，與廖正一、李禧、董榮，人稱後四學士。她母親王氏，也善於寫文章。在家庭影響之下，李清照很早就有詩名，爲晁補之所賞識。她在十八歲時，與趙明誠結婚。趙明誠青年時候就對金石研究有興趣，後來成爲有名的金石學家，對金石有深刻研究、淵博知識。他除了收藏金石以外，還喜歡收藏書籍、法書、名畫。李清照與他志同道合，節衣縮食，幫助他從事收藏和研究。應該説趙明誠的成就得力於清照者不少。張端義就説：金石録一書，清照亦曾筆削其間。李清照四十六歲的時候，趙明誠死了。接著金兵侵入浙東、浙西，清照避難奔走，所有收藏的東西幾乎全部喪失。紹興二年（公元一一三二年），清照再嫁張汝舟，没有多少時候，就離異了（明清到現在，有不少人考證過，説她没有再嫁。都是没有充分論據的）。她没有兒子，大概以後就孤獨地度過了她的晚年。她的平生事跡見於載籍的並不多，前面已有李清照事迹編年引述了一些有關記載，這裏就不多介紹了。

李清照是宋朝最負盛名的女詞人。一生從事學術研究及寫作活動。她丈夫趙明誠的名著金石録，生前大概没有完成，李清照不但曾參加該書的編撰工作，最後還是經過她的手成書、流傳的。直到暮年，她還有學術方面的活動（公元一一五〇年，即紹興二十年左右，她六十六七歲的時候，曾經兩度拜訪當時年約八十歲的大書畫家米友仁，請他爲她所收藏的米芾墨跡題字。米友仁是米芾的兒子）。她的才能是多方面的。她能寫散文、駢文、詩、詞，能作畫，能考證金石刻，書法也很好。她的字、畫，明朝還有人見過，到清朝就失傳了。她的詩文集、詞集，宋朝人都有記載；刊刻的版本，亦不止一種。可是，這些本子都没有流傳下來，大概在清初或者更早一些時候就消失了。現在我們所能看到的李清照著作，除了一部不是文學作品的打馬圖經是完整的以外，其餘都是前人從各種古書中東鱗西爪地搜集起來的。其中還有不少是僞作或可疑之作，可以確認爲李清照作品的，就把所有斷篇殘句都當作整篇全首來計算，總共也不過七八十篇。大凡衹見於僞書元伊世珍瑯嬛記，衹見於明、清人選本如楊慎詞林萬選、長湖外史續草堂詩餘、茅暎詞的、趙世杰古今女史、卓人月古今詞統、周銘林下詞選、沈辰垣等歷代詩餘的，都不一定靠得住是清照作品；就是見於明陳耀文花草粹編、清朱彝尊詞綜的，也不能説都没有問題。

流傳下來的李清照作品中既有僞作，有可疑者，我們進行研究，恐怕祇能就那些可以確認是她所寫的篇什著手；那些有問題的，似乎應當暫時放在一邊，等到有人能够考證確定後再説（僞作更不必研究）。如其把那些僞作或可疑之作當作李清照作品，與其他没有問題的作品來一起研究，來評價李清照在文學史上的地位，這樣得出來的結論，它的正確性，恐怕是難以保證的。在一九五九年各報刊上所發表的討論李清照作品的論文裏面，把有問題的詞當作李清照真作而分析評論的情況，就不能説没有。就是一九五九年出版的北京大學中國文學史裏，還引了靠不住的點絳脣「蹴罷秋千，起來慵整纖纖手」一闋，予以肯定；一九六一年文學評論第四期發表的夏承燾先生李清照詞的藝術特色一文裏所説「敢於寫少女愛情『眼波才動被人猜』，敢於寫夫婦的幽情『今夜紗厨枕簟涼』」等詞，也不見得都是李清照的作品。作品真僞，必須首先辨别清楚；否則，結論的科學性，免不了要減低，對於讀者，免不了要造成誤會。

根據當時的歷史情況，和李清照一生的經歷，她箇人的歷史，可以分作兩箇時期：上一時期，是在北宋的時期，是生活安定、專心研究金石、從事創作活動的時期；下一時期是在南宋的時期，國家民族瀕於危亡，本人則失去了丈夫、失去了所有的書物和生活依據，顛沛流離，孤獨無依的時期。

她的作品，也可以依照她一生的經歷，分作兩箇時期：上一箇時期，是在中原的時期、北宋的時期；下一箇時期是在江南的時期、南宋的時期。大致以建炎元年（公元一一二七年）爲分界綫。她的作品，在不同時期，有不同反映。下面就依照這樣的時期劃分，對李清照的作品，試圖做一箇分析。

在分析之前還得説明一點：李清照的作品，過去最有名的是詞。她的詩、文，流傳下來的比較少，也不被大家注意。爲了對李清照的作品有箇比較全面的認識，她的詩、文，必須和詞同時研究。像過去那樣衹談她的詞而不談她的詩、文，也免不了有些片面之弊。因之，也恐怕不容易得到正確、公允、全面的結論。

三

北宋自從結束了五代的分裂狀況，統一了中原以後，人民生活比較安定。對於遼和西夏，統治者采取了屈辱求和的政策，每年送去很多的歲幣，暫時維持著相安無事的局面。矛盾暫時緩和，生産力也就得到了一定的發展。工業方面如印刷、建築、製瓷、製茶、製糖等技術，達到了新的高峯；與此相應，各種舊的學術部門發展了，新的部門創立了。出現了沈括的夢溪筆談、李誡的營造法式，劉敞、李公麟、歐陽修、曾鞏創立了金石考古之學。名書家、名畫家大批湧現。繼歐陽修文學革新運動之後，出現了曾鞏、王安石、二蘇、黄庭堅等大散文家、大詩人。詞則於花間、南唐一派之外，蘇軾開創了新的豪放一派，一新耳目，晏幾道、秦觀、賀鑄、周邦彦等也分道揚鑣，各成一家。清照生在這個文藝和學術上極爲昌盛的時期，得以飽吸文藝與學術空氣，她的父母又是能文的人，在他們的薰陶之下，所以她具有高度的文學修養和學術研究的才能，是一點也没有什麽奇怪的。因此，她在文藝上有多方面的發展；與她丈夫共同進行的金石學方面的研究，也取得了相當的成就。但由於那時婦女們社會地位的限制，清照所能接觸的世界，畢竟是不够寬廣的。因而反映在李清照作品裏面的，多數是安閒的生活，與夫婦、姊妹等離别之情，也就不難理解了。

李清照第一箇時期的作品，流傳下來的較少。其中要算詞最多，詩很少，文大概衹有一篇詞論。

反映她生活安定的，如如夢令「昨夜雨疏風驟」，浣溪沙「淡蕩春光寒食天」等，這些詞與晏殊、歐陽修、秦觀、周邦彦的作品相比，是絲毫没有遜色的。描寫離别之情的蝶戀花「淚溼羅衣脂粉滿」一詞，是她宣和三年（公元一一二一年）從青州到萊州，路過昌樂寄宿館驛中所作，寄給在青州的姊妹的。此詞所表達的姊妹間感情，是深厚的、誠摯的，不是尋常泛泛應酬的作品。

還有幾首向來有名的詞，如一翦梅「紅藕香殘玉簟秋」，鳳凰臺上憶吹簫「香冷金猊、被翻紅浪」等首，有人説是清照寄給趙明誠的。如果不錯的話，那末，她是把他們二人志同道合，甘心老於學術之鄉的深厚感情很真實很細緻地表達出來了。

李清照在這箇時期的詩作的題材較詞要寬廣。趙明誠的父親趙挺之做到了尚書右僕射（宰相之一，當時除了尚書左僕射蔡京是首相以外，趙挺之的官職最高），李清照獻給他一首詩，可惜現在祇賸一句了：「炙手可熱心可寒。」她對趙挺之的升官似是不以爲賀而以爲懼。又如浯溪中興碑，自黄庭堅、張耒兩大篇之後，宋人多認爲絶唱難繼的了，李清照這時却和了張耒二首，表示了自己對於歷史事實的看法。此外如：

少陵也是可憐人，更待來年試春草。

兩漢本繼紹，新室如贅疣。……所以嵇中散，至死薄殷周。

在這些詩中，作者跳出了封建時代婦女生活的狹窄天地，發表了對社會、政治的一些見解。莫怪後來理學家朱熹也説：「豈尋常婦人所能！」（朱熹指的「兩漢本繼紹」一首而言。此詩作於何時，不可知，姑且在此提及。）

她還有一篇評詞的論文，全面而系統地批評了北宋的詞人。宋朝人評詞的，較早的晁補之只評了幾箇人，也没有什麽系統（晁評見於能改齋漫録，恐怕就是骪骳説的一部分）。李之儀也評過詞，所評雖比晁補之有系統，仍不如李清照的全面（李評見姑溪居士文集前集卷四十跋吴思道小詞）。晁、李二人是李清照的前輩。後來只有王灼碧雞漫志所評的範圍較廣，但就系統性、理論性來講，也仍不如李清照。雖然李清照所評，不免或有偏見。對於北宋詞人，她没有一箇是滿意的。但這一篇論文，仍舊不失爲研究宋詞的重要參考資料。

四

在李清照的第二箇時期裏面，由於統治集團對外政策的軟弱，北方的女真族乘機進迫，淮水以北的廣大區域淪陷。當時廣大人民紛紛起義，抗擊金人，宗澤一聲號召，就有幾十萬人在黄河以北響應。終以朝廷的昏庸無能，起義人民得不到支援，最後還是被金人殘酷地鎮壓了下去。宋朝人所記載的當時慘狀，是這樣的：

自靖康丙午歲金狄亂華，六七年間，山東、京西、淮南等路，荆榛千里，斗米數十千，且不易得。盜賊、官兵以至……更互相食。人肉之價，賤於犬豕。（宋莊綽雞肋編卷中）

不但上面所説的淪陷了的地方（現在的山東、河南、蘇北、皖北）如此，所有金人到過的地方，如揚州（即現在的揚州市）、明州（現在的寧波市）、平江（現在的蘇州市），也都遭到了極大破壞，遇難的人民，不知道有多少。北宋統治集團中的成員，除了大部分在東京（現在的開封市）被金人俘擄北去，少數成了民族敗類，甘心做賣國賊以外，賸餘下來的紛紛逃亡到長江以南，有的繼續堅決抗敵，甚至爲抗戰而貢獻出了自己的生命；有的却不顧國家的險危，繼續他們的驕奢淫逸生活。宋徐夢莘三朝北盟會編、李心傳建炎以來繫年要録等書，對當時史實有詳細記載。

東晉時候，中原完全淪陷，偏安江左，與南宋情況相類似。世説新語裏面有這樣的一段記載：

過江諸人，每至美日，輒相邀新亭，藉卉飲宴。周侯中坐而歎曰：「風景不殊，舉目有山河之異。」皆相視流淚，唯王丞相愀然變色曰：「當共戮力王室，克復神州，何至作楚囚相對邪！」（此處文字據晉書王導傳略改數字。）

王導要克復神州，當然有非常積極的意義。就是周顗中坐而歎，不忘國家民族，爲此驚心，也是愛國的心理。李清照後期的作品有表達了中坐而歎的思想的，也有表達了克復神州的願望的。它們反映了作者對國家民族危亡的關切，如：

南渡衣冠少王導，北來消息欠劉琨。

當時正是主張抗敵的宰相李綱被免職了，昏庸低能的黄潛善、汪伯彦當了宰相，他們雖然掌握了大權，一無禦敵之計；留守東京的愛國抗敵英雄宗澤死了，繼任的是後來投降敵人的杜充。李清照這兩句詩譴責了這些投降分子，説他們既不是要戮力王室、克復神州的王導，也不是隔閡華戎、志在本朝的劉琨，也就是説，南宋那時的將相大多都不以興復爲念。

如果説，上面那兩句詩，筆觸還没有碰到最高統治者趙構，那末，下面那兩句詩，就不是這樣的了：

南來尚怯吴江冷，北狩應悲易水寒。

説南來的人，不應當忘記被俘北去的趙佶、趙桓，就直接譴責了趙構的害怕父兄回來，自己做不了皇帝，而把國家民族的大讐，置之度外。

清照在另一首詩中説：

至今思項羽，不肯過江東。

當時的趙構節節南逃，正是一日蹙地千里。年已七十的宗澤，留守東京，不斷地請趙構回到東京去號召抗戰，前後上疏二十八次，而年輕的趙構始終置之不理。太學生陳東上書，説主張抗敵的宰相李綱不應當免職，並請趙構回到東京去練兵殺敵。趙構不但没有考慮他的意見，反而把這箇熱愛祖國的人殺了。這大大地違反了全國人民的意願，激起了愛國人民填膺的憤怒。在作者看來，寧肯一死以謝江東父老的項羽還是可敬的，辱國害民的趙構却是可恥的。所以對項羽的頌揚，也就是對趙構的譴責。這譴責雖意在言外，却是很容易體會到的。

公元一一三三年（紹興三年），趙構派韓肖胄、胡松年二人到金國去，李清照做了兩首詩，一首中説：

夷虜從來性虎狼，不虞預備庸何傷。衷甲昔時聞楚幕，乘城前日記平涼。

指斥金人的反覆無常。另一首結尾説：

長亂何須在屢盟。

用詩經裏的「君子屢盟，亂是用長」批評了趙構的屈辱外交政策。她還説：

想見皇華過二京，壺漿夾道萬人迎。

這不僅歌頌了人民永遠不會對敵人屈服的愛國主義精神，清照殷切希望恢復失地、拯民水火的熱烈感情，也充分流露出來了。

在一篇遊戲的文章打馬賦裏，她說：

今日豈無元子，明時不乏安石。

希望南宋能够像東晉那樣偏安江左的時候，還有桓温、謝安這樣的人，或者能够出擊，收復部分失地；或者敵人前來進犯，能够擊潰他們。她又說：

佛貍定見卯年死。

可見她對抗敵前途也是抱着樂觀態度，有勝利信心的（那時金人正在向南宋發動進攻，李清照自己也從杭州逃到了金華）。在這篇文章最後，她還說：

老矣誰能志千里，但願相將過淮水。

當時淮水以北，土地全部淪陷，她說自己老了，没有什麽遠大的志向，只希望大家一起回到淮水以北去，也就是趕走金人，恢復河山。我們不能不承認：它們代表了當時愛國者的强烈的呼聲，表示了愛國精神。

有的本子載這一篇打馬賦，末段還有「木蘭横戈好女子」一句，這一句的來源不很清楚，不一定是清照的原文。如果確實是她寫的，那更可以説明她直欲拿起武器來馳赴保衛祖國的前綫了。

在封建制度之下，婦女們不能够參加任何政治活動，没有任何政治權利，李清照的作品，能够表示了强烈的民族意識，愛國精神，實在是難能可貴，值得特別提出的。

岳飛有一首小重山詞，末兩句説：「知音少，絃斷有誰聽？」其實岳飛的知音，是很多的；李清照即是其中的一箇。岳飛所説的知音少，當然指的是趙構、秦檜這一些人。

五

宋亡以後，遺民詞人劉辰翁曾填了一首永遇樂詞，前面的序説：

余自乙亥上元誦李易安永遇樂，爲之涕下。今三年矣。每聞此詞，輒不自堪。遂依其聲，又托之易安自喻。雖辭情不及，而悲苦過之。

劉辰翁另有一首永遇樂詞，用的是李清照原詞的韻，前面也有序，説：

余方痛海上元夕之習（此指厓山宋亡之事，惟「習」字不可解，疑有誤），鄧中甫適和易安詞至，遂以其事弔之。

鄧中甫名剡，字光薦，又號中齋，一直抗拒金人，到厓山覆滅時被俘，與文天祥一起被押到金陵，後來才被釋放的。他與劉辰翁一樣，也是時刻不忘宋朝，痛恨金人的遺民。他們都賞識李清照這一首永遇樂詞。不言而喻，這一首詞在思想内容上，必然和他們有着共鳴的地方，説出了他們的思想感情。

李清照的永遇樂「落日鎔金」，據宋朝張端義貴耳集説，是她在南渡以後，每懷京洛舊事時寫的。詞中所記得的中州盛日，就是宋劉昌時蘆浦筆記裏所載鷓鴣天十五首所説的太平年月，也就是孟元老幽蘭居士東京夢華録裏所載的宣和年間汴京繁華景象。這種太平繁華景象，本來是統治階級及時行樂及所謂與民同樂的描寫。但是，在南宋時候回溯這些景象，具有另外的意義。宋陳振孫跋洛陽名園記云：

晉王右軍聞成都有漢時講堂、秦時城池，門屋樓觀，慨然遐想，欲一游目。其與周益州帖，蓋數致意焉。近時呂太史有感於宗少文卧游之語，凡昔人記載人境之勝，録爲一篇。其奉祠亳社也，自以爲譙、沛、真源，恍然在目。而兗之太極、嵩之崇福、華之雲臺，皆將卧游之。噫嘻！弧矢四方之志，高士達人之懷，古今一也。顧南北分裂，蜀在境内，雖遠，患不往爾，往則至矣。亳、兗、嵩、華，視蜀猶邇封也，欲往，其可得乎？然則太史之情，其可悲也已！余近得此記，手寫一通，與東京記、長安、河南志、夢華録諸書並藏，而時自覽焉，是亦卧遊之意云爾。

陳振孫所說的時自覽夢華録諸書，就是時時提醒自己不要忘記淪陷了的中原土地。如其說他「惆悵舊游，流傳佳話」，那就看得太淺了。清四庫全書總目提要評宋遺民周密的武林舊事也說：「興亡之隱，曲寄於言外。」李清照這一首永遇樂詞的絃外之音，不能不是對舊都的懷念。所以劉辰翁等「每聞此詞，輒不自堪」，誦之而涕下了。

李清照追憶過去的作品，此外還有一些，如詩裏面的：「安得情懷似昔時。」「心知不可見，念念猶咨嗟。」詞裏面的：「舊時天氣舊時衣。只有情懷、不似舊家時！」「如今也，不成懷抱，得似舊時那？」這些句子裏的「舊時」「舊家時」，主要是回首她自己的過去，但也並不排斥某一些同時回憶國家民族繁榮景象的成分。

李清照這些作品，假使是在北宋時期寫的，那就没有多大意義，必須又作别論了。可是，現在還没有理由和根據來懷疑它們不是寫於南宋時期的。

這裏也必須指出，李清照的作品並不是全都值得肯定。且不説那些抒寫離情别恨的篇什充滿了「淚」和「愁」，正是「不無危苦之詞，惟以悲哀爲主」；便是描述懷念鄉國像永遇樂一類的作品，調子也往往十分低沈，不能給人以積極健康的激勵。當然，我們也要看到李清照是那樣一個時代的婦女，而且國破家亡，流離顛沛的遭遇又折磨着她的下半生，在作品中傾吐她的「危苦」「悲哀」，是可以理解的，但是不能因此便以爲她的作品都是優秀遺産，可以無批判地繼承下來。

六

爲什麽李清照的後期作品政治性較强呢？爲什麽她的愛國主義思想表達在詞裏面的很少，而在詩、文裏面較多呢？

第一箇問題，似可分兩方面來解答：

第一，一箇人的思想認識，不能不隨著時間、地點、條件爲轉移。在北宋的時期，她生活安定，埋頭學術研究（詳見她所寫的金石録後序），鋭意文學寫作，所以她只在寫作技巧上用工夫，其他都不措意。到了南宋，情況完全改變，敵人異常强大，而統治階級的當權派只知道屈辱求和、投降賣國，這不能不激起每一箇關心民族安危的人的愛國熱忱。對政治有一定敏感性的李清照不再像過去一樣，寫作的題材範圍隨之拓展開來，這是極自然而可信的。

第二，更重要的，恐怕是：她原來出身於仕宦的文人家庭，丈夫又是宰相之子，官至郡守，與廣大勞動人民不會有很多的接觸，她的眼界和思想自然要受到種種局限。後來顛沛流離，東奔西走，所謂「飄流遂與流人伍」（清照上韓肖胄詩句），和廣大勞動人民經常有所接觸，擴大了自己的眼界。

關於第二箇問題，恐怕是體裁問題。是詞的形式或多或少地影響了它的内容。北宋人的詞，一般都繼承著花間、南唐的衣鉢。早期的晏殊、歐陽修，都没有能够脱離這箇窠臼。蘇軾獨創一派，超越前人，在他門下的陳師道還批評他，説他「以詩爲詞。……雖極天下之工，要非本色」。李清照自己論詞，多著重於聲律，把晏殊、歐陽修、蘇軾的詞説成是「句讀不葺之詩」。囿於花間、南唐詞派的傳統，再加以聲律上的清規戒律，不可避免地束縛了詞的題材和内容，使它不能發展。偉大的愛國詩人陸游，詞也寫得很好，但是表現愛國思想的詞，没有能够寫得像詩那樣的好。民族英雄文天祥的一部指南録，完全是表現他的愛國思想的作品，但絶大部分是詩，詞只有寥寥的幾篇；像他的正氣歌，也不是以詞的形式寫成的。能够突破詞的限制的人不是没有，但畢竟不多，李清照也没有能够跳出這個狹小的圈子。

但李清照在詞的方面，她的創作技巧確是達到了相當的高度，藝術性很强，開闢了不少技巧上的法門，不僅蜚聲當時詞壇；對後來的詞人，也起着不小的影響。

她的創作技巧，昔人有不同的説法，或説她新，或説她奇俊，如胡仔苕溪漁隱叢話前集卷六十云：「『綠肥紅瘦』，此語甚新。」黄昇唐宋諸賢絶妙詞選卷十云：「『寵柳嬌花』之句，亦甚奇俊，前此未有能道之者。」所謂「新」、所謂「奇俊」，宋代詞人，頗多擅長，清照雖然工於造語，還不能算做箇人獨有的特色。張端義貴耳集卷上説她「以尋常語度入音律，鍊句精巧則易，平淡入調者難」，倒可以説明清照的特點。張端義引了她的永遇樂詞中「於今憔悴，風鬟霜鬢，怕見夜間出去」，作爲例子。我們細看清照的詞，當然可以發現不少這類的句子，如「三杯兩盞淡酒，怎敵他、晚來風急」「人間天上，没箇人堪寄」「生怕離懷别苦，多少事、欲説還休」等等，都是用的白描手法。

李清照本來很會用花間、南唐派的筆法，所謂「蹙金結繡、而無痕迹」。像「紅藕香殘玉簟秋」「夢回山枕隱花鈿」「香冷金猊、被翻紅浪」等，都是這一類的句子。她的白描寫法，就是古人所説的「絢爛之極，歸於平淡」，可以説是繼承並發展了李後主的筆法，在北宋詞壇中，是難能可貴的。這似乎可以説是李清照的藝術特點。如果説，她是喜歡並善於使用雙聲疊韻字、嚴格分别陰陽平四聲，那就成爲藝術上的束縛，而不是特色了。

她的有名的句子，如「載不動、許多愁」「簾捲西風、人似黄花瘦」「綠肥紅瘦」「才下眉頭、却上心頭」等等，或者辭自己出，新穎獨造，或者融會舊句，更出新意。後來有不少人摹倣她的句法，方面很廣。影響所及，且超出詞的領域，如董解元西厢、王實甫西厢都有學習李清照的痕迹。

後人摹倣李清照的句法，像楊纘八六子的「蜂淒蝶慘」、湯恢八聲甘州的「柳腴花瘦」，過於字琱句琢，流於纖仄。這樣的學習，就墮入了魔道，顯然違失了李清照的本意，是清照所不能負責的。

清照運用方言，也是很成功的，這裏不舉例。

明張綖分詞人爲婉約、豪放兩派。清王士禛又本張綖的話，說：「婉約以清照爲宗。」北宋婉約詞派，統治了整箇時期的詞壇，本來是繼承著唐、五代的花間、南唐詞派的；主要詞人有晏殊、歐陽修、晏幾道、秦觀等等。王士禛推李清照爲婉約的宗主。我以爲在婉約詞派中間，李清照實在是後起之秀。婉約派的手法，在於「語盡而意不盡，意盡而情不盡」，如晏殊的浣溪沙第二句「去年天氣舊亭臺」，用唐人鄭谷詩句（「池」字換了「亭」字），没有説追憶去年，而回憶去年的意思已經在於言外；末句「小園香徑獨徘徊」，又描寫了一箇人獨自遊覽、没有伴侣的寂寞無聊情況，但也不明白説明，含蓄藴藉，留下了有餘不盡的感覺。李清照繼承了這種風格，並加以變化和發展（夏承燾先生説：清照變化、發展了婉約派），使婉約派發展到了最高峰，從此也没有人能够繼續下去。

比清照時代稍後的侯寘，有效易安體眼兒媚一首（見孏窟詞）；更後的辛棄疾，也有博山道上效李易安體醜奴兒近一首（見稼軒詞甲集）。這兩箇人詞的風格，並不像清照；而且豪放派以辛棄疾爲宗（也是王士禛的話），尤其和婉約派相反。可是他們都有學李易安體的詞。

清王士禛衍波詞中和清照原韻詞不少，計有十七首，蓋詩詞雜俎本漱玉詞中各首，王士禛已全部和韻。王士禛爲當時詞壇主盟，對清照推崇備至。沈謙更以李白、李煜、李清照爲詞家三李，光緒年間，曾有三李詞刊本。清末沈曾植評李清照詞曾説：「墮情者醉其芬馨，飛想者賞其神駿。」

清照詞影響所及，竟下至本世紀初。所以夏承燾先生説她是北宋婉約詞派最適當的代表人。婉約詞派，有他們的缺點。在所謂「花間尊前、詩酒流連、點綴太平」的時候，也能夠寫出描摹景物，像「堤上遊人逐畫船。拍堤春水四垂天。緑楊樓外出秋千」（歐陽修浣溪沙詞）那樣的「絶妙好詞」。但是，到了南宋，國家民族危急存亡之秋，重大歷史事件，人民愛國意識，很不容易通過婉約派的寫作手法，充分地在詞裏面反映出來。儘管李清照變化並發展了婉約詞派，但在時代的激流當中，婉約派不得不退出傳統的統治地位，而讓位給辛棄疾、陳亮、劉過、劉克莊這一派。這是歷史發展的必然結果，李清照是無能爲力的。

李清照的作品流傳下來的雖不多，這些作品中也存在着消極成分，但仍不妨礙她在文學史上佔有一定的地位，她較之柳永、周邦彦，固然遠在他們的上面，就比較南北宋其他大詞人，也不見得有多少遜色。我以爲這樣來評價李清照，似乎才是公平允當的。

七

李清照詩文集和詞集的失傳，對於我國古典文學遺産來説，不能不説是一箇損失。清四庫全書所收，乃是毛晉刻詩詞雜俎本漱玉詞，祇有詞十七首。四庫全書總目提要説：「雖篇帙無多，不得不寶而存之，爲詞家一大宗。」那時永樂大典散失的不過二千多卷，基本上還差不多是完整的。永樂大典裏面有多少李清照作品，固然不得而知。但就現在賸餘的永樂大典詩字韻中發現的一首詩來推測，可以肯定的説：不會一首都没有的。當時的四庫館臣没有從永樂大典裏面搜集李清照的作品，把它們保存下來。到了清末，開始有人從事李清照詞的輯佚工作。最後李清照的全集有李文裿先生輯的漱玉集，詞集有趙萬里先生輯的漱玉詞。這兩種雖然都是排印的本子，現在已經不容易得到（李輯是單行本；趙輯在校輯宋金元人詞中，没有單行的）。較早的王鵬運輯、況周儀補遺的四印齋所刻詞本漱玉詞，原刻本已很稀少，就是中國書店的石印本也不多見。

爲了給古典文學研究工作者提供參考資料，現在據各種載籍輯成此本，計分三卷：第一卷爲詞、第二卷詩、第三卷文，另附李清照事迹編年並各種參考資料。編次方法與宋朝人的慣例稍有不同：由於清照的詞最有名，所以把詞移到最前的地位，賦不在詩前面。詞、詩依所出之書時代先後爲次，但因梅苑中詞都是詠梅作品，意義不很大，所以編在樂府雅詞的後面。不全的和可疑的作品都編在每卷的末尾（編在前面的也不完全可以斷定是清照的作品）。引用書目裏面，有幾種没有見過原書，只見過照片或膠卷，没有一一注明。

自王鵬運以來，各家繼續輯得之李清照詞只有二首：即趙萬里先生從全芳備祖發現的南歌子一首（亦見於王象晉的二如亭羣芳譜及清汪灝等廣羣芳譜），又從截江網發現的長壽樂一首。詩則祇有黄盛璋先生從永樂大典中發現的偶成詩一首而已。永樂大典梅字韻有清照梅詞五首，都是梅苑中無名氏作品，不是清照所作。黄盛璋先生李清照事迹考對永樂大典寄與極大希望，乃此次翻閲中華書局影印的殘存永樂大典七百三十卷，竟一無所得，很是失望。明鈔本詩淵載有宋元人詩很多，妄想其中或者也有李清照的作品，不料翻遍了雙行小字的殘本九十册，仍舊一無所得。此次所增添者，衹有宋胡偉宫詞裏面的斷句七句而已（其中一句也見於宋李龏梅花衲）。

詞、詩、文三卷各附校記並注釋，另附各作品寫作年月及真僞考證。校勘以各舊本爲據，清代後期的選本、排印的本子如趙輯漱玉詞、李輯漱玉集俱不入校。清照作品未見有過注釋的本子。這一本的注釋，没有舊的可以因襲參考，而且爲水平所限制，有些詞彙如「轉調」「分茶」「熟水」「鋪翠」等等，很難得到恰當的解釋（編者對於宋朝的風俗習慣、文物制度都没有研究過，所以這方面的知識，非常缺乏）。其他考證並李清照事迹編年，很多地方與昔人和今人的意見有所分歧，免不了由於見聞太少、徵引孤陋、主觀臆斷、穿鑿傅會的毛病。各種參考資料更免不了有徵引失當或遺漏。書中錯誤或缺點，希望能得到讀者們嚴格的批評。

李清照集得以成書，首先應當感謝過去曾經對李清照作品做過搜輯工作的各家，以及對李清照事跡做過考證工作的各家。各家搜輯或考證結果，不論精密或粗疏、不論完備或不完備、不論正確與否，都是可供參考的資料。没有這些資料作爲根據，這一本書是編不成的。

在編製此書時，得到了各方面的幫助：夏承燾先生以所鈔存的宋詩紀事、宋詩紀事補遺中李清照詩、趙輯漱玉詞、説郛本打馬圖經等資料見贈；黄盛璋先生以發表於一九五八年山東省某刊物之新著趙明誠李清照年譜見示，並另供給若干資料。此書的編就，和各方面的幫助，是分不開的。謹在此表示深切的謝意。

鄧之誠先生曾代假善本參考書籍，並告知清照畫像中衣飾有問題。他没有能够看到此書，就與世長辭了，很覺遺憾。

王仲聞　一九六二年元旦

此書未印就前，上海新編李清照集出版，内中可以增補此書之資料不少，不克收入，僅就其中若干問題提出商榷，散見書内。謹附筆向新書編者致謝，並向讀者表示歉意。

一九六三年三月二十日